MICAELA JARY

Das Bild der Erinnerung

GOLDMANN
Lesen erleben

Micaela Jary

Das Bild der Erinnerung

Roman

GOLDMANN

MIX
Papier aus verantwortungsvollen Quellen
FSC® C014496
FSC
www.fsc.org

Verlagsgruppe Random House FSC® N001967
Das FSC®-zertifizierte Papier *München Super* für dieses Buch
liefert Arctic Paper Mochenwangen GmbH.

1. Auflage
Taschenbuchausgabe Oktober 2013

Gestaltung des Umschlags: UNO Werbeagentur München
Umschlagfoto: © Getty images/Bruno Crescia Photography
Inc; Getty Images/Brian Kennedy
Umschlaginnenseiten: © Simon Plant/Corbis
Redaktion: Marion Voigt
BH · Herstellung: Str.
Satz: DTP Service Apel, Hannover
Druck und Bindung: GGP Media GmbH, Pößneck
Printed in Germany
ISBN: 978-3-442-47885-9
www.goldmann-verlag.de

Besuchen Sie den Goldmann Verlag im Netz

Am Ende ist die Wahrheit das Einzige,
das wert ist, dass man es besitzt:
Sie ist aufwühlender als Liebe,
freudvoller und leidenschaftlicher.
Sie kann einfach nicht versagen.

Katherine Mansfield

London, 1961

Prolog

Das Bild zog Philip magisch an.

Er wollte sich abwenden, seinen Weg durch die im Licht der aufflammenden Straßenlaternen und Autoscheinwerfer gelb schimmernde Bond Street fortsetzen, um pünktlich – und trocken – zu seinem Termin zu kommen. Der für die Themse-Metropole typische dichte Sprühregen wehte ihm ins Gesicht, das braune Haar klebte ihm in dicken, feuchten Strähnen an der Stirn. Nicht mehr lange und er würde durchnässt sein bis auf die Haut – und auszusehen wie ein großartiger Journalist wäre dann endgültig nur noch Illusion. Doch er rührte sich keinen Meter fort von seinem zufälligen Standort vor dem Schaufenster.

Wie gebannt starrte er auf das Bild. Es war nur etwa so groß wie ein DIN-A3-Blatt, und es hing fast versteckt an einer Wand der Galerie, in die man durch die Auslage hineinschauen konnte. Philip wusste nicht, wie er darauf aufmerksam geworden war. Es schien ihm, als hätte ihn das Gemälde gerufen. Warum sonst war er überhaupt hier stehen geblieben? Üblicherweise drückte er sich die Nase nicht an den Vitrinen von Kunsthandlungen platt.

Das Motiv war eine Liebesszene. Ein wenig obszön, ziemlich skandalös, vielleicht schockierend, wahrscheinlich genial. Doch das alles war ihm ebenso gleichgültig wie der Name des

Malers oder dessen Duktus. Nicht einmal der Preis interessierte ihn. Im Vordergrund stand einzig die Erinnerung. Und das, was das Betrachten des Bildes in seinem Körper, seinem Kopf, in seinem Herzen anrichtete.

Plötzlich war er nicht mehr Philip Coleman, vierzig Jahre alt und Reporter aus München, dabei mäßig erfolgreich, enttäuscht vom Leben und gebeugt unter der Last seines Versagens. Mit einem Mal wurde er auf mystische Weise zu einem anderen, Jüngeren, Besseren. Zu einem Menschen, der im blinden Glauben an den Frieden meinte, das Glück wäre grenzenlos und nach dem Schrecken des Krieges nicht mehr brüchig …

Ein Mann stand unbekleidet auf dem Sandstreifen eines stillen Gewässers, eines Sees oder eines Flusses, im Rücken einen dichten, in allerlei Grüntönen schattierten Strauch. Gesicht und Oberkörper des Mannes wurden von dem Hinterkopf und der Statur einer Frau verdeckt, die nackt auf seinen Hüften saß, die Beine um seine Taille geschlungen. Seine Muskeln traten an den Oberschenkeln und den Armen hervor, eine Hand stützte ihren Po, die andere umfasste vermutlich ihren Busen. Es kostete den Mann offensichtlich große Anstrengung, das Gleichgewicht zu halten.

Philip war es, als könnte er die körperlichen Schmerzen des Mannes am eigenen Leibe fühlen. Und doch spürte man in dieser Situation nicht wirklich das Ziehen in den Muskeln, weil Begehren und Wollust die Oberhand gewannen. Er wusste das. Die Angst vor einem Sturz war längst der atemlosen Hingabe gewichen, wenn auch ein Hauch davon übrig geblieben war. Der Gedanke, von der eigenen Leidenschaft ebenso niedergeworfen zu werden wie von dem zarten Körper der Geliebten, schwelte in seinem Hirn wie das Wissen um die Herrlichkeit der Erfüllung. Philip kannte die Gefühle des Porträtierten genau.

Ihr Name war Fee. Wie die Figur aus dem Märchen. Sie sah auch so aus, wie man sich gemeinhin eine gute Fee vorstellte: blond, blauäugig, fragil. Und sie hatte ihn verzaubert. Im Rückblick fragte er sich allerdings manchmal, ob sie wirklich die gute Fee gewesen war oder eher die böse, eine verkleidete Hexe, die ihn mit einem Bann belegt hatte, den er nicht in der Lage war abzuschütteln. Bis heute nicht.

Fünfzehn Jahre lagen zwischen dem Moment am Wannsee, in dem er zu dem unbekannten Mann auf dem Bild geworden war, und heute. Damals hatte die Sonne geschienen. Heute war ein regnerischer, grauer Tag, der sich in einen ebenso trostlosen Abend verwandeln würde und genauso zu werden versprach wie die Abfolge von Tagen und Abenden, die sein im Alltag gefangenes Leben bestimmten. Ein Leben, das er so niemals hatte führen wollen, und inzwischen verwandelten sich seine Träume in Albträume. Doch da war nun dieses Bild, das ihn aus den Fesseln der Normalität riss. Und da war die Erinnerung.

Nichts anderes zählte mehr. Sein überaus wichtiges Interview mit Rob Walker, dem Whisky-Erben und Formel-1-Rennstall-Besitzer, war vergessen. Die feinen Nadelstiche des Sprühregens spürte er nicht mehr. Nicht weit von ihm entfernt stand ein Zeitungsverkäufer, doch auch die ausgerufenen neuen Nachrichten gingen ihn nichts an. Was scherten ihn der Vulkanausbruch auf einer Insel im Südatlantik, Demonstrationen gegen den Hunger im indischen Kalkutta oder die Geburt eines Sohnes für Prinzessin Margaret, die Schwester der Queen?

Entrückt starrte er auf das Bild und erinnerte sich dabei an die Verzückung, die Fee ihm damals geschenkt hatte, als wäre es heute. *La petite mort* nannte man in Frankreich den Orgasmus. Philip wusste genau, was *der kleine Tod* bedeutete – in jeder Hinsicht.

Schrie der inzwischen heisere Zeitungsverkäufer gerade den

Namen jener Stadt heraus, die Philips Schicksalsort war – oder bildete er sich das nur ein? Schon möglich, dass von Berlin die Rede war. Seit dem Bau einer Mauer, die die geschundene Stadt in einen Ost- und einen Westteil trennte, befand sich Berlin wieder in den Schlagzeilen, nicht nur in Philips Erinnerungen.

In Gedanken versunken trat er einen Schritt zur Seite – in Richtung Ladentür. Zog es ihn wirklich in die Galerie? Vielleicht wollte er das Gemälde aus der Nähe betrachten. Sich überzeugen, dass es tatsächlich das Bild von damals war. Möglicherweise sollte er sich nach dem Preis erkundigen. Dabei konnte er sicher sein, dass das Gemälde unerschwinglich für ihn war. In Mayfair ließen sich nur die vornehmsten Kunsthändler nieder, in dieser noblen Gegend wurde geklotzt, nicht gekleckert. Hier wurden auch keine Preisnachlässe gewährt. Nicht einmal auf Erinnerungen …

Er entschied, dass er die in Öl festgehaltene Szene wenigstens einmal aus der Nähe sehen sollte. Er wollte sicher sein, dass ihn sein Blick durch das Schaufenster nicht trog.

Das Geräusch von Reifen auf nassem Asphalt und das Quietschen feuchter Bremsen rissen ihn aus seiner stillen Rückschau. Aus einer riesigen Pfütze spritzte das Wasser auf wie aus dem Springbrunnen am Piccadilly Circus.

Noch mehr Nässe kroch durch Philips Hosenbeine. Automatisch bückte er sich in der wahrscheinlich sinnlosen Absicht, die Tropfen von dem Stoff zu streichen. Im selben Moment wurde er ruppig zur Seite gestoßen. Jäh taumelte er, drohte zu straucheln.

»*Beg your pardon*«, flötete eine Frauenstimme. Ihre Entschuldigung klang halbherzig. Offenbar befand sich die Person in Eile und war an seiner Befindlichkeit ebenso wenig interessiert wie an der eigenen Schuld.

Glücklicherweise war er nicht gestürzt. Er fuhr herum, um die Übeltäterin zurechtzuweisen. In einem vom schmutzigen Regenwasser verunreinigten Anzug konnte er unmöglich im luxuriösen Hotel Claridge's zu seiner Verabredung erscheinen.

Außer einem weit fallenden, kostbaren Ozelotmantel sah er erst einmal nichts. Der braun-gold-silber-weiß gefleckte Pelz schwang ihm ins Gesicht, als sich die Trägerin hastig die Eingangsstufen zur Galerie hinaufbewegte.

»Philip?!« Der Tonfall der Frau veränderte sich, dann rief sie auf Deutsch aus: »Wir kennen uns! Du bist doch Philip? Philip Coleman. Grundgütiger! Erinnerst du dich nicht an damals in Berlin …?«

Er sah sie an – und mit einem Mal war die Erinnerung ein Teil der Realität.

München, 2010

1

Es war eine Ironie des Schicksals, dass Anna Falkenberg in einer Branche arbeitete, in der vor allem die weibliche Kundschaft besaß, was ihr am meisten fehlte: Geld und Zeit.

Natürlich hätte sie sich um eine Festanstellung in einem Museum bewerben können, wo sie gelegentlich höchstens mit den Mitgliedern des Freundeskreises zusammenträfe und ansonsten in einem geregelten Arbeitsalltag einsam in Bibliotheken und Archiven recherchieren würde. Aber einen Job zu finden war schwierig, und die Gehälter von wissenschaftlichen Mitarbeiterinnen orientierten sich am Tariflohn des öffentlichen Dienstes, was wiederum bedeutete, dass meist noch weniger als in der freien Wirtschaft bezahlt wurde.

Doch nicht nur wegen des Geldes arbeitete sie als Kunstsachverständige in einem privaten Auktionshaus. Anna gefiel ihre Arbeit trotz der Konfrontation mit einer Klientel, die neben einem beachtlichen Vermögen mit dem unerschütterlichen Vorurteil ausgestattet war, dass Mitarbeiterinnen einer Kunsthandlung auf derselben Ebene wie Supermarktkassiererinnen standen – so sie denn nicht zum Clan etwa der Familie Bonhoff gehörten, die seit Generationen im Geschäft mit der Kunst mitmischte. Dass ihr Chef ganz offen Interesse an einer außerehelichen Affäre zeigte, kam zur Aufwertung ihrer Person wohl nicht in Betracht.

Umso erstaunter war Anna über den Auftritt einer Dame, die von der Chefsekretärin in den mit kostbaren Antiquitäten ausgestatteten Salon geführt wurde, in den Rainer Bonhoff nur Geschäftsfreunde bat, die besonders aussichtsreiche Deals versprachen.

Die Kundin war mittelgroß und von einer natürlichen Eleganz, die Anna den Atem verschlug. Jede der Bewegungen, die in der Wolke von Yves Saint Laurents »Opium« ausgeführt wurden, schien auf einem Laufsteg eingeübt, wirkte dabei aber sonderbar selbstverständlich und nicht manieriert. Das zu einem brünetten Bob geschnittene Haar umrahmte ein apartes, geschickt geschminktes Gesicht mit großen grauen Augen, die von einem Netz feiner Falten umgeben waren. Ihr Lächeln war freundlich und offen, als sei es tatsächlich eine Freude für sie, Annas Bekanntschaft zu machen. Der Händedruck war fest, wenn auch nicht zu energisch. Eine wohldosierte Mischung aus Herzlichkeit und Geschäftssinn, die neugierig machte. Und: Man befand sich auf einer Ebene, obwohl die Besucherin bestimmt über fünfzig und damit deutlich älter als Anna war.

Bei der Tagesbesprechung am Morgen hatte Rainer Bonhoff die Kundin angekündigt: »Wir erwarten eine Einlieferung von Beatrice Coleman aus New York. Sie möchte die Sammlung Coleman, deren Erbin sie ist, auflösen und uns zum Verkauf überlassen. Ich hatte bereits vor zwei Jahren das Vergnügen einer hervorragenden Zusammenarbeit. Nun denkt sie an die Versteigerung eines weiteren Bildes, eine Art Test für die künftige Kooperation und um den Markt für Impressionisten und klassische Moderne zu sondieren …«

»Den Markt sondieren?«, wiederholte die Praktikantin kichernd, eine Studentin im dritten Semester. »Wieso das denn? Jedes Kind weiß doch, dass mit Impressionisten enorme Preise erzielt werden. Wie viele Millionen erwartet sie wohl?«

»Wir sprechen hier von deutschen Impressionisten«, erwiderte Bonhoff. »Alles andere hätte sie wohl Christie's oder Sotheby's angeboten. Mit einem Werk von Leo Reichenstein wird sie bei uns sicher besser bedient.«

In einer selbstgefälligen Geste zupfte der Kunsthändler an seiner weinroten Krawatte, die perfekt zu seinem nachtblauen Anzug passte und ein Pendant im Einstecktuch seines Sakkos fand. »Da es sich um eine große Sammlung handelt«, fügte er hinzu und maß seine versammelten Mitarbeiterinnen mit einem scharfen Blick, »erwarte ich einen reibungslosen Ablauf der Angelegenheit.«

Seine Augen blieben an Anna hängen. An einer hochgewachsenen jungen Frau von zweiunddreißig Jahren, die ob ihrer unmodernen, weiblichen Figur zuweilen recht unglücklich war. Sie war blond, blauäugig und kurzsichtig und meist ebenso dezent geschminkt wie nachlässig frisiert. Heute trug sie einen schwarzen Rock und einen ebensolchen Blazer, das Kostüm passte jedoch vom Ton her nicht zusammen, weil ihre fünfjährige Tochter beim Frühstück versehentlich die Kakaotasse über der zum Anzug gehörenden Hose ausgeleert hatte.

Anna hatte geahnt, dass sich die Aufmerksamkeit ihres Chefs auf sie konzentrieren würde. Das bezog sich diesmal nicht auf ihre Oberweite. In ihrer Magisterarbeit hatte sie den Unterschied zwischen französischem und deutschem Impressionismus untersucht, und danach spezialisierte sie sich auf Gemälde von Malern wie Max Slevogt, Lovis Corinth, Max Liebermann oder eben Leo Reichenstein. Bereits als kleines Mädchen hatte sie, auf dem Schoß ihrer Oma sitzend und in einem Bildband blätternd, Bekanntschaft mit dieser Kunstrichtung gemacht. Später versuchte sie, selbst ausdrucksstarke Bilder mit leuchtenden Farben herzustellen, doch es fehlte ihr an Talent. Also beließ sie es bei der Theorie und studierte Kunstgeschichte.

Der Begegnung mit der neuen Kundin sah sie daher eher mit gemischten Gefühlen entgegen. Von einer *Sammlung Coleman* hatte sie nie zuvor gehört. Aber sie getraute sich nicht, ihre Unwissenheit zu offenbaren, da ihr Chef mit einer Hochachtung sprach, als hätte er die Sammlungen Guggenheim, Getty oder Berggruen erwähnt. Allerdings könnte gerade die mangelnde Bekanntheit ein Indiz für einen sensationellen Fund sein, auf den sie – wie die meisten Kunsthistoriker – irgendwann einmal hoffte.

Ein wenig unsicher stand Anna der kultivierten Dame gegenüber, die nach dem kurzen Begrüßungsritual sofort zur Sache kam und das Bild in ihrer Hand, das nicht größer als eine geräumige Aktentasche war, von dem schützenden Mantel aus Packpapier und Noppenfolie befreite.

Und da war es!

Ölfarbe auf leinwandstrukturierter Pappe, in der Farbwahl fast eintönig, dennoch leuchtend und im Ausdruck überwältigend. *Das Liebespaar* von Leo Reichenstein, entstanden 1926, seit Jahrzehnten unauffindbar.

Anna strich sich betont langsam eine Haarsträhne hinter das Ohr – und versuchte, die hochfliegenden Träume von Lorbeeren als Kunsthistorikerin und Sachverständige vorläufig aus ihren Gedanken zu wischen, um sich ganz auf das Bild zu konzentrieren.

Das Motiv schockierte selbst in der heutigen Zeit. Die Darstellung des Paares war so intensiv, als würde der Betrachter den Akt selbst erleben. Leidenschaftliche Begierde, im Stehen vollzogen. Anna hatte nicht die geringste Ahnung, wie der Mann das Gleichgewicht halten konnte, während die Frau auf seinen Hüften saß, aber die Szene fesselte und ließ keine Fragen offen.

Unwillkürlich stieß sie die Luft aus und wunderte sich

gleichzeitig, dass sie ihren Atem so lange angehalten hatte. Sie sehnte sich nach ihrem kleinen Büro, nach dem Regal mit den wichtigsten Nachschlagewerken, in denen sie sich über dieses Bild genau informieren wollte.

Lag die Aufregung, die ihren Herzschlag beschleunigte, aber wirklich nur im Auffinden eines vergessenen Bildes? Wurde sie nicht vielmehr stark von der Erotik der Darstellung berührt? Ein bisschen peinlich war der Anblick schon – vor allem in Gegenwart eines Mannes, der ihr Avancen machte.

»Das ist nur ein Werk aus der Sammlung meines Stiefvaters«, erklärte die Kundin aus New York in akzentfreiem Deutsch, ihre Betonung lag auf dem Wörtchen *ein*. »Philip Coleman war ein großer Freund der bildenden Kunst. Er besaß viele Gemälde von herausragender Qualität, aber das sagte ich bereits, nicht wahr? Da ich seine alte Wohnung endlich verkaufen möchte … ach, daran hängen so viele Erinnerungen … nun ja, ich muss mich von der Sammlung trennen. Der Platz dafür fehlt mir einfach … Sie verstehen?«

»Wir werden gewiss eine Lösung für Ihr Platzproblem finden«, versprach Bonhoff. »Frau Falkenberg wird eine Expertise erstellen, und dann dürfte es kein Problem sein, den Reichenstein gut zu verkaufen. Ebenso wie alle anderen Bilder.«

Beatrice Coleman zog die Augenbrauen zusammen. »Eine Expertise? Muss das sein? Kostet das nicht unnötig Zeit? Ich hörte, der Markt sei gerade sehr günstig …«, in beredtem Schweigen brach sie ab.

»Umso erfolgreicher werden wir mit einer Expertise sein«, versicherte Bonhoff. »Das Gutachten von Frau Falkenberg wird Ihre Angaben nur bestätigen, gnädige Frau.«

Ihr war anzusehen, dass seine Worte sie nicht überzeugten.

Als das Schweigen unangenehm zu werden drohte, begann Beatrice Coleman, in ihrer Handtasche zu wühlen. Nach einer

Weile zog sie ein schwarzes Lederetui heraus und reichte es Bonhoff. »Falls es irgendwelche Zweifel geben sollte: Dies ist ein Foto meines verstorbenen Stiefvaters mit dem Gemälde.«

Anna spähte über die Schulter ihres Chefs auf eine leicht vergilbte Schwarz-Weiß-Aufnahme. Offenbar ein Schnappschuss, denn der Mann darauf saß in einem Lehnstuhl, las in einem Buch und sah nicht in die Kamera. Er wirkte sympathisch, vielleicht ein wenig verschlossen, aber sehr attraktiv: Dichtes dunkles Haar fiel ihm in die Stirn, sein Gesicht war schmal, mit hohen Wangenknochen, er besaß eine gerade Nase und einen weichen Mund, die gesenkten Lider wurden von langen, dunklen Wimpern bekränzt. An der Wand hinter ihm hing in einem schlichten Rahmen und von einer Bilderleuchte erhellt das *Liebespaar* von Reichenstein.

»Sehr interessant«, behauptete der Kunsthändler und gab das Foto zurück.

»Eine schöne Erinnerung«, bestätigte Anna, »es genügt jedoch nicht. Wo hat Ihr Stiefvater das Bild erworben?«

»Oh, er kaufte es in der Galerie Richardson in London«, Beatrice Coleman hob das auf dem einzigen Tisch im Raum liegende Bild an und drehte die Rückseite vorsichtig nach oben. »Es ist sogar ein Stempel zu erkennen. Sehen Sie hier …«, forderte sie und tippte auf ein Signum.

Es war ein an den Seiten und Ecken ausgefranster, angeschmutzter winziger Klebezettel, der am unteren rechten Rand der Leinwand klebte. Auf dem Stückchen Papier prangte ein Stempel: »Gallery Henry Richardson, New Bond St, Mayfair, London W1«. Etwas oberhalb davon entdeckte Anna einen Stempel, dessen Farbe ausgelaufen war und verblasst: »Kunstsalon Paul Cassirer, Berlin«. Ansonsten war kein weiterer Hinweis auf die Händler oder Vorbesitzer des vierundachtzig Jahre alten Gemäldes zu erkennen.

»Wann hat Herr Coleman das Bild gekauft?«, erkundigte sich Anna. »Wissen Sie das zufällig?«

Die Erbin des Sammlers zuckte gleichgültig mit den Schultern. »Neunzehnhunderteinundsechzig, glaube ich. Meine Mutter war damals noch nicht mit ihm verheiratet. Ist das wichtig?«

»Ja…«, hob Anna an.

»Nein«, unterbrach Bonhoff. »Es ist nur ein Detail, aber nicht wesentlich. Verlassen Sie sich da ganz auf uns, gnädige Frau.«

Verwundert blickte Anna zu ihm hin. Bonhoff war ein erfahrener Kunsthändler und Auktionator, er war ein intelligenter, zuweilen charmanter, gelegentlich humorvoller Mann, nicht unattraktiv, wenn man Gentlemen der alten Schule anziehend fand, und Bonhoff gab gern den nostalgischen Dandy. Diese Attitüde aus dem alten England verlieh ihm Seriosität. Ein Trick, denn ihm konnte niemand etwas vormachen. Deshalb wusste er auch ganz genau, dass die Provenienz eines Bildes für ein Gutachten bedeutsam war – und nicht nur eine Kleinigkeit. Warum behauptete er das? Fürchtete er um ein langfristiges, gutes Geschäft? Machte ihn die Aussicht auf die Versteigerung der kompletten Sammlung gierig? Ließ ihn das eine Grundregel übersehen?

Als sie spürte, dass der Blick von Beatrice Coleman fragend auf ihr ruhte, riss Anna sich von ihren verwirrenden Gedanken los. Die Haarsträhne, die sie hinter ihr Ohr geschoben hatte, fiel ihr längst wieder ins Gesicht, und sie schob sie erneut zurück. Eine Geste ihrer aufflammenden Nervosität, die nichts mehr mit der Aufregung von vorhin gemein hatte.

»Es hätte mich auch gewundert, wenn Sie mir mit Unterstellungen begegnen würden, Herr Bonhoff«, sagte die Kundin mit schneidender Stimme. »Nichts wäre beleidigender als zu behaupten, mein Vater hätte sich Fälschungen an die Wand gehängt. Gab es irgendwelche Beschwerden nach unserem ersten Geschäft?«

»Aber ich bitte Sie …«

Irgendetwas am Ton Beatrice Colemans nährte die Zweifel, die Anna plötzlich beschlichen.

Es gab keinen Grund für diese Unsicherheit, keinen Beweis für eine Fälschung. Im Gegenteil. Die Ausführungen der Kundin waren plausibel, die Galeriestempel auch. Das Bild war nachweislich 1926 entstanden, es wurde in vielen Quellen aus jener Zeit erwähnt. Dass es von der damals berühmtesten Kunsthandlung Berlins verkauft wurde, dessen Inhaber bekanntermaßen ein persönlicher Freund Reichensteins gewesen war, lag nahe. Angaben über den anschließenden Erwerb fehlten. Aber im sogenannten Dritten Reich wechselte ein Gemälde, von jüdischer Hand erschaffen, nicht auf legalem Wege den Besitzer, weshalb das Fehlen weiterer Angaben nicht irritierend sein durfte. Im und nach dem Zweiten Weltkrieg war darüber hinaus eine enorme Zahl unschätzbar wertvoller Werke verloren gegangen – von Nazis als entartet gebrandmarkt, von Bomben vernichtet, auf dem Schwarzmarkt eingetauscht oder als Beutegut beschlagnahmt.

Dennoch wurde Annas anfängliche Euphorie seltsamerweise gedämpft. Ein unbestimmtes Gefühl wirbelte die Schmetterlinge in ihrem Bauch durcheinander.

»Dann also eine Expertise – meinetwegen«, ergab sich Beatrice Coleman schließlich großmütig, »aber beeilen Sie sich, bitte, Frau Falkenberg. Auf der Homepage steht, dass Ihre nächste Auktion Ende Mai stattfindet, und ich möchte Resultate sehen.«

Bonhoff zupfte nervös an seiner Krawatte. Die Eile der Kundin brachte ihn offenbar aus dem Konzept und verärgerte ihn wahrscheinlich auch. Vielleicht hatte er nicht erwartet, dass Beatrice Coleman so dringend Geld brauchte, wie ihre Forderung vermuten ließ.

»Die Einlieferungen für die nächste Auktion sind abgeschlossen«, seine Stimme klang schroff, er räusperte sich und fuhr dann geschmeidig fort: »Für ein Werk dieser Größenordnung brauchen wir Zeit, gnädige Frau. Das ist etwas völlig anderes als der Deal, den wir vor zwei Jahren für Sie tätigten. Wie gesagt, wir brauchen Zeit für entsprechende Werbung bei den potenziellen Käufern. Nur so lässt sich ein hoher Preis erzielen. Ich würde vorschlagen, den Reichenstein in unsere große Herbstauktion für die zeitgenössische Moderne Ende September zu nehmen. Unsere Kunden kennen und schätzen diesen Termin seit Jahren. Sie werden gewiss angenehm überrascht sein, gnädige Frau.«

Anscheinend war die Dame anderer Meinung. Beatrice Coleman öffnete den Mund, schnappte nach Luft, schloss ihn wieder. Doch dann gab sie sich erstaunlich schnell geschlagen. Dass ihr dennoch Widerworte auf der Zunge lagen, ließen ihre herabsackenden Schultern erkennen. »Wie Sie meinen …«, murmelte sie, dann reckte sie das Kinn, lächelte und sagte: »Selbstverständlich sind Sie der Fachmann.«

2

Als Anna zu dem Gespräch mit Beatrice Coleman gerufen worden war, hatte sie die heutige Tageszeitung aufgeschlagen auf ihrem Schreibtisch liegen lassen. Bei ihrer Rückkehr strahlten sie daher unverändert die beiden Personen auf dem Aufmacherfoto der sogenannten Klatschseite an. Über der Faszination, welche der mutmaßliche Reichenstein auf sie ausübte, hatte sie den zuvor gelesenen Artikel vergessen. Jetzt war sein Inhalt wieder gegenwärtig – und schnitt ihr ins Herz.

Dabei spielte es keine Rolle, dass sie ein Gemälde in Händen hielt, das ihre Aufmerksamkeit viel mehr verdiente. Sie lehnte das Bild auf die Staffelei neben dem Fenster, aus den Augenwinkeln die *Abendzeitung* fixierend, als befürchtete sie, die Protagonisten des Berichts würden zu Leben erwachen und leibhaftig in ihrem kleinen Büro auftauchen.

Sie hatte gewusst, dass die farblose Enkelin des größten Bauunternehmers der Stadt seit kurzem mit dem biologischen Vater ihrer Tochter liiert war. Dass das Paar vor den Traualtar getreten war, verwunderte sie eigentlich nicht, denn ihr Ex-Freund Daniel war ein Mann, dessen überwältigender Charme Nüchternheit und Berechnung kaschierte. Und die junge Braut besaß definitiv zehn Millionen Euro mehr und bessere Beziehungen als Anna, deren Vater nur die Erste Geige im Opernorchester spielte.

Es tat weh, das junge Glück abgebildet zu sehen. Schließlich hatte sich Anna einmal selbst an die Seite dieses Bräutigams gewünscht. Sie hatte seine Worte damals ernst genommen: »Ich möchte mir dir zusammenleben … Es ist mein größtes Glück, dass du die Mutter meines Kindes wirst …« Bald danach überlegte er es sich allerdings anders und konfrontierte sie mit Sätzen wie diesen: »Es ist mir egal, was aus dir und dem Kind wird. Mach, was du willst!«

Um die Zeitung nicht mit denselben Händen anfassen zu müssen, die eben ein wundervolles Gemälde gehalten hatten, schob sie das Blatt mit dem Ellenbogen von ihrer Schreibtischplatte. Ärgerlicherweise landete es nicht wie beabsichtigt im Papierkorb, sondern daneben. Sie würde sich später danach bücken, beschloss Anna und begann, ihre Aufmerksamkeit auf die neue Einlieferung zu konzentrieren.

Sie hob die Hand und berührte mit den Fingerspitzen vorsichtig den Farbauftrag, der gleichmäßig zersplittert wirkte. Das Krakelee war ein Zeichen des Alterungsprozesses, hervorgerufen durch die Luftfeuchtigkeit, der das Bild im Lauf der Zeit ausgesetzt gewesen war. Auf diese Weise sprach ein Kunstwerk zu seinem Betrachter. Als Studentin hatte Anna in den Semesterferien ein Praktikum im Louvre absolviert und die berühmtesten Gemälde der Kunstgeschichte aus nächster Nähe kennenlernen dürfen. Ein Erlebnis, das sie nie vergessen würde. Die Rückreise von Paris nach München auch nicht – während der nächtlichen Zugfahrt hatte sie nämlich Daniel kennengelernt …

»Vergiss es!«, fauchte sie halblaut.

Es ergab wenig Sinn, sich zu schelten. Sie würde ihn ohnehin niemals vergessen. Immerhin hatte er ihr das größte Geschenk ihres Lebens gemacht – die kleine Emily, ihre Tochter, den wichtigsten Menschen, den es für sie gab.

Dass Daniel keinen Bezug zu dem Kind aufbauen wollte, obwohl sie immer wieder versucht hatte, aus ihm einen richtigen Vater zu machen, war ein anderes Thema. Ebenso, dass er auch nach einer turbulenten Beziehung und ihrer endgültigen Trennung vor drei Jahren weiter mit ihr ins Bett steigen wollte. Das war seine Version von Freundschaft. Dummerweise hatte sie selten die Kraft besessen, ihm zu widerstehen, zumal es keinen anderen gab. Es war ein Kreislauf: Sie konnte Daniel nicht vergessen, lernte aber niemanden kennen, weil ihr die Zeit für derart Privates als berufstätige, alleinerziehende Mutter fehlte, und auf eine Affäre mit einem Mann wie Rainer Bonhoff wollte sie sich nicht einlassen.

Sie nahm das Bild und drehte es vorsichtig um, darauf bedacht, dass der Farbaufstrich nicht durch den Holzbolzen der Staffelei beschädigt wurde. Das Siegel der Galerie Richardson fiel ihr sofort ins Auge, dann die verblasste Tinte mit dem Hinweis auf den Kunstsalon von Paul Cassirer. Die Lücke, die sich zwischen diesen beiden Signaturen auftat, erregte wieder Annas Neugier. In der Provenienz fehlten rund dreißig Jahre. Besonders seltsam erschien ihr dabei, dass das Werk bis heute als verschollen galt – obwohl es 1961 in London an den Sammler Philip Coleman verkauft worden war.

»Wo hast du dich versteckt?«, fragte sie das Gemälde. »Wer hat dich nach England gebracht? Warum diese Heimlichtuerei?«

Berlin, 1946

3

Es war bitterkalt. Tagsüber wurde der Gefrierpunkt nicht mehr erreicht, und nachts fiel das Thermometer noch weiter. Um die Fenster abzudichten, hatten sie zusätzlich zur Verkleidung aus Pappe Zeitungspapier benutzt. Die Scheiben waren bei den Bombenangriffen gesprungen oder ganz aus den Rahmen gebrochen und hatten bisher nicht ersetzt werden können. So kroch der Frost fast ungehindert in das Zimmer – und sie besaßen nichts, um dem Einhalt zu gebieten.

Es mangelte an Kohlen, der Strom wurde nur für zwei Stunden pro Tag angestellt, und für Kamin und Brennhexe fehlte das Holz. Felicitas konnte sich kaum daran erinnern, wie es war, in einer warmen, geheizten Wohnung zu leben. Sie fror erbärmlich. Tante Grete hatte ihr zwar alle verfügbaren Decken gegeben, aber die Kälte drang ihr trotzdem bis auf die Knochen. Der Schüttelfrost tat ein Übriges. Doch daran war nicht nur das eisige Winterwetter schuld, sondern das Fieber, das seit Tagen ebenso unaufhaltsam anstieg, wie die Außentemperaturen fielen.

Grete drängte sie ins Krankenhaus, doch dorthin wollte sie nicht. Und ihre Tante wusste im tiefsten Inneren ihres Herzens, dass es so besser war. Es fehlte ihnen an Tauschwaren und an Geld, um die Behandlung oder gar einen Klinikaufenthalt zu bezahlen. Zwar ging Grete einer bezahlten Arbeit nach, aber als Mitarbeiterin der sogenannten Kunst-Schutz-Abteilung in der britischen Besatzungszone verdiente sie keine Summen, die für einen Großeinkauf auf dem Schwarzen Markt taugten. Mit Fees Auskommen als Küchenhilfe im Offizierskasino der amerikanischen Militärverwaltung kamen sie gerade über die Runden, auch wenn der Hunger ihr ständiger Begleiter war. Aber manchmal erlaubte ihr »Don« Luis, der mexikanisch-stämmige Küchenchef, ein paar Reste mitzunehmen. Allerdings blieb selten etwas von seinen vorzüglich zubereiteten Mahlzeiten übrig, denn der Appetit der Männer der *Berlin Brigade* war groß – die aßen alles auf.

Seit einer Woche jedoch musste Fee das Bett hüten. Sie war nicht besonders groß und immer sehr schmal gewesen, inzwischen war sie nicht mehr nur als dünn zu bezeichnen. Haut und Knochen sei sie, meinte Grete bekümmert, aber an der Not konnte sie natürlich nichts ändern.

Wenigstens dämpften die Hustenanfälle Fees Hunger. Ihre Lungenflügel drohten zwar zu zerreißen, und der Schmerz brannte in ihrer Brust, aber der Magen knurrte nicht mehr. Allerdings würde ihr abgemagerter Leib der Wucht der Anfälle wohl nicht mehr lange standhalten können.

Als Arzttochter kannte sie die Symptome: Aus dem anfänglichen Schnupfen war eine Bronchitis erwachsen und daraus eine Lungenentzündung – mit absehbarem Ende: Ohne medizinische Hilfe würde sie ihren Eltern sicher bald in den Himmel folgen. Vielleicht gar nicht mal das Schlechteste. Sie war zwar noch nicht einmal achtzehn Jahre alt und hatte das Leben eigentlich noch vor sich, aber da sie nicht die geringste Ahnung davon besaß, wie die Zukunft aussehen könnte, war der Tod immerhin eine Alternative, über die es sich nachzudenken lohnte.

Durch die Nebelwand, die mit dem Fieber um ihr Gehirn waberte, drangen Fragen: Was würde aus ihrer Tante werden, wenn es sie nicht mehr gab? Würde Grete ganz allein zurechtkommen? Und Hans?! Wie würde ihr Jugendfreund fühlen, wenn er heimkehrte und feststellen musste, dass Fee nicht auf ihn gewartet hatte? Sie hatte es ihm doch versprochen!

Wieder dieser Husten …

Ein Poltern drang von der Diele an ihre Ohren. Wahrscheinlich war das irgendwer von der ausgebombten Großfamilie, die in Brahms erhalten gebliebener wunderschöner Altbauwohnung einquartiert worden war. Hier war Fees Zuhause, seit sie denken konnte, in dem auch Grete Zuflucht gefunden hatte, nachdem ihr Wohnhaus in Charlottenburg in Flammen aufgegangen war. Für Fee war Gretes Vormundschaft ein Glück, denn so konnte sie in ihrer vertrauten Umgebung bleiben. Mit der Einquartierung hatten sie beide allerdings eher Pech.

Erst gestern hatte sich Frau Nowak beschwert, dass Fees Hustenanfälle durch die Wände zu hören waren und mindestens eines ihrer fünf Kinder weckten. Sie hatte sich diesen Lärm verbeten, als könnte Fee etwas dafür.

Das Herumhüpfen ihrer Kleinen auf den Parkettböden war für die Kranke auch nicht immer leicht zu ertragen, aber das monierte diese natürlich nicht, dazu fehlte ihr die Kraft. Die fremde Frau benahm sich ohnehin, als hätte sie das Sagen. Das lag vielleicht daran, dass die Nowak den ganzen Tag über nach eigenem Gutdünken schalten und walten konnte, weil die eigentlich verantwortliche Hausherrin einer Arbeit nachging, die ihr wenig Zeit ließ, sich als Vermieterin zu profilieren.

Fee brach der Schweiß aus. Ihr blondes Haar klebte in fettigen Strähnen an ihrer heißen Stirn. Ganz automatisch schob sie einen Fuß unter den Decken hervor. Eisige Kälte umhüllte ihre Zehen und ließ sie erschauern.

»Es ist sehr nett, dass Sie mich nach Hause gebracht haben«, Gretes Stimme klang freundlich, ungewohnt aufgeräumt sogar, und ganz nah, als würde sie direkt vor der Tür stehen, »aber ab hier komme ich schon allein zurecht.«

»Unsinn«, widersprach ein Mann mit volltönendem Tenor, »ich helfe Ihnen. Der Sack ist viel zu schwer für eine Frau. Wohin soll ich …?«

»Können Sie nicht leiser sein?!« Das war eindeutig das Geschrei der Untermieterin. Eine Tür klappte, dann: »Ich möchte doch sehr um Ruhe bitten, Fräulein Brahm, meine Kinder schlafen, und ich finde nicht, dass Sie Herrenbesuch … oh!« Irgendetwas hatte anscheinend der sonst so redseligen, aufdringlichen Person die Sprache verschlagen.

Mit angehaltenem Atem wartete Fee auf eine Fortsetzung des Protests, doch es blieb wundersamerweise still. War Frau Nowak tatsächlich verstummt? Unglaublich.

Fee nahm an, dass die Unterhaltung Teil eines Fiebertraums war. Reine Einbildung. Genauso wie die fremde Männerstimme, die so angenehm geklungen hatte wie der Gesang von Benjamino Gigli auf Gretes Lieblingsschallplatte.

Die Zimmertür schwang auf.

Fee, die bis zur Nase zugedeckt war, spähte über das dicke Federbett mit dem verklumpten Inhalt – und traute ihren Augen nicht.

Ein hochgewachsener junger Mann in einer olivbraunen Uniform duckte sich unter dem Türrahmen hindurch. Er hatte offensichtlich schwer an einem Jutebeutel zu tragen, der Fee verdächtig nach einem Kohlensack aussah. Für einen Moment wusste sie nicht, was sie mehr überraschte: die Anwesenheit des attraktiven britischen Offiziers oder die Tatsache, dass Grete wertvolles Brennmaterial aufgetrieben hatte.

»Na, ist wohl etwas von dem Holz übrig geblieben, das im ganzen Land geschlagen und nach England geschickt wird«, zischte Frau Nowak im Hintergrund.

Der Unbekannte hatte den Vorwurf gehört. Er setzte den Sack ab und war offensichtlich im Begriff, sich für eine Erwiderung umzudrehen, als er des Bettaufbaus gewahr wurde und innehielt. Das Krankenlager erschien ihm wohl interessanter als ein Zurechtweisen der Untermieterin. Die meerblauen Augen wanderten von dem nackten Fuß, der unter der Decke hervorlugte, zu dem Kopf der Patientin, von der jedoch nicht viel zu sehen war – dafür sorgte Fee, als sie das Laken rasch höher zog. Sie wackelte nervös mit den Zehen und schämte sich für ihr Aussehen und die Situation, die ihre Tante dem ungewöhnlichen Gast zumutete – und ihr ebenso.

»Wir sind nicht auf Besuche eingerichtet«, erklärte Grete und warf die Tür hinter sich und dem fremden Mann ins Schloss. »Es tut mir leid. Früher waren unsere Verhältnisse nicht so beengt.«

Er rieb sich die Hände und zog die Schultern hoch. »Vermutlich war es früher auch erheblich wärmer bei Ihnen«, gab er mit einem breiten Grinsen in fast akzentfreiem Deutsch zurück. »Die Kohlen werden Ihre Stimmung im wahrsten Sinne des Wortes anfeuern. Und vielleicht schaut Ihre Nichte dann auch mal unter dem Federbett hervor …«

Leichte Panik erfasste Fee, als er sich schlaksig auf ihr Lager zubewegte. Nicht, dass sie sich vor dem britischen Offizier gefürchtet hätte. Er sah sehr gut aus, war nett und jung. Doch genau das war das Problem: Ein weniger anziehender Mann hätte sie nicht so eingeschüchtert. In seiner Gegenwart fühlte sie sich noch kleiner und elender, als sie ohnehin schon war. Außerdem – was wollte er bei ihr? Die Decke requirieren?

»Guten Abend«, grüßte der Fremde.

Sie wünschte, er würde gehen und nicht so mitleidig auf sie herabsehen.

»'n Abend«, krächzte sie.

»Felicitas, das ist Captain Richardson«, stellte Grete vor.

Sie versuchte zu sprechen, doch stattdessen entrang sich ein neuerlicher Hustenanfall ihrer Kehle.

Captain Richardson wandte sich zu Grete um. »Der Kleinen geht es aber gar nicht gut. Haben Sie Medikamente?«

»Nein. Ich … Nein.« Grete schüttelte den Kopf. »Ich habe neulich versucht, etwas Sulfonamid aufzutreiben, aber Sie wissen, wie das ist: Selbst Restbestände von Prontosil finden ihren Weg nicht mehr zu den Tauschmärkten.«

»Das beste Mittel gegen Infektionen ist heutzutage Penicillin.«

Grete senkte die Lider und schwieg.

»Waren Sie auf dem Schwarzen Markt?«, fragte Captain Richardson geradeheraus.

Fee hielt den Atem an, ihr Herzschlag beschleunigte sich. Er würde Grete anzeigen, wenn die Tante ihm die Wahrheit anvertraute. Deutschen, die beim Schwarzmarkthandel erwischt wurden, drohten Gefängnisstrafen.

»Ja«, erwiderte Grete leise. »Mir wurde Traubenzucker angedreht.«

»Hmmm. Ja. Ich weiß von diesen Fälschungen. Seit wir die Herstellung von Penicillin in Berlin möglich gemacht haben, kursieren Kopien. Dabei ist die Produktion erst vor zwei Wochen angelaufen. Es tut mir sehr leid, Fräulein Brahm, dass Sie an Kriminelle geraten sind.«

Offensichtlich beabsichtigte er nicht, Grete anzuzeigen. Wie ungewöhnlich! Fee schnaubte erleichtert. Was mochte Grete wohl mit diesem netten Engländer verbinden? Warum vertraute sie ihm? Fee erinnerte sich nicht, dass sie schon einmal über einen Captain Richardson gesprochen hatte.

»Ich wünschte«, hörte sie ihre Tante sagen, »Felicitas würde in ein Krankenhaus gehen, aber sie weigert sich. Wissen

Sie, mein Bruder war Oberarzt an der Charité, und sie vertraut keinem anderen Mediziner als ihrem Vater, doch der kam …«, Grete unterbrach sich, stockte, ihre Stimme schien sich verloren zu haben.

Sie erholte sich jedoch rasch und fuhr nach einer winzigen Pause ebenso beherrscht wie zuvorkommend fort: »Entschuldigen Sie, ich möchte Sie nicht mit unseren Privatangelegenheiten behelligen. Haben Sie herzlichen Dank, dass Sie mich nach Hause gebracht und mir beim Tragen geholfen haben.«

»Gern geschehen«, behauptete er, nickte in Fees Richtung und wünschte höflich: »Gute Besserung!«

Wahrscheinlich war sein Blick voller Mitleid, aber das sah sie nicht wirklich, weil sie die Lider gesenkt hielt, um nicht in diese leuchtenden meerblauen Augen schauen zu müssen. Solche Augen hatte sie noch nie gesehen. Jedenfalls nicht im Original, im Kino schon, aber das war lange her. Erst als sie bemerkte, dass er sich zum Gehen wandte, hob sie die Wimpern.

An der Tür drehte er sich noch einmal zu Grete um, die ihm gefolgt war, und sagte leise: »Der Zustand Ihrer Nichte wirkt besorgniserregend. Sie glüht. Das sieht man sogar durch die vielen Kissen. Ich bin kein Arzt, aber wenn ich irgendetwas tun kann …«, in beredtem Schweigen brach er ab.

Grete antwortete nicht. Ein Geräusch zog offenbar ihre Aufmerksamkeit auf sich.

Schwere Schritte hallten durch die Wohnung.

Jetzt haben die Bälger der Nowak auch noch irgendwo Militärstiefel aufgetrieben, fuhr es Fee durch den Kopf. Damit würden die Kinder ihr zweifellos künftig noch stärker auf den Nerven herumtrampeln und ihre Kopfschmerzen verschlimmern.

»Zögern Sie bitte nicht«, sagte Captain Richardson, »sich

bei mir zu melden, wenn Sie in irgendeiner Weise Hilfe brauchen.«

»Das werde ich tun«, versicherte Grete, aber Fee wusste, dass das nicht geschehen würde. Ihre Tante würde keinen Besatzungsoffizier um etwas bitten. Das verbaten ihr der Stolz und das Wissen um Millionen Menschen, deren Versorgung zusammengebrochen war. Grete gehörte nicht zu den Frauen, die sich zum eigenen Vorteil in den Vordergrund drängten oder andere ausnutzten. Was sie nicht eigenhändig herbeischaffen konnte, gab es eben nicht. »Aber Sie haben schon genug für mich getan. Wieder Kohlen zu haben grenzt an ein kleines Wunder.«

»Zauberer kennen ihre Zeit«, erwiderte Captain Richardson eindringlich und fügte nach einer Gedankenpause bescheiden hinzu: »Stammt leider nicht von mir, ist ein Shakespeare-Zitat.«

Er drückte die Klinke hinunter, zog die Tür auf – und im nächsten Moment stolperte ein junger Mann ins Zimmer, der offensichtlich ebenfalls im Begriff gestanden hatte zu öffnen. Er strauchelte, kämpfte mit seinem Gleichgewicht, fing sich jedoch wieder, als der Brite unwillkürlich beide Arme ausstreckte und den anderen aufzufangen versuchte. Die Männer stutzten. Im nächsten Moment brachen beide in schallendes Gelächter aus.

»Henry!«

»Philip!«

Hinter Fees Schläfen hallten die Namen nach. Es dröhnte förmlich in ihrem Schädel. Der ungewohnte Wirbel im ehemaligen Arbeitszimmer ihres Vaters, das ihr als Schlafraum zur Verfügung stand, machte ihr zu schaffen. Das Fieber ließ sie erschauern und gleichzeitig ihre Wangen glühen. Ihr war noch immer bitterkalt und doch wurde ihr gleichzeitig seltsam heiß. Sie wünschte, nicht so hilflos auf ihrem Krankenlager unter einem Aufbau aus alten Federbetten und Wolldecken zu liegen. Sie wünschte, hübsch zu sein und nicht verschwitzt und verfroren und unansehnlich …

Den Mann, der von Captain Richardson gerade ungestüm umarmt wurde, hatte sie schon mehrfach heimlich beobachtet. Sie hatte ihn in der Küche des Offizierskasinos gesehen, wenn er mit Luis über gutes Essen fachsimpelte. Er war ihr aufgefallen, weil er ein wenig wie der Filmschauspieler Hans Söhnker aussah, den sie angehimmelt hatte, wenn ihre Mutter früher mit ihr ins Marmorhaus am Kurfürstendamm gegangen war. Natürlich hatte sie nie ein Wort mit ihm gewechselt – weder mit dem amerikanischen Offizier noch mit dem deutschen Leinwandhelden –, und der Amerikaner schien sie nicht einmal zu bemerken. Er verhielt sich deutlich verschlossener, als Fee es von den meisten GIs gewohnt war, die fast jedem Rock nachsahen, der ihnen auf der Straße begegnete. Der Mann war Lieutenant, das hatte sie an den Epauletten seiner Uniform erkannt, aber seinen Namen wusste sie bisher nicht. Nun erfuhr sie also, dass er Philip hieß.

»Na, so etwas! Das gibt's doch nicht!«, rief Henry Richardson aus.

»Das nenn ich eine Überraschung!«, pflichtete ihm der Lieutenant in erstaunlich klarem Deutsch bei. »Dich in Berlin wiederzusehen hatte ich nicht erwartet. Verlangte dein Vater nicht deine Rückkehr nach Dorset, Somerset oder wo immer Ihr Landadeligen residiert?«

»Cornwall«, erwiderte Richardson lakonisch. »Aber die Verantwortlichen in *Lancaster House* meinten wohl, ich wäre in Deutschland besser aufgehoben.«

Offensichtlich kannten sich die beiden Männer von früher – wo und wann immer das gewesen sein mochte. Und das

Verhältnis von Richardson zu seinem alten Herrn war wahrscheinlich nicht das beste, denn beide lachten schallend, als handelte es sich bei seiner Erklärung um einen Witz.

Das nach der ersten Wiedersehensfreude und dem anschließenden Gelächter eintretende Schweigen wurde von Grete vorsichtig unterbrochen: »Ja, bitte?«

»Oh, gnädige Frau, sorry, ich hatte ganz vergessen, warum ich eigentlich gekommen bin. Ich suche nach Fräulein Felicitas Brahm. Mir wurde gesagt, dass ich sie hier finde.«

Fee hätte sich am liebsten die Decken ganz über den Kopf gezogen, doch dann wären beide Füße vollständig im Freien gewesen. Sie rollte sich zusammen, zog die Beine an und schloss die Augen. Wie alle Kinder hatte sie früher geglaubt, dass sie nicht gesehen wurde, wenn sie selbst nichts sah. Diese Illusion wünschte sie sich zurück.

»Dies ist ein alter Freund von mir«, stellte Captain Richardson vor und klopfte seinem Kumpel auf die Schulter, jedenfalls klang das dumpfe Geräusch danach. »Lieutenant Coleman – Grete Brahm … Grete Brahm – Philip Coleman.«

»Was wünschen Sie von meiner Nichte, Lieutenant Coleman?«

Philip Colemans Stimme antwortete: »Der Küchenchef des Offizierskasinos bat mich, nach Ihrer Nichte zu sehen, und da ich zum Alliierten Kontrollrat unterwegs bin, ist der Besuch bei Ihnen kein Umweg. Unser Don Luis macht sich Sorgen, weil Fräulein Brahm noch immer nicht zur Arbeit erschienen ist.«

»Großer Gott«, entfuhr es seinem britischen Freund, »was seid ihr Amerikaner nur für ein merkwürdiges Volk. Als was dürfen denn so junge Dinger bei euch schuften?«

»Sie ist Küchenhilfe, soviel ich weiß.«

»Es ist sehr nett von Ihnen, dass Sie sich nach dem Wohl von

Felicitas erkundigen«, mischte sich Grete ein. »Sie ist schwer krank, und ich kann Ihnen leider nicht sagen, wann sie wieder ihren Dienst antreten wird.«

Fee befürchtete, dass sich alle Augen in diesem Moment auf ihr Lager richteten. Sie rührte sich nicht, hielt den Atem an, versuchte, sich noch kleiner zu machen – und wurde prompt von einem Hustenanfall geschüttelt.

»Bronchitis«, stellte Coleman fest, und seine Diagnose war definitiv untertrieben. »Kein Wunder, es ist eiskalt. Haben Sie einen funktionierenden Herd, Frau Brahm? Luis hat mir etwas Rinderbouillon für Ihre Nichte mitgegeben. Wenn die Suppe heiß getrunken wird, ist sie eine gute Medizin … Dieser Rat stammt nicht von unserem *Chef de cuisine*, sondern von meiner Großmutter«, fügte er hinzu, und Fee hörte einen leisen Unterton, als würde er bei seinen Worten schmunzeln.

»Oh!«, rief Grete entzückt aus. »Das ist aber reizend von Herrn Luis … und von Ihnen auch, Lieutenant. Dank Captain Richardson verfügen wir jetzt über Kohlen, und ich kann auf der Brennhexe sehr gut kochen.«

Fee wurde warm ums Herz. Gleichzeitig senkte sich Wehmut über sie. Ihre Mutter war derselben Meinung wie Colemans Oma gewesen. Wann immer sie als Kind den Anflug einer Erkältung gespürt hatte – Mama setzte unverzüglich einen großen Topf Brühe auf. Das Rezept dafür war ein Familiengeheimnis, das sie von ihren Eltern, Fees Großeltern, übernommen hatte, die in den zwanziger Jahren ein gut gehendes Restaurant betrieben hatten. Ihr Talent für das Kochen hatte Fee von dieser Seite geerbt. Eine Begabung, die ihr auch die Anstellung bei den *Berlin Brigades* eingebracht hatte.

Sie wusste, warum Grete die Suppe aus dem amerikanischen Offizierskasino nicht in ihrer durchaus funktionstüchtigen Küche aufwärmen wollte, sondern den tragbaren Grill benutzen würde. In der Küche lief ihre Tante Gefahr, die Kostbarkeit mit der Nowak teilen zu müssen. Allein der bald durch die Wohnung ziehende Duft der Brühe würde Anlass zu Neid und bissigen Bemerkungen geben – welche Eifersuchtsszenen würde dann erst ein gefüllter Kochtopf anrichten? »Amiliebchen« wäre gewiss das harmloseste Schimpfwort, das die Nowak parat hätte.

Obwohl sie sich still verhalten und eigentlich nur den Männerstimmen lauschen wollte, die irgendwie angenehm nach Frieden klangen, wurde Fee wieder von einem Hustenanfall geschüttelt. Ihr Kopf befand sich fast gänzlich unter dem Federbett, und sie musste Nase und Mund freistrampeln, weil die Luft unter der Decke knapp wurde. Sie rang nach Atem.

»Arme Kleine«, meinte Richardson ernst.

»Wir sind keine Ärzte, wir können hier nicht helfen«, stellte Coleman sachlich fest. »Wir sollten lieber gehen, anstatt hier rumzustehen und Maulaffen feilzuhalten. Leben Sie wohl, Fräulein Brahm. Ich wünsche Ihrer Nichte gute Besserung. Hoffentlich kann sie bald wieder arbeiten.«

»Das hoffe ich auch. Danke, dass Sie gekommen sind. Und meine herzlichsten Grüße an Herrn Luis. Guten Abend.«

Fee richtete sich neugierig auf, wobei die Decken herabfielen. Zufällig sah sie zur Tür – und fing Henry Richardsons Blick auf. Beschämt schlug sie die Hände vor das Gesicht, ihr Husten hallte in der Schale ihrer Handflächen nach.

»Ihre Nichte …?«, fragte er gedehnt. »Sie ist kein Kind mehr, oder?«

»Was?«, gab Grete begriffsstutzig zurück.

»Glaubst du, wir beschäftigen kleine Mädchen in der Küche unseres Offizierskasinos? Henry, die Zeiten des Sklavenhandels sind vorbei. Nun komm schon, wir sollten nicht länger stören …«

Die schweren Schritte der Militärstiefel ließen den Boden vibrieren. Die Stimmen der beiden jungen Männer und Fetzen einer freudig aufgeregten, überraschenderweise weiterhin auf Deutsch geführten Unterhaltung wehten herein, als die Besucher die Wohnung verließen. Erst als es wieder still geworden war, schlug im hinteren Teil des langen Flurs eine Tür zu.

Frau Nowak hatte ihren Lauschposten offenbar aufgegeben.

Fast ohnmächtig vor Atemnot, Brustschmerzen und Schwindel sank Felicitas in ihr Kissen zurück. Ihre Gedanken kreisten jedoch nicht mehr nur um ihre Erkrankung. Wäre sie weniger erschöpft gewesen – ein Lächeln hätte ihre spröden, aufgerissenen Lippen umspielt.

4

»Als ich nach Berlin abkommandiert wurde, dachte ich, diese Stadt und ihre Bewohner hätten die Bomben verdient«, murmelte Philip, als er neben Henry auf die Straße trat. »Inzwischen empfinde ich nur noch Mitgefühl für die Menschen und bedauere die Verwüstungen.«

Während er sprach, kickte er mit der Stiefelspitze einen kleinen Stein über den vereisten Bürgersteig. Wahrscheinlich gehörte sein improvisierter Fußball zu dem Fries über dem Eingang des vierstöckigen Mietshauses, das Henry Richardson und er gerade verließen, und landete nun auf einem der Schuttberge am Rand.

Das Haus war eines dieser einst schönen Gebäude aus der wilhelminischen Zeit, die vor dem Krieg das Bild der westlichen Stadtteile Berlins geprägt hatten. Auf dieser Seite der stillen Straße bröckelte zwar der Putz, aber die Wohnungen waren weitgehend intakt. Gegenüber ragten dagegen Ruinen in den grauen Winterhimmel, durch die Fensterhöhlen fegte ein kalter Wind, und dahinter herrschte ebenfalls Leere, wo sich die Schöneberger Hauptstraße befand. Nichts war dort erhalten geblieben als die willkürlich aufgeschütteten Überreste eines bürgerlichen Quartiers, in schwarzem Ruß erstarrte Höhlen des einstigen wohlhabenden Lebens. Die Dämmerung senkte sich über die Trümmer, und dort, wo Straßenlaternen gestanden hatten, befanden sich blinde Skelette. Aus einem Keller wehte plötzlich Musik von einer Schellackplatte.

»Ich bewundere den Überlebenswillen der Deutschen«, erwiderte Henry und knöpfte seinen Mantel zu. »Diese Eigenschaft sollte ich zwar von meiner Mutter gewohnt sein, aber millionenfach war mir das bislang fremd.«

»Neulich sagte mir jemand, neunzehnhundertsechsundvierzig werde wohl das goldene Jahr seines Lebens, denn nie zuvor hatte er so viel Hoffnung, dass morgen alles besser sein werde als gestern und heute …«

»›I've Heard That Song Before‹«, unterbrach Henry scheinbar zusammenhanglos.

»Was?«

»Das Lied! Erkennst du es nicht?« Leise begann Henry, die Melodie mitzupfeifen, deren Klänge die ansonsten stille Trümmerlandschaft erfüllten.

»Ja, klar«, rief Philip aus seiner Melancholie erwachend aus, um einen Atemzug später hinzuzufügen: »Sei mal still – gleich kommt das Solo von Harry James …«

Henry ignorierte diese Bitte und feixte: »Es war vor circa drei Jahren in London. Du warst hinter dieser rothaarigen Reporterin aus Texas her, die gerade zum Informationskontrollamt versetzt worden war. Sie hieß Rita, nicht wahr? Tolle Frau! Als sie dich nicht erhörte, hast du dich so betrunken, dass du den Trompeter der Band belabert hast, bis er dir sein Instrument lieh, damit du der Dame etwas vorspielen konntest. Es sollte ›I've Heard That Song Before‹ werden, aber du brachtest keinen Ton heraus.«

»Pass auf, was du sagst«, drohte Philip grinsend, »du befindest dich im amerikanischen Sektor!«

»Es ist mir sogar gestattet, im russischen Sektor herumzulaufen.«

»Stimmt – und das hat Vorteile. Die Sowjets drehen einem seltener gepanschten Wodka an … Aber Spaß beiseite, ich freue mich, dich zu sehen. Was tust du hier?«

Henry deutete auf den Rover mit dem Union Jack, der vor einem Jeep Willys, einem amerikanischen Militärfahrzeug, am Rand der mit Schlaglöchern übersäten Straße stand. Ansonsten befanden sich keine Automobile in Sichtweite. »Ich habe eine Dame nach Hause gefahren.«

»Fraternisierung?«

»Nein. Keine Chance. Grete Brahm ist eine intelligente, attraktive Frau, aber dann doch ein wenig zu alt für meinen Geschmack. Egal. Sie arbeitete früher für die Preußische Schlösserverwaltung und war für Schloss Charlottenburg zuständig. Da ich in der Kunst-Schutz-Abteilung tätig bin, ist sie mir eine große Hilfe beim Auffinden der Bestände, Katalogisieren, all diesem Kram.«

»Kunst-Schutz-Abteilung«, wiederholte Philip und trat dabei fröstelnd von einem Bein auf das andere. Die Kälte begann, unangenehm durch seinen Körper zu ziehen, aber das unerwartete Wiedersehen mit Henry Richardson war es wert, ein wenig zu frieren. »Ich hätte mir denken können, dass du bei deinem Faible für Alte Meister dort unterkommst. Du passt also auf, dass die Russen nicht alles, was von Wert ist, nach Moskau tragen …«

»Oder die Amis nach Übersee«, versetzte sein britischer Freund und boxte ihn in die Seite. »Und welche Abteilung erfreut sich deiner Anwesenheit in Berlin?«

»Meine Sache ist der Journalismus geblieben. Ich bin dem Informationskontrollamt treu ergeben.«

»Oha, da haben schon in London die hübschesten Mädchen Dienst geschoben ...«

Wie auf ein Stichwort wehte eine Frauenstimme durch die Straße, über die sich die Dämmerung mit zunehmender Dunkelheit legte. Doris Day sang »Sentimental Journey«, und die beiden Besatzungsoffiziere schwiegen einen Moment, in Gedanken versunken, weil dies der Schlager war, der viele alliierte Heimkehrer aus dem Zweiten Weltkrieg zurück nach Hause begleitet hatte.

»Wo haben die Deutschen nur diese Platten her?«, wunderte sich Henry nach einer Weile.

Philip zuckte mit den Achseln. »Schwarzmarktware, Beziehungen – wen interessiert's? Es ist nicht verboten, gute Musik zu hören.«

»Hm. Ja. Und den Schlagerfans wird beim Zuhören sicher warm ums Herz.« Henry zitterte übertrieben, als er vorschlug: »Was hältst du davon, wenn wir in einem geheizten Offiziersclub weiterreden, anstatt gleich zu Eis zu erstarren?«

»Tut mir leid«, Philip zog eine zerknirschte Miene, »ich muss wirklich noch zum Kontrollrat. Aber wir müssen uns unbedingt bald treffen. Wie wäre es, wenn du zur Einstandsparty von Rita Harris mitkommst?«

»Rita Harris? War das nicht die rothaarige Texanerin damals in London?«

»Genau. Sie war mit uns beim Informationskontrollamt und arbeitet jetzt als Korrespondentin für Associated Press. Übrigens ist sie eine gute Gesprächspartnerin für dich – sie kommt gerade aus München und hat über den Central Collecting Point berichtet. Rita kann dir eine Menge über nationalsozialistischen Kunstraub erzählen.«

»Natürlich werde ich mit ihr reden«, stimmte Henry zu. »Vielleicht sollte ich sie mit Grete Brahm bekannt machen. Mir schwant, die beiden Frauen passen zusammen. Ich bewundere, mit welcher Leidenschaft Grete für den Bestand der Museumsdepots kämpft …«

»Jetzt klingt das aber doch nach Fraternisierung.«

»Ach was. Ich schätze Gretes Kompetenz. Sie weiß mehr über Kunstgeschichte als ich.«

Unwillkürlich wandte Philip den Kopf, und sein Blick wanderte die Fassade des Hauses hoch, das er und Henry gerade verlassen hatten. Irgendwie erwartete er, hinter einem der Fenster das schmale Gesicht der sicher in Friedenszeiten sehr attraktiven Kunsthistorikerin zu gewärtigen. Einschusslöcher und Mauerrisse verschwammen in der Dämmerung, so dass der Krieg plötzlich nur noch eine ferne Ahnung war. Lediglich Zeitungspapier und Pappe als Ersatz für zersplitterte Scheiben erinnerten an die Realität. Philip fragte sich, ob Grete Brahms Nachbarn es auch ohne Fensterglas schafften, ihn und Henry zu beobachten. Zwei Besatzungsoffiziere, die auf der Straße plauderten …

Konnte man sich an Pappe die Nase plattdrücken? Er dachte an seine Großmutter, die ihre Tage damit zubrachte, stundenlang aus dem Fenster ihrer Wohnung in einem New Yorker Wolkenkratzer zu schauen, als wäre dies ein beschaulicher Altbau, und beantwortete seine Überlegung mit einem Ja. Deutsche Frauen waren darin wahre Meisterinnen. Er wusste das. Immerhin stammte seine Grandma ursprünglich aus Berlin.

Doris Day sang auf der Schellackplatte im Keller eines ausgebombten Gebäudes: »Gonna make a sentimental journey, to renew old memories …«

Er sollte nachsehen, fuhr es Philip durch den Kopf, ob das Haus noch existierte, in dem seine Vorfahren gewohnt hatten, bevor sie in die Staaten ausgewandert waren. Eine sentimentale Reise, um die alten Erinnerungen aufzufrischen, wie es in dem Schlagertext hieß.

»Ich würde gern etwas für sie tun«, unterbrach Henry seine Gedanken. »Wenn ihre Nichte stirbt, hat sie niemanden mehr, glaube ich. Das tut mir sehr leid.«

Philip schüttelte den Kopf. »Du kannst nicht jeden retten, mein Freund. Wir sind dafür angetreten, und es ist uns gelungen, die Welt ein bisschen besser zu machen, aber darüber hinaus kannst du nichts tun. Das Mädchen braucht Medikamente. Die wird sie als Deutsche aber nicht bekommen. Es geht um mehr als um Seidenstrümpfe oder Marshmallows. Das ist bitter, ich weiß, aber es ist die Wahrheit.«

»Was täte ich nur ohne deinen Realitätssinn?«, bemerkte Henry, und der Sarkasmus troff aus jedem seiner Worte. »Du warst noch nie der große Romantiker. Vielleicht hat dich die rote Rita deshalb nicht erhört. Könnte das möglich sein?«

»Wir werden sehen«, versprach Philip schmunzelnd. Er reichte Henry die Hand: »Ich muss los. Donnerstag nächster Woche ist Ritas Einstandsparty. Hüttenweg Hausnummer zehn, um die Ecke vom US-Hauptquartier in der Kronprinzenallee. Es wird lustig werden.«

Prompt änderte sich die Melodie. Es schien fast, als würde der unbekannte Musikfreund das Gespräch belauschen und seine Platten passend zu dem auswählen, worüber sich die beiden Besatzungsoffiziere gerade unterhielten. Nun schmetterten die Andrews Sisters »Rum and Coca-Cola«, und der Calypso klang wie eine Vorahnung auf das Fest.

5

Die Villengegenden in Dahlem, Lichterfelde und Zehlendorf waren von Bombenangriffen und Häuserkämpfen weitgehend verschont geblieben, so dass sich die hochherrschaftlichen Gebäude praktisch unbeschädigt aneinanderreihten. Lediglich viele der Parks und Gärten legten Zeugnis der Zeit ab: Umgepflügte Wiesen dienten als Kartoffelacker, und statt gepflegter Rasenflächen machte der Betrachter aufgegrabenes sandiges Erdreich aus; einst blühende Bäume und Büsche hatten die Anwohner wohl heimlich zu toten Stümpfen zerhackt, denn Brennholz war wichtiger als Gartenkunst. Da sich diese Viertel im amerikanischen Sektor befanden, wurden die meisten Gebäude von Angehörigen der Besatzungstruppen bewohnt. Und auch in dem Haus, das für Rita Harris beschlagnahmt worden war, lebten die früheren Eigentümer inzwischen im Souterrain, während sich die junge Reporterin aus Texas in den repräsentativeren Stockwerken einrichtete.

Als Henry vorfuhr, parkten bereits eine Reihe anderer Militärfahrzeuge am Straßenrand. Es handelte sich vornehmlich um amerikanische Automobile, zu seiner größten Überraschung erkannte er jedoch an der Standarte eines beeindruckend großen, alten Horchs Hammer und Sichel auf leuchtend rotem Grund.

Der teure Wagen war sicher von einem vormals reichen Deutschen requiriert worden, bestimmt einem hochrangigen Parteigenossen, dachte er nicht ohne Neid. Die Sowjets hatten sich nach ihrem Einmarsch die Rosinen genommen, bevor sie den West-Alliierten den Zutritt nach Berlin gewährten. Das wusste er als Mitglied der Kunst-Schutz-Abteilung besser als manch anderer. Immerhin gute zwei Monate hatten Stalins Truppen im Frühsommer vorigen Jahres Zeit gehabt, um Wertgegenstände, die sich noch in der alten Reichshauptstadt befanden, aus der Reichweite von Amerikanern, Engländern und Franzosen zu transportieren.

Chauffeure in den Uniformen der unterschiedlichen Armeeeinheiten lümmelten fröstelnd am Straßenrand, formierten sich zu einer kleinen Gruppe und rauchten gegen die Kälte an. Die glühenden Spitzen ihrer Zigaretten schwebten durch die Dunkelheit wie Leuchtkäfer an einem lauen Sommerabend, mit jedem Atemzug stießen sie nicht nur Rauch, sondern auch dicke Wölkchen aus. Sie beobachten die Gäste, die durch das Gartentor schritten, nur am Rande. Die Aufmerksamkeit dieser Männer galt ihren Fahrzeugen und den Diebesbanden, die im Schutz der früh einsetzenden Dunkelheit alles klauten, was nicht niet- und nagelfest war.

Warmes gelbes Licht fiel aus den Fenstern auf den Vorgarten, wo vertrocknete Unkrautreste zu Eis erstarrt waren. Von Musik untermalte Gesprächsfetzen und Lachen drangen nach draußen, wenn die Eingangstüre geöffnet wurde. Stimmen wehten durch die schmale Wohnstraße, in der sich ein kalter Wind fing und die Reste von Laub und Schmutz auftrieb, Schritte hallten über das Kopfsteinpflaster.

Rita Harris' Haus war offensichtlich in jener Zeit der zwanziger Jahre erbaut worden, die ihnen den Stempel Golden Twenties aufgedrückt hatten. Es war keine atemberaubende Gründerzeitvilla wie viele andere in dieser Gegend und auch keine architektonische Meisterleistung, sondern solide und ansprechend mit jenem wohnlichen Flair, das man anderswo mit deutscher Gemütlichkeit verband. Einem spitzen Giebel also, einem kleinen Balkon im ersten Stockwerk und einem Erkerfenster. Henry mochte das Haus auf Anhieb.

Vor ihm trat ein Paar durch die eiserne Gartenpforte, das

die Köpfe zusammensteckte und nicht auf seine Umgebung zu achten schien. Er war ein junger Warrant Officer der United States Army Air Forces, sie Deutsche. Obwohl er sie nur von hinten sah, erkannte Henry ihre Nationalität an ihrer abgetragenen Garderobe. Weizenblondes Haar fiel in weichen Wellen auf ihre Schultern und leuchtete bei der herrschenden Beleuchtung wie flüssiges Gold. Seine Augen wanderten tiefer und betrachteten hübsche schmale Fesseln, die unter dem Mantelsaum hervorlugten. Sie trug Nylons!

Aha, stellte er amüsiert fest, es ist nicht die erste Verabredung. Das Fräulein kennt ihren Verehrer offensichtlich schon etwas länger.

Er drängte sich hinter dem Paar durch die Haustür, doch erst als er seiner Freundin den Mantel abnehmen wollte, fiel dem amerikanischen Unteroffizier auf, dass Henry dicht hinter ihm stand.

Vor Schreck ließ der junge Mann das Kleidungsstück fallen. Mit einer Miene, die tiefste Verlegenheit über seine Nichtbeachtung des wenig älteren Briten mit dem deutlich höheren Dienstgrad ausdrückte, salutierte er: »Captain!«

Die junge Frau blickte von einem zum anderen, dann auf den Boden, wo ein Haufen grauen Wollstoffs lag. Mit einem unterdrückten Seufzen schickte sie sich an, sich danach zu bücken. Doch Henry kam ihr zuvor.

In einer fließenden, eleganten Bewegung hob er den Mantel auf und warf ihn sich über den Arm, als wäre dies ein kostbarer Pelz oder ein Umhang aus Samt und als befänden sie sich an der Garderobe eines Opernhauses.

Er registrierte den fadenscheinigen Stoff eines dunkelblauen Kleides mit weißem Spitzenbesatz am Halsausschnitt und an den Ärmeln, ein hübsches Puppengesicht mit einer Stupsnase, Grübchen am richtigen Fleck – und die Tatsache, dass das

Mädchen noch ziemlich jung war. Sie mochte zwanzig Jahre alt sein, vielleicht war sie sogar jünger, aber älter gewiss nicht.

Dunkle Augen in den Farben blau schimmernden Granits starrten ihn verwundert an. »Das nenn ich britische Höflichkeit«, murmelte sie in sich hinein.

»Es ist mir ein Vergnügen«, erwiderte Henry in ihrer Muttersprache.

Außer einem »Oh!«, das ihre Lippen zu einer entzückenden Schnute formte, brachte sie nichts heraus. Offensichtlich hatte sie nicht damit gerechnet, dass er ihre unbedachte Äußerung verstand.

»Henry! Henry Richardson!«, rief eine Stimme und unterbrach seine Überlegungen, wie sich der süße Schmollmund wohl anfühlen mochte und dass der Amerikaner verdammt viel Glück hatte.

Eine Frau drängte sich in sein Bewusstsein, die ihn schon damals in London ziemlich beeindruckt hatte. Rita Harris war ein Ausbund an überschäumend guter Laune, dazu enorm ehrgeizig und mit einem imponierenden Durchhaltewillen ausgestattet. Trotz der herrschenden Zeiten und der Tatsache, dass viele Frauen zu kriegswichtigen Tätigkeiten herangezogen wurden, wehte der jungen Kriegerwitwe und alleinerziehenden Mutter Rita ein eisiger Wind entgegen. Sie wollte mehr sein als nur Sekretärin oder Telefonistin im Informationskontrollamt und viel mehr als die kleine Reporterin der *Dallas News*, wo sie ausgebildet worden war. Rita Harris war im besten Sinne taff und genau das, was Amerikaner unter dem Begriff smart verstanden: eine Persönlichkeit von überragender Intelligenz. Dazu war sie eine glänzende Journalistin.

Und noch attraktiver als in seiner Erinnerung, wie er unwillkürlich feststellte. Sie war groß und schlank, besaß aber dennoch eine weibliche Figur, was nicht einmal die Uniform kaschieren konnte. Das Auffallendste an ihr waren ihre flammend roten Locken, die sie wie der Hollywoodstar Rita Hayworth in dem Filmmusical *Cover Girl* trug: eine volle Tolle und über den Ohren mit Kämmen zurückgesteckt.

Die Namensschwester der berühmten Diva flog in Henrys Arme und drückte überschwänglich einen Kuss auf seine Wange.

Er strich ihr Haar zur Seite und spähte auf die Dienstklappe mit dem Rangabzeichen auf ihrer Schulter. »Das ist das erste Mal, dass ich von einem amerikanischen Major geküsst werde«, stellte er lächelnd fest.

»Dann wiederholen wir das doch gleich noch einmal«, schlug sie vor und bedachte seine andere Wange mit derselben Aufmerksamkeit. Sie fasste ihn an den Händen und strahlte ihn aus blitzenden bernsteinbraunen Augen an. »Ich freue mich so, dich gesund und munter wiederzusehen. Als Phil mir erzählte, dass er dich getroffen hat, geriet ich ganz aus dem Häuschen.«

»Ich hatte keine Ahnung, dass ich einen derart nachhaltigen Eindruck auf dich hinterlassen habe.«

»Natürlich hast du das …«

Zufällig wandte sie sich ein wenig um und bemerkte offenbar erst jetzt den Warrant Officer und dessen deutsche Freundin. Auf ihrer Nasenwurzel erschien eine steile Falte.

»Oh, Jack, stehen Sie doch bequem. Henry, das ist Officer Tennant, der beste Telegrafist diesseits des Atlantiks.«

Henry nickte freundlich. »Wir haben uns bereits kennengelernt.« Natürlich war die Begrüßung auf Englisch erfolgt, doch nun wechselte er in die Sprache seiner Mutter, die er von klein auf ebenso gut beherrschte: »Und wer sind Sie?«, fragte er Jack Tennants Begleitung.

Die Falte zwischen Ritas Augenbrauen vertiefte sich.

»Ich heiße Brigitte Wiese«, lautete die Antwort. Sie lächelte schüchtern, und die Grübchen in ihren Wangen vertieften sich.

Das Eintreffen neuer Gäste unterbrach die Unterhaltung. Eine Gruppe wild durcheinander parlierender und gestikulierender Franzosen trennte Henry von der jungen Deutschen. Rita rief mit unverkennbar amerikanischem Akzent ein heiteres »bon soir« und umklammerte weiterhin Henrys Hand. Seine Augen suchten Brigitte Wiese in der Menge, doch Rita zog ihn energisch fort zu den Wohnräumen, wo es mindestens ebenso voll war wie im Eingangsbereich.

»Die Hälfte meiner Gäste hat keine Einladung und nur von der Party gehört«, wisperte sie. »Da weiß man dann am Ende gar nicht mehr, wer jemanden mitbringt und wen man eigentlich alles unter seinem Dach bewirtet.«

Ihre Anspielung war zu deutlich, um ignoriert zu werden. »Was hast du gegen Officer Tennants Freundin?«, fragte er.

Rita blickte empört zu ihm auf. »Sie ist Deutsche.«

»Und?«

»Ich habe an den Orientierungsvorträgen der Army teilgenommen. Es heißt, es gebe eine Menge Gründe, warum wir die Deutschen auch acht Monate nach Kriegsende fürchten sollten. Diese Leute wollen uns einschüchtern und uns schaden. Ich finde es nicht richtig, dass unsere Soldaten mit diesen Reichsjugendführerinnen gehen.«

»Ach, was! Warum lässt du den Jungs nicht ihren Spaß? Das Fraternisierungsverbot wurde vorigen Oktober aufgehoben, und Liebe ist nun einmal das beste Mittel gegen Gewalt und für Völkerverständigung.«

»Hast du etwa auch ein Frollein?« Sie sprach das Wort Fräulein im typisch amerikanischen Slang, aber mit einem deutlich abwertenderen Tonfall aus als die meisten GIs dies taten.

Henry lachte und spielte kurz mit einer Locke, die sich vorwitzig aus einem der Kämme gelöst hatte. »Warum willst du das wissen, Redhead?«

Sie zuckte mit den Achseln, grinste verschmitzt und schwieg.

»Nein. Ich habe keine Freundin. Kein deutsches Mädchen und auch keine Angehörige des Königlichen Marinedienstes.« Seine Hand hielt einen Moment in der Luft an, dann sank sie an seiner Seite herab, und er fügte hinzu: »Wahrscheinlich habe ich auf eine tolle Texanerin gewartet, die einen bleibenden Eindruck auf mich hinterließ.«

Bist du verrückt geworden?, schalt er sich einen Atemzug später. Es war ein alberner Automatismus, der ihn mit Rita flirten ließ. Dabei war sie die Eroberung seines Freundes Philip Coleman. Außerdem war sie bereits Mutter, Kriegerwitwe und älter als er. Zwei Jahre oder so, dachte er im nächsten Moment, was spielte das für eine Rolle? Sie war eine tolle Frau. Eine Affäre mit ihr würde wie ein Rausch sein – und wahrscheinlich enorm anstrengend. Aber dieser Gedanke traf ihn auch, wenn er über einen Kater klagte. Und er hatte trotzdem nichts dagegen, gelegentlich ein Glas zu viel zu trinken.

»Sag mal, warum trägst du einen Mantel mit dir herum?«, erkundigte sie sich plötzlich. »Und abgelegt hast du auch noch nicht! Was ist los? Frierst du? Ich dachte, mein Haus wäre gut geheizt.«

Verblüfft blickte Henry auf das Kleidungsstück, das er vorhin über seinen Arm geworfen, nicht zurückgegeben und durch den kleinen Flirt mit Rita vergessen hatte. »Ich brauche eine Garderobe«, erklärte er.

Rita lachte und schob ihn weiter, bis er gefunden hatte, wonach er suchte.

Die Party war ein großer Erfolg. Gerade die Internationalität der Anwesenden schien dafür zu sorgen, dass die Unterhaltungen nie abbrachen und ein ständiges Kommen und Gehen herrschte, das ebenfalls für Abwechslung und Spaß sorgte. Es bestand zwar ein deutlicher Überschuss männlicher Gäste, aber das tat der guten Stimmung keinen Abbruch.

Schließlich bediente irgendwer den antiquierten Schallplattenspieler und legte alte Schellacks mit deutschen Schlagern aus den zwanziger Jahren auf, die wohl den eigentlichen Hauseigentümern gehörten. Henry fand, dass diese Lieder nur witzig waren, wenn man den Text verstand. Das sah die Gastgeberin offenbar auch so, denn Rita schleppte unverzüglich einen Karton mit Platten mit überwiegend amerikanischen Schlagern an, die dem allgemeinen Musikgeschmack eher entsprachen. Kurz darauf rollten ein paar jüngere Army-Angehörige den Orientteppich zusammen, und anschließend wirbelten Frauen in den strengen Uniformen ihrer Einheiten im Swingrhythmus ausgelassen über den Parkettboden, schwenkten beim Calypso lasziv die Hüften oder schmiegten sich beim Foxtrott in die Arme ihrer Tanzpartner. Das Stimmengewirr brach dennoch nicht ab, wurde untermalt von Lachen und Gläserklirren. Über der Gesellschaft hing bald der Dunst von Zigarettenqualm und Alkohol, der sich mit Parfüm, Puder und dem Aroma von Sehnsucht und Begehren mischte.

Wie in Vorkriegszeiten, ging es Henry durch den Kopf, als er sich mit dem Rücken gegen einen großen Vitrinenschrank lehnte, in dem sich in Leder gebundene und nach Farben sortierte Originalausgaben der Weltliteratur befanden. Es war eine Bibliothek, die das Herz seines Vaters erfreut hätte. Schon bei der ersten Betrachtung hatte Henry beschlossen, Rita allein wegen dieser Bücher einen weiteren Besuch abzustatten.

Es war ein idealer Platz, um das Partygeschehen in Ruhe zu

beobachten. Henry war kein großer Tänzer, er schaute lieber zu, wie sich andere auf die Füße traten. Er nippte an einem Whisky und genoss das Gefühl von Wärme, das durch seinen Körper rann.

Neben ihm stand Philip und rauchte mindestens die zwanzigste Lucky Strike in nicht einmal zwei Stunden. Henry kam es vor, als würde sein Freund ununterbrochen qualmen. Wiederholt steckte er sich eine neue Zigarette am Stummel der alten an. Nach den ersten Wechseln dieser Art hatte sich Henry noch gefragt, warum Philip eigentlich dermaßen nervös war. Er wollte ihn gerade darauf ansprechen, als er bemerkte, dass sich die Unruhe steigerte, wenn Rita in seine Sichtweite schwebte.

Philip verschlang ihre Gastgeberin mit den Augen, folgte ihr mit seinen Blicken auf Schritt und Tritt. Als sie sich einmal, in ein Gespräch vertieft, umwandte und ihn anlächelte, fiel ihm fast der Glimmstängel aus den Fingern. Sie hob ihr Rotweinglas und prostete ihm auf die Entfernung zu, blickte darauf zu Henry, und ihr Lächeln wurde breiter.

In diesem Moment endete der langsame Walzer. Eine lautstark in geradebrechtem Englisch geführte Unterhaltung, die Henry bei dem herrschenden Lärmpegel nicht verstand, führte offenbar dazu, dass eine bestimmte Schallplatte ausgewählt und aufgelegt wurde. Außerdem war er abgelenkt, weil Rita die Gruppe verließ, mit der sie sich zuvor unterhalten hatte, und sich zwischen ihn und Philip schob. Unwillkürlich erwachte in Henry so etwas wie Ehrgeiz ob der Frage, wem sie ihre Aufmerksamkeit schenken würde – ihm oder Philip.

Was immer Rita bewogen haben mochte, zwischen Henry und Philip zu treten, die beiden jungen Männer erfuhren es nicht. Eine für amerikanische und britische Ohren ungewöhnliche Melodie im Zweivierteltakt dröhnte aus dem Lautsprecher des Abspielgeräts und lenkte ihre Gastgeberin ebenso ab wie der Offizier der Roten Armee, der einen Kasatschok auf das Parkett legte. »Michail hat das Blut eines Kosaken«, lachte sie, während sie im Rhythmus der Musik in die Hände klatschte. Ihre Augen leuchteten.

Ein leidenschaftlicher Russe, ein Baum von einem Mann, der sich in einem eleganten Horch vorfahren ließ und tanzte wie ein Schwertkämpfer – das war keine Konkurrenz, auf die Henry sonderlich viel Wert legte. Es traf zwar seine Eitelkeit, wie sehr sie sich für den Sowjet begeisterte, aber er beschloss, den Wettbewerb um Ritas Gunst seinem Freund Philip zu überlassen und das Feld zu räumen.

»Ich besorge mir noch etwas zu trinken«, schrie er sie an. Anders war eine Unterhaltung nicht mehr zu führen, denn die Gäste umringten den Tänzer, johlten und klatschten, und auch die Musik wurde noch lauter gedreht. »Soll ich dir ein Glas Wein mitbringen?«

Rita nickte geistesabwesend, die Augen gebannt auf Michail gerichtet, den Kosaken in der hellbraunen Uniform eines sowjetischen Obersten. »Michail ist irgendetwas Wichtiges im sowjetischen Sender und arbeitet im alten Haus des Rundfunks«, antwortete sie mit erhobener Stimme.

Ein tiefer Seufzer entfuhr Henry, bevor er kapitulierte. Wenn sie ihm nicht einmal zuhörte, war jedes Bemühen um Rita sinnlos.

Armer Philip! Der schien zu ignorieren, dass Ritas Herz für ein Mitglied der Roten Armee schlug. Sein Freund rauchte und blickte abwechselnd fasziniert von der Texanerin zu der russischen Tanzeinlage und zurück und drohte sich dabei die Finger zu verbrennen. In jeder Beziehung.

Während Henry ziellos durch die Zimmerflucht streifte und sich überlegte, ob dies nicht der beste Zeitpunkt war, ohne großes Aufsehen seinen Heimweg anzutreten, wechselte die Musik. Nachdem der Kasatschok für viel Gelächter gesorgt hatte, erklang nun eine leise, langsame Melodie. Henry kannte das Lied nicht, aber er überlegte, dass der Plattenaufleger ein gutes Gespür für die richtigen Rhythmen besaß. Er lauschte der bekannten Stimme Perry Comos, der von einer Liebe bis zum Ende aller Tage sang: »Till the End of Time …«

Sein Blick fiel auf einen blonden Schopf. Er gehörte der jungen Deutschen, der er den Mantel abgenommen hatte. Sie stand wie verloren ein wenig abseits der improvisierten Tanzfläche, und Henry bildete sich ein, Wehmut in ihren Zügen zu sehen. Genau genommen konnte er das jedoch nicht erkennen. Vielleicht wollte er auch nur, dass sie sich nach einem Tanz sehnte, weil eine junge Frau wie sie in den Armen eines verliebten Mannes dahinschweben und nicht einsam am Rand stehen sollte.

Er trat neben sie. »Langweilen Sie sich?«, fragte er auf Deutsch.

Obwohl er leise gesprochen hatte, zuckte sie zusammen wie nach einem gebrüllten Befehl. »Wie kommen Sie darauf?«, haspelte sie. »Wieso sollte ich mich langweilen? Es ist sehr schön hier … und warm.« Ein winziges Lächeln streifte ihre Züge.

»Wo ist denn Officer Tennant?«

»Jack legt die Schallplatten auf.«

Henry schüttelte missbilligend den Kopf. »Officer Tennant sollte lieber mit Ihnen tanzen.«

»Er kann nur eines von beiden«, verteidigte sie ihren Freund: »Das Grammophon bedienen oder tanzen.«

»Stimmt. Trotzdem sollte er sein Mädchen nicht vernachlässigen. Ich könnte ihm als ranghöherer Offizier befehlen, sich um Sie zu kümmern. Und wenn er keinem Briten traut, bitte ich Lieutenant Coleman von der U. S. Army, ein ernstes Wörtchen mit Officer Tennant zu wechseln. Das ist ein guter Freund von …«

»Ihr Gedanke ist sehr nett«, unterbrach sie ihn rasch, »aber eigentlich wenig schmeichelhaft für mich. Ich möchte nicht, dass irgendwer auf Befehl nett zu mir sein muss. Außerdem ist Jack Tennant sonst wirklich sehr aufmerksam.«

Sie zog diesen süßen Schmollmund, der Henry schon vorher aufgefallen war. Doch an der Betrachtung ihrer Lippen konnte er sich nicht erfreuen, weil er spürte, wie er rot anlief.

Wann war es ihm zum letzten Mal passiert, dass er sich in eine derart peinliche Situation geredet hatte? Im Kindergarten? Er räusperte sich und hob ebenso hilflos wie fragend die Arme. »Wollen Sie tanzen? Sie könnten es mit mir versuchen, wenn Sie möchten.«

Die Grübchen an ihren Mundwinkeln vertieften sich – und das war zauberhaft anzusehen.

»Sie sind sehr nett«, sagte sie und blickte ihm in die Augen. »Haben Sie vielen Dank, aber ich kann das nicht annehmen. Ich … mir … mhm… wenn ich ehrlich bin … Mir tun die Füße weh«, gab sie nach mehreren Kunstpausen kleinlaut zu.

Unwillkürlich glitten seine Blicke an ihrer schmalen Figur zu den hübschen Fesseln hinab. Sie trug hochhackige Pumps, die ihr anscheinend eine Nummer zu klein waren. Ihr Fußrücken war geschwollen, und das Riemchen drückte in die Haut. Henry fragte sich, was sie für dieses Paar auf dem Schwarzmarkt bezahlt haben mochte. Auf Bezugsschein hatte sie es kaum bekommen. Schon zwei Jahre vor Kriegsende war die Versorgung mit Kleidung für die deutsche Zivilbevölkerung eingestellt worden. Schicke Schuhe waren daher längst Mangelware. Aber es war verständlich, dass sie ihre neuen Nylons nicht zu plumpen Tretern tragen wollte.

»Dann setzen wir uns doch«, schlug er vor.

»Ich fürchte, wenn ich einmal sitze, werde ich nicht mehr aufstehen. Jedenfalls nicht in diesen Schuhen …«, plötzlich unterbrach sie sich, starrte ihn an und fügte zerknirscht hinzu: »Meine Güte, Entschuldigung, ich lehne ja jedes Angebot von Ihnen ab. Dabei sind Sie sehr freundlich, Captain.«

»Nicht der Rede wert …«

»Doch, doch, das sind Sie! Wissen Sie, ich bin es in meinem Beruf gewohnt, viel zu stehen. Allerdings trage ich dabei etwas praktischeres Schuhwerk.«

»Was machen Sie?«

»Ich bin Krankenschwester«, sie klang stolz.

Henry nickte anerkennend. »Keine einfache Aufgabe, denke ich. Sie haben bestimmt schon viel gesehen.«

»Sie doch auch!«

Ihr Blick war eindringlich, warm und aufmerksam. Wenn Officer Tennant kein Volltrottel war, hatte er sich in diese Intensität verliebt. Ein paar Atemzüge lang gab sich Henry der Illusion hin, ihr uneingeschränktes Interesse wäre nicht nur dem flüchtigen Augenblick eines Partygeplänkels geschuldet.

Als sein Schweigen zu lang wurde, antwortete er ernst: »Meine Erinnerungen an den Krieg sind nicht so, wie Sie denken. Ich war nie bei einer kämpfenden Einheit. Meine Anwesenheit im Informationskontrollamt war für die Verantwortlichen in London wahrscheinlich wertvoller.«

»Dann arbeiten Sie ja in derselben Behörde wie Jack …«

Er schüttelte den Kopf, bedauernd, dass er ihr diese Freude nicht bereiten konnte. Offensichtlich hegte sie eine gewisse Begeisterung für die alliierte Zensurbehörde. »Inzwischen wurde ich in die Kultur-Schutz-Abteilung versetzt.«

Sie lachte erfreut auf. »Sie werden es nicht glauben, aber dort kenne ich auch jemanden.«

Henrys Augenbrauen hoben sich in einer Mischung aus

Neugier und Erstaunen. Das Mädchen schien die Anziehungskraft, die sie zweifellos auf die alliierte Männerwelt ausübte, weidlich auszunutzen. Überall besaß sie Verehrer! Er sollte sich wohl doch lieber überlegen, wie er dem Sowjet oder Philip oder beiden die rothaarige Rita ausspannte, bevor er Smalltalk mit einer Deutschen betrieb, die anscheinend mehr als einen Besatzungsoffizier bezauberte …

Da sagte Brigitte: »Vielleicht sind Sie meiner Bekannten schon einmal begegnet. Sie heißt Grete Brahm.«

Sein Mund klappte auf, aber vor Überraschung brachte er keinen Ton heraus. Er spürte, wie sein Gesicht wieder die Farbe wechselte. Wie hatte er dieser reizenden jungen Dame nur unterstellen können, als Amiliebchen überleben zu wollen?

Ungeachtet seines Schweigens plapperte sie weiter: »Eigentlich ist Grete Brahm gar keine richtige Bekannte von mir, im Sinne einer Freundin jedenfalls nicht. Sie war die jüngere Schwester meines früheren Chefs. Ich habe bei Professor Brahm gelernt. Er war ein wunderbarer Arzt. Leider lebt er nicht mehr, er starb bei einem Bombenangriff. Fräulein Brahm wohnt jetzt mit seiner Tochter zusammen. Ich meine, der Tochter von Professor Brahm. Sie hat selbst natürlich keine Kinder, weil ihr Verlobter gleich zu Beginn des Kriegs in Polen gefallen ist.«

»Das tut mir leid«, warf Henry tief durchatmend ein. »Ich kenne Grete Brahm gut. Wir arbeiten eng zusammen. Ich wusste, dass sie alleinstehend ist, aber ich kannte die Hintergründe nicht.«

Betreten senkte sie die Lider. »Verzeihen Sie, ich wollte nicht vorlaut sein und Indiskretionen verbreiten. Bitte, erzählen Sie ihr nichts davon. Ich weiß auch nicht, warum ich so viel rede.«

»Ich bin ein vertrauenswürdiger Mensch.«

Sie schwieg, obwohl ihr anzusehen war, dass sie sich gern weiter unterhalten hätte. Und ihm erging es ebenso. Er fand es angenehm, ihre Stimme zu hören. Anscheinend waren ihnen jedoch die Gesprächsthemen ausgegangen.

Um die Stille zwischen ihnen zu durchbrechen, hob Henry an: »Neulich war ich bei Grete Brahm zu Hause …«

»Das ist die alte Wohnung von Professor Brahm, und sie haben Einquartierung, obwohl diese Leute die schönen Räume bestimmt nicht pflegen.«

»Ja, gut«, Henry schenkte ihr ein offenes Lächeln. »Ich wollte kein Zimmer beschlagnahmen, das ist gar nicht meine Aufgabe. Keine Sorge. Bei dieser Gelegenheit habe ich aber die Bekanntschaft von Fräulein Brahms Nichte gemacht. Sie ist sehr krank, nicht wahr?«

Brigittes Miene verdüsterte sich. »Fee?! Ja, sie ist sehr krank. Ich bete, dass sie überleben wird. Sie hat doch noch ihr ganzes Leben vor sich.«

»Geht es ihr so schlecht? Ich dachte, ein junger Körper hält eine Menge aus.«

»Ach Gott, Captain, von wie vielen Menschen haben Sie gehört, die eine schwere Lungenentzündung ohne Medikamente, ausreichend Nahrung und Wärme überlebt haben?«

München, 2010

6

»Mami, Mami!« Das sonst so zarte Stimmchen klang energisch. »Warum gehst du nicht schlafen, Mami?«

Überrascht blickte Anna von ihrem Computermonitor auf. Nur die Schreibtischlampe und das Licht im Bildschirm erhellten ihr Schlafzimmer, doch das reichte, um auszumachen, wie verschlafen ihre Tochter entgegen ihrem Tonfall war.

Dabei wollte Emily anklagend wirken mit ihren bemüht gestrafften Schultern und dem hocherhobenen Haupt. Tatsächlich sah sie jedoch nur rührend aus. Die viel zu große Schlafanzughose hing ihr auf den Hüften, in der einen Hand hielt sie Holly, ihre Stoffpuppe, die andere Faust rieb die müden Kinderaugen. Ein kleines blondes Mädchen, wie von Rubens gezeichnet, dachte Anna unvermittelt. Ihr Herz barst fast vor Liebe.

»Ich muss arbeiten«, erklärte sie geduldig. »Manchmal dauert das einfach ein wenig länger.«

»Oma sagt, man wird ganz doll krank, wenn man nicht genug schläft.«

Anna war sich sicher, dass ihre Mutter diese Behauptung benutzte, um Emily zur Ruhe zu bringen, wenn sie den Babysitter spielte. Wie die meisten Kinder hielt ihre Tochter wenig davon, dann zu Bett zu gehen, wenn es die Erwachsenen für richtig hielten. Unwillkürlich wurde ihr Lächeln breiter.

»Und warum gehorchst du Oma nicht und schläfst?«

Emily knabberte auf ihrer Unterlippe. Es kostete sie offensichtlich Überwindung, die Wahrheit zu offenbaren: »Ich hab schlecht geträumt. Da waren Männer in meinem Zimmer und wollten mich klauen. Das war ganz gruselig. Mami, kann ich bei dir bleiben?«

Obwohl sie grundsätzlich nichts dagegen hatte, wenn Emily unter ihre Decke kroch, fühlte sich Anna heute Nacht gestört. Durch ihren Körper strömte unverändert Adrenalin, sie wollte noch nicht das Licht löschen und schlafen.

Sie fühlte sich wie unter Hochspannung, seit ihr endlich die Lösung eingefallen war. Die lächerlichste, albernste, einfachste Problemlösung, die sie sich hätte denken können, auf die sie aber in zwei Wochen Recherche nicht gekommen war. Wie dumm konnte man eigentlich sein?, fragte sie sich wieder und wieder und schüttelte in Gedanken den Kopf über sich.

Auch vierzehn Tage nach der Einlieferung des Reichensteins war Anna noch nicht weitergekommen mit ihrer Recherche. Sie hatte zwar einige Tage mit dem Studium der Sekundärliteratur zugebracht, die im Auktionshaus zur Verfügung stand, und dann die Bibliothek des Zentralinstituts für Kunstgeschichte aufgesucht, doch nirgendwo fand sie eine Referenz zu dem Bild. Genau genommen gab es auch keinen Hinweis auf die Sammlung Coleman, aber das war momentan zweitrangig. Ihr erschien es nach wie vor wichtiger herauszufinden, wer das kleine Gemälde von Cassirer erworben und durch das »Dritte Reich«, den Krieg und die Zeit danach bis nach London gebracht hatte.

Sie war wie besessen von dieser Frage, konnte sich kaum auf etwas anderes konzentrieren. Tagsüber in ihrem Büro grübelte sie darüber. Wenn sie abends mit Emily spielte, war sie nicht wirklich bei der Sache, und nachts schlief sie – wenn überhaupt – nur aus Erschöpfung ein.

Anna konnte sich nicht erklären, warum sie sich derart intensiv mit dem Bild beschäftigte. Die Tatsache, ein Gutachten zu erstellen, war es sicher nicht allein. Es war etwas anderes – eine Magie, die sie gefangen nahm, festhielt und von der Realität, ihrem alltäglichen Leben, fernzuhalten begann.

Dabei hatte sie das *Liebespaar* seit Tagen nicht einmal angesehen. Sie hatte das Bild in ihrem Büro falsch herum auf die Staffelei gelehnt, so dass sie ständig mit der Rückseite und den beiden Provenienzen konfrontiert wurde.

Der vergilbte Stempel der Galerie Richardson stach hell von dem braungrauen Untergrund ab. Ihr kam es vor, als wollte ihr diese Signatur etwas sagen, doch sie fand nicht heraus, was es sein könnte. Bedauerlicherweise konnte sie keinen Kollegen zurate ziehen, wenn sie nicht als verschroben oder unfähig gelten wollte. Und natürlich war es ausgeschlossen, ihre Unsicherheit ihrem Chef zu offenbaren. Deshalb quälte sie sich herum – bis sie heute Abend zufällig auf ihre eigene Blindheit stieß.

Sie war so auf die wissenschaftliche Arbeitsweise fixiert, die man ihr an der Universität beigebracht hatte, dass sie das Naheliegendste übersehen hatte – eine Internetrecherche außerhalb der üblichen wissenschaftlichen Datenbanken. Im weltweiten Netz würde sie relativ einfach herausfinden können, ob die Galerie Richardson noch in London existierte. Falls ja, würde sie eine Kontaktaufnahme per Mail wagen. Wenn sie Glück hatte, arbeitete in der Kunsthandlung noch jemand, der sich an das Jahr 1961, das Bild von Leo Reichenstein und an den Sammler Philip Coleman aus New York erinnerte. Engländer waren traditionsbewusst, so dass ihre Chancen eigentlich gut stehen mussten.

Ihre Recherche bei Google war erfolgreich. Auf ihrem Monitor flackerte die Homepage der Galerie Richardson auf, eine schlichte Internetseite, stilvoll in Burgunderrot gehalten mit weißer geschwungener Schrift. Anna war gerade im Begriff gewesen, sich durch die verschiedenen Seiten zu klicken, als Emily in ihrer Tür erschien.

»Schätzchen, ich bin sicher, in deinem Zimmer sind keine bösen Männer. Niemand will dich mir fortnehmen.«

»Die Männer sahen aus wie der Mann, der immer vor dem Kindergarten steht.«

Welcher Mann?, wollte Anna automatisch fragen, klappte ihren Mund jedoch wieder zu.

Sie war sich nicht sicher, ob diese Person ein Ergebnis des Traums oder von Emilys möglicherweise überreizter Fantasie war, und wollte die Erinnerung an den Unbekannten nicht unnötig fördern. Falls es Grund zur Sorge gab, hätte Annas Mutter bestimmt etwas gesagt. Sie holte Emily meistens vom Kindergarten ab, während Anna noch arbeitete. Und dann gab es ja auch befreundete Mütter, die eine verdächtige Beobachtung weitergegeben hätten. Doch trotz der vernünftigen Argumente fühlte sich Anna alarmiert.

Hin und her gerissen zwischen einer gewissen Unruhe über Emilys Worte und ihrer Neugier auf den Text über die Galerie Richardson, wanderten Annas Augen von Emily zu ihrem Monitor und zurück. Schließlich entschied sie sich für den Kompromiss: »Leg dich schon mal unter meine Decke, Schätzchen. Wenn ich die Adresse gefunden habe, nach der ich schon den ganzen Abend suche, komme ich nach.«

»Dauert das noch lange?«

»Nein, nein. Ich bin gleich fertig. Gib mir einen Kuss, mein Schatz, dann bin ich noch schneller.« Sie streckte die Arme nach Emily aus, doch die schüttelte den Kopf.

»Du kriegst erst einen Kuss, wenn du auch im Bett bist, Mami.«

Anna lächelte. Bis dahin war Emily garantiert eingeschlafen. Die müden Augen würden zufallen, sobald sie sich in dem französischen Messingbett ihrer Mutter zusammengerollt hatte. Dass Annas Bankerslight brannte und der Monitor ein blaues Licht verströmte, würde sie kaum davon abhalten.

»Einverstanden!«, behauptete Anna und beobachtete zufrieden, wie ihre kleine Tochter das Zimmer durchschritt.

Emily bewegte sich wie ihr Vater, obwohl sie sich seine Art zu gehen niemals hatte abschauen können. Eine Träne stahl sich in Annas Augen, und sie konzentrierte sich rasch auf den Bildschirm und die weiße Schrift auf rotem Grund:

Gallery Richardson Ltd
Sir Henry Richardson, Oliver Richardson
New Bond Street, London

Während Emily unter das Federbett ihrer Mutter kroch, klickte Anna auf den Link »Kontakt«. Sie las die Anschrift, eine Telefon- und eine Faxnummer, dann die Mailadresse. Letztere speicherte sie ab.

London, 2010

7

Der Gitarrenriff von Keith Richards riss Oliver Richardson aus tiefem Schlaf.

Vielleicht war er auch ohnmächtig gewesen, ganz genau konnte er es nicht einschätzen. Er hatte am gestrigen Abend bis zur Besinnungslosigkeit Wodka getrunken. Seine russischen Kunden wollten ihn davon überzeugen, dass der Schnaps aus ihrer Heimat besser sei als jeder Alkohol aus Polen oder Finnland. Im Grunde hätte er sich zur Beantwortung dieser Frage nicht das Hirn volllaufen lassen müssen. Er sagte den Leuten natürlich, dass nichts über russischen Wodka gehe. Doch das genügte dem Oligarchen nicht. In altbewährter Manier füllten sie immer wieder sein Glas, und Oliver hinderte sie nicht daran, denn diese Männer waren inzwischen die wichtigste Klientel der Galerie Richardson: Sie kauften wertvolle Kunstwerke, die den sozialistischen Führern ihrer Väter und Großväter noch als kapitalistische Dekadenz erschienen waren, als wären es Abziehbilder fürs Poesiealbum.

Jetzt schien ein Tamburin gegen seinen Kopf geschlagen zu werden. War das Jack Nitzsche?

Oliver versuchte, sich zu bewegen. Seine Glieder fühlten sich schwer an, aber immerhin waren sie ihm nach dem Alkoholexzess nicht abgefallen.

Vorsichtig öffnete er erst ein Auge, dann das zweite. Es war finster um ihn her, nur irgendein Display warf einen Lichtstreifen in den Raum, breit genug, dass Oliver sein Schlafzimmer erkannte – und zerwühlte Laken.

Dunkel erinnerte er sich, dass er nicht nur zu viel getrunken hatte, sondern auch mit seiner jungen Praktikantin im Bett gelandet war. Dabei hatte er sich von Anfang an geschworen, die Finger von Camilla zu lassen. Aber sie besaß nun einmal so süße Kulleraugen und spielte Saxophon – das war verdammt sexy.

»I can't get no satisfaction«, brüllte Mick Jagger.

Welcher Teufel hatte ihn geritten, die Rolling Stones als Klingelton seines Handys auszuwählen? Ihm kam es vor, als würden tatsächlich Steine durch seinen Kopf rollen. Wie konnte er nur darauf verfallen, einen Hit aus den Sechzigern auf sein Smartphone zu laden, der zehn Jahre älter war als er selbst? Und der Lautstärkeregler musste auch mal neu eingestellt werden …

Unwillkürlich tastete er neben sich, doch das Kopfkissen war leer. Camilla hatte sich offenbar davongeschlichen. Bemerkenswert. Für so diskret hatte er sie gar nicht gehalten. Natürlich war ihre Beziehung nicht dazu geeignet, gemeinsam zu frühstücken. Romantik war fehl am Platz, aber er hätte ihr wenigstens aus Höflichkeit ein Taxi bestellen müssen.

»Cause I try and I try and I try and I try …«

Oliver hatte Lust, das Telefon an die Wand zu werfen, damit Mick Jagger und Keith Richards endlich die Klappe hielten. Er tastete nach dem Handy, nahm es vom Nachttisch und riskierte einen neugierigen Blick auf das Display:

Großer Gott! Sein Großvater rief ihn an.

Er fuhr hoch, was seinem Kreislauf nicht bekam. »Hi«, nuschelte Oliver.

»Ist alles in Ordnung bei dir?«

»Ja, natürlich. Bei mir ist alles in Ord… Ordnung«, er hatte deutliche Artikulierungsschwierigkeiten. »Ich habe geschlafen. Das solltest du auch tun und mich nicht mitten in der Nacht anrufen, Grandpa.«

»Zieh die Vorhänge zurück, Junge, es ist sieben Uhr morgens«, erwiderte Henry Richardson ruhig. »Ich habe absichtlich so lange gewartet, damit ich dich um einen Gefallen bitten kann, ohne dich allzu früh zu stören. Könntest du mir bitte ein paar Sachen besorgen und ins Wellington Hospital bringen. Ich …«

»Was?« Olivers Kopf dröhnte, aber das war nebensächlich. Mit einem Mal war er hellwach. »Was machst du im Krankenhaus?«

»Deiner Großmutter geht es nicht gut. Sie ist im Badezimmer gestürzt. Oberschenkelhalsfraktur, sagen die Ärzte. Sie wird morgen operiert und dann eine Weile hierbleiben müssen.«

Für den Bruchteil einer Sekunde flimmerten bunte Sternchen vor Olivers Augen. Wie hatte er sich in einer Nacht betrinken und seine Praktikantin poppen können, in der seine geliebte Großmutter verunglückte? Nie wieder Wodka. Nie wieder Camilla. Oliver fuhr sich mit der Hand durchs Haar und stöhnte leise auf, als wäre es seine Schuld, dass Lady Richardson bei einem nächtlichen Bedürfnis hingefallen war.

Alten Leuten passiert so etwas, sagte eine plötzlich erwachende Stimme der Vernunft in seinem Hinterkopf. Seine Granny war immerhin vierundachtzig. Doch der irgendwie naheliegende Gedanke an ihren Tod verstörte ihn noch mehr als der Wodka-Kater.

»Könntest du mir bitte einen Pyjama, Hausmantel und was man sonst noch so im Krankenhaus trägt bringen?«, unterbrach sein Großvater das Schweigen am Telefon. »Ein paar Toilettenartikel wären auch nicht schlecht. Und Bücher, Oliver, bitte, viele Bücher. Am besten besorgst du mir die ganze Bestsellerliste. Ich weiß nicht, wie ich mir sonst die Zeit hier vertreiben soll, und ein Geist ohne Nahrung wird alt.«

Ein feines Lächeln glitt über Olivers Gesicht. Diese Bemerkung von einem Neunzigjährigen war fantastisch. Er riss sich zusammen.

»Warum brauchst *du* all diese Sachen?«, fragte er und bemühte sich, nicht so verzweifelt zu klingen, wie er sich fühlte. »Soll ich denn nichts für Granny einpacken?«

»Das habe ich schon erledigt, als wir auf den Krankenwagen warteten. Nur an mich habe ich dabei nicht gedacht.«

»Wieso an dich? Was ist mit dir passiert?« Oliver kam sich vor wie in einem Albtraum. Schlief er etwa noch?

»Nichts. Glücklicherweise nicht. Aber ich bleibe an der Seite meiner Frau. Wir sind seit dreiundsechzig Jahren verheiratet. Ich lasse sie nicht allein, wenn es unangenehm wird. In guten wie in schlechten Zeiten, verstehst du?«

Wie stark war eine Liebe, die solche Worte hervorbrachte? Oliver wusste natürlich um die gute Ehe seiner Großeltern, und sie war ihm durchaus ein Vorbild gewesen, als er in der Phase stürmischer Leidenschaft die ungarische Malerin Erszebet geheiratet hatte, der er erst sechs Wochen zuvor auf der Vernissage einer Hinterhof-Galerie in Camden begegnet war. Aber es gehörte mehr zu einer großen Liebe als flüchtiges Begehren, das war ihm ziemlich rasch bewusst geworden – und deshalb war er inzwischen geschieden.

»Oliver? Bist du noch da?«

»Ja. Entschuldige, Grandpa. Ich bin nur noch nicht ganz wach. Das Meeting gestern Abend hat mich geschafft. Aber ich fahre sofort in deine Wohnung und packe, was du brauchst. In einer Stunde bin ich bei dir.«

Zunächst war die Antwort ein leises Schnauben, dann: »Nimm dir ein Taxi. Restalkohol im Blut ist teuflisch.«

Er ist toll, dachte Oliver und schmunzelte wieder, diesmal breiter. »Ich erzähle dir alles, wenn wir uns sehen.«

Besser doch nicht alles, überlegte er einen Atemzug später. Die Sache mit Camilla sollte er nicht erwähnen. Der Seniorchef der Galerie war nicht begeistert gewesen, als Oliver sie eingestellt hatte. Dabei hatte sie sich bei ihrem Vorstellungsgespräch auf irgendwelche alte Familienbande berufen. Inzwischen befürchtete Oliver allerdings, es handele sich eher um eine alte Familienfehde. Er wagte nicht einmal, seinen Großvater nach seiner Abneigung gegen die junge Frau zu fragen. Vielleicht hatte die ganze Geschichte ja etwas mit seinen, Olivers, Eltern zu tun. Doch bei denen konnte er sich nicht nach der Vergangenheit erkundigen, denn die waren schon lange tot.

»Gib Granny bitte einen Kuss von mir«, fügte er rasch hinzu. Er zögerte, doch dann platzte er heraus, weil er wusste, dass ein Mann wie sein Großvater der Wahrheit offen ins Gesicht blickte: »Muss ich mir Sorgen um sie machen?«

»Noch nicht, Oliver, ganz sicher nicht«, erwiderte Henry begütigend. »Dafür ist es zu früh. Hoffe ich.« Ohne ein weiteres Wort beendete er das Gespräch.

Oliver starrte sein stummes Handy an und fühlte sich klein und hilflos, verängstigt und verloren. Am liebsten hätte er losgeheult – wie damals, als er die Nachricht erhalten hatte, dass seine Eltern und sein älterer Bruder tödlich verunglückt waren. Er war wieder das Kind, das aus seiner Geborgenheit gerissen wurde. Dabei war er seit gestern fünfunddreißig Jahre alt.

Die Stadtwohnung seiner Großeltern befand sich zwar mehr oder weniger auf dem Weg zwischen Olivers Apartment im südwestlichen Bezirk Fulham und dem im Norden Londons gelegenen Wellington Hospital, aber im morgendlichen Berufsverkehr benötigte er länger als die versprochene Stunde, um von einem Ort zum anderen zu gelangen. Er schaffte es immerhin in atemberaubenden neunzig Minuten und kam zerzaust, keuchend und mit rot unterlaufenen Augen in dem modernen Privatkrankenhaus an. Letztere waren freilich keine Folge des Spurts hinter einem Taxi her, sondern ein Resultat der unbotmäßigen Menge Alkohols. Und da er sich beeilt hatte, war er unrasiert und nicht unbedingt wie ein Gentleman gekleidet – nicht einmal wie einer an seinem freien Tag. Während Oliver im Laufschritt durch die Krankenhausflure zur orthopädischen Abteilung eilte, versuchte er mit der einen Hand seine Haare wenigstens einigermaßen zu bändigen, während die andere den Griff einer Reisetasche aus Leder umfasste.

Sein Großvater erwartete ihn. Henry stand an einem Fenster und blickte gedankenverloren in den trüben Londoner Morgen. Trotz seines hohen Alters hielt er sich sehr gerade. Das überraschend volle silbergraue Haar, das auf seinen Hemdkragen fiel, war ein wenig zu lang, aber gut geschnitten und wirkte daher für ein Mitglied der Upper Class ungewöhnlich verwegen, sogar künstlerisch. Picasso mit Frisur, ging es Oliver durch den Kopf. Allerdings im dunkelblauen Polohemd statt im Ringelshirt.

Oliver nahm sich kaum Zeit für eine Umarmung, sondern fragte atemlos: »Wie geht es Granny?«

»Sie ist gerade in der internistischen Abteilung zur Untersuchung. Das ist vor der Operation natürlich notwendig, aber sie hat schreckliche Angst, dass die Ärzte ein Gebrechen finden.«

»Und du …? Fürchtest du dich auch?«, wollte Oliver wissen. Wenn sein Großvater jetzt Bedenken äußerte, würde er sich Sorgen machen müssen.

Ein Lächeln umspielte Henrys Mund. »Nein, eigentlich

nicht, nein«, erwiderte er mit fester Stimme und klopfte Oliver zärtlich auf die Schulter. »In unserem Alter geschehen aber Dinge, mit denen man vorher nicht unbedingt gerechnet hat, und daher ängstigen sie uns. Es ist das Unbekannte, manchmal auch das Überraschende. Wir erleben plötzlich Krankheiten, die mit den Jahren schlimmer werden, machen Erfahrungen mit Gebrechlichkeit und auch mit Schmerzen. Damit muss man sich abfinden. Aber deine Großmutter ist ein überaus vitales altes Mädchen. Sie ist gesund, denke ich. Jedenfalls so gesund, wie man es als Seniorin sein kann.«

Oliver sah ihm in die Augen auf der Suche nach einem Zweifel, doch Henry begegnete seinem Blick mit derselben Ruhe, die seine Worte vermittelten. Unwillkürlich atmete der Jüngere erleichtert aus. »Wer soll unsere Tränen trocknen, wenn Granny etwas passiert«, murmelte er in sich hinein.

Ein zweites Mal klopfte der Großvater seinem Enkel auf die Schulter. Dann räusperte er sich und rief leutselig aus: »Ich habe dich überhaupt noch nicht gefragt, wie du den gestrigen Abend verbracht hast. Siehst du, das ist das Alter – man wird vergesslich. Also, was hast du nach unserem Lunch gemacht?«

»Getrunken«, antwortete er und strich sich verlegen über das unrasierte Kinn. »Viel zu viel getrunken.«

»Du brauchst mir nichts zu erzählen, was ich dir ansehen kann.«

»Wodka. Es war Wodka – und ich weiß, dass ich dieses Zeug nie wieder in meinem Leben anrühren werde …«

»Das hast du bereits nach deinem ersten Rausch behauptet. Wie lange ist es her, dass ich dich mit einer Alkoholvergiftung vom Internat abholen musste? Achtzehn Jahre? Zwanzig?«

»Neunzehn«, gab Oliver lakonisch zurück, »und ich finde, dass das ein guter Schnitt ist. Alle neunzehn Jahre ein kräftiger Kater. Der nächste erwartet mich dann mit vierundfünfzig …«

»Warum hast du dich betrunken? Aus Freude am Fest?«

»Keineswegs. Es war eine ehrenhafte Angelegenheit, sozusagen in Ausübung meines Berufs.« Er schmunzelte, als Henry die Augenbrauen hochzog, und fuhr fort: »Ich habe mit Kunden einen Geschäftsabschluss gefeiert. Es sind Russen, und deshalb floss der Wodka. Aber immerhin hat Andrei Wasilitsch Scharkow zuvor dreißigtausend Pfund für ein Bild bezahlt.«

»Bemerkenswert. Welches Gemälde hat er denn gekauft?« Obwohl er die Galerie nicht mehr täglich besuchte, wusste Henry über den Bestand gut Bescheid. Deshalb hatte er das Kunstwerk auch sofort vor Augen, als Oliver erklärte: »Den Ladenhüter aus dem achtzehnten Jahrhundert. Du weißt schon, dieses Porträt der Malerin Rosalba Carriera, das angeblich von Watteau sein soll.«

»Dreißigtausend hast du dafür bekommen? Und als Zugabe eine Alkoholvergiftung?« Henry schüttelte missbilligend den Kopf. »Dieses Bild ist viel wertvoller!«

»Das mag sein«, räumte Oliver etwas irritiert über die barsche Abfuhr ein, »aber der Stil ist nicht in Mode, und daher können wir dafür keine Höchstpreise verlangen, Grandpa. Es ist ein Glück, dass die Frau des Kunden dieses Bild unbedingt an die Wand ihres Ankleidezimmers hängen will.«

Henrys Blick, der zuvor aufmerksam auf Oliver gerichtet war, schweifte ab. »Dieses Gemälde war einmal ein Menschenleben wert«, sagte er, und seine Stimme klang eigentümlich rau.

Berlin, 1946

8

Der Rover mit dem Union Jack parkte vor dem St.-Gertrauden-Krankenhaus. Trotz schwerer Bombenschäden an den umliegenden Häusern war das fünfstöckige Klinikgebäude einigermaßen intakt geblieben. Es war ein ziemlich modernes Krankenhaus, wie Henry feststellte, während er gegen den Wagen lehnte und sich die Zeit mit einer Zigarette vertrieb: Klinkersteine und weißer Verputz ohne Schnörkel.

Er versuchte, sich möglichst gerade zu halten, da er wusste, dass ihn die Passanten beobachteten, obwohl sie so taten, als schauten sie nicht zu ihm her. Mit eingezogenen Köpfen und hochgeschlagenen Kragen ihrer dunklen, abgetragenen Mäntel huschten Männer und Frauen an ihm vorbei, die gewiss allesamt älter aussahen, als sie waren. Zwei Sanitäter trugen einen Patienten auf einer Trage in das Gebäude: Eine zwischen zwei Fahrräder montierte Luftschutztrage diente auch ihnen als Krankenwagen. Katholische Nonnen in weißem und schwarzem Habit gingen vorüber, und es dauerte eine Weile, bis Henry begriff, dass die Klinik von Ordensschwestern betrieben wurde.

Im nächsten Moment fragte er sich, ob Brigitte Wiese womöglich Novizin war?

War das der wahre Grund, warum sie es bei Rita Harris' Party abgelehnt hatte zu tanzen?

Schade!, dachte Henry unwillkürlich und warf die nur halb aufgerauchte Zigarette auf den Boden.

Brigittes Abkehr vom weltlichen Leben wäre zweifellos ein Verlust für die Männerwelt. Eine Entscheidung, die Henry verärgerte, weil ihn sinnlose Verschwendung immer wütend machte. Aber natürlich ging es ihn nichts an, wie das Fräulein ihre Zukunft plante. Dennoch wallte Zorn darüber in ihm auf.

Zufällig bemerkte er einen Jugendlichen mit zu kurz geschorenen Haaren und Schiebermütze, der nur wenige Meter von ihm entfernt stand und um den Anschein bemüht war, er habe etwas an seinem Fahrrad zu reparieren. Dennoch konnte der Junge nicht verhehlen, dass er von dem Zigarettenstummel zu Henrys Füßen magisch angezogen wurde. Das war die Währung in Berlin, mit der man es am weitesten brachte. Henry wusste, dass aus durchschnittlich sieben Kippen eine neue Zigarette gedreht werden konnte und diese wiederum auf dem Schwarzmarkt zu sieben Mark das Stück gehandelt wurde, das entsprach etwa dem geheimen Kaufwert von einem Kilogramm Brot. Da er seinen Glimmstängel nicht vollständig geraucht hatte, war die achtlos fortgeworfene Chesterfield für einen Deutschen eine Kostbarkeit.

In diesem Moment entdeckte er Brigitte – und der Jugendliche war vergessen.

Mit raschen Schritten lief sie über den breiten Vorplatz auf ihn zu. Sie trug weltliche Schwesterntracht, und um die Schultern hatte sie sich den grauen Mantel gelegt, den er bereits kannte. Ihr langes Haar war aufgesteckt, und die weiße Haube verlieh ihrem lieblichen Gesicht einen eigentümlich strengen Ausdruck. Henry konnte nicht umhin, erleichtert zu seufzen, weil sie eine zivile Uniform trug und nicht wie eine Nonne angezogen war. Noch nicht, fuhr es ihm durch den Kopf, und sein Lächeln erstarb.

»Es tut mir leid, dass ich Sie habe warten lassen«, sagte sie zur Begrüßung und streckte ihm voller Herzlichkeit die Hand entgegen. »Ich habe während der Arbeit nur wenig Zeit.«

Seine Rechte umfasste ihre kalten Finger. Officer Tennant sollte ihr ein Paar Handschuhe schenken, fand Henry. Er sagte: »Machen Sie sich keine Sorgen, ich verstehe, dass Sie nicht einfach von der Station fortlaufen können. Es ist sehr nett, dass Sie es trotzdem getan haben.«

»Ihre Nachricht hat mich überrascht … und neugierig gemacht«, fügte sie verlegen hinzu. »Was sollte ich für einen britischen Hauptmann tun können, das so wichtig ist?«

»Lebenswichtig«, erwiderte er mit Nachdruck.

Ihre Augenbrauen hoben sich. »Sind Sie krank?«

»Nein. Das bin ich nicht. Nein.« Ihre Stimme hatte so fürsorglich geklungen, dass er unwillkürlich lächelte. »Ich bitte Sie vielmehr um einen Freundschaftsdienst …«, er unterbrach sich, ließ ihre Hand los und wandte sich ab, um auf den Beifahrersitz seines Wagens zu greifen.

Dort hatte er das Geschenk deponiert, das sie überbringen sollte. Es war unauffällig in eine alte Zeitung gewickelt und besaß auf den ersten Blick etwa die Größe einer Schachtel Zigaretten, vielleicht nur ein wenig schmaler und länger als ein Päckchen Chesterfields. Aber der Wert dessen, das Henry jetzt in der Hand hielt, war sogar deutlich höher als die Kostbarkeit von zwanzig Zigaretten. Er richtete sich auf und hielt ihr das kleine Paket hin.

»Wären Sie so freundlich und würden das bitte Fräulein Grete Brahm überreichen?«

Brigitte rührte sich nicht, sah den Gegenstand in seiner Hand skeptisch an, als wäre er gefährlich. »Warum geben Sie es ihr nicht selbst?«

»Sie würde es von mir niemals annehmen. Außerdem könnte

sie ohne Ihre Hilfe nichts damit anfangen. Nun, kommen Sie schon, Fräulein Wiese, keine Angst, greifen Sie zu. Sie kennen sich doch mit Medikamenten aus, oder? Es ist nichts weiter als eine Schachtel mit Ampullen und eine saubere Spritze.«

Ihr Misstrauen wuchs ganz offensichtlich. »Wofür soll das gut sein?«

»Die Nichte von Fräulein Brahm braucht Penicillin …«

»Peni…«, Brigitte unterbrach ihren Aufschrei, indem sie sich die Hand vor den Mund presste. Sie schluckte, blickte sich hektisch nach rechts und links um. Dann fragte sie leise und durch ihre gespreizten Finger: »Das da … in diesem Päckchen … haben Sie da wirklich Penicillinampullen drin?«

Er trat ungeduldig von einem Bein auf das andere. Aus den Augenwinkeln beobachtete er, dass der Jugendliche mit dem Fahrrad noch immer den Zigarettenstummel auf dem Boden fixierte, und das machte ihn nervös. Der Junge sollte keinesfalls ihr Gespräch belauschen. Henry neigte sich zu Brigitte vor, atmete den leichten Geruch von Wäschestärke, Lysol und Seife ein, der von ihr ausging.

»Man hat mir versichert«, raunte er, »dass eine Person mit medizinischer Vorbildung in der Lage sei, mit Penicillinpulver und Kochsalzlösung umzugehen, auch wenn sie keine Erfahrung mit dieser speziellen Arznei hat. Und eine Spritze setzen können Sie bestimmt auch. Also, bitte, versorgen Sie die Nichte von Fräulein Brahm, bevor das Mädchen stirbt.«

Brigitte schüttelte den Kopf. »Das kann ich nicht tun, Captain. Echtes Penicillin! Großer Gott, das ist unbezahlbar.«

»Ich weiß«, gab er trocken zurück.

»Wissen Sie, wie viele Menschen uns jeden Tag hier im Krankenhaus unter der Hand wegsterben, weil wir nicht ausreichend Medikamente haben? Sie können doch nicht einfach so ein Päckchen verschenken …«

»Doch. Kann ich. Das sehen Sie ja.«

»Wir müssen den Urin von Kranken sammeln, die mit hochwertigen Arzneien behandelt wurden. Die Chemiker versuchen dann, daraus die übrig gebliebenen Wirkstoffe wieder herauszufiltern, damit das Sulfonamid oder Insulin – oder was auch immer es ist – noch einmal verabreicht werden kann. Aus Pisse, verstehen Sie?! Und Sie wollen mir hier so mir nichts, dir nichts ein Päckchen mit echtem Penicillin in die Hand drücken?«

»Fälschungen sind es jedenfalls nicht.«

Er fragte sich, ob ihm ihre Aufgeregtheit imponierte oder er ihre Anständigkeit als Naivität abtun sollte. War Brigitte die richtige Person, Felicitas Brahm zu behandeln? Genau genommen hatte er keine Ahnung, aber auch keine andere Wahl. Sie war der einzige Mensch, den er kannte, der – ohne aufzufallen – Zugang zu dem Mädchen hatte. Es war undenkbar, einen britischen Militärarzt zu Brahms zu schicken. Abgesehen davon, dass es auch für ihn nicht einfach gewesen war, Ampullen und Spritze zu besorgen, würde er keinen Mediziner aus seiner Division von der guten Tat überzeugen können, die er mit der Rettung von Felicitas bezweckte. Eigentlich ahnte er ja selbst nur, wenn er tief in sich drang, warum ihm so sehr daran gelegen war, Grete Brahm noch einen großen Verlust zu ersparen.

Nach einer Weile entfuhr ihm schroff: »Da es Ihnen etwas auszumachen scheint, wenn Sie Patienten verlieren, sollten Sie wenigstens dieses eine Leben zu retten versuchen. Hier haben Sie die Möglichkeit dazu.« Energisch drückte er ihr das unscheinbare, leichte Päckchen in die Hand. »Aber verraten Sie Grete Brahm bitte nicht, dass das von mir ist.«

Sie senkte die Lider und wog das Geschenk, als enthielte die Schachtel Gift. »Das geht doch nicht …«

»Professor Brahm hat Ihnen viel bedeutet, nicht wahr?

Dann helfen Sie seiner Tochter wenigstens im Gedenken an ihn, wenn Sie schon keinen anderen Grund haben.«

Sie hob wieder ihren Blick. »Captain, Sie stellen mich vor einen Gewissenskonflikt.«

Er sah in ihre graublauen Augen und war sich nicht sicher, ob diese nur vor Kummer über die vielen Toten in Tränen schwammen. »Ich hoffe, dies ist die einzige schwere Entscheidung für Sie«, erwiderte er und dachte bei sich, dass sie sich noch einmal überlegen sollte, ob sie tatsächlich Nonne werden wollte. Dann wandte er sich ohne ein weiteres Wort ab.

Als er gerade im Begriff war, in den Wagen einzusteigen, überlegte er es sich anders. Er ging auf den Jugendlichen zu, der planlos am Lenker seines Fahrrads rüttelte, und zog eine Zigarette aus dem Etui in seinem Mantel. »Fürs Warten«, sagte Henry leichthin.

Der Junge sah ihn verdutzt an. Es war nicht ganz klar, was ihn mehr überraschte: dass der britische Offizier vor ihn hintrat und ihm eine echte Zigarette anbot oder dass er ihn in fließendem Deutsch ansprach. Jedenfalls erstarrte er.

»Anscheinend muss man euch Deutsche zu eurem Glück zwingen«, murmelte Henry, während seine Augen zu Brigitte wanderten, die sich ebenfalls noch nicht vom Fleck gerührt hatte.

Er schob die Zigarette hinter ein Ohr des verblüfften Jungen und rief der Krankenschwester mit einem kleinen, fast entschuldigenden Achselzucken zu: »Ich habe heute meinen großzügigen Tag.«

9

Es beunruhigte Henry, dass er nichts von Grete Brahm hörte. Zwar hatte er Brigitte gebeten, keine Verbindung zwischen den Penicillinampullen und ihm herzustellen, aber er war sich sicher, dass ihre Fähigkeit zu lügen nicht sonderlich ausgeprägt war. Selbst wenn sie seinen Namen verschwiegen hatte, würde Grete die Fakten bewerten können.

Hatte sie sein Geschenk womöglich nicht angenommen? Oder waren ihrer Nichte die Medikamente zu spät verabreicht worden? Lebte Felicitas Brahm vielleicht gar nicht mehr? Eine von Millionen Leichen, die im eisigen Sandboden Berlins verscharrt wurden?

Sicher hätte sich Grete Brahm bei ihm gemeldet, wenn alles gut gegangen wäre. Alles andere konnte er ausschließen – sie war eine vornehme, gebildete Dame von altmodischer preußischer Erziehung. Also stand zu befürchten, dass sein Plan nicht gefruchtet hatte.

Da er in diesen Tagen mehr Zeit mit der Bewältigung von Aktenbergen im britischen Hauptquartier am Fehrbelliner Platz als anderswo zubrachte, sah er keine Möglichkeit, Grete mehr oder weniger zufällig anzusprechen. Offiziell bestand keine Veranlassung für ein Zusammentreffen.

Während er auf eine Nachricht wartete, listete sie wahrscheinlich in einem der erhalten gebliebenen Räume im Berliner Schloss aus den Trümmern geborgene Kunstgegenstände auf, die von den verschiedensten Orten angeschleppt wurden. Oder sie wühlte im Schutt eigenhändig danach. Ihr ehemaliger Wirkungskreis, das Schloss Charlottenburg, war ein noch größeres Trümmerfeld, und daher befanden sich alle Büros der einstigen Schlösserverwaltung in dem zu großen Teilen ausgebrannten, aber noch relativ gut erhaltenen Prachtbau im russischen Sektor. Henry wusste darüber hinaus von Vorbereitungen zu Ausstellungen im Weißen Saal des Stadtschlosses.

Schließlich begann ihn die Frage zu beschäftigen, ob Brigitte das Penicillin vielleicht gar nicht weitergegeben hatte. Zweifellos stand die junge Krankenschwester in einem Gewissenskonflikt. War dessen Lösung zugunsten ihrer Patienten ausgefallen, die im St.-Gertrauden-Krankenhaus um ihr Leben kämpften? Bestand die Möglichkeit, dass sie das Medikament nicht der Person verabreichte, für die es bestimmt war?

Henry dachte an ihre graublauen Augen und daran, dass ihm Brigitte auf den ersten Blick aufrichtig und anständig erschienen war. Dennoch konnte er nicht ausschließen, dass sie unter Barmherzigkeit etwas anderes verstand als er.

Eine Woche, nachdem er sie am Heidelberger Platz getroffen hatte, war seine Geduld aufgebraucht. Er verließ sein Büro unter dem Vorwand eines angeblich anzuberaumenden Gesprächs mit Ludwig Justi, dem von den Alliierten eingesetzten Generaldirektor der ehemaligen Staatlichen Museen. Dass er eine solche Terminvereinbarung auch telefonisch erledigen könnte, fiel im britischen Hauptquartier glücklicherweise niemandem auf. Zur eigenen Legitimation redete sich Henry ein, dass er sich nach dem geplanten Ausstellungsprojekt »Wiedersehen mit Museumsgut« erkundigen wolle. Eine aktualisierte Liste der bisher katalogisierten Bestände der Berliner Museen, die für eine öffentliche Präsentation infrage kamen, würde er tatsächlich von Grete Brahm erhalten.

Während seiner Fahrt über die Ost-West-Achse zuckte er wie jedes Mal beim Anblick des Großen Tiergartens zusammen. Seltsamerweise berührten ihn die Strünke und leeren Flächen, wo einst blühende Parkanlagen zu einem Spaziergang einluden, mehr als die gespenstischen Häuserfassaden diesseits und jenseits des Brandenburger Tors, die ausgebrannt und mit leeren Fenstern, ohne Dach und Seitenmauern in den Himmel ragten.

Nachdem er eine sowjetische Patrouille passiert und zum Gruß kurz gegen sein Barett getippt hatte, lenkte er seinen Wagen die Straße Unter den Linden hinauf, wo es keine Linden mehr gab, in Richtung Alexanderplatz. Endlos wirkende Schlangen von Frauen und Männern, die in den Trümmern aufräumten, säumten die Ruinen der einstigen Prachtbauten. Wie in allen Sektoren der Stadt sorgten vor allem Arbeiterinnen dafür, dass mit einfachen Mitteln gebaut, gezimmert, gehämmert, gemauert wurde. Als er sich auf Höhe der Friedrichstraße befand, verschwammen seine Blicke kurz, weil er sich plötzlich an den Sommernachmittag vor etwa sieben Jahren erinnerte, den er anlässlich eines Berlin-Besuchs mit seinen Eltern im Café Kranzler verbracht hatte. Einer der letzten glücklichen Momente seiner Mutter.

Seufzend fuhr er weiter. Es überraschte ihn immer wieder, wie ordentlich Berlin trotz der weithin sichtbaren Bombenschäden wirkte. Er besaß keine Vorstellung davon, wie die Stadt bei Kriegsende ausgesehen haben mochte. Die britischen Truppen waren erst im Juli einmarschiert, so dass die Rote Armee zwei Monate Zeit gehabt hatte, unter den Menschen und Trümmern aufzuräumen. Als Henrys Einheit eintraf, war der Schutt zur Seite geschafft und die Straßen waren bereits befahrbar.

Der Anblick der vielen Studenten, die der herrschenden Kälte trotzten und begeistert am Wiederaufbau ihrer Universität werkelten, verdrängte seine Melancholie. Unwillkürlich dachte er an seine eigene Studienzeit in Cambridge, die kürzer als ursprünglich beabsichtigt ausgefallen war; die Tätigkeit im Informationskontrollamt in London verhinderte seine weitere wissenschaftliche Laufbahn. Noch über die unsinnige Frage sinnierend, wie anders alles hätte kommen können, parkte er vor dem Eosanderportal an der Westseite des Schlosses.

Beim Aussteigen fiel sein Blick auf die gigantische Kuppel, die sich in einem bizarren, aber ungewöhnlich gut erhaltenen Gebilde aus Stahl und Mauerwerk über dem prachtvollen säulenbewehrten Eingang wölbte. Dann trat er durch das Portal in den Innenhof.

Henry stieg vorsichtig über Schutt, Berge von kitschigem Kunstgewerbe und über mit Planen notdürftig abgedeckte, wertvolle Kunstwerke. Der Eosanderhof war so etwas wie ein Abladeplatz für all die Dinge, die in den Trümmern gefunden worden waren und sortiert werden mussten. Dabei handelte es sich nicht nur um Gegenstände von mehr oder weniger großem Wert aus dem Schloss, sondern auch um Fundstücke aus anderen Gebäuden und Anlagen der Altstadt.

Beinahe wäre Henry über einen ausgestreckten Arm gestolpert, der zur bronzenen Sockelfigur des Reiterdenkmals von Friedrich Wilhelm III. gehörte, einer Statue, die früher im Lustgarten stand.

»Passen Sie doch auf!«, zischte eine weibliche Stimme, um einen Atemzug später, wohl entsetzt über die Zurechtweisung, auszustoßen: »Oh! Entschuldigung, Captain Richardson …«

Bildete er es sich ein oder lief sie rot an wie ein junges Mädchen angesichts eines Kavaliers?

Vielleicht rührten die leuchtenden Flecken auf ihren Wangen aber auch nur von der Kälte oder ihrer körperlichen Anstrengung her. Grete Brahm war hinter dem liegenden Standbild aufgetaucht, eine voll beladene, offensichtlich schwere Holzkiste in Händen. Wahrscheinlich hatte er sie nicht früher bemerkt, weil sie sich hinter den Sockel gebückt und die Kiste vom Boden gewuchtet hatte.

Er hob die Arme, wie um ihr zu demonstrieren, dass er in friedlicher Absicht kam. »Es ist nichts passiert. Sie haben völlig Recht, wenn Sie achtgeben.«

»Danke.«

Er umrundete die aufgestapelten Gegenstände, die ihm an ihrem höchsten Punkt bis über die Hüfte reichten, und trat auf sie zu. »Ich nehme Ihnen das ab«, sagte er und griff nach dem aus rohen Holzlatten gebauten Kasten. Er sackte ein wenig in sich zusammen, weil die Kiste tatsächlich sehr schwer war. »Was haben Sie denn hier eingepackt? Das Gold von Troja?«

»Nein«, ein trauriges Lächeln umspielte ihre Lippen. »Dieser Schatz ist bereits in die Sowjetunion abtransportiert worden.«

Henry überging ihre Bemerkung, indem er fragte: »Wohin soll ich die Kiste bringen?«

»Nach oben in mein Büro, bitte …«, hob sie an, und das letzte Wort schwebte wie eine Frage in der Luft.

Durch die Wölkchen, die ihr Atem bildete, wisperte sie im nächsten Moment hektisch, als wäre es ihr peinlich auszusprechen, was es sie dennoch zu sagen drängte: »Sie sind so nett zu mir, Captain Richardson. Warum tun Sie das alles? Ich kann Ihnen doch gar nicht angemessen danken.«

Behutsam stellte er die Kiste auf das von der Zeit, den Bomben, Artilleriefeuer und Witterung aufgerissene Kopfsteinpflaster. Als er sich aufrichtete, sah er ihr direkt in die Augen. Sie erwiderte seinen Blick mit Ernst und einer bewundernswerten Festigkeit. Wäre sie zehn Jahre jünger – er hätte sich in dieser Sekunde rettungslos in Grete verliebt. Stattdessen fühlte er die Wärme tiefer Verehrung in sich aufwallen.

»Mein Studium der Kunstgeschichte bedeutete mir alles«, erwiderte er. »Doch der Krieg beendete meine Universitätslaufbahn. Die Begegnung mit Ihnen setzt diese sozusagen fort. Sie sind meine Mentorin geworden, Fräulein Brahm.«

Es waren gut klingende Ausflüchte. Über die Wahrheit war er sich nicht so deutlich im Klaren, denn dann hätte er sich mit dem Schicksal seiner Mutter auseinandersetzen müssen, an die ihn Grete irgendwie erinnerte. Aber er schob diesen Gedanken rasch beiseite, nicht bereit, sich den Erinnerungen zu stellen.

Interessiert folgte sie seinen Ausführungen, schwieg jedoch dazu.

»Ich hatte Ihnen schon erzählt, dass ich irgendwann einmal eine Galerie für moderne Malerei in London eröffnen möchte«, plauderte er weiter und fragte sich, warum er sich nicht direkt nach dem Befinden von Felicitas erkundigte. Er senkte seinen Blick auf die Schutthaufen zu seinen Füßen. »Diesen Lehrgang in Sachen Wertbestimmung kann man an keiner Universität belegen.«

Überraschenderweise antwortete Grete mit einem Lachen. »Da reden Sie aber mit der falschen Person«, meinte sie. »Ich bin eher für die Kunst des Barocks zuständig. Ein Gemälde von Picasso oder Max Ernst habe ich noch nie gesehen. Ich erinnere mich an Werke von Max Liebermann, Leo Reichenstein und anderen deutschen Impressionisten, aber die versanken ja schon lange vor dem Krieg in irgendwelchen dunklen Depots oder wurden vernichtet. Selbst die Franzosen des neunzehnten Jahrhunderts kenne ich nur aus Büchern. Sie sehen also, ich muss auch noch viel an Wissen aufholen.«

Er grinste. »Nun, dann lassen Sie uns gemeinsam lernen.«

Sie nickte lächelnd, dann wurde ihre Miene plötzlich wieder ernst. Zwischen ihren Augenbrauen erschien eine steile Falte, der Beweis, dass sie über etwas grübelte. Er war sich nicht bewusst, dass seine Worte ihr dazu Anlass gegeben hätten. Doch er wartete stumm auf eine Reaktion von ihr.

Nach einer Weile sagte Grete: »Ich glaube, ich weiß, wie ich

Ihnen danken kann …«, sie zögerte, dann fügte sie mit fester Stimme hinzu: »Wäre es Ihnen möglich, in den nächsten Tagen zu mir zu Besuch zu kommen?«

Erstaunt hoben sich seine Augenbrauen.

»Vor ein paar Jahren hätte ich Sie zum Tee eingeladen, Captain Richardson, aber damit kann ich leider nicht dienen. Ich kann Ihnen nur ein Gespräch anbieten … Nein, das trifft es nicht … Es ist vielmehr so, dass ich Sie um eine Unterredung bitte. Privat.«

»Ich stehe zu Ihrer Verfügung«, versicherte er ihr und verneigte sich leicht.

Sie lächelte wieder. »Haben Sie am Sonntag Zeit? Vielleicht so gegen vier Uhr am Nachmittag?«

»Ja. Gern.« Er straffte seine Schultern, hob die Kiste an und fragte so beiläufig wie möglich: »Geht es Ihrer Nichte denn so gut, dass ein Besucher sie nicht stört? Sie war doch sehr krank, nicht wahr?«

»Es ist ein Wunder geschehen: Fee befindet sich auf dem Weg der Besserung. Um sie brauche ich mir nun keine Sorgen mehr zu machen.«

Glücklicherweise kehrte er ihr den Rücken zu, da er sich inzwischen in Richtung Treppenhaus bewegte. Sonst hätte sie die Erleichterung und Zufriedenheit gesehen, die sich in jedem seiner Züge spiegelten. Es war ein wundervolles Gefühl, eine gute Tat begangen zu haben.

»Das kannst du nicht machen!«, jammerte Fee mit vor Schreck geweiteten Augen. »Das geht nicht, Tante Grete. Du kannst keinen Herrenbesuch einladen.«

»Kind, du tust geradewegs so, als hätte ich mich zu einem Rendezvous verabredet.« Ein wenig resoluter als zuvor schüttelte Grete das Kissen auf, als wollte sie ihren aufflammenden

Ärger über Fees Einwand auf diese Weise abreagieren. »Das ist Unsinn. Außerdem ist der Termin nicht mehr rückgängig zu machen!«

In eine Wolldecke gehüllt saß Fee auf dem Bettrand und ließ die Beine baumeln. Ihre Füße steckten in zwei Paar Socken, die jedoch so oft gestopft worden waren, dass sie kaum noch aus Wolle, sondern vielmehr aus Garn bestanden. Missmutig betrachtete sie den Kissenaufbau. »Ich möchte nicht wieder mitten im Zimmer krank niederliegen, während du einen Mann empfängst …«

»*Empfangen* dürfte auch nicht das richtige Wort sein«, gab Grete zurück. »Ich möchte Captain Richardson nur etwas geben. Er wird gewiss nicht lange bleiben.«

»Aber ich sehe schrecklich aus!«, protestierte Fee nun mit deutlich erhobener Stimme. Sie griff nach einer der verklebten Locken, die auf ihre Schultern fielen, und drehte sie um ihren Zeigefinger. »Meine Haare sind ganz fettig. Ich muss sie waschen und dann …«

»Das geht nicht. Die Leitungen sind eingefroren. Wir haben nicht genug Wasser für deine Schönheitspflege. Sei froh, dass du dir die Zähne putzen kannst.« Ohne ein weiteres Widerwort zu dulden wandte sich Grete ab.

Sie schaute sich gedankenverloren im einstigen Arbeitszimmer ihres älteren Bruders um, in dem Möbel, Nippes und allerlei Hausrat untergestellt waren, die nicht zur ursprünglichen Einrichtung gehörten und nicht von den Russen erbeutet worden waren. Die Erinnerungsstücke hatten sie aus den Räumen hergebracht, die sie zur Einquartierung freigeben mussten. Die Schreibstube eines Professors versank für gewöhnlich nicht in einem solchen Sammelsurium. Ein behaglicher Salon, in dem Gäste bewirtet wurden, sah ebenfalls anders aus.

Fee beobachtete sie und fragte sich, ob ihre Tante die Einladung mit einem Mal bedauerte. Allerdings war Captain Richardson neulich hier gewesen – das Chaos würde ihn kaum überraschen. Dennoch tat ihr Grete plötzlich leid.

»Wir könnten mein Bett aufräumen«, hörte sich Fee zu ihrer eigenen Verwunderung gnädig vorschlagen. »Dann sieht es vielleicht nicht mehr ganz so unordentlich aus«, fügte sie hinzu, wohl wissend, dass der eigentliche Zustand dieser Wohnung vorläufig ebenso fern war wie der Luxus eines regelmäßigen Bades. Sie war in einem wohlhabenden bürgerlichen Haushalt aufgewachsen, in dem Wasser jederzeit aus der Leitung floss, wenn man es brauchte. Doch was war dieser Verzicht schon gegen die furchtbare Angst vor Bomben, falscher Anschuldigung und Vergewaltigung?!

Sie sprang auf die Füße und marschierte zum Fenster – ein wenig wackelig noch, aber so behände, wie sie es sich vor ein paar Tagen nicht einmal erträumt hatte. Ungeduldig zerrte sie an der Vorhangschnur. »Damit werde ich mir die Haare zurückbinden.«

»Ich bin ja sehr froh, dass deine Lebensgeister wieder erwachen«, Grete lächelte sie liebevoll an, »aber ich würde dir abraten, deine neue Kraft auf Captain Richardson zu verwenden. Er ist zu alt für dich, Fee, und außerdem nehme ich an, dass er schon eine Freundin hat.«

Fees Mundwinkel sanken herab. »Ach, ich will doch nur hübsch aussehen, nachdem es mir wieder besser geht.«

»Das tust du allein dadurch, dass du wieder vor Lebendigkeit sprühst«, meinte Grete und nahm Fee in den Arm. »Der Rest ergibt sich wie von selbst.«

So ganz traute Fee den Worten ihrer Tante nicht. Sie verfügten zwar über wenig Wasser, aber Spiegel waren in der Wohnung noch ausreichend vorhanden. Selbst wenn sie zum Teil zersprungen waren, konnte Fee deutlich erkennen, wie sehr die Erkrankung an ihr gezehrt hatte. Ihre Haut war nicht blass, sondern fahl, die Augen umschattet, ihre Lippen rau und rissig. Als sie ihre Haare zu einem Pferdeschwanz aufband, verbesserte sich das Bild nur wenig.

Während sie sich im Badezimmer fertig machte, schnupperte Fee, weil sie hoffte, noch einen Hauch des Duftes wahrzunehmen, der einst zwischen den Fliesen und Armaturen hing. Doch der Geruch ihrer Mutter war verflogen. Wenigstens besaß sie noch ein paar Kleider von ihr, die nach dem vertrauten Parfüm rochen, wenn sie ihre Nase zwischen die Stofffalten schob. Diese Sachen kamen ihr in vielerlei Hinsicht wie ein Schatz vor.

Ihr Vorrat an eigener Garderobe war gering, von modischer Kleidung konnte sie nur träumen. Vor Wochen hatte sie sich eine gute Flanellhose ihres Vaters enger genäht und gekürzt, die sie eher wärmte als Mutters hübsche Seidenkleider. Inzwischen war die Hose wieder zu weit geworden. Obwohl Fee sich fühlte wie der Clown Grock, über den sie als Kind so herzlich gelacht hatte, konnte sie ihr Beinkleid momentan nicht verbessern. Vielleicht würde ein wenig Fantasie ihr Erscheinungsbild aber aufwerten: Gegen die Kälte zog sie einen Jersey-Pullover an und darüber ein bereits etwas vergilbtes, aber ansonsten ganz intaktes weißes Oberhemd ihres Vaters. Die Ärmel krempelte sie auf, und in der Taille knotete sie es zusammen. Abschließend band sie das Tuch um ihren Hals, das sie sich aus einer alten Fahne angefertigt hatte.

Schick, stellte sie überrascht fest, als sie zuerst an sich hinunter und dann in den Spiegel sah.

Mit einem Mal fühlte sich Fee so gut wie schon lange nicht mehr. In ihr wuchsen Zuversicht und Hoffnung, die verschüttet gewesen waren. Die Spritzen hatten nicht nur das Fieber gesenkt, sondern auch die Todessehnsucht von ihr genommen.

Sie sah zwar lange nicht so hübsch aus wie früher, fühlte sich darüber hinaus noch ziemlich schwach, aber sie konnte allen Widrigkeiten zum Trotz wenigstens etwas aus sich machen. Das war ein Anfang!

»Man muss die eigene Lage positiv sehen«, pflegte Grete zu sagen. Und endlich fand Fee, dass ihre Tante Recht hatte. Es herrschte Frieden, irgendwann würde der Frühling kommen – und vielleicht gab es dann auch wieder genug zu essen.

Wie auf Kommando begann Fees Magen zu knurren. Das war der Nachteil an ihrer Genesung – sie hatte einen Bärenhunger.

Als sie die Badezimmertür öffnete und auf den Korridor hinaustrat, wurde sie beinahe von drei der Nowak-Kinder umgerissen, die in dem langen Altbauflur Fangen spielten. Sie taumelte, konnte sich gerade noch am Türrahmen abstützen.

»Nicht so wild«, mahnte sie.

Die Nowak, die ihren Söhnen folgte, blickte Fee scharf an. »Hast du etwas gesagt?«, fragte sie von oben herab.

Fee reckte ihr Kinn. »Ihre Kinder sollen nicht ganz so wild herumtoben, Frau Nowak. Ich wäre beinahe hingefallen.«

»Bist du aber nicht!«

»Aber beim nächsten Mal …«

»Weißt du, was«, unterbrach die andere schnippisch, »du hast hier gar nichts zu sagen.«

Es lag Fee auf der Zunge, darauf hinzuweisen, dass dies die Wohnung ihrer Eltern war und sie hier als kleines Mädchen niemals dermaßen ungestüm hatte herumtoben dürfen. Sie wollte erwidern, dass sie fast achtzehn Jahre alt war und nicht mehr geduzt werden wollte … Doch bevor sie den Mund öffnen konnte, klopfte jemand kräftig an die Wohnungstür.

Sie warf der Nowak einen Blick zu, von dem sie hoffte, dass er zornig ausfiel, und öffnete.

»Komme ich ungelegen?«, fragte der Besucher statt einer Begrüßung und sah ihr irritiert in die Augen.

Fee errötete, weil ihr böser Blick den Falschen getroffen hatte. »Nein. Überhaupt nicht. Es war nur … ich wollte nicht Ihnen gegenüber … ehmmm… unfreundlich sein«, stammelte sie und gab den Weg frei. Dabei schob sie einen Ball der Kinder zur Seite, der ihr vor die Füße gerollt war.

Captain Richardson erfasste die Situation anscheinend sofort. Auch wenn sie sich im Moment vom Flur und von den Erwachsenen fernhielten, tobten die Jungs unüberhörbar durch die Wohnung. Die zusammengekniffenen Lippen der Nowak, die ihrer Wut angesichts des britischen Offiziers nicht Luft machen konnte, sagten mehr als jedes Wort. Er maß die Frau kurz mit strengem Blick, dann sah er wieder zu Fee.

»Es ist besser, einander zu beschimpfen, als einander zu beschießen … Ist nicht von mir«, fügte er mit einem unverbindlichen Lächeln hinzu. »Das ist ein Ausspruch von Winston Churchill.«

Die Nowak trat Unverständliches schnaubend den Rückzug an.

»Kommen Sie bitte herein«, sagte Fee höflich und wies auf die Tür zum Arbeitszimmer. »Meine Tante erwartet Sie.«

Als er an ihr vorbeischritt, raunte er: »Sie sehen großartig aus!«

Verblüfft sah sie zu ihm auf, doch ihre Blicke trafen nur seinen Rücken, da er rasch vorausgegangen war. Hatte er ihr tatsächlich ein Kompliment gemacht? Der Mann, der sie bei ihrer ersten Begegnung für ein Kind gehalten hatte? *Sie sehen großartig aus!* Ihr Herz begann schneller zu schlagen. Am liebsten hätte sie einen kleinen Hüpfer gewagt, doch aus Furcht, Henry Richardson könnte sich noch einmal umdrehen, marschierte sie gesittet hinter ihm her.

Grete machte sich gerade am Kamin zu schaffen, als ihr Gast eintrat. Sie richtete sich auf und hob die Hände, die schwarz vor Ruß waren. »Es tut mir leid, ich kann Ihnen nicht die Hand geben. Ich dachte nicht, dass nach den vielen Monaten ohne Befeuerung noch so viel Schmutz im Rauchabzug hängt.«

»Guten Tag«, Richardson verneigte sich formvollendet. »Sie brauchen sich meinetwegen nicht um ein Kaminfeuer zu bemühen, liebes Fräulein Brahm, aber wenn ich Ihnen behilflich sein darf, tue ich das gern. Haben Sie Streichhölzer?«

»Um Himmels willen!«, stieß Grete entsetzt aus und erbleichte.

Er sah hilflos von Grete zu Fee, die gerade die Tür schloss und sich dann abwartend dagegenlehnte.

Unmerklich zuckte Fee mit den Schultern. Sie wusste ebenso wenig wie der Gast, was ihre Tante im Schilde führte.

Als das Schweigen unbehaglich zu werden begann, erklärte Grete: »Der Kamin ist nicht zum Entzünden eines Feuers da.«

»Tatsächlich«, bemerkte Richardson, dem offenbar kein geistreicherer Kommentar einfiel.

»Der Schornstein …«, Grete unterbrach sich und starrte Fee kurz an, als würde sie sie zum ersten Mal sehen. Schließlich holte sie tief Luft, wandte sich wieder ihrem Besucher zu und fuhr mit gesenkter Stimme fort: »Der Schornstein ist mein Tresor.«

»Ein Ort für Geheimnisse?«, fragte Fee und stieß sich verblüfft von der Tür ab. Ohne darüber nachzudenken, ob es sinnvoll war, trat sie an den Kamin, bückte sich und blickte in den Schacht. Doch außer Dunkelheit konnte sie nichts ausmachen.

Enttäuscht richtete sie sich wieder auf. »Mir ist gar nicht aufgefallen, dass du hier etwas aufbewahrt haben könntest. Ich weiß ja nicht einmal, wann du das versteckt haben willst.«

»Damals hast du auf dem Hängeboden gewohnt«, erwiderte

Grete und fügte, an Henry Richardson gewandt, hinzu: »Wissen Sie, als die Rote Armee nach Berlin kam, habe ich Fee versteckt. Viele junge Mädchen verbargen sich an vergleichbaren Orten. Die meisten Altbauwohnungen in Berlin haben im Flur solche Hängeböden, und die Russen wussten nichts von den Hohlräumen. Glücklicherweise blieb es bei dieser Unwissenheit.«

»Und Sie …?«, entfuhr es Richardson, der jedoch nicht aussprach, was ihm als Antwort auf Gretes Bericht ganz offensichtlich durch den Kopf ging.

»Mir war egal, was aus mir wurde, allein Fees Wohlergehen lag mir am Herzen. Aber es ist mir trotzdem nichts geschehen.« Ein zufriedenes Lächeln umspielte Gretes Lippen, als sie fortfuhr: »Man mag es kaum glauben: Die Eroberer Berlins mochten keine Treppen steigen. Es waren überwiegend Bauern, die es nicht gewohnt sind, in die dritte Etage zu klettern. Außerdem sorgten die Kinder unserer Einquartierung dafür, dass diese Wohnung selbst von Bergsteigern unbehelligt blieb. Die Russen lieben Kinder.«

Richardson stieß die Luft aus, schmunzelte ebenfalls und deutete auf den Kamin. »Schatzkammer klingt gut. Was hat es damit auf sich?«

»Ich habe ein paar Wertgegenstände im Abzug deponiert, die ich aus Sicherheitsgründen nicht bei Fee im Hängeboden verstecken wollte. Stellen Sie sich vor, was geschehen wäre, wenn man meine Nichte *und* die Kunstwerke entdeckt hätte …« Sie schüttelte den Kopf.

»Kunstwerke?«, wiederholten Fee und Richardson gleichzeitig.

Seine Augen flogen zu Fee, und sie blickte ihn an, plötzlich scheu. Ihr Herzschlag stolperte ein wenig. Dann sah sie rasch wieder fort und zu ihrer Tante.

Grete hob die schmutzigen Hände wie zur Kapitulation. »Ich habe nichts Schlechtes getan. Ich habe nur gerettet, was meiner Ansicht nach vor dem Untergang gerettet werden musste. Viel ist es ohnehin nicht. Aber es sollte reichen«, sie ließ ihre Arme herabfallen, »um mich bei Ihnen angemessen zu bedanken.«

Der Angesprochene schüttelte den Kopf. »Es gibt nichts, wofür Sie sich zu bedanken hätten.«

Überraschenderweise lockerte seine Bescheidenheit Fees Zunge. Sie kam ihrer Tante zuvor, indem sie leidenschaftlich verkündete: »Wir wissen, dass Schwester Brigitte gelogen hat! Sie kann das Penicillin nicht aus dem Krankenhaus beschafft haben, in dem sie arbeitet. Der einzige Mensch, der es aus dem Bekanntenkreis meiner Tante besorgt haben könnte, sind Sie, Captain Richardson. Das war sehr großmütig von Ihnen, wobei meine Worte sicher nicht ausreichen, um zu beschreiben, wie sehr Sie geholfen haben.«

Er senkte still die Lider.

»Fräulein Wiese hat uns die Wahrheit nicht verraten«, fügte Grete ruhig hinzu. »Sie hat aber zugegeben, dass sie Sie bei einer Party gemeinsam mit ihrem amerikanischen Freund kennengelernt hat. Wahrscheinlich wollte sie uns glauben machen, dass das Medikament von ihm stammt, wenn schon nicht aus der Klinik. Aber natürlich haben wir ihr kein Wort geglaubt.«

»Nun ja«, Richardson räusperte sich, »Sie können ihr schon glauben. Wir sind uns tatsächlich auf einer Party begegnet und … tja, Officer Tennant scheint mir ein netter Kerl zu sein.«

Die Tonlage seiner Stimme ließ nach der letzten Bemerkung keine weiteren Fragen zu. Fee wäre gern tiefer in ihn gedrungen, aber Grete sah sie scharf an und schüttelte fast unmerklich den Kopf.

»Wie Sie wünschen«, entschied Grete. »Ich möchte mich jedenfalls erkenntlich zeigen. Sie können mein Geschenk ja auch an Officer … wie war der Name?«

»Tennant. Officer Tennant.«

»Ja, dann geben Sie es eben diesem Officer Tennant.«

Enttäuschung wallte in Fee auf, weil sich Richardsons Aufmerksamkeit nicht mehr auf sie richtete. Sein Blick hatte neues Leben in ihrem Innersten geweckt. Sie hätte sich gern mit ihm unterhalten und erfragt, welche Beziehungen ein Offizier der Kunst-Schutz-Abteilung zu Schering hatte. Allein die Tatsache, dass sich die Fabrik im britischen Sektor befand, machte sie wohl nicht zum Selbstbedienungsladen von Armeeangehörigen des Königs. Dutzende von Fragen schwirrten ihr plötzlich durch den Kopf, die sie Henry Richardson gern gestellt hätte, Fragen, die nichts mit den kostbaren Ampullen zu tun hatten. Doch er konzentrierte sich wieder ausschließlich auf ihre Tante.

»Was soll ich Officer Tennant geben?«

Grete nickte und bückte sich zu dem Kaminrost. Auf den ersten Blick hatte es so ausgesehen, als stapelten sich dort Zeitungen und Pappe. Sie hob etwas von dem potenziellen Brennmaterial hoch – und es entpuppte sich als ein notdürftig eingepacktes Stück Stoff, nicht viel größer als ein DIN-A4-Blatt. Als sie die Verpackung abstreifte, erstrahlten Farben wie von einem Regenbogen. Grete hielt eine alte, aber sehr gut erhaltene Leinwand in Händen.

»Wunderschön!«, kommentierte Richardson das Porträt einer mäßig attraktiven Frau mittleren Alters.

»Ja, das ist es.« Gretes Miene spiegelte ihre Begeisterung für das Gemälde wider. »Ich habe Ihnen doch gesagt, dass die zeitgenössische Kunst nicht mein Fachgebiet ist, aber im Barock und im Rokoko kenne ich mich aus.«

»Pastellmalerei«, stellte er fest. »Frühes achtzehntes Jahrhundert, nicht wahr?«

»Dieses Bild hat Antoine Watteau kurz vor seinem Tod von der Künstlerin Rosalba Carriera hergestellt. Es ist nicht signiert, aber Pinselstrich und Farben lassen keinen Zweifel an seiner Urheberschaft.«

Fee hielt den Atem an. Schon wieder beging ihre Tante im Beisein von Henry Richardson einen Tabubruch. Neulich hatte sie ihm erzählt, dass sie sich am Schwarzmarkthandel beteiligte, und nun präsentierte sie ihm ein Kunstwerk, das sich nicht in ihrem Besitz befinden durfte. Die Sowjets hatten bei Kriegsende demontiert, was ihnen nötig erschien, aber inzwischen bestimmten die Gesetze des Alliierten Kontrollrats die Verhältnisse. Fee kannte die Regelungen bezüglich der Restitution von Gemälden nicht, aber sie war überzeugt, dass Grete etwas Verbotenes getan hatte … oder gerade unternahm.

Doch diese Überlegungen gingen dem britischen Offizier anscheinend nicht durch den Kopf.

Respektvoll berührte Richardson mit den Fingerspitzen eine Ecke der Leinwand, als fürchtete er, das mehr als zweihundert Jahre alte Gewebe könnte unter seiner Hand zu Staub zerfallen. »Woher haben Sie das?«, murmelte er ergriffen.

»Ich habe es gerettet, bevor es skrupellose Diebe, ahnungslose sowjetische Bauern oder die Flammen rauben konnten. Deshalb ist es mehr als angemessen, mit diesem Bild Danke zu sagen. Aug um Aug, Zahn um Zahn … Rettung gegen Rettung.«

Berlin, Mai 1945

10

Es herrschte nichts als Stille. Die eigentümliche Ruhe über der Stadt wirkte auf Grete und Fee bedrückender als Sperrfeuer, Gewehrsalven und die Schreie von Siegern und Besiegten. Selbst die Kinder der Nowak lärmten ausnahmsweise nicht herum. Deren überschäumende Energie schien mit den Sowjets in einen anderen Bezirk weitergezogen zu sein.

Die Rotarmisten hatten das Viertel vor ein paar Tagen verlassen, doch die Angst vor Vergewaltigung und anderen Repressalien war geblieben. Immerhin trat niemand mehr Türen ein, Schlösser wurden respektiert, und die Flüsterpropaganda verbreitete, dass nach der bedingungslosen Kapitulation der *Garnison Berlin* keine weiteren Übergriffe zu befürchten seien. Doch: Wer wollte dem Gerede schon glauben?

Wenn sie an die Pumpe zum Wasserholen ging, weil die Leitungen zerborsten waren, schmierte sich Grete Ruß ins Gesicht und trug eine alte Brille von Fees Vater, um möglichst hässlich auszusehen und deshalb keine Beute darzustellen. Zu ihrem Schutz nahm sie auf jeden Weg mindestens zwei der Nowak-Kinder mit, die sich riesig freuten, weil sie im Schutt herumspielen durften. Die anderen Gören blieben bei ihrer Mutter in der Wohnung – ebenfalls zur Sicherheit.

Schließlich verließ Fee den Hängeboden. Es schien, als habe die Stille sie aus ihrem Versteck gelockt.

»Geh nicht zu nah ans Fenster, damit dich nicht doch noch ein Bolschewik sieht!«, warnte ihre Tante.

Nach Wochen im Keller und den beengt verbrachten Tagen in der Wohnung sehnte sich Fee nach frischer Luft. Es war warm, die Sonne schien, ihr Körper verlangte danach, einmal tief durchzuatmen. Doch als sie nah an die zerborstenen Scheiben robbte und sich vor allzu scharfen Blicken wegduckte, roch sie keinen Frühling, sondern die Ausdünstungen einer toten Stadt. Ihr zogen Qualm und Staub, der süßliche Gestank verwesender Leichen und die saure Gülle von Mensch und Tier in die Nase.

Angewidert wandte sie sich ab. Sie ließ sich im Schneidersitz nieder, lehnte den Rücken gegen die Wand und blickte erwartungsvoll zu Grete auf.

»Bedeutet die Stille, dass Frieden herrscht?«, fragte sie. Obwohl sie leise gesprochen hatte, klang ihre Stimme erschreckend laut.

»Vielleicht«, Grete zuckte mit den Achseln. »Ich weiß es nicht, Kind. Das Telefon funktioniert nicht, es gibt keinen Drahtfunk mehr. Wir müssen warten, bis uns auf anderen Wegen neue Nachrichten erreichen.«

»Aber die Waffen schweigen«, insistierte Fee. »Das ist ein gutes Zeichen, oder?«

»Viel…« Grete unterbrach sich, lächelte bitter ob der Wiederholung, die ihr über die Lippen kommen wollte. Sie wünschte sicher selbst, nicht so abgeschnitten von den gewohnten Informationsquellen zu sein. Sie lebten wie auf einem anderen Stern. Nur, dass dieser Stern nichts Leuchtendes besaß.

Nach einer Weile murmelte sie: »Ich wäre unendlich erleichtert, wenn der Krieg vorbei wäre. Aber ich werde deshalb nicht in einen Freudentaumel ausbrechen. Ich weiß ja nicht einmal mehr, was Glück wirklich ist.«

Fee sah zu Grete auf und nickte. Sie verstand, was ihre Tante meinte. Die Hoffnungslosigkeit, die in Gretes Blicken lag, berührte Fee jedoch noch mehr als ihre Worte. Wenn Grete – eine erwachsene, hervorragend ausgebildete, tatkräftige Frau – schon nicht mehr an die Zukunft glaubte, wie sollte sie, die gerade erst siebzehnjährigen Waise, unter den gegebenen Umständen Zuversicht aufbringen?

Mit aufflammender Verzweiflung wandte sie die Augen ab. Stumm beobachtete Fee die Staubkörnchen, die durch die Zugluft der undichten Fenster aufgewirbelt wurden und im Sonnenlicht tanzten. Sie sah ihnen zu und wünschte sich plötzlich, unbeschwert durch die Atmosphäre zu fliegen. Fort vom Lärm des Krieges und vom Schweigen des Todes, von Entbehrung, Schikanen, Furcht, Schmerz und Trauer.

»Es wird weitergehen«, behauptete Grete. »Irgendwie muss es das ja. Wir haben unsere Liebsten verloren, aber wir haben uns, nicht wahr? Und ein Dach über dem Kopf. Das ist mehr, als viele andere Menschen besitzen. Wenn nur nicht diese Ungewissheit wäre.«

Fee antwortete Grete mit einem zaghaften Lächeln. Es gab ja auch nichts dazu zu sagen.

Plötzlich ließ ein energisches Klopfen sie zusammenfahren, als bräche erneut ein Gefechtssturm los. Irgendjemand verlangte Einlass.

Grete tippte mit der Spitze ihres gestreckten Zeigefingers gegen ihre Lippen. Dann bedeutete sie Fee mit einer Kopfbewegung, sich zu verstecken. Ohne Widerspruch kletterte Fee auf den bereitstehenden Stuhl im Flur. Dann zog sie sich in den Hängeboden hoch, als handelte es sich um das Reck, an dem sie im Sportunterricht beim Bund Deutscher Mädel körperliche Ertüchtigung geübt hatte. Sie hatte diese Turnstunden gehasst, aber jetzt kamen sie ihr wenigstens in irgendeiner Weise zugute.

Das leise Plappern von Kinderstimmen wehte durch den Korridor. Die Nowak war aufgetaucht, ihre Blagen am Rockzipfel und zur Ruhe gemahnend.

Nachdem Fee verschwunden war, schob Grete den Stuhl zur Seite, und die Untermieterin nahm darauf Platz.

Wieder dieses energische Klopfen.

Grete atmete tief durch, drehte den Schlüssel im Schloss, ließ die Türkette jedoch angelegt. Dann öffnete sie einen Spalt breit und spähte hinaus.

»Ich bin es, Fräulein Brahm, so machen Sie doch auf!«

»Herr Zeitler!«

Da es sich bei dem Besucher offenbar um einen Bekannten ihrer Tante handelte, wagte es Fee, die Tür zu ihrem Verschlag ein wenig aufzudrücken.

Vorsichtig lugte sie nach unten und schaute auf die lichten Stellen im grauen Haar eines älteren Mannes, den Grete nicht nur einließ, sondern auch herzlich umarmte. Er war von mittelgroßer Statur und schmal, trug einen dicken Mantel, durch den er aussah wie eine ausgestopfte Puppe. Er schwitzte. Das Wasser lief in seinen Kragen, und er roch nach seinen Ausdünstungen und nach Mottenkugeln. Und er schien verlegen ob Gretes überschwänglicher Begrüßung, denn er senkte den Kopf und zerdrückte seinen Hut beschämt zwischen seinen Fingern.

»Ich freue mich zu sehen, dass es Ihnen gut geht«, Grete strahlte zum ersten Mal seit langem Freude und fröhliche Neugier aus. »Bringen Sie Neuigkeiten?«

»Nichts Gewisses, wenn Sie die Lage meinen. Es gibt da ein Gerücht, wonach Generaloberst Jodl in Reims in Frankreich die bedingungslose Kapitulation der Wehrmacht unterzeichnet habe …«

Die Nowak unterdrückte einen kleinen Aufschrei, indem sie sich den Handballen auf den Mund presste.

»Möglicherweise ist das nur Gerede, gnädige Frau«, räumte Herr Zeitler ein. »Im Moment kann niemand Genaues sagen. Es herrscht ja überall Chaos. Ich komme gerade aus Friedrichshain, bin den ganzen Weg zu Fuß marschiert. Es ist wie auf einem riesigen Grab.«

Grete bugsierte ihren Gast energisch in Richtung Arbeitszimmer. »Dann kommen Sie erst einmal herein und setzen Sie sich …«

Sie schien Fee vergessen zu haben. Oder sie wollte sie absichtlich nicht in ihr Gespräch mit diesem Herrn Zeitler einbeziehen. Jedenfalls warf Grete nicht einmal einen Blick zum Hängeboden. Als die Nowak Anstalten machte, ihr und dem Besucher zu folgen, knallte Grete die Zimmertür direkt vor ihrer Nase zu. Die Nowak presste ihr Ohr gegen das Holz, doch Fee wusste, dass das dicke Furnier gegen jeden Lauscher schützte.

»Sie sind doch den weiten Weg nicht gelaufen, um mir zu sagen, dass der Krieg vorüber ist«, bemerkte Grete und schob einen Sessel zurecht, um Herrn Zeitler einen Sitzplatz anzubieten. Sie überlegte, ob sie ihn auf seine glühenden Wangen ansprechen sollte, aber sie entschied sich dagegen und forderte ihn stattdessen auf: »Legen Sie doch bitte ab.«

Er sah sich zögerlich in dem Raum um, machte jedoch keine Anstalten, sich seines Wollmantels zu entledigen. »Sie haben es schön hier«, murmelte er.

Grete fragte sich, ob Neid in seiner Stimme mitschwang. Sie wusste, dass Franz Zeitler ausgebombt war und die vergangenen Monate im Flakbunker Friedrichshain gelebt hatte. Für den Museumswärter war das kein schlechtes Arrangement, denn dort ging er seiner gewohnten Tätigkeit nach. Ebenso wie im Gefechtsturm am Zoo waren auch in Friedrichshain schon vor Jahren Kunstgegenstände aus den staatlichen Sammlungen eingelagert worden. Als die Front näher rückte, transportierte man viele Kostbarkeiten nach Thüringen, doch selbst der verbliebene Rest besaß noch unvorstellbaren Wert.

»Das war die Wohnung meines verstorbenen Bruders«, erklärte sie schließlich.

»Ich kannte Professor Brahm«, Zeitler hob sein linkes Bein, als wollte er eine Polka tanzen. »Er hat meinen Unterschenkelbruch so gut operiert, dass ich mich wieder ganz normal bewegen kann. Ohne ihn wäre ich wahrscheinlich zum Krüppel geworden.«

»Ja. Er war ein hervorragender Chirurg.«

»Die besten Männer hat der Krieg genommen«, erwiderte Gretes Besucher düster. »Wissen Sie von Professor Bange? Der ist aus dem Kaiser-Friedrich-Museum abgeholt und von den Bolschewiken verschleppt worden. Niemand weiß, ob er je wieder zurückkommt. Dabei hat keiner so viel Ahnung von italienischer Renaissance wie er.«

Grete nickte still. Sie hätte ihn nach anderen bedeutenden Kunsthistorikern fragen können, die auf der Museumsinsel oder in den Flakbunkern die Stellung hielten. Nach Professor Wilhelm Unverzagt etwa, dem Direktor des Museums für Vor- und Frühgeschichte, oder dem Generaldirektor der Preußischen Museen, Professor Otto Kümmel. Aber sie schwieg – aus Angst, von einer Kette aus Hiobsbotschaften erdrosselt zu werden. Plötzlich fand sie es ganz angenehm, auf diesem Stern der Abgeschiedenheit zu überleben.

Da fügte Zeitler hinzu: »Vielleicht brauchen wir in Deutschland ja künftig niemanden mehr, der Ahnung von Kunstgeschichte hat. Die Bolschewiken nehmen alles mit. Und was die nicht zu fassen kriegen, klauen unsere eigenen Leute.«

»Ach, Herr Zeitler, irgendwie wird das Leben schon weitergehen.« Der Trost war ihr ganz automatisch über die Lippen gekommen, aber sie hörte sich selbst zu und erschrak, wie hohl ihre Worte klangen.

»Natürlich«, stimmte er ihr stark schwitzend zu. Endlich begann er, die Knöpfe seines Mantels zu öffnen. Seine Finger zitterten, und er ließ sich Zeit. »Natürlich wird es das, aber die Frage ist doch, wie die Zukunft aussieht. Ich weiß nicht, was schlimmer ist – die Nazis oder die Bolschewiken.«

Grete stockte der Atem. Ihr Gast war so voller Bitterkeit, dass sie sich fast nicht getraute, sich nach dem Zustand der Kunstwerke im Flakbunker Friedrichshain zu erkundigen. War sein Gram persönlicher Natur? Oder waren alle Werte verloren, die man dort noch eingelagert hatte? Sie wusste von mehreren Rubens-Gemälden, von Bildern Caravaggios und van Dycks, aber auch von unersetzlichen Kostbarkeiten des französischen Rokoko, von Skulpturen, Gold- und Silberschmiedearbeiten.

Sie formulierte in ihrem Kopf eine vorsichtige Frage, kam aber nicht dazu, sie zu stellen.

Mit vor Staunen weit geöffneten Augen beobachtete sie, wie Zeitler aus dem aufgerissenen Futter seines Mantels ein starres Gewebe zog. Es war eine Leinwand, vom Holzrahmen getrennt und nicht größer als ein Blatt Schreibmaschinenpapier, jedoch erheblich wertvoller.

»Das Porträt von Rosalba Carriera«, flüsterte Grete fassungslos.

»Es hat gebrannt«, berichtete Zeitler, während er Grete das Gemälde reichte, um wie ein Magier gleich darauf die nächste Leinwand aus seinen Kleidern zu zaubern.

»In der ersten Etage des Flakturms hat es gebrannt. Es ist zweifellos Feuer gelegt worden. Anders ist das alles nicht zu erklären, denn die Außenmauern haben den Krieg überstanden. Die Russen haben gelöscht, was zu löschen war, aber die Wachen lümmeln jetzt herum und tun nichts zur Bewahrung der Kunstwerke. Sie lassen jeden Zivilisten rein, der über die Treppe nach oben will. Ich habe mit meinen eigenen Augen gesehen, wie Männer, die dort nichts zu suchen haben, ein- und ausgingen.«

Allmählich begriff Grete, warum Zeitler wirkte, als sei er ausgestopft. Er förderte ein Bild nach dem anderen zutage. Unersetzliche Kunstwerke, die er anscheinend vor dem Desinteresse der Sowjets oder vor Plünderern gerettet hatte. Stumm vor Staunen deponierte sie die Bilder auf allen zur Verfügung stehenden Möbeln. Das Arbeitszimmer wirkte bald wie eine Galerie.

»Ich habe Ihnen das da«, Zeitler machte eine umfassende Geste, »gebracht, weil ich nicht weiß, wo die Gemälde besser aufgehoben wären als bei Ihnen, Fräulein Brahm. Und … Na ja«, seine Blicke senkten sich auf seine abgelaufenen Schuhe, »weil Sie so günstig wohnen. Bis zu Professor Kümmel nach Zehlendorf hätten mich meine Füße nicht mehr getragen.«

Grete betrachtete voller Ehrfurcht die wertvollen Bilder. Gleichzeitig wurde ihr bewusst, dass sie nun einen Schatz beherbergte, den sie wie Fees Unschuld verteidigen würde. Und es bestand keine Frage, dass sie die Gemälde ebenso wie ihre Nichte vor den Eroberern verstecken musste. Vielleicht auch vor den Besiegten. Einerlei. Die Leinwände konnten jedenfalls nicht so ohne weiteres herumliegen. Außerdem war es sicherer, wenn ihre Mitbewohner nichts davon erfuhren. Selbst Fee gegenüber wollte sie schweigen.

In ihrem Kopf wirbelten die Gedanken durcheinander. Ihre Augen wanderten auf der Suche nach einem Aufbewahrungsort durchs Zimmer. Ihr Bruder hatte keinen Safe besessen, nicht einmal ein kleines Geheimfach in seinem Schreibtisch oder im Bücherschrank. Im Moment hätte sie allerdings sehr viel darum gegeben.

Ihre Blicke blieben am Kamin hängen.

»Bitte, helfen Sie mir«, forderte sie ihren Gast auf.

Sie brauchte ihm ihre Beweggründe nicht zu erklären. Zeitler verstand sofort.

München, 2010

11

Anna blickte sich um, suchte mit den Augen die Gesichter der Passanten ab.

Die meisten Leute kannte sie wenigstens vom Sehen. Es war schließlich jeden Morgen dasselbe Spektakel, wenn ein Gewimmel von Eltern, Fahrrädern und in zweiter Reihe parkenden Autos auf der sonst stillen Wohnstraße herrschte und Kinder zwischen drei und sechs Jahren nach einer mehr oder weniger hastigen Umarmung in die Kita geschoben wurden.

Natürlich hielten sich auch einige Unbekannte auf der Straße auf, aber es machte sich Annas Meinung nach niemand sonderlich verdächtig.

Über kurz oder lang fragte sie sich, ob der geheimnisvolle Mann nicht doch nur Emilys Fantasie entsprungen war. Seit sie von Emilys Traum erfahren hatte, schaute sie sich genau um, wenn sie ihre Tochter in den Kindergarten brachte, aber es schien sich niemand auf einem Beobachtungsposten zu befinden. Und Emily selbst lief mit einer Unbeschwertheit an Annas Hand die Straße entlang, als habe es den Albdruck niemals gegeben.

Anna erinnerte sich der vielen Krimis, die sie im Laufe ihres Lebens gelesen oder im Fernsehen gesehen hatte. Natürlich würde ein Verbrecher so wenig wie möglich aufzufallen versuchen. Aber sie müsste denselben Menschen zumindest zweimal am selben Ort antreffen. Erst dann könnte sie sich Gedanken darüber machen, ob dieser oder ein anderer eine Gefahr für ihre kleine Tochter darstellte.

Vielleicht stimmte ja etwas mit dem Mann nicht, der hinter dem Kühltransporter stand, aus dem Frischwaren in den Supermarkt nebenan geliefert wurden. War das derselbe Fremde, der sich neulich mitten auf dem Bürgersteig gebückt hatte, um sich die Schnürsenkel zu binden? Ähnelte er nicht dem gut gekleideten Mittvierziger, dem beinahe die Brötchentüte hinunterfiel, als er mit einer jungen Mutter zusammenstieß, die sich eilig von ihrem heulenden Sohn verabschiedet hatte und blind gegen andere Passanten zu ihrem Wagen rannte? Anna starrte wildfremde Leute an und wurde sich bewusst, dass sie ein viel zu schlechtes Gedächtnis für Gesichter besaß, um die Polizei informieren zu können. Man würde sie für eine hysterische Person halten und nicht für eine ernstzunehmende Zeugin.

Da Emily nicht mehr über ihren Albtraum sprach, schwieg auch Anna. Sie hielt die Augen offen und informierte ihre Mutter. Doch die meinte nur, Anna solle Emilys Fernsehgewohnheiten besser kontrollieren. Aber die Oma versprach auch achtzugeben, wenn sie ihre Enkelin vom Kindergarten abholte. Anna wusste, dass sie sich trotz deren Sorglosigkeit auf ihre Mutter verlassen konnte. Eine Rückmeldung gab es von dieser Seite jedoch nicht.

Anna hatte nicht mehr erwartet. Sie war's zufrieden, denn im Grunde fehlten ihr die Nerven für Räuberpistolen.

Nachdem sie die Kontaktdaten der Galerie Richardson im Internet gefunden hatte, verfasste sie eine Mail. Darin stellte sie sich vor, beschrieb das eingelieferte Bild und bat um Informationen über die Herkunftsgeschichte. Außerdem bat sie um die Telefonnummer oder Adresse einer Person, die sich noch an den Verkauf des Werkes an Philip Coleman erinnern könnte.

Es war eine höfliche, in ihrer Branche nicht ungewöhnliche Anfrage, die sie mit den üblichen Floskeln bestückte. Als sie auf »senden« drückte, fühlte sie sich erleichtert. Endlich ging die Bildrecherche voran.

Doch Anna irrte.

Jeden Morgen, den sie damit verbrachte, dem Phantom aus Emilys Träumen vor dem Kindergarten nachzujagen, hoffte sie nicht nur auf die Identifizierung des Unbekannten, sondern auch auf eine Nachricht aus London. In den ersten Tagen nach ihrem Mailversand schaltete sie den Computer in einer gewissen Hochstimmung ein, sicher, dass heute die Antwort in ihrem Postfach liegen werde. Das Schreiben ließ jedoch auf sich warten. Es folgten Enttäuschung, Verstimmung, Zorn und schließlich Verzweiflung, weil sie sich wie in einem dunklen Tunnel fühlte und kein Ausgang in Sicht war.

Rainer Bonhoff begann, sich nach ihrem Gutachten zu erkundigen. Zunächst nur mit flüchtigen Fragen, aber Anna wusste, dass sie ihm raschestmöglich entweder eine Rohfassung ihrer Expertise oder Beweise für eine Fälschung vorlegen musste.

Sie konnte ihm nicht zufällig irgendwo im Auktionshaus begegnen, ohne dass er sie mit vagen Hinweisen bedachte: »Wir haben hoffentlich keine Geheimnisse voreinander. Sie können mir vertrauen, liebe Frau Falkenberg. Das wissen Sie. Gemeinsam werden wir eine Lösung für alles finden.« Offenbar vermutete er, sie wäre der ihr gestellten Aufgabe nicht gewachsen.

Aber ihr Problem war nun einmal nicht die Formulierung eines Gutachtens. Anna saß in ihrem Schreibtischstuhl und starrte unentwegt das Bild an, das sie ausnahmsweise richtig herum aufgestellt hatte. Aber selbst der Blick durch eine Lupe brachte sie nicht weiter.

Das abgebildete Paar liebte sich leidenschaftlich, als wollte es niemals voneinander lassen. Mit einem Mal fragte sie sich, ob es der Künstler aus dem Gedächtnis erschaffen oder Modelle beschäftigt hatte. Letzteres war für die damalige Zeit nicht ungewöhnlich. Die zwanziger Jahre des vergangenen Jahrhunderts waren ziemlich zügellos gewesen. Die Leute hatten das Leben ausschweifend gefeiert, nachdem sie den Strömen von Blut des sogenannten Großen Krieges entkommen waren.

Seltsam, dachte Anna, dass das Jahrzehnt nach dem Zweiten Weltkrieg im Gegensatz dazu als extrem bieder und verklemmt galt. Die Überlebenden des Naziregimes, von Holocaust, Stalingrad und Bombennächten mussten doch ebenfalls so etwas ersehnt haben wie erfüllendes persönliches Glück. Sie überlegte, ob sie ihre Großmutter danach fragen könnte. Aber ihre Oma hatte – wie die meisten Menschen dieser Generation – niemals über das gesprochen, was hinter ihr lag, als würde jede Erinnerung vernarbte Wunden aufreißen. Deshalb hatte Anna schon vor langem beschlossen, die Vergangenheit ruhen zu lassen, zumal sie mit ihrem Schulwissen um die Nachkriegsgeschichte ahnte, wie schwer es damals gewesen war. In diesem Moment wünschte sie sich jedoch den Mut, ohne Rücksicht auf die Sensibilität der alten Dame nachzufragen.

Der Maler Leo Reichenstein hatte diese Zeit nicht mehr erlebt. Er war Mitte der dreißiger Jahre verstorben, alt, krank und einsam, von vielen Freunden vergessen. Trotz seiner jüdischen Herkunft war er nicht emigriert, obwohl ein Künstler wie er sicher zunächst in Paris Fuß gefasst hätte. Wahrscheinlich hätte er auch nach New York ausreisen können. Dorthin, wo das Gemälde auf Annas Staffelei lange nach dem Tod des Malers gelandet war.

Sie traf der Gedanke, dass sie sich vielleicht weniger intensiv mit dem Kunsthändler in London auseinandersetzen sollte. Plan B, dachte sie und beschloss, endlich ein paar Nachforschungen über die Sammlung Coleman anzustellen. Ihr war zwar nicht ganz klar, welche Erkenntnisse über die Herkunft des Bildes sie aus dieser Recherche gewinnen sollte, aber eine Überprüfung der Sammlungsgeschichte wäre zumindest eine willkommene Abwechslung.

Der sinnvollste Schritt, um aufzuklären, ob es sich um eine Fälschung handelte, war natürlich die Untersuchung in einem wissenschaftlichen Museumslabor, aber die konnte sie nicht durchführen. Dafür gab es Spezialisten. Diese wiederum waren teuer, und weder Bonhoff noch Beatrice Coleman würden den Kosten zustimmen, solange Anna keinen Anhaltspunkt für ihre Vermutung fand. Nervös trommelte sie mit den Fingern auf ihrer Schreibtischplatte und zerbrach sich den Kopf darüber, was sie als Nächstes tun sollte.

Das Klingeln des Telefons ließ sie zusammenzucken. »Falkenberg«, meldete sie sich zerstreut.

»Hier spricht Beatrice Coleman.«

Die fehlte ihr gerade noch. »Guten Tag«, erwiderte Anna mit zusammengebissenen Zähnen, als fürchtete sie, die Kundin werde ihr nicht nur bildlich einen Schlag versetzen.

»Ich wollte mich bei Ihnen nach dem Stand der Dinge erkundigen«, hallte es liebenswürdig durch die Leitung. »Die Zeit verrinnt, und ich habe noch keine Nachricht von Ihnen erhalten. Haben Sie die Expertise erstellt, Frau Falkenberg?«

»Nein … ehmmm… ich …«, stotterte Anna, wohl wissend, dass sie nicht sonderlich professionell klang. Was sollte sie auch sagen? Die Wahrheit war sicher die schlechteste Wahl, denn sie stützte sich auf nichts als auf die Fantasie einer jungen Kunsthistorikerin. Der Albtraum von einem Phantom, fuhr es ihr durch den Kopf, wie bei Emily und dem geheimnisvollen Mann.

Beatrice Coleman wartete stumm auf Annas Antwort.

Als das Schweigen peinlich zu werden begann, entschied

sich Anna, einen Teil der Wahrheit zu offenbaren: »Ich warte auf eine Nachricht von der Galerie in London, bei der Ihr Stiefvater das Bild seinerzeit erwarb. Sobald sich jemand von der Galerie Richardson bei mir gemeldet hat, werde ich mich äußern können.«

»Dann hoffe ich, dass dies bald geschehen wird. Bitte melden Sie sich bei mir, sobald Sie die Expertise abgeschlossen haben.«

»Selbstverständlich«, versicherte Anna.

Statt eines Abschiedsgrußes klickte es in der Leitung. Das Gespräch war beendet. Offensichtlich war Anna der Kundin unter den gegebenen Umständen nicht einmal eine Floskel wert. Die gegenseitige Achtung hatte sich auf Einseitigkeit zulasten Annas reduziert.

»Unhöfliche Tussi!«, entfuhr es Anna, während der Ärger wie eine Migräne gegen ihre Schläfen zu trommeln begann.

Es überraschte sie nicht sonderlich, dass Rainer Bonhoff kurz vor Feierabend in ihr kleines Büro schlenderte. Er summte ein Lied, das der britischen Nationalhymne ähnelte, und schaffte es, den letzten Ton in einem tiefen Seufzer ausklingen zu lassen.

»So spät noch mitten in der Arbeit«, stellte er leutselig fest und deutete auf die Bücher und Kladden und den flimmernden Monitor des Computers auf ihrem Schreibtisch.

»Es ist noch nicht achtzehn Uhr«, erwiderte Anna in dem vergeblichen Versuch, komisch zu sein. »Sie würden es sicher nicht gern sehen, wenn ich bereits alle fünfe gerade sein ließe.«

Mit geschmeidigen Bewegungen trat er neben die Staffelei und betrachtete angelegentlich das Bild. Ihre Bemerkung ignorierte er. Stattdessen fragte er, ohne sich zu ihr umzuwenden, in begütigendem, väterlichem Ton: »Welche Probleme haben Sie mit dem Reichenstein?«

Anna seufzte. Sie war es leid, nach Ausflüchten suchen zu müssen. Außerdem verschlimmerten sich ihre Kopfschmerzen. »Es ist die Provenienz«, gab sie matt zu. »Ich finde nicht die geringsten Hinweise auf die Herkunft dieses Gemäldes.«

»Wir wissen, dass es zunächst von Paul Cassirer verkauft wurde und dass es später der Sammler Philip Coleman von der Galerie Richardson in London erworben hat. Also, wenn das keine Hinweise auf die Herkunft sind!« Langsam drehte er sich um und musterte sie: »Ich sehe nicht, wo Ihr Problem liegt, Anna.«

Sie wich seinem intensiven Blick aus und ärgerte sich gleichzeitig, weil sie ihm nicht in die Augen schaute, als wäre sie eines Vergehens schuldig.

»Zwischen diesen beiden Aktionen liegen mindestens achtundzwanzig Jahre, da wir wissen, dass der Kunstsalon Cassirer neunzehnhundertdreiunddreißig in Berlin schließen musste. Ich würde gern herausfinden, wo sich das Bild in eben diesen achtundzwanzig Jahren befunden hat.«

Bonhoffs Miene verdunkelte sich, sein Ton änderte sich. »Ich bitte Sie, Frau Falkenberg!«, schnaubte er. »Was soll das? Sie wissen ebenso gut wie ich, dass Werke jüdischer Künstler in jener Zeit verschwanden. Was anschließend nicht im Krieg vernichtet wurde und danach wieder in Sammlungen auftauchte, wurde fünfundvierzig von den Sowjets abtransportiert oder von amerikanischen Soldaten als Beutegut zur Verwandtschaft nach Texas oder sonst wohin geschickt. Denken Sie nur an den Domschatz von Quedlinburg, den sich ein GI per Armeepost nach Hause liefern ließ. Es spielt doch keine Rolle, wo das Bild in all den Jahren aufbewahrt wurde. Wichtig ist einzig, dass ein Gemälde wie das *Liebespaar* von Leo Reichenstein überhaupt wieder aufgetaucht ist.«

»Ohne Herkunftsnachweis kann ich keine Expertise erstellen«, entfuhr es ihr. Die Deutlichkeit ihrer Worte war ihrer Müdigkeit und den Kopfschmerzen geschuldet. Andernfalls wäre sie wahrscheinlich etwas diplomatischer vorgegangen.

»Ich glaube«, erwiderte Bonhoff gedehnt und wandte sich wieder zu der Leinwand um, »das Motiv verwirrt Sie. Ansonsten würden Sie verstehen, dass Sie mit Ihrer Hinhaltetaktik eine gute Kundin von uns verärgern.«

»Es ist keine Hinhaltetaktik!«, protestierte Anna. »Ich möchte nur wissen, bei wem die Galerie Richardson das Bild gekauft hat. Sechzehn Jahre nach Ende des Zweiten Weltkriegs sollte das doch kein Geheimnis mehr gewesen sein. Und Sie wissen ebenso gut wie ich, dass diese Provenienz wichtig ist, um die Echtheit zu bescheinigen.«

Einen Moment lang befürchtete Anna, Bonhoff werde die Manieren eines Gentleman vergessen und wie ein Berserker zu schreien beginnen. Seine Schultern bebten unter seinen schweren Atemzügen, die Knöchel knackten laut, als er seine Finger bewegte.

Der Tobsuchtsanfall blieb aus. Er trat den Rückzug an. Seine Miene war ebenso beherrscht wie seine Stimme, nur die Augen sandten stechende Blicke. »Ich gehe davon aus, dass Sie sich bereits mit der Galerie Richardson in Verbindung gesetzt haben.«

»Ich habe eine Mail versandt.«

»Gut. Dann werde ich die Kundin darüber in Kenntnis setzen, dass wir die Nachricht von Richardson abwarten müssen. Schreiben Sie vorsorglich noch eine Mail, wenn Sie in den nächsten Tagen nichts von dort hören. Oder rufen Sie meinetwegen in London an. Ich möchte Frau Coleman nicht mehr lange warten lassen.«

Stumm senkte Anna die Lider und nickte.

Als er an ihr vorbei hinausging, legte er seine Hand kurz auf ihre Schulter. Und Anna fragte sich, ob diese Geste Drohung, Beruhigung oder Anzüglichkeit bedeutete. Eine Antwort hatte sie nicht.

Am nächsten Tag fand sie in ihrem Mailpostfach endlich das Schreiben, auf das sie fast sehnsüchtiger gewartet hatte als in ihrer Teenagerzeit auf den Liebesbrief des Jungen aus der Parallelklasse:

> Hallo Mrs. Falkenberg,
> bezüglich Ihrer Anfrage freue ich mich, Ihnen mitteilen zu können, dass das Gemälde *Das Liebespaar* von Leo Reichenstein tatsächlich 1961 an Mr. Philip Coleman, New York, verkauft wurde. Es besteht kein Zweifel, dass es sich bei dem Bild um das Original handelt, was ja auch unser Galeriestempel bestätigt. Ich hoffe, Ihnen weitergeholfen zu haben.
> Mit besten Grüßen
> Oliver Richardson

Das Schreiben war eindeutig – und doch beschlich Anna ein seltsames Gefühl der Unzufriedenheit.

Sie las die Mail mehrmals und begriff erst langsam, was sie störte: Oliver Richardson fragte weder nach einem Foto des Gemäldes noch nach einer Aufnahme des Galeriestempels. Wie konnte er aber dann so sicher sein, dass es sich bei der Leinwand auf der Staffelei neben ihrem Schreibtisch um das Original von Leo Reichenstein handelte? Woher wusste er, dass exakt dieses Werk vor fast fünfzig Jahren Philip Coleman in der Galerie Richardson erworben hatte? Seine Worte besaßen etwas Endgültiges. Das störte sie.

Obwohl sie wusste, dass sie sich trotz aller Fragen, die es

aufwarf, mit diesem Schreiben zufriedengeben sollte, griff sie zu der Spezialkamera in ihrem Wandschrank. Die Fotos, die nach der Einlieferung des Gemäldes hergestellt worden waren, befanden sich als Papierausdruck in der Akte, die Datei auf Bonhoffs Computer. Anna musste sich also selbst als Fotograf betätigen.

Eine Stunde später versandte sie eine zweite Mail an die Galerie Richardson. Im Anhang befanden sich Fotos der Vorder- sowie der Rückseite des Gemäldes. Im Text wiederholte sie ihre kollegiale Bitte, mit jemandem sprechen zu dürfen, der sich an den Verkauf des Bildes seinerzeit erinnerte. Außerdem bat sie um Informationen zu dem oder den Vorbesitzern in den Jahren nach dem Zweiten Weltkrieg.

Der Signalton erklang fast unverzüglich. Diesmal antwortete Oliver Richardson so prompt, als habe er sich gar nicht die Zeit genommen, erst den Mailanhang mit den Dateien der Fotografien zu öffnen:

> Leider verfügen wir über keinen Kontakt zu Mitarbeitern, die Anfang der sechziger Jahre des vorigen Jahrhunderts für die Galerie tätig waren. Ich bin sicher, dass niemand mehr am Leben ist, der damals an dem Handel aktiv beteiligt war. Über Vorbesitzer könnte Ihnen allerdings auch diese Person nichts sagen, da unsere Geschäftspolitik absolute Diskretion vorsieht. Es besteht aber keine Veranlassung für derartige Nachforschungen. Bei dem Bild handelt es sich um das Original. Ich kann Ihnen versichern, dass in meiner Galerie keine Fälschungen verkauft werden.
>
> Beste Grüße
> Oliver Richardson

Anna schnappte nach Luft. Was bildete sich dieser Mann ein? Oliver Richardson kanzelte sie in einer Art und Weise ab, die ihr den Atem raubte. Sie fand sein Verhalten unnötig – und unverständlich.

Sie war jedoch machtlos, konnte den unbekannten Galeristen nicht in die Schranken weisen. Es blieb ihr nichts, als sich zu ärgern und die Mail immer wieder zu lesen. Vielleicht hatte sie ja im Eifer der ersten Lektüre etwas missverstanden. Doch sie irrte.

London, 2010

12

»Was machst du hier?«, fragte Oliver. Er wollte gerade in sein Zimmer treten, blieb jedoch auf der Schwelle stehen.

Im ersten Moment war er erstaunt, sogar ein wenig ungehalten über Camillas Impertinenz, sich derart ungeniert am Arbeitsplatz ihres Chefs auszubreiten. Was fiel ihr ein, sich in seinen Schreibtischsessel zu räkeln? Glücklicherweise hatte Camilla nach der gemeinsam im Wodkarausch verbrachten Nacht so viel Stil besessen, nicht weiter an seine Erinnerungslücken zu rühren. Sie hatte sich vor den anderen Galerieangestellten vorbildlich benommen und die professionelle Distanz zu ihm gewahrt. Das schien sich nun gründlich geändert zu haben – und er war sich nicht sicher, wie er das finden sollte.

Doch dann lehnte er sich mit der Schulter gegen die Türzarge und genoss einfach nur den Anblick ihrer Beine, die sie neben seinem Computer ausstreckte.

Camillas schwarzer Bleistiftrock war ihr weit über die Oberschenkel gerutscht, sie trug hauchdünne Strümpfe. Es waren tatsächlich Strümpfe, denn unter dem Rocksaum lugte die Halterung eines Strapses hervor. Ihre Füße steckten in schwarzen Pumps mit spitzen Absätzen und leuchtend roten Sohlen. Er hatte mal gehört, dass diese Schuhe ein Vermögen kosteten, seine Ex wollte unbedingt ein solches Paar haben. Im Moment waren die Schuhe jedoch das Unwichtigste an Camillas Outfit, denn seine Augen wanderten zum Innenleben ihrer weißen Bluse. Sie hatte die Knöpfe bis zur Taille geöffnet und bot dem Betrachter ein aufregendes Bild. Unschuldig weiße Spitze schmeichelte ihrem dezent gebräunten Dekolleté und gestattete ihm eine Ahnung von dem milchigen Streifen, an dem der Stoff ihre Brüste vor der Sonne schützte.

Es war einer der Abende, in denen er sich allein in der Galerie wähnte. Diese Überstunden hatten in der letzten Zeit zugenommen, und er hatte sie für langweilige Bürotätigkeiten reserviert. Tagsüber kam er nicht dazu, weil er viele Stunden im Krankenhaus bei seinen Großeltern verbrachte. Henry schalt ihn zwar, er vernachlässige die Galerie, doch Oliver wusste, wie gut dem alten Herrn seine Gesellschaft tat.

Obwohl er es niemals zugegeben hätte, schadete die Krankenhausluft auf Dauer Henrys Gesundheit. Grandma bat ihn zwar, nach Hause zu gehen, sie werde von dem Klinikpersonal hervorragend versorgt und es gehe ihr gut, doch Henry hielt störrisch an ihrer Seite aus. Manchmal summte er einen alten Schlager – »Till the End of Time« –, und dann schwieg sie, während ein Lächeln ihre schmal gewordenen Lippen umspielte.

Oliver berührte diese Innigkeit seiner Großeltern. Sie bestärkte ihn in seinem Wunsch, am nächsten Tag wieder stundenlang in dem Zweibettzimmer bei den alten Leuten auszuharren. Es herrschte hier eine eigentümliche Harmonie, er genoss sie wie das Beobachten von fallendem Herbstlaub – wohl wissend, dass die Zeit der Blätter endlich war. Oliver spielte mit Sir Henry und Lady Richardson Karten, las den beiden aus der *Times* vor oder sah sich mit ihnen eine amerikanische Serie in dem kleinen Fernsehapparat an, der fast unter der Decke angebracht war, so dass Oliver anschließend Nackenschmerzen verspürte.

Allerdings war sein privater Pflegedienst nicht mehr lange

gefragt. Der behandelnde Arzt hatte ihm eröffnet, dass Lady Richardson bald entlassen werden könne. Doktor Piper teilte nicht unbedingt ihre Meinung, dass ausgerechnet die hügelige Landschaft Cornwalls die richtige Umgebung für eine alte Dame sei, die von einem Oberschenkelhalsbruch genesen sollte, doch Oliver erklärte ihm, er werde seine Großmutter nicht von ihrem Plan abbringen. Er wusste, wie sehr sie das Cottege in dem Künstlerstädtchen St Ives liebte. Wenn sie sich irgendwo erholte, dann dort. Er versprach, vor Ort eine Krankengymnastin aufzutreiben und dafür zu sorgen, dass seiner Grandma zu Hause die gleichen Möglichkeiten geboten wurden wie in einem medizinischen Rehabilitationszentrum. Danach war Doktor Piper umgestimmt.

Insgeheim war Oliver zutiefst dankbar für diese Lösung, die vor allem auch für Henry angenehmer war als ein weiterer Klinikaufenthalt. Ohne Zweifel wären seine Großeltern auch gemeinsam in ein Sanatorium gegangen. Unwillkürlich fragte sich Oliver, ob er jemals einer Frau begegnen würde, mit der er jede Unbequemlichkeit auf sich nehmen wollte – bis ans Ende seiner Tage.

Camilla war dafür wohl ebenso wenig eine Kandidatin wie seine Ex-Frau. Aber wenn nicht irgendein Wunder geschah, würde er diese Nacht mit seiner Praktikantin verbringen, statt die bereits vom Finanzamt angemahnten Steuerklärungen durchzusehen und zu unterschreiben. Und diesmal konnte er sich nicht auf den Wodka herausreden. Er hatte bisher nur Kaffee getrunken.

Die verführerische Frau an seinem Schreibtisch lächelte ihn an und zog mit dem Bleistift, mit dem sie zuvor nachdenklich gegen ihre Lippen getippt hatte, eine imaginäre Linie an der Innenseite ihres Schenkels entlang.

Plötzlich erinnerte er sich, dass sie kein Höschen getragen

hatte, als seine Hände zum ersten Mal unter ihren Rock gewandert waren. Ihm wurde heiß.

»Ich habe auf dich gewartet«, sagte sie rau.

»Das sehe ich«, erwiderte er und rührte sich nicht vom Fleck. Jede Bewegung würde seine Perspektive ändern, und ihr Anblick aus diesem Blickwinkel war köstlich.

»Warum entspannst du dich nicht?«

Seine Lippen teilten sich, weil er ihr sagen wollte, wie dringend er einer Entspannung bedurfte.

Das Telefon auf dem Schreibtisch klingelte. Ein surrender, unaufdringlicher Ton. Nicht vergleichbar mit der Ruftonmelodie seines Handys, die er inzwischen von »Satisfaction« in »Rock around the Clock« geändert hatte, weil ihm »Sex Bomb« zu frivol erschienen war. Ein normales Bürogeräusch – und doch im Moment so störend wie eine schrille Sirene.

»Anrufbeantworter«, schlug Camilla vor.

Oliver schüttelte den Kopf, setzte sich hastig in Bewegung und hob ab. Sein Herz klopfte wild, weil er befürchtete, dass es um diese Uhrzeit das Krankenhaus mit einer Hiobsbotschaft sein könnte. Und weil er jetzt neben seinem Schreibtisch stand und Camillas Duft ihm in die Nase stieg.

»Hello, Richardson.«

»Guten Abend«, eine unverbindlich klingende Frauenstimme antwortete ihm in dem typisch akzentfreien transatlantischen Englisch der Mitteleuropäerinnen. »Hier spricht Anna Falkenberg von …«, mehr verstand er nicht, ihr Wortschwall ging in der Ansage des automatisch einsetzenden Anrufbeantworters unter.

Camillas Hände lagen plötzlich auf Olivers Hose. Er hatte ihr den Rücken zugekehrt, aber er brauchte sie nicht anzusehen, um zu wissen, was sie vorhatte.

Nervös drückte er ein paar Tasten auf der Telefonanlage,

um die monotone Computerstimme abzuschalten. Es war ihm egal, ob er die Verbindung zu der Anruferin trennte. Einfach auflegen wollte er jedoch nicht. Schließlich gelang es ihm, den Messagedienst zu unterbrechen. Er hörte gerade noch, wie sie den Namen einer Stadt nannte: »München.«

Camilla öffnete den Reißverschluss und schob ihre Finger zwischen die Knöpfe seiner Boxershorts.

»Ja, bitte«, seufzte Oliver, und ihm war selbst nicht klar, ob er die Frau namens Anna Falkenberg oder seine Praktikantin meinte.

»Ich wollte mich persönlich erkundigen, warum Sie so unfreundlich zu mir sind.«

Hatte die Unbekannte das wirklich gesagt?

Offenbar befand sich sein Gehirn nicht mehr an seinem ursprünglichen Platz. Jedenfalls konnte er keinen Zusammenhang zwischen den Worten der Frau und seiner Person herstellen. Verwirrt starrte er auf sein bestes Stück, das unter der Berührung von Camillas Hand den umgekehrten Weg von Newtons Theorie zu gehen bereit war.

»Tut mir leid, ich kann Ihnen nicht weiterhelfen«, erwiderte er atemlos. »Sie sind einem Missverständnis zum Opfer gefallen. Wahrscheinlich haben Sie sich verwählt.«

»Sind Sie denn nicht Mr. Oliver Richardson von der Galerie Richardson in London?«

Camilla war ein Naturtalent. Sie war viel zu jung, um derart erfahren zu sein. Oder hatte sie schon so viele Männer gehabt, dass es keine Rolle spielte, ob er noch einmal mit ihr schlief oder nicht?

Er kramte einen kläglichen Rest seines Verstandes zusammen, um das Telefonat höflich zu beenden: »Hier spricht Oliver Richardson, und ich kenne Sie leider nicht. Auf Wiedersehen.« Endlich warf er den Hörer auf die Ladestation.

Langsam drehte er sich um. Camilla saß noch immer in seinem Sessel, ihr Kopf befand sich auf der Höhe seiner Hüften. Sie lächelte ihn an.

Ihre Lippen erwarteten ihn.

München, 2010

13

Wütend starrte Anna den Telefonhörer an. Dann warf sie ihn auf die bunte Unterlage ihres häuslichen Schreibtisches.

Es hatte sie viel Überwindung gekostet, die Nummer von Richardson herauszusuchen und anzurufen. Die Mails waren eindeutig, es gab keinen Grund, den Galeristen wieder zu belästigen.

Nach reiflicher Überlegung hatte Anna jedoch beschlossen, noch einmal vorzusprechen. Es war ungewöhnlich, dass sich ein Kunsthändler auf diese Weise der Recherche zu einem Gemälde verschloss, das für eine Auktion vorgesehen war. Jeder in dieser Branche wusste, wie wichtig die Provenienzforschung war. Dieser Gedanke hatte Anna in ihrem Vorhaben bestärkt. Außerdem spielte es keine Rolle, wenn sie vor dem aufgeblasenen Engländer zu Kreuze kriechen musste – allein das Resultat zählte.

Mit diesem Ergebnis hatte sie jedoch nicht gerechnet.

Hatte sie sich falsch ausgedrückt? War ihr Englisch nicht ausreichend? Das könnte möglicherweise eine gewisse Unfreundlichkeit erklären, aber eigentlich war sein Tonfall höflich gewesen. Er hätte ihr natürlich die Möglichkeit zu einer Erklärung geben können, dennoch war gegen ihn nichts zu sagen. Vielleicht hatte er sich in Eile befunden.

Anna blickte auf ihre Armbanduhr und stellte fest, dass es

trotz Zeitverschiebung wahrscheinlich auch in London schon jenseits der Ladenöffnungszeit war. Sie hätte sich erkundigen müssen, wann die Galerie schloss, bevor sie dort anrief.

Doch auch die Tatsache, dass sich Richardson auf dem Weg zu einer Verabredung befunden haben mochte, erklärte nicht, warum er von einem Missverständnis gesprochen hatte. *Ich kenne Sie leider nicht* – deutlicher konnte er sich nicht ausdrücken!

Entweder erinnerte er sich tatsächlich nicht an die erst kürzlich geführte Korrespondenz oder er *wollte* sich nicht erinnern. Das eine war unwahrscheinlich, denn seine angenehm tiefe Stimme hatte relativ jung geklungen, und er litt sicher noch nicht an Demenz.

Die zweite Überlegung aber schürte ihr Misstrauen: Warum lehnte er einen Austausch über das Gemälde von Leo Reichenstein konsequent ab?

Es blieb eigentlich nur eine Antwort: Die Galerie Richardson hatte dem Stiefvater von Beatrice Coleman seinerzeit eine Fälschung angedreht, und man versuchte nun zu verhindern, dass der Betrug aufflog …

Leise öffnete sich die Zimmertür. Annas Mutter steckte den Kopf herein.

»Ich wollte nur nachsehen, ob du noch telefonierst.«

Seufzend schob Anna ihr Haar, das wie ein Vorhang vor ihr Gesicht gefallen war, hinter die Ohren. »Es war ein merkwürdiges Gespräch«, erklärte sie dumpf. »Kurz und ergebnislos.«

»Tut mir leid. Komm, trink ein Glas Wein mit mir. Das Essen ist fast fertig, und du wirst dich wohler fühlen, wenn du erst einmal etwas im Magen hast.«

»Die Küchenweisheiten meiner Mutter passen immer«, schmunzelte Anna und erhob sich schwerfällig. Ihre Glieder fühlten sich an wie aus Blei. Der Nachklang von Oliver

Richardsons Stimme schien sie förmlich herunterzuziehen. Sie war dankbar, sich nicht um ihre häuslichen Pflichten kümmern zu müssen. Ihr Vater spielte heute Abend in der Oper die Erste Geige – in Verdis *Nabucco* –, und deshalb hatten sich die Frauen der Familie zusammengetan.

»Diese Philosophie ist nicht von mir«, erwiderte Christiane Falkenberg, »sondern von deiner Oma. Und die muss es wissen, denn in ihrer Jugend gab es selten genug zu essen.«

»Ach, Mama, bitte keine Nachkriegsgeschichten, sonst verdirbst du mir den Appetit«, Anna streckte sich in der Hoffnung, Sauerstoff in ihre Muskeln zu pumpen. »Ich plage mich gerade mit dem Gutachten für ein Bild, das unter den Nazis verschwunden ist und genau zu Omas Hungerzeiten wieder aufgetaucht sein soll. Es wurde neunzehnhunderteinundsechzig nachweislich verkauft, aber mir gelingt es nicht herauszufinden, wo es sich in den fünfzehn Jahren vorher befand.«

Ihre Mutter runzelte die Stirn. »Ist es denn so wichtig, diese Zeitspanne aufzuklären?«

»Für ein vernünftiges Echtheitszertifikat schon.«

»Seit wann spielt im Kunsthandel Vernunft eine Rolle?«

»Mama«, wiederholte Anna kopfschüttelnd, »du kannst mich doch nicht dazu verleiten, wider besseres Wissen ein Gemälde als Original auszugeben, das ich für eine Fälschung halte.«

»Das würde ich selbstverständlich niemals tun«, Christiane Falkenberg legte den Arm um die Schultern ihrer Tochter. »Was sagt denn dein Chef dazu?«

»Er kennt meine Befürchtung nicht. Noch nicht. Bisher ist es auch nur ein Gefühl. Ich habe nicht den Hauch eines Beweises. Aber Herr Bonhoff möchte natürlich, dass ich möglichst rasch zu einem Ergebnis komme. Das Bild verspricht, eine hohe Provision einzubringen.«

»Dann solltest du dich tatsächlich schnell entscheiden, ob du deinem Gefühl nachgeben oder den Weg des geringeren Widerstands gehen möchtest.«

Anna blickte in die blauen Augen ihrer Mutter. Sie war dreiundsechzig Jahre alt, aber jung geblieben, sowohl von Temperament und Einstellung her als auch optisch. Christiane war mittelgroß, nicht mehr ganz schlank, aber mit guter Figur, einem offenen, überraschend faltenlosen Gesicht, das von platingrauen Haaren umschmeichelt wurde, und eben diesen intelligenten Augen.

»Hast du es dir jemals leicht gemacht?«, wollte Anna wissen.

»Mein Leben war einfacher als deines, weil ich deinen Vater zur Seite hatte. Aber ich denke, dass deine Großmutter dir ohne Zögern raten würde, um das zu kämpfen, was du allein für richtig hältst.«

Annas Lider flatterten. »Wirklich? Ich dachte immer, Oma hätte ein geregeltes, gutes Leben geführt. Ich meine, nicht, dass mein Leben nicht auch irgendwie geregelt wäre. Und natürlich bin ich froh um Emily und glücklich, wenn du mir an Abenden wie heute hilfst, aber …«

»Ich war nicht auf Beweihräucherung aus, Anna, sondern auf die Wahrheit. Wenn dir dieses Gutachten so wichtig ist, dass du dafür auch gegen den Strom schwimmen willst, dann lass dich nicht davon abhalten. Es würde dich unglücklich machen, eines Tages zurückzusehen und zu zweifeln, ob du dich besser anders verhalten hättest.«

Nachdenklich senkte Anna den Blick. Sie fühlte sich, als hätten die Worte ihrer Mutter die Last auf ihren Schultern noch verstärkt.

Christiane bemerkte offenbar Annas tiefe Verunsicherung. Sie knuffte ihre Tochter lächelnd in die Seite. »Das ist übrigens auch nicht meine Küchenphilosophie, wie du dich auszudrücken beliebst, sondern ebenfalls ein Rat deiner Oma.«

»Ich sollte Oma wohl mal wieder anrufen«, meinte Anna und fühlte im nächsten Moment, wie das schlechte Gewissen ihr Herz zerschnitt, weil sie die alte Dame vernachlässigte. »Sie sagt richtig gute Sachen.«

»Oma, Oma!«, rief ein aufgebrachtes Stimmchen in der Küche. »Das Wasser sprudelt aus dem Topf!«

»Oh Gott! Die Spaghetti …«, entfuhr es Christiane, bevor sie aus dem Schlafzimmer ihrer Tochter stürzte.

Das Gemälde von Leo Reichenstein, das Telefongespräch mit Oliver Richardson und selbst Annas Großmutter waren angesichts der überkochenden Nudeln kurzfristig vergessen.

14

»Eine neue Frisur klärt das Innenleben deines Kopfes«, behauptete Annas Großmutter. »Lass dir die Haare machen und du wirst eine Lösung finden.«

Anna hatte ihr am Telefon nicht viel zu erzählen brauchen. Lediglich der Satz »Ich habe Probleme in meinem Job« trug ihr den weisen Rat ein.

»Bitte, nur keine neue Farbe«, fügte die alte Dame hinzu. »Und schon gar kein Rot, falls du auf diesen irrwitzigen Gedanken verfallen solltest.«

»Keinen Redhead, Oma«, lachte Anna. »Das verspreche ich dir.«

Noch immer schmunzelnd vereinbarte Anna mit dem nächsten Gespräch einen Termin bei einem der angesagtesten Coiffeure der Stadt. Aus Kostengründen gehörte sie üblicherweise nicht zu den Kundinnen dieses Salons, doch hielt sie es unter den gegebenen Umständen für angebracht, ein wenig mehr Geld auszugeben. Der Schlüssel zu einem Geheimnis lag im Märchen schließlich auch meistens in einer prunkvollen Schatulle. Und wenn die Kunst eines Friseurs ihre Gedanken ordnen sollte, war es sicher vernünftig, nicht an der Qualität zu sparen.

Das Geschäft befand sich im Erdgeschoss des prächtigen Neurenaissance-Gebäudes der Alten Börse, das einem Märchenschloss durchaus ähnelte. Die Einrichtung des Ladens war jedoch nicht halb so spektakulär, wie Anna erwartet hatte. Schlichtes, in Schwarz-Weiß gehaltenes Mobiliar empfing die neue Kundin – und die Mitarbeiter behandelten sie, als ginge sie nie zu einem anderen Friseur und als wäre man engstens befreundet. Nachdem geklärt war, welcher Stylist sich ihrer Haare annehmen werde, folgte die nicht unwesentliche Frage nach ihrem Getränkewunsch: »Kaffee, Tee, Orangensaft, Mineralwasser, Prosecco?«

Anna bestellte Orangensaft mit einem Schuss Prosecco und fühlte sich sehr mondän.

Dennoch schlich sich bereits ein schlechtes Gewissen ein, als ihre Haare gewaschen wurden und das in den Friseurstuhl integrierte Massageprogramm wohlige Schauer über ihren Rücken rieseln ließ.

Sie sollte bei Emily sein, anstatt für diese »Seelenpflege«, wie ihre Großmutter es nannte, unnötig Zeit zu opfern und Geld auszugeben. Warum hatte sie auf diesen Rat vertraut? Ihre Oma war eine alte Frau, hatte jung geheiratet und ein Kind geboren, war immer versorgt gewesen, obwohl Annas Opa früh verstorben war. Sie kannte sich nicht aus im Leben einer alleinerziehenden berufstätigen Mutter, die sich ständig zwischen ihrem Job, den eigenen Interessen und der Zuwendung für ihre Tochter entscheiden musste. Annas Oma kam bei einem Friseurbesuch vielleicht auf neue Ideen, Anna selbst half dieser jedoch ganz gewiss nicht bei der Bewältigung ihrer Probleme. Je länger sie über ihre Versäumnisse grübelte, desto mehr befürchtete Anna, sich dadurch sogar neue Sorgen zu schaffen.

Natürlich wäre es sinnvoller gewesen, im Büro zu bleiben und zu arbeiten. Oder in derselben kostbaren Zeit, die sie gerade für ein offenkundig unnötiges Unterfangen opferte, mit Emily auf den Spielplatz zu gehen oder ein Eis zu essen.

Verstört tauchte Anna unter dem Wasserhahn wieder auf. Am liebsten wäre sie davongelaufen. Zurück an ihren Schreibtisch – oder zu Emily, die zu Besuch bei einer Kindergartenfreundin im Moment wahrscheinlich bedeutend glücklicher war als ihre Mutter.

Anna starrte ihr eigenes Spiegelbild an, sah die angespannten Züge und ihre hektisch flackernden Augen und zwang sich, ruhiger zu atmen. Sie trank einen Schluck von dem ihr servierten Prosecco Sunrise und hoffte, dass sie der Alkohol beruhigte. Vergeblich.

»Könnte ich wohl eine Zeitschrift haben?«, bat sie den Auszubildenden, der gerade ihre Haare frottierte.

Der Junge lief rot an. »Oh, entschuldigen Sie bitte, dass ich vergessen habe, danach zu fragen. Ich bin neu hier, wissen Sie.« Im Laufschritt entschwand er zu einer Wand, an der teure Hochglanzmagazine in den Halterungen steckten.

Ich hätte ihm sagen sollen, dass ich keine Kunstzeitschrift lesen möchte, dachte Anna, als sie ihn mit einem Stapel im Arm zurückkommen sah. Da sie auch eine Abneigung gegen die Illustrierten verspürte, in denen auf großformatigen Fotos die atemberaubenden Einrichtungen von Architektenhäusern präsentiert wurden, griff sie nach einer Ausgabe der *Vogue*. Die Themen Mode und Schönheit würden sie eher ablenken als

Reportagen, die sie irgendwie mit ihrem Beruf in Verbindung brachte.

Obwohl das Magazin dick genug war, um sie für mehrere Stunden abzulenken, erklärte sie ihrem Stylisten, dass sie nun doch leider keine Zeit für ein umfangreiches Programm habe. »Bitte nur die Spitzen schneiden und föhnen«, bat sie und lächelte bedauernd, obwohl sie wusste, dass sie ihren überstürzten Abgang nicht bedauern würde. Ihr fehlte heute die Geduld zum Stillsitzen.

»Kein Problem. Vielleicht bringen Sie beim nächsten Mal ein wenig mehr Zeit mit«, erwiderte der Haarkünstler und teilte ihr Lächeln mit professioneller Geschmeidigkeit.

Anna blätterte in der *Vogue* und zählte die Minuten. Ihre Nervosität steigerte sich mit jeder Fotografie eines magersüchtigen Models, auf die sich ihre Blicke senkten. Sie nahm kaum die Inhalte auf den Seiten wahr, die sie umschlug. Viel zu rasch hatte sie die letzte Rubrik erreicht: »People & Kultur«.

Kleinformatige Fotos zeigten gut angezogene Menschen bei mehr oder weniger relevanten Veranstaltungen wie etwa einem Polospiel in St. Moritz oder einem Sektempfang in irgendeiner Filiale des Juweliergeschäfts Cartier irgendwo auf der Welt. Den Partys anlässlich der Weltausstellung in Shanghai wurden gleich mehrere Spalten gewidmet. In Südengland hatte eine Oldtimer-Rallye stattgefunden, deren Ziel und gesellschaftlicher Höhepunkt sich offenbar im Hyde Park in London befand. Annas Augen blieben auf dem kurzen Bericht hängen, weil sie alte Autos wunderschön fand.

Die Namen der Teilnehmer des Motorsporttreffens sagten ihr nichts. Bestimmt waren alle gesellschaftlich höchst angesehen, per Du mit der Queen und mit einem Zweitwagen der Marke Bentley gesegnet. Die abgebildeten Menschen besaßen sicher einen repräsentativen Landsitz und einen Schwiegersohn im Vorstand einer Investmentbank, wenn der nicht gar ein Mitglied der Königlichen Familie war, und sie freuten sich anscheinend diebisch über einen albernen Siegerpokal nach der Rundfahrt mit einem alten Auto. Es waren überwiegend Herren im Rentenalter, als handelte es sich nicht um eine Rallye, sondern um eine Seniorensause. Die meisten trugen lederne Kappen und Staubmäntel, wie sie vor annähernd einhundert Jahren in Mode gewesen waren.

Anna fand die Veranstaltung so pittoresk, dass sie sich Fotos und Bildunterschriften genauer ansah. Das Traditionsbewusstsein der Engländer hatte sie schon immer amüsiert, ja, sogar fasziniert, denn es spiegelte etwas von den Geschichten über Märchenschlösser und Prinzen wider, die sie sich als kleines Mädchen ausgedacht hatte.

Sir Henry Richardson überreicht den Pokal
an den Sieger des diesjährigen Rennens,
Lord William Arthur Canterbury.

Anna musste die Bildunterschrift mehrmals lesen, bevor die Information ihr Gehirn erreichte.

Vor ihrem inneren Auge leuchtete das Bild ihres Laptop-Monitors auf, sie sah die weiße Schrift auf elegantem burgunderrotem Grund vor sich: Gallery Richardson Ltd, Sir Henry Richardson, Oliver Richardson.

Das hatte sie übersehen: Die Galerie in London wurde von zwei Männern geführt. Sie hatte jedoch bisher nur mit einem der beiden korrespondiert. Wahrscheinlich dem Jüngeren, wie sie nach einem intensiven Blick auf das Zeitungsfoto feststellte.

Sir Henry Richardson fiel in der Masse älterer Herren auf. Er war sehr groß und hielt sich gerader als die meisten seiner Freunde des Oldtimer-Clubs, war ausgesprochen attraktiv mit seinem noch vollen grauen Haar. Er hatte sich auch nicht wie zu einem Kostümfest gekleidet, sondern trug die klassische sportlich-elegante Garderobe, die Anna von den britischen Landadeligen in Fernsehserien kannte. Dennoch war Sir Henry sichtlich betagter als die meisten anderen Automobilfans. Zweifellos ein Jahrgang, der 1961 beruflich aktiv war.

Und wenn er nicht gestorben ist, fuhr es Anna durch den Kopf, wird er sich noch heute an den Verkauf eines Gemäldes von Leo Reichenstein erinnern.

Es kann ein Irrtum sein!, warnte eine Stimme in ihrem Hinterkopf. Eine Verwechslung. Eine Namensgleichheit. Vermutlich gab es mehrere Bewohner der Millionenstadt London, die Henry Richardson hießen und irgendwann geadelt wurden.

Anna schüttelte den Kopf.

»Bitte, Frau Falkenberg, halten Sie einen Moment ganz ruhig«, drang die Stimme des Friseurs wie durch eine Nebelwand zu ihr durch. Sie hatte vollkommen vergessen, wo sie sich befand.

Ungeachtet der Mahnung senkte sie sich wieder über die *Vogue* und las den Artikel noch einmal durch. Der Haarkünstler seufzte laut und vernehmlich, doch Anna nahm seinen Protest kaum wahr.

Sie fand zwar in dem nur wenige Zeilen umfassenden Bericht keinen Hinweis auf die Galerie Richardson, aber sie war sich zunehmend sicher, dass Sir Henry und der Kunsthändler ein und dieselbe Person waren. So häufig würde es diese Namenskombination nun auch wieder nicht am selben Ort geben!

Ohne darüber nachzudenken, ob es erlaubt war, riss sie mit einem Ruck die Seite aus dem Hochglanzmagazin. Sie begegnete dem empörten Blick des Coiffeurs im Spiegel mit einem entschuldigenden Lächeln.

»Ein Verwandter«, improvisierte sie kühn, weil die Wahrheit nicht dazu geeignet war, in einem Salon wie diesem verbreitet zu werden. »Auf einem der Fotos habe ich einen Verwandten gefunden. Ich möchte mir das unbedingt aufheben, verstehen Sie?«

Der Stylist zuckte mit den Achseln.

Anna beschloss, sein Trinkgeld zu erhöhen.

Ihr Magen rebellierte gegen die Säure des Orangensafts und die Kohlensäure des Proseccos, als sie ihr Glas austrank. Vielleicht setzte sich aber auch nur die Aufregung in ihren Verdauungsorganen fest, als ihr bewusst wurde, dass Oliver Richardson log. Und dafür konnte es nur einen Grund geben: Philip Coleman war von dieser Galerie betrogen worden. Das *Liebespaar* von Leo Reichenstein war eine Fälschung.

London, 2010

15

Der seltsame Anruf ließ Oliver nicht los. Die ungewöhnliche Frage der Fremden ging ihm nicht aus dem Sinn. Wie bei einer hängen gebliebenen alten Schallplatte hallten in seinem Kopf durch einen imaginären Lautsprecher in endloser Wiederholung die Worte: »*Ich wollte mich persönlich erkundigen, warum Sie so unfreundlich zu mir sind.*«

Wie kam sie nur darauf, dass er unfreundlich zu ihr gewesen sein könnte? Er kannte Anna Falkenberg doch gar nicht. Natürlich konnte es sich um einen harmlosen Fehlanruf handeln, aber dagegen sprach, dass sich die Unbekannte sicher gewesen war, mit Oliver Richardson von der Galerie Richardson telefonieren zu wollen. Dennoch war er überzeugt davon, ihren Namen nie zuvor gehört zu haben. Er besaß auch keine nennenswerten Verbindungen nach München, war in seinem Leben nicht einmal besonders häufig in der bayerischen Landeshauptstadt gewesen. Genau genommen hatte er nur einmal als Student die Pinakotheken besucht, und im vorigen Jahr war er zur Eröffnung des Museums Brandhorst hingeflogen, aber gleich nach dem Empfang wieder abgereist. Er war sich sicher, bei diesen Gelegenheiten keiner Anna Falkenberg begegnet zu sein. Außerdem: Wenn er zu einer Frau unfreundlich war, dann gab es dafür einen triftigen Grund, den er sich für gewöhnlich merkte. Da war er ganz Elefant.

Schon eigenartig, dass ihn das verunglückte Telefongespräch derart beschäftigte, überlegte Oliver, während er sich in seinem Schreibtischstuhl zurücklehnte, dem funktionellen Nachbau eines antiken Ohrensessels, der bespannt war mit moosgrünem Leder. Er legte seine langen Beine auf den Tisch, schob mit dem Fuß vorsichtig die Computertastatur zur Seite und machte es sich bequem. Erst als er die Augen ziellos durch das kleine, gemütliche Büro wandern ließ, erinnerte er sich, dass Camilla in der gleichen Position an diesem Platz saß, als sie ihn verführte – und Anna Falkenberg anrief.

Wahrscheinlich ist es ein Stellvertreterkrieg, dachte Oliver. Ein perfektes Ablenkungsmanöver. Der angenehme Weg, sich nicht mit seiner privaten Realität auseinandersetzen zu müssen. Statt sich Gedanken über die Affäre mit Camilla zu machen, die sich zu einer Beziehung auszuweiten drohte, konzentrierte er sich auf die Bemerkung einer Unbekannten: »*Ich wollte mich persönlich erkundigen, warum Sie so unfreundlich zu mir sind.*«

Ihre Stimme klang in seinem Gehirn nach. Eine weiche, fließende, angenehme Stimme. Und er wusste nicht mehr von ihr, als dass sie zu einer Frau namens Anna Falkenberg gehörte, die etwas mit der Stadt München zu tun hatte.

Er drehte sich zu der Telefonanlage auf seinem Schreibtisch um, hob ab und drückte eine Taste. Einen Atemzug später meldete sich seine Mitarbeiterin aus dem Ausstellungsraum: »Ja, Mr. Richardson?«

»Sagen Sie, Kelly, hat eine Frau Falkenberg aus München irgendwann angerufen, als ich heute unterwegs war?«

»Nein, Mr. Richardson. Dieser Name sagt mir gar nichts.«

Also hatte sie sich nicht noch einmal gemeldet.

»Danke, Kelly«, murmelte er und beendete enttäuscht das Gespräch.

Vor die hohen Fenster senkte sich der Londoner Abend. Der Himmelsausschnitt, den er von seinem Schreibtisch ausmachen konnte, leuchtete in schillernden Rottönen. Unwillkürlich fragte sich Oliver, ob dies zu einem spektakulären Sonnenuntergang gehörte oder zum Lichtermeer der Millionenstadt. Er sollte die Lampen anschalten, bevor die Dämmerung davonschlich und sein Zimmer in Dunkelheit tauchte …

Plötzlich fiel ihm ein, dass er Anna Falkenbergs Telefonverbindung in seiner Anrufliste finden müsste, falls ihre Nummer nicht unterdrückt wurde. Er scrollte sich durch die Anrufer des vergangenen Tages – und fand schließlich eine Zahlenreihe, die mit der Vorwahl von Deutschland begann.

Bevor er es sich anders überlegen konnte, drückte er auf die Taste Wahlwiederholung.

Der Ruf ging durch. Es läutete einmal, zweimal … Oliver fragte sich, ob er in einem Schloss anrief. Wie viele Zimmer mochte Anna Falkenberg durchqueren, bevor sie das Telefon erreichte? Nach dem sechsten Klingelton war seine Geduld am Ende. Dann eben nicht!

»Hier spricht Emily Falkenberg«, meldete sich mit der Inbrunst der Überzeugung ein kleines Mädchen.

Oliver wusste nicht, was ihn mehr irritierte – dass doch noch jemand abgehoben hatte oder dass dies ein Kind war.

Er holte tief Luft, schluckte seine Überraschung hinunter und antwortete in seinem fließenden Deutsch: »Und hier spricht Oliver Richardson. Ich bin auf der Suche nach Anna Falkenberg. Kannst du mir da weiterhelfen?«

»Ja, einen Moment bitte«, erwiderte das kleine Mädchen wohlerzogen, um im nächsten Moment in die Sprechmuschel zu brüllen: »Mama! Telefon für dich!«

Oliver überlegte, ob er nicht besser auflegen sollte. Offensichtlich handelte es sich um den Privatanschluss einer Familie, was ihn in der Annahme bestärkte, dass es sich bei dem seltsamen Anruf neulich doch um eine Verwechslung gehandelt haben musste. Seine übliche Klientel strahlte nicht so viel liebenswürdige Harmonie aus.

»Falkenberg«, keuchte eine atemlose Frau ins Telefon.

Er erkannte ihre Stimme sofort.

»Hier spricht Oliver Richardson«, wiederholte er und unterließ es, in seine Muttersprache zu wechseln. »Wenn ich mich nicht irre, hatte ich bereits das Vergnügen eines Gesprächs mit Ihnen. Sie sind doch Anna Falkenberg, nicht wahr?«

Sie schnappte hörbar nach Luft. Dann fragte sie zögerlich: »Sind Sie wirklich Oliver Richardson von der Galerie Richardson in London?«

»Selbstverständlich.«

Einen Moment lang herrschte Stille in der Leitung. Er befürchtete bereits, sie habe das Gespräch beendet. Doch dann erwiderte sie in offenbar tiefster Verwirrung: »Warum sprechen Sie so gut Deutsch?«

»Meine Großmutter stammt aus Berlin.«

»Oh! Meine auch!«

Und im nächsten Augenblick brachen beide in Gelächter aus.

Oliver wusste nicht, was daran so komisch war, dass die Vorfahren einer Frau, die in München lebte, aus Berlin kamen. Aber er fand es lustig, dass in seiner Ahnentafel derselbe Herkunftsort wie bei der Fremden stand. Und Anna Falkenberg teilte anscheinend seinen Humor.

Sie fasste sich zuerst.

»Ich bin Ihnen sehr dankbar, dass Sie mich zurückrufen«, sagte sie ernst. »Die Sache wirft leider immer mehr Fragen auf.«

»Die Sache?« Wovon, um alles in der Welt, redete sie?

»Es ist vollkommen unverständlich für mich, wieso Sie sich geweigert haben, mir bei der Provenienzforschung zu dem Reichenstein behilflich zu sein. Zufällig habe ich herausgefunden, dass Sir Henry Richardson neunzehnhunderteinundsechzig wohl in der Galerie tätig war. Und deshalb sollte es sehr wohl noch jemanden geben, der sich an den Verkauf des Bil…«

»Stopp!«, unterbrach Oliver ihren Redefluss.

Sie schnappte wieder nach Luft. »Ja, bitte?«

Er zog die Beine an und stellte seine Füße wieder auf den Boden, richtete sich auf und setzte sich geschäftsmäßig in seinen Chefsessel. »Ich besitze nicht die geringste Ahnung, wovon Sie sprechen, Frau Falkenberg. Fangen wir doch deshalb bitte noch einmal von vorn an: Wer sind Sie und was wollen Sie von mir?«

»Wir hatten per Mail korrespondiert …«

»Nein.«

»Nein?«

Um seine Antwort zu bestätigen, tippte er mit der freien Hand auf das Keyboard. Das Mailprogramm leuchtete am Computermonitor auf. Er klemmte sich den Telefonhörer zwischen Ohr und Schulter und gab in das Suchfeld den Namen Falkenberg ein. Sofort blinkte der Satz auf: »Die Suche ergab keine Ergebnisse.«

»Nein«, erklärte er bestimmt. »Also, wer sind Sie?«

Verblüfftes Schweigen, dann: »Es ist unmöglich, dass die Mails verloren gegangen sind. Sie haben mir schließlich geantwortet, Herr Richardson. Zwei Mal … Aber, nun gut«, seufzte sie nach einer kleinen Pause und fuhr ungeduldig fort: »Ich bin Kunsthistorikerin im Auktionshaus Bonhoff und soll die Expertise zu einem Gemälde von Leo Reichenstein erstellen, das der Stiefvater unserer Kundin neunzehnhunderteinundsechzig von der Galerie Richardson erworben hat. Ich befasse mich mit der Provenienzforschung … Aber das hatte ich Ihnen doch alles geschrieben!« Jetzt klang sie ein wenig aufrührerisch.

Entweder die Frau war verrückt, oder die Technik spielte ihm einen Streich.

Oliver wiederholte den Suchvorgang, gab ihren Namen in dem speziellen Feld ein, wartete, erhielt wieder ein negatives Ergebnis.

»Wann, sagen Sie, haben wir korrespondiert?«

Anna Falkenberg nannte ihm ohne zu zögern die Daten.

Er klickte auf den Ordner »gesendet« in seinem Mailprogramm, bemühte noch einmal vergeblich das Suchfenster.

»Es tut mir leid, ich finde kein einziges Schreiben in Ihrer Sache …«, er unterbrach sich, weil ihm auffiel, dass er unbeabsichtigt ihre Diktion verwendete. Lächelnd fügte er hinzu: »Bitte mailen Sie mir Ihre Anfrage und die angebliche Antwort doch noch einmal, und dann überprüfe ich … die Sache.«

»Vielen Dank«, erwiderte sie höflich. »Darf ich Sie um eine rasche Bearbeitung bitten? Es ist leider sehr eilig.«

»Ich werde mich bemühen, denn ich möchte keinesfalls unfreundlich erscheinen … Sagen Sie, wieso kommen Sie eigentlich darauf?«

Sie zögerte, dann: »Nun, Ihre Mails sind ein wenig … wie soll ich sagen? Unverbindlich.«

»Niemals!«

»Doch. Das trifft es«, beharrte sie, aber er gewann den Eindruck, dass sie dabei schmunzelte.

»Ich bin niemals unverbindlich, unfreundlich, unhöflich, ungehobelt …«, lachend hielt er inne. Ihm war das Vokabular ausgegangen.

Ihre Stimme klang wohltuend sanft, als sie ihn aufforderte: »Dann überzeugen Sie mich davon.«

»Unbedingt«, versprach er.

»Ich kann Ihnen die Mails erst morgen zusenden, wenn ich im Büro bin. Sie haben mich gerade zu Hause angerufen, und hier habe ich keinen Zugang zum Mailpostfach des Auktionshauses.«

»So lange kann ich warten. Allerdings werde ich mich nicht gleich zurückmelden, weil ich für ein paar Tage nach Cornwall fahren muss. Ich rufe Sie aber auf jeden Fall Anfang der kommenden Woche an.«

»Das wäre sehr nett …«

Er bedauerte, dass es nichts weiter zu sagen gab. »Tja, dann überlasse ich Sie jetzt Ihrer Familie. Ihr Mann und Ihre Tochter warten sicher schon sehnsüchtig darauf, dass Sie das Telefonat beenden.«

Pause.

»Ein Mann wartet nicht«, versetzte sie unerwartet heftig.

Umso besser, ging es ihm durch den Kopf, und er konnte gerade noch verhindern, dass ihm diese unsinnige Bemerkung herausrutschte.

Er bewahrte seine Souveränität und sagte: »Dann wünsche ich Ihnen einen schönen Abend mit Ihrer kleinen Tochter, Frau Falkenberg. Auf Wiedersehen.«

»Ihnen auch«, gab sie zurück. »Ich meine, ich wünsche Ihnen auch einen schönen Abend, Herr Richardson.« Als wollte sie nichts über seinen Familienstand erfahren, beendete sie rasch das Gespräch.

Gedankenverloren blickte er auf den stummen Telefonhörer in seiner Hand. Es dauerte eine Weile, bis er ihn ablegte. Danach blieb er still sitzen, beobachtete, wie die Finsternis ins Zimmer kroch, und brannte vor Neugier, was es mit den mysteriösen Mails auf sich haben könnte.

16

»Wenn du mir deinen Wohnungsschlüssel geben würdest, müsste ich dich nicht stören«, sagte Camilla lächelnd, aber in ihrem Ton schwang ein deutlicher Vorwurf mit. Oder war es eher die Aufforderung, sie nicht von seinem Privatleben auszusperren? Oliver wusste es nicht. Er war auch noch viel zu müde, um einen klaren Gedanken fassen zu können.

»Komm rein«, gähnte er und trat zur Seite, um sie von dem steilen Treppenabsatz der zweiten Etage in seine Diele zu lassen. Dabei streifte ihn statt ihrer Brüste etwas Hartes, das sie in der offensichtlich schweren Tüte von Harrods Food Hall in ihren Armen barg.

Die vergangene Nacht war definitiv zu kurz gewesen. Sein Schlafdefizit verdankte er diesmal jedoch weder einem feiernden Kunden noch den Verführungskünsten einer schönen Frau, sondern vielmehr seinem technischen Unverstand. Er war bis weit nach Mitternacht im Büro geblieben und hatte versucht herauszufinden, warum ihm mehrere Mails fehlten, von denen Anna Falkenberg behauptete, sie versandt zu haben. Es gab vermutlich keinen Ordner auf seinem Computer, den er nicht geöffnet hatte. Irgendwann fand er sogar Spaß an der Tüftelei – bis zu dem Moment, in dem er vor der Technik kapitulieren musste und beschloss, nach Hause zu fahren und zu gegebener Zeit einen Techniker zu bestellen. Es war kein gutes Gefühl, derart zu versagen!

Camilla kannte seine Adresse von den zwei nächtlichen Besuchen. Bei diesen Gelegenheiten hatte er sie jedoch nicht in seinen zweieinhalb Zimmern herumgeführt, einzig darauf bedacht, mit ihr so schnell wie möglich in seinem Bett zu landen. Offenbar hatte sie sich dennoch umgesehen, denn sie steuerte zielsicher die Küche an, als wäre die Wohnung in der Beaufort Street ihr eigenes Zuhause.

Ergeben und mit einem leichten Kopfschütteln folgte er ihr, barfuß, im Bademantel, unrasiert und mit nassem Haar, da sie ihn unter der Dusche hervorgeklingelt hatte. Er blieb in der Tür stehen und beobachtete, wie sie ihre Tüte auf dem Marmortresen der Küchenbar auspackte.

Sie teilte die Päckchen, Dosen, Gläser und Flaschen in Gruppen ein, offensichtlich in Lebensmittel, die gekühlt werden mussten, und solche, die bei Zimmertemperatur lagern durften. Ihr Einkauf wirkte so umfangreich, dass sich Oliver unwillkürlich fragte, ob sie eine Party veranstalten oder eine Rugbymannschaft verköstigen wollte.

»Wer soll das alles essen?«

»Wir!«, teilte ihm Camilla mit und hob ihre Nase von einer frischen Mango, an der sie gerade gerochen hatte. »Das sollte für ein gemütliches Wochenende reichen. Meinst du nicht?«

»Verzeihung …«, hob er an, unterbrach sich dann aber, weil er sie vielleicht falsch verstanden hatte. Wasser tropfte ihm aus den Haaren in sein rechtes Ohr, und er hob den Bademantelärmel, um den Gehörgang zu befreien. Zögernd fügte er hinzu: »Du meinst, du hast das alles eingekauft, um es an diesem Wochenende hier mit mir in meiner Wohnung zu verspeisen?«

Sie strahlte ihn an. »Ja, klar. Was sonst? Ich war gestern Abend bei Harrods, damit ich dich gleich nach dem Aufstehen überraschen kann. Na, was sagst du? Habe ich alles richtig gemacht?«

Ihre Frage klang so entwaffnend, dass er ihr nicht böse sein konnte. Sie war jung, stürmisch, hatte vielleicht auch zu viele Hollywoodfilme gesehen. Im Kino verführten Praktikantinnen andauernd erfolgreich ihre Chefs. Möglicherweise hatte sie sich sogar in ihn verliebt, was schmeichelhaft, aber genau genommen eine Katastrophe war. Er sollte sie daran erinnern, dass die berühmteste Affäre einer Praktikantin mit ihrem Boss kein rühmliches Ende genommen hatte. Aber diese Geschichte würde sie vermutlich kaum berühren. Vorausgesetzt, dass sie den Namen Monica Lewinsky schon einmal gehört hatte und Bill Clinton nicht nur als Ehemann der gegenwärtigen US-Außenministerin kannte.

Er hätte ihr vorhalten können, dass sie ihre Affäre nicht mit einer Liebesbeziehung verwechseln sollte, dass sie erwachsene Menschen waren und deshalb damit umgehen konnten, tollen Sex von Romantik zu trennen. Und er hätte sie auf den Altersunterschied von zwölf oder dreizehn Jahren oder so hinweisen können, der in Ordnung war, um momentan Spaß zu haben, aber seiner Ansicht nach keine Zukunftspläne rechtfertigte.

Oliver räusperte sich. »Warum hast du nicht angerufen?«

»Es wäre keine Überraschung, wenn ich sie vorher angekündigt hätte, oder?«

Er fuhr sich nervös durch die Haare. »Hm. Ja. Das ist richtig. Nur … ehmmm… Meine Großeltern … ich fahre sie nachher mit dem Auto nach Cornwall und bleibe ein paar Tage bei ihnen in St Ives.«

»Wieso tust du das?«

»Was?«

»Warum kutschierst du die alten Leute rum?« Sie legte die Mango auf die marmorne Ablagefläche und stellte sich, die Hände in die Taille gestemmt, in Positur. »Warum lässt sich Lady Richardson nicht in einem Krankenwagen nach Cornwall bringen, wenn sie schon nicht den Zug nehmen will? Das wäre sicher besser für ihre morschen Knochen.«

Verblüfft starrte er sie an. Er hatte nicht damit gerechnet, dass sie so vehement seine Pläne durchkreuzen wollte. Sie wirkte aufmüpfig, fast wütend, und so als wollte sie gleich mit dem Fuß aufstampfen, weil etwas nicht so lief, wie sie sich das vorgestellt hatte. Ein dummes, verwöhntes Balg. Hinreißend anzusehen in dem bequemen, türkisblauen Sweatshirt über farblich abgestimmten Shorts und weißen Laufschuhen, das dunkle Haar noch leicht verweht von einer morgendlichen Brise. Aber ein verwöhntes Balg!

»Du hast wegen deiner Großmutter deine Arbeit vernachlässigt«, fuhr Camilla in ihrem entrüsteten Ton fort. »Jetzt gib nicht auch noch dein Privatleben ihretwegen auf. Nabel dich doch endlich von Sir Henry und Lady Richardson ab!«

»Wie bitte?« Irgendwie begriff er nicht, dass sie es wirklich wagte, so mit ihm zu sprechen.

»Na ja, es sind natürlich deine Großeltern«, meinte Camilla und klang dabei etwas gnädiger. Sie nestelte am Bund ihres Pullis und begann ihn langsam über ihren flachen Bauch nach oben zu schieben. »Schau mal, was nach dem Frühstück auf dich wartet.«

Er umschloss ihre Handgelenke mit seinen Fingern und hielt sie fest, bevor sie ihre Brüste entblößen konnte. »Mach keinen Unsinn, Camilla. Ich will dir nicht wehtun, und es ist ein schlechtes Timing, ich weiß, aber ich habe an diesem Wochenende wirklich keine Zeit für dich.«

Ihre ohnehin großen Kulleraugen wurden noch ein bisschen größer. »Du willst deine Freizeit lieber mit deinen Großeltern verbringen als mit mir?«

Dumm und verwöhnt!, wiederholte er in Gedanken.

Freundlich erwiderte er: »Genauso ist es. Ich habe Verpflichtungen, verstehst du?«

»Nein, verstehe ich nicht«, platzte sie empört heraus. »Deine Großeltern sind alt!«

»Ja. In der Tat, das sind sie. Und?«

»Alte Leute sind langweilig.«

Ihre Kommentare begannen ihn zu erschüttern. Sie sprach aus, was sie dachte, als wäre ihre Meinung in Stein gemeißelt. Das kam vermutlich von ihrer Jugend. Anders konnte er sich diese Hartherzigkeit nicht erklären. Und zum ersten Mal fühlte er sich in Camillas Gesellschaft betagt, lebenserfahren, über den Dingen stehend. Keine besonders gute Voraussetzung für eine Liebesbeziehung auf Augenhöhe, wie er fand. Genau genommen kam er sich wie Methusalem vor. Doch hatte der nicht noch im Alter von über siebenhundert Jahren Söhne und Töchter gezeugt?

Oliver schmunzelte bei dem Gedanken an den biblischen Urvater und dessen sagenhafte Potenz. Seine Laune hob sich sichtlich.

»Es ist wohl keine Frage, was ich lieber täte«, behauptete er und ließ ihre Hände los, »aber ich möchte *auch* gern meinen Großeltern einen Gefallen erweisen. Und da ihre verbleibende Lebenszeit vermutlich kürzer ist als deine oder meine, haben sie Priorität.«

Sie senkte die Lider. »Ich verstehe dich nicht«, raunte sie niedergeschlagen.

»Das musst du auch nicht. Sei ein liebes Mädchen und akzeptiere meine Entscheidung.« Er legte einen Finger unter ihr Kinn und hob ihr Gesicht zu sich empor. Mit einem Mal tat sie ihm leid.

Sie sah ihn an, und ihre Augen schwammen in Tränen. »Was soll ich denn nun mit den ganzen Lebensmitteln machen? Es war so schön, für uns beide einzukaufen. Ich war glücklich«, und um diesen Worten noch mehr Gewicht zu geben, schniefte sie leise. Anschließend lächelte sie verzagt, was ihn rührte.

Seine Schuldgefühle wuchsen. Er hauchte einen Kuss auf ihre Lippen. »Für ein Frühstück habe ich auf jeden Fall noch

Zeit. Ich muss mich nur rasch rasieren und ankleiden. Und was übrig bleibt, kannst du …«

»Ich habe niemanden, mit dem ich das aufessen könnte. Meine Mitbewohnerinnen denken, ich verbringe das Wochenende mit meinem neuen Freund.«

Eine Träne kullerte ihr aus dem Augenwinkel über die Wange. Fast automatisch wischte er sie mit seinem Daumenballen zärtlich fort. Danach erst registrierte er ihre Worte.

Hatte sie wirklich »Freund« gesagt? Offenbar war sie doch noch nicht so erwachsen, wie er gehofft hatte. Sie vermischte Sex und Romantik. Oder hatte er ihr im Eifer der Leidenschaft irgendwelche Versprechungen gemacht? Womöglich Erwartungen geweckt, die ihre bewundernswerte Diskretion nach ihrer ersten gemeinsamen Nacht im Keim erstickten?

Unwillkürlich verwünschte er seine Begeisterung für das andere Geschlecht, die ihn so leicht verführbar machte. Während seiner Ehe war er absolut treu gewesen, aber ansonsten hatte er sein Begehren ausgelebt und Frauen angebetet, weil sie Frauen waren. Einfach so. Auch Camilla. Liebe war das nicht. Die Wahrheit konnte er ihr natürlich nicht offenbaren, aber er musste ihr klarmachen, dass er nicht ihr *neuer Freund* war. Keine angenehme Aussicht …

In seinem Wohnzimmer erklang der dumpfe Ton der Standuhr, der ihm zeigte, dass er keine Zeit für ein Machtwort hatte. Wenn er sich mit der Rasur beeilte, schaffte er es gerade noch, mit Camilla zu frühstücken. Mehr als Smalltalk war dabei jedoch nicht drin.

Sie blickte ihn aus feuchten Augen treuherzig an. »Kannst du mich nicht mit nach Cornwall nehmen?«

»Nein.« Er stieß einen tiefen Seufzer aus. »Das ist absolut ausgeschlossen.«

»Aber es ist so peinlich«, jammerte sie. »Alle denken, ich

verbringe das Wochenende bei meinem Freund. Und nun soll ich ganz allein in meiner Bude hocken und Trübsal blasen.«

Die Minuten flogen dahin.

Oliver begann, ungeduldig zu werden. Er spürte Mitgefühl für ihre Lage in sich aufwallen, aber er konnte im Moment nichts weiter für sie tun – außer …

Bevor er selbst wusste, ob er es ernst meinte, hörte er sich sagen: »Du kannst hierbleiben, wenn du möchtest. Du kannst das Wochenende in meiner Wohnung verbringen. Das ist zwar nicht unbedingt das, was du dir gewünscht hast, aber mehr kann ich dir im Moment nicht bieten.«

Im selben Moment ahnte er, dass es nicht richtig war, Camilla zu erlauben, dass sie sich bei ihm einquartierte. Doch er wollte sie nicht rauswerfen. Zumindest bestand wohl keine Gefahr, dass sie hier randalierte oder klaute. Immerhin war sie nach wie vor seine Angestellte.

Ein Strahlen glitt über ihr Gesicht, als ginge die Sonne auf. »Du willst wirklich, dass ich hier auf dich warte?«

So hatte er seine Freundlichkeit zwar nicht gemeint, aber er widersprach nicht, entgegnete nur: »Und wenn ich zurück bin, gibst du mir den Wohnungsschlüssel bitte wieder.«

Der befürchtete Protest blieb aus.

Sie neigte sich vor, biss spielerisch in sein Ohrläppchen und wisperte: »Du ahnst nicht, was dich erwartet, wenn du heimkommst.«

Er besaß eine vage Vorstellung, die er mit einem zarten Klaps auf ihr entzückendes Hinterteil unterstrich. Daraufhin wandte er sich rasch um und trat den Rückzug ins Badezimmer an, bevor er sich alles anders überlegen konnte.

Als er sich im Spiegel betrachtete und über sein vorschnelles Mitleid ebenso ärgerte wie über seine Unfähigkeit, Camilla einen Wunsch abzuschlagen, überlegte er, dass er seinen Großvater nach dessen Jugendsünden fragen sollte. Vielleicht ergab sich dafür in den nächsten Tagen in Cornwall eine Gelegenheit.

Während er sich Rasierschaum über Wangen und Kinn pinselte, fiel ihm das ungewöhnliche Telefongespräch am gestrigen Abend wieder ein. Ob er Grandpa auch auf ein Gemälde von Leo Reichenstein ansprechen sollte, das er 1961 offenbar verkauft hatte? Oliver entschied sich dagegen. Er wollte erst einmal die angebliche Mailkorrespondenz abwarten, bevor er Sir Henry aufschreckte. Die Recherche hatte gewiss mehr Zeit, als die eifrige Frau Falkenberg behauptete.

München, 2010

17

»Frau Falkenberg, auf ein Wort, bitte!«, wurde Anna von der Leiterin des Kindergartens aufgehalten, als sie gerade im Begriff war, mit Emily nach Hause zu gehen.

Die Erzieherin wirkte ein wenig hilflos, obgleich sie ganz offensichtlich Autorität auszustrahlen versuchte. Sie war ein wenig kleiner als Anna, sehr schmal und mit ihren dunklen Locken ausgesprochen apart. Eine hübsche Frau mittleren Alters, die besser aussehen würde, wenn sie sich nicht wie zum Jogging in lange Schlabberhosen und ein Kapuzenshirt kleiden würde, dachte Anna.

»Ja?«

Frau Hellmich warf einen kurzen Blick auf Emily. »Geh bitte noch einmal schauen, ob im Spielzimmer alles aufgeräumt ist.«

Das Kind warf einen fragenden Blick auf seine Mutter, und Anna nickte zustimmend.

Während Emily zögernd von der Bildfläche verschwand, hob die Erzieherin in einem etwas zu bestimmten Ton an: »Es wäre sehr freundlich von Ihnen, wenn Sie mich das nächste Mal informieren würden, bevor Emilys Vater kommt, um sie vorzeitig abzuholen. Ich kann das Kind schließlich keiner mir fremden Person übergeben.«

In einer Mischung aus Unverständnis, Verwunderung und

Ärger erwiderte Anna: »Natürlich würde ich Ihnen Bescheid geben, wenn dem so wäre. Aber Sie können versichert sein, dass Emilys Vater hier nicht auftaucht.«

»Wer war dann der Mann, der vor mir stand?«

»Das kann ich Ihnen auch nicht sagen.«

»Frau Falkenberg!« Die Stimme von Frau Hellmich begann sich zu überschlagen, da Emilys Mutter ihr anscheinend nicht folgen konnte: »Vor etwa einer Stunde fragte ein mir Unbekannter nach Ihrer Tochter. Er war sehr höflich, stellte sich als Emilys Vater vor und sagte, er wolle sie ausnahmsweise abholen.«

Endlich hatte Anna das Ungeheuerliche begriffen. »Das ist unmöglich. Daniel würde niemals …«, sie unterbrach sich, schüttelte entsetzt den Kopf.

Ihr fiel Emilys Albtraum ein, den sie ebenso erfolgreich verdrängt hatte wie offenbar ihr Töchterchen. Zu keiner Minute hatte sie erwogen, dass Daniel der geheimnisvolle Mann sein könnte, der den Kindergarten beobachtete. Warum sollte er das auch tun? Er hatte eine andere Frau geheiratet und würde mit dieser vermutlich eine Familie gründen. Außerdem hatte er sich in der Vergangenheit wenig bis gar nicht für Emily interessiert. Das kleine Mädchen würde ihn wohl kaum erkennen. Was also war in ihn gefahren?

Einem ersten Impuls folgend wollte Anna Daniel unverzüglich anrufen und zur Rede stellen. Es war jedoch Freitagabend, und sie besaß nur – noch aus alten Zeiten – seine Büronummer. Mit Sicherheit war er aber bereits ins Wochenende und ins traute Nest seiner angetrauten Millionenerbin entschwebt, von Überstunden hatte er nie viel gehalten. Sie würde ihn also frühestens am Montag erreichen und fragen können, was er sich bei seiner unverantwortlichen Aktion gedacht hatte.

Da bringt man einem Kind bei, sich von Fremden fernzuhalten, ereiferte sich Anna innerlich, und vom leiblichen Vater wird diese Erziehung hintertrieben. Vater?! Das war Daniel nicht. Er war Emilys Erzeuger, aber als Vater hatte er sich nicht hervorgetan.

Anna spürte, wie sich ihre Gallensäfte sammelten. Der Leibesdruck wurde plötzlich so stark, dass sie sich am liebsten gekrümmt hätte vor Schmerzen. Ihr Mund schmeckte bitter. So war das also, wenn einem vor Ärger die Galle überlief.

Wie angewurzelt stand sie im Flur des Kindergartens. Das Stimmengewirr der anderen Eltern, die ihre Kinder abholten, hatte sich verflüchtigt. Das Rufen der Kleinen, die sich für das Wochenende verabschiedeten, war verhallt. Emily tauchte wieder auf und zupfte ungeduldig an Annas Ärmel. Erst da wurde ihr bewusst, dass sie unter dem festen Blick von Frau Hellmich herumstand, wutschnaubend und im Karussell ihrer Gedanken gefangen.

Anna holte tief Luft, versuchte den galligen Geschmack hinunterzuschlucken, sich zur Ruhe zu zwingen.

»Vielen Dank für Ihre Umsicht, Frau Hellmich«, presste sie schließlich hervor. »Ich möchte nicht, dass meine Tochter von irgendjemand anders als meiner Mutter oder mir abgeholt wird. Jedenfalls nicht, solange ich es Ihnen nicht persönlich mitteile. Sie haben absolut richtig gehandelt.«

Überraschenderweise färbten sich die Wangen der Erzieherin puterrot. »Ich befand mich in einem Gewissenskonflikt«, erklärte sie nach einem kurzen Seitenblick auf Anna, die gerade von ihren Schnürsenkeln abgelenkt war. »Man hört ja im Moment so viel von Vätern, denen das Umgangsrecht zugunsten bösartiger Mütter versagt wird. Deshalb hatte ich ein gewisses Verständnis für den Herrn, aber letztlich sind Sie die Erziehungsberechtigte, nicht wahr? Ich muss mich auf Ihr Wort stützen.«

Der in Anna aufwallende Zorn wurde nicht geringer. »Wenn er sich etwas mehr um sein Kind kümmern würde«, zischte sie, »bestünde eine Diskussionsgrundlage zwischen uns. Da das jedoch nicht der Fall ist, sehe ich nicht, welchem Umgangsrecht ich zustimmen sollte.«

»Er sagte, der Weg zu seinem Kind führt an Ihnen vorbei …«

Entschlossen umfasste Anna wieder die Hand ihrer Tochter. »Ganz genau. Und dabei belassen wir es auch, bitte. Es gibt nichts zu dem Thema, was wir beide, Frau Hellmich, ansonsten zu besprechen hätten.«

Sie ärgerte sich maßlos über die Worte der Erzieherin. Die nahm Daniel in Schutz, der sie wahrscheinlich mit seinem Charme und irgendwelchen romantischen Lügen bezaubert hatte, ohne dass sie die Hintergründe kannte. Was immer ihn dazu trieb, nach fünf Jahren Gleichgültigkeit gegenüber seinem Kind plötzlich die Vaterrolle spielen zu wollen, er würde seine Pläne sehr wohl erst einmal mit Anna besprechen müssen. Vor vollendete Tatsachen ließ sie sich nicht stellen. In dieser Sache nicht.

»Ich wollte doch nur helfen!«, rief Frau Hellmich aus. »In Emilys Interesse.«

»Emilys Interesse und mein Interesse sind deckungsgleich«, versetzte Anna eisig. Dann nickte sie mit einem kühlen Lächeln und marschierte mit ihrer kleinen Tochter an der Hand hinaus.

Das Wetter war zwar sonnig und mild und eignete sich perfekt für einen Ausflug an die oberbayerischen Seen, doch Anna verbrachte den Morgen lieber knuddelnd und tobend mit Emily im Bett als in einer Blechlawine auf der Autobahn in Richtung Salzburg.

Nach einer ausgiebigen Kissenschlacht fanden Mutter und Tochter heraus, dass sie hungrig waren. Also tappte Anna etwas atemlos im Pyjama in die Küche, um das Frühstück zu bereiten. Während das Wasser für die Eier kochte, fingerte sie am Radioapparat herum auf der Suche nach ihrem Lieblingssender. In diesem Moment erklang »Für Elise« von Ludwig van Beethoven als etwas blecherner elektronischer Ton.

Annas Handy!

Wo hatte sie es nur gestern Abend hingelegt, nachdem sie und Emily nach Hause gekommen waren? Der Platz auf der kleinen Kommode in der Diele, wo sie auch ihre Schlüssel ablegte, war leer.

Sie folgte der immer lauter werdenden Ruftonmelodie – bis sie ihr mobiles Telefon endlich in der Tasche ihres Regenmantels fand, der an dem geschwungenen Haken neben der Eingangstür hing. Hastig nahm sie das Gespräch an. Dabei achtete sie kaum darauf, dass der Anrufer seine Nummer unterdrücken ließ.

»Hallo … Falkenberg.«

Ein Rauschen wie von einem altmodischen Ferngespräch antwortete ihr.

Einen Moment lang erwartete Anna, dass sich Oliver Richardson meldete. Sie hatte ihm gestern wie versprochen die Korrespondenz noch einmal zugesandt. Vielleicht war er ja bereits dazugekommen, sich die Schreiben durchzulesen. Er hatte erstaunlich nett gewirkt am Telefon. Gar nicht wie in seinen Mails …

»Spreche ich mit Frau Anna Falkenberg?« Die Männerstimme am anderen Ende der Leitung klang definitiv nicht nach Oliver Richardson.

»Und wer sind Sie?«, fragte sie ungehalten, tatsächlich ein wenig enttäuscht.

»Ich bin ein Freund«, er betonte das ch als kehligen Laut und rollte das r. »Mein Name tut nichts zur Sache.«

Sie runzelte die Stirn. »Ich unterhalte mich nicht mit Leuten, die nicht sagen, wie sie heißen. Wenn Sie etwas von mir wollen, müssen Sie schon …«

»Es geht um das Bild von Leo Reichenstein«, unterbrach er sie. »Das *Liebespaar*, das im Auktionshaus Bonhoff eingeliefert wurde. Sie sind beauftragt worden, eine Expertise zu erstellen, nicht wahr?«

»Was geht Sie das an?« Bei ihrem nächsten Atemzug ärgerte sie sich, dass sie sich zu einer Stellungnahme verleiten ließ, anstatt das Gespräch zu beenden. Doch Neugier hielt sie davon ab. Ihr Herzschlag beschleunigte sich.

Unbeirrt fuhr der Fremde fort: »Wenn Sie sich weiterhin Zeit mit dem Echtheitsgutachten lassen, behindern Sie russische Interessen. Haben Sie mich verstanden?«

»Ja … nein …«

Anna zappelte nervös herum. Aus den Augenwinkeln beobachtete sie, wie Emily in der Küche auf die kleine Trittleiter stieg und Geschirrteile aus einem Oberschrank nahm: zwei Tassen, zwei Teller, zwei Müslischalen. Sie nahm jedes Stück einzeln heraus, kletterte vorsichtig wieder auf den Boden, stellte es auf die Arbeitsplatte und begann von vorn.

Der Anrufer ließ sich Zeit mit seiner Antwort. Genau genommen wartete er so lange, bis Emily das Porzellan für das Frühstück aus dem Schrank genommen hatte. Dann erst hob er wieder an: »Wenn Sie die Expertise für das Bild von Leo Reichenstein weiterhin verweigern oder verschleppen, werden Sie Ärger bekommen, Frau Anna Falkenberg.«

»Was wollen Sie?«

»Tun Sie bitte nicht so, als würden Sie mich nicht verstehen. Wie gesagt, Sie behindern russische Interessen – und das ist nicht gesund. Nicht für Sie und nicht für Ihre Familie. Für niemanden.«

Annas Augen flogen durch die Diele, begleiteten Emily, die die Geschirrteile nun auf den Balkon zu tragen begann. Offenbar wollte sie dort den Frühstückstisch für ihre Mama und sich decken. Annas Herz zog sich zusammen.

Sie öffnete den Mund zu einer Antwort, aber da klickte es in der Leitung. Der Anrufer hatte das Gespräch beendet. Im Nachhinein fiel ihr auf, dass er mit slawischem Akzent gesprochen hatte.

Ein Verrückter!, fuhr es ihr durch den Kopf.

Im nächsten Moment traf sie der irrationale Gedanke, dass der Mann vor und im Kindergarten vielleicht doch nicht Daniel gewesen war. Frau Hellmich wusste nicht, wie Emilys biologischer Vater aussah. Jeder hätte mit diesem Trick versuchen können, Annas Tochter habhaft zu werden.

»Sie behindern russische Interessen – und das ist nicht gesund …«

An jedem anderen Tag hätte die Ernsthaftigkeit, mit der Emily die Hausfrau spielte, Anna ein Lächeln auf das Gesicht gezaubert. Doch jetzt jagten ihr eisige Schauer über den Rücken.

Berlin, 1946

18

Zögernd stieß Fee das Gartentor auf und trat auf den Weg, der zum Eingang des Hauses Hüttenweg Nummer zehn führte.

Sie fühlte sich nicht sonderlich wohl vor diesem Überraschungsbesuch bei einer ihr unbekannten Amerikanerin. Doch der Küchenchef im amerikanischen Hauptquartier hatte ihr geraten: »Gehen Sie sofort zu Major Harris, bevor sie sich für ein anderes Mädchen entscheidet. Es ist nicht weit, sie wohnt gleich um die Ecke. Sagen Sie ihr, der alte Luis schickt Sie mit einer Empfehlung. Aber vergessen Sie das nicht!«

Don Luis hatte sie regelrecht hinausgescheucht aus der nach Tomatensauce, Oregano, Kreuzkümmel und gerösteten Chilis, nach gebratenem Fleisch und gebackenen Maisfladen duftenden Küche. Leider hatte er Fee nichts zu essen angeboten, so dass ihr Magen inzwischen lauter knurrte als auf dem Weg zur Kronprinzenallee. Sicher war seine Nachlässigkeit nicht unfreundlich gemeint, sondern dem Stellenangebot bei der Dame mit dem hohen Offiziersrang geschuldet. Allein dass er ihr davon erzählt hatte, bewies seine Wertschätzung. Dennoch wäre ihr eine Mahlzeit lieber gewesen als ein überraschendes Vorstellungsgespräch.

Allerdings brauchte sie natürlich eine Anstellung. Sie musste Geld verdienen und sich dadurch eine bessere Lebensmittelkarte besorgen – und es gab schlechtere Möglichkeiten als den Job eines Hausmädchens bei einer amerikanischen Militärangehörigen. Trümmer beseitigen, Steine klopfen zum Beispiel. Für ein junges Mädchen ohne Ausbildung gab es sonst nicht viel zu tun in Berlin. Ihren Traum von einer Lehrstelle als Grafikerin musste sie ohnehin begraben. Und den angenehmen Arbeitsplatz in Luis' Küche hatte ihr inzwischen eine andere Frau weggeschnappt. Sie war Luis nicht gram deswegen. Er konnte schließlich nicht wochenlang darauf warten, dass sie wieder einsatzbereit war.

Kies knirschte unter ihren Sohlen. Es war das einzige Geräusch. Ansonsten war es still und friedlich in der schmalen Villenstraße. Auch das Haus von Major Harris lag ruhig da, und Fee fragte sich unwillkürlich, ob ihr Besuch umsonst sein könnte, weil sie niemanden antreffen würde. Dann hätte sie nichts zu essen bekommen – und auch keinen Job vorzuweisen, wenn sie nach Hause ging. Aber es war auch alles andere als sicher, dass sie eingestellt wurde, selbst wenn die amerikanische Hausherrin zugegen war. Sie wusste schließlich nicht, ob Luis' Empfehlung genügte.

Ein leises Plätschern unterbrach Fees Gedanken. Überrascht wandte sie sich zu dem Geräusch um.

Aus einer blauen Kanne aus Bunzlauer Keramik goss ein Mädchen Wasser auf die Rasenfläche neben dem Haus. Mit gerunzelter Stirn beobachtete es angestrengt den kleinen See zu seinen Füßen. Fee schenkte es keine Beachtung.

Die Kleine war wohlgenährt, hatte rosige Wangen, und unter der Pudelmütze lugten leuchtend rote Locken hervor. Mantel und Stiefel waren von vorzüglicher Qualität, zwischen dem Schal blitzte eine sogenannte Hundemarke hervor, das Erkennungszeichen von Soldaten und Armeeangehörigen. Das Kind war ganz klar eine junge Bürgerin der Vereinigten Staaten von Amerika, etwa acht Jahre alt.

»Was machst du da?«, entfuhr es Fee in ihrem guten Schulenglisch. Obwohl Luis versucht hatte, ihr die Unsicherheit abzugewöhnen, sprach sie sehr langsam, ständig überlegend, ob sie sich auch richtig ausdrückte.

»Das soll ein See zum Schlittschuhlaufen werden«, erklärte die Kleine. »Ich muss üben, weil ich Eiskunstläuferin werden will. So wie Sonja Henie … Kennst du Sonja Henie?«

Fee trat lächelnd näher. »Ja, natürlich kenne ich Sonja Henie. Ich habe sie im Kino gesehen. In Deutschland hieß der Film *Die Eisprinzessin* – wie er auf Englisch heißt, weiß ich leider nicht.«

»Hm«, die Kleine betrachtete enttäuscht die Kanne, aus der gerade die letzten Wassertropfen auf den Boden perlten. Dann wandte sie sich wieder der ihr unbekannten Besucherin zu und fragte in altklugem Ton: »Meinst du vielleicht *One in a Million*?«

»Vielleicht.«

Das Kind zuckte mit den Achseln. »Gretchen Merrill ist auch nicht schlecht.«

»Wer ist das?«

»Du weißt nicht, wer die amerikanische Meisterin im Eiskunstlauf ist?« Vor Fassungslosigkeit wurden die Augen des kleinen Mädchens groß, ihr Mund blieb nach der erstaunten Frage offen.

Fee wechselte lieber das Thema, bevor sie sich auf unbekanntes Terrain begab: »Warum willst du den Garten für eine Eisbahn unter Wasser setzen? In der Nähe gibt es viele Seen, die jetzt wahrscheinlich alle zugefroren sind. Am schönsten ist es am Wannsee.«

»Da geht niemand mit mir hin. Ich muss immer zu Hause bleiben. Damit mir nichts passiert, sagt Ma. Das ist sooo langweilig.« Offensichtlich wurde sie von einer Idee getroffen, denn ihre Augen leuchteten auf. »Kannst du nicht mit mir auf diesem Wannsee Schlittschuhlaufen?«

»Nein. Tut mir leid. Das ist Sperrgebiet. Ich darf da nicht sein.«

»Warum nicht?«, gab das Kind prompt zurück.

»Weil ich Deutsche bin.«

Da die kleine Amerikanerin mit dieser Antwort nichts anfangen konnte, fragte Fee rasch: »Wie heißt du?«

»Marion Harris.«

»Hallo. Ich bin Fee.« Sie streckte ihr die Hand hin.

Bevor die Kleine einschlagen konnte, klappte laut eine Glastüre, und eine Frauenstimme rief: »Was machen Sie da in meinem Garten? Marion, komm sofort ins Haus! Du sollst nicht mit Fremden sprechen.«

Während des Gesprächs mit dem Kind hatte Fee kurz vergessen, dass sie hungrig war und Arbeit suchte. Angesichts der sportlich-schlanken Amerikanerin in der wie ein Kostüm geschnittenen Uniform zog sich ihr Magen knurrend zusammen. Beklommen ging sie dem weiblichen Offizier mit den roten Locken entgegen.

Major Harris stand in der Tür des Wintergartens und blickte sie ebenso feindselig wie einschüchternd an. Nicht die besten Voraussetzungen für ein Stellengesuch.

Fee schluckte. »Guten Tag«, grüßte sie höflich. »Mein Name ist Fee … Felicitas Brahm. Ich komme auf Empfehlung von Don Luis aus der Küche des Hauptquartiers. Er sagte mir, Sie suchen ein Hausmädchen.«

»Ma«, mischte sich das kleine Mädchen ein, »Fee ist nett. Kann sie bei uns arbeiten?«

Die Mutter antwortete ihr nicht. Sie sah Fee lange an. Ein eindringlicher Blick, unter dem Fees Herzklopfen zunahm, ihr Magen irgendwie durch ihren Bauch flog und ihre ohnehin schon kalten Finger steif wurden in der eisigen Luft. Fee getraute sich nicht, die Hände in die Manteltaschen zu stopfen, während sie von Major Harris einer optischen Leibesvisitation unterzogen wurde.

»Sind Sie gesund?«, fragte die Hausherrin brüsk. »Ist mit Ihren Lungen alles in Ordnung? Haben Sie Flöhe? Läuse?«

»Ich habe ein aktuelles Gesundheitszeugnis bei mir«, versicherte Fee rasch, dankte stumm für Brigittes Umsicht und nestelte in ihrer Handtasche.

»Lassen Sie es nur stecken. Es ist okay«, erwiderte Major Harris in einem weniger militärischen Ton. Jetzt klang sie mehr wie Fees Mutter früher bei der Einstellung ihres Hauspersonals: »Wenn Sie nicht von Don Luis kämen, hätte ich Sie jetzt fortgeschickt, aber unter den gegebenen Umständen … Kommen Sie rein.«

Die kleine Marion zwinkerte Fee strahlend zu.

Fee konnte sich nicht erinnern, wann sie zuletzt in einem Wohnzimmer gewesen war, in dem eine behaglich warme Temperatur herrschte, alle Fensterscheiben intakt waren und es nach echtem Bienenwachs und Rosenöl duftete. Die Atmosphäre war so heimelig, dass sie ein stilles Stoßgebet gen Himmel schickte mit der Bitte, noch ein wenig hierbleiben zu dürfen und zum ersten Mal wieder am ganzen Leibe zu spüren, dass tatsächlich Frieden herrschte.

»Sie sprechen gut Englisch für eine Deutsche«, eröffnete Major Harris das Gespräch, nachdem sie ihre Tochter zu einem Kakao in die Küche geschickt hatte. Sie ließ sich in einem Sessel nieder und überschlug die attraktiven Beine, beobachtete, wie Fee ihren Mantel auszog, streifte die geänderte Hose und den Rollkragenpullover mit einem aufmerksamen Blick. Mit einer Geste lud sie die Besucherin ein, auf dem Sofa Platz zu nehmen.

Fee setzte sich auf der äußersten Kante gerade hin.

»Ich ging auf ein neusprachliches Lyzeum«, antwortete sie schließlich. »Meine Eltern legten Wert auf Fremdsprachen.«

»War Ihr Vater Nazi?«

»Nein.«

Ein leises Lachen entfuhr dem rothaarigen US-Offizier. »Das sagen alle Deutschen. In diesem Land gab es nicht ein einziges Parteimitglied. Dumm nur, dass wir die Mitgliederkartei der NSDAP in einer Papiermühle bei Passau gefunden haben, bevor sie von SS-Leuten geschreddert werden konnte. Und ihr Deutschen schreibt ja glücklicherweise immer alles so akribisch auf.«

»Mein Vater war Arzt«, sagte Fee in dem hilflosen Versuch einer Rechtfertigung. »Er war Professor für Chirurgie. Außerdem war er Mitglied der SPD!«

»War? Ist er gefallen?«

Fee schüttelte stumm den Kopf. Sie hielt es für diplomatischer, nicht zu erwähnen, dass ihre Eltern bei den schweren Bombenangriffen der Air Force ums Leben gekommen waren.

Wieder dieser lange, interessierte Blick, dem Fee mit unschuldiger Sicherheit begegnete. Sollte Major Harris doch glauben, was sie wollte.

Nach einer Weile nickte die Amerikanerin. »Also gut. Da sich Marion offenbar mit Ihnen versteht, können Sie sich heute Abend nützlich machen. Ich erwarte den Besuch eines Freundes, und es wäre schön, wenn Marion beschäftigt wäre und sich nicht einsam fühlen müsste. Stellen Sie sich gut an, reden wir morgen weiter.«

In die Freude über das Angebot drängte sich ein Problem. »Heute Abend?«, wiederholte Fee fast panisch. »Wie lange brauchen Sie mich denn? Wenn ich erst nach der Ausgangssperre …«

»Machen Sie sich darüber keine Sorgen.« Major Harris wedelte ungeduldig mit der Hand. »Mein Gast wird Sie nach Hause geleiten oder einen Chauffeur abstellen. In dieser Gesellschaft wird Sie niemand anhalten. Wohnen Sie im amerikanischen Sektor?«

»Ja. In der Wielandstraße in Friedenau, in der Nähe der Hauptstraße.«

»Das liegt in Richtung Schöneberg, nicht wahr?«

Fee nickte.

»Das klingt sehr gut«, behauptete Major Harris und erhob sich. »Kümmern Sie sich um Marion. Sollte ihr etwas geschehen, werden Sie erleben, dass der Zweite Weltkrieg nur ein Ammenmärchen war. Und nicht, dass Sie auf den Gedanken kommen sollten, irgendwelche Ausflüge mit dem Kind unternehmen zu wollen. Sie bleiben mit ihr hier im Haus. Haben wir uns verstanden?«

»Ja.« Fee war versucht zu salutieren. Sie dachte, dass der Ton in Luis' Küche viel weniger nach Kaserne geklungen hatte als im Wohnzimmer dieser Frau. »Ja, Major Harris«, wiederholte sie nachdrücklich.

»Kommen Sie. Ich werde Sie durchs Haus führen, damit Sie sich hier einigermaßen auskennen und wissen, in welchen Räumen ich weder Sie noch Marion heute Abend zu sehen wünsche.«

Fee wusste nicht, was sie mehr überraschte: dass ein weiblicher Offizier ganz offensichtlich Herrenbesuch erwartete – oder dass die alleinerziehende Mutter ihre Liebesbeziehung wie eine militärische Aktion plante.

Es hatte Fee noch nie gewundert, dass viele GIs mit deutschen Mädels gingen. Das waren junge Leute, die mehr oder weniger unverbindlich flirteten. So wie Brigitte und Officer Tennant. Aber dass eine Frau in hochrangiger Position sich vielleicht ebenso nach männlicher Aufmerksamkeit und Komplimenten sehnte, Leidenschaft und Nähe begehrte, verblüffte sie sehr. Andererseits: Major Harris war natürlich viel älter als Fee, aber richtig alt war sie noch nicht. Und sie war verwitwet, wie Luis getratscht hatte, ihr Mann war bei einem japanischen Angriff gefallen. Warum also sollte sie ihr kein Glück gönnen?

Während sie hinter Major Harris durch die Räumlichkeiten trottete und so tat, als würde sie sich für jedes Zimmer interessieren, dachte Fee an Hans.

Ihr Jugendfreund war im Alter von erst siebzehn Jahren eingezogen und an die Front in die Normandie geschickt worden. Sie hatte ihm versprochen, auf ihn zu warten. Das war vor zwei Jahren gewesen, aber sie konnte sich noch an den zarten Abschiedskuss erinnern, als hätten sie diesen gestern erst getauscht. Sie ging davon aus, dass er nicht gefallen war, weil sie seinen Namen nicht auf den Listen mit den Toten gefunden hatte. Genau wusste sie es nicht, denn sie war ohne Nachricht von ihm geblieben. Durch ihren festen Glauben an ihr Wiedersehen hoffte sie jedoch, ihn am Leben zu erhalten.

Die letzte Tür, die Major Harris öffnete, führte in ihr Schlafzimmer. Der Raum strahlte überraschend viel Weiblichkeit für eine hochrangige Militärangehörige aus, war mit hell lackierten Rokokomöbeln ausgestattet. Die mit gelben Rosen verzierte Tapete verblich ein wenig, die gelben Vorhänge in den Fenstern des Kleiderschranks besaßen jedoch noch die alte Leuchtkraft. Bis auf ein aufgeschlagenes Buch auf dem Nachttisch lagen keine persönlichen Gegenstände herum; insofern entsprach das Ambiente durchaus den Gewohnheiten eines Offiziers.

Major Harris schien Fees Gedanken erraten zu haben, denn sie erklärte: »Das ist natürlich die Einrichtung der bisherigen

Bewohnerin. Nicht unbedingt mein Geschmack, aber passend zu Deutschland.«

Ein feines Lächeln glitt über Fees Gesicht. Major Harris hatte Recht. Mit diesen hellen Stilmöbeln waren selbst Schlafzimmerszenen in Filmen der Ufa ausgestattet worden.

»Ich habe lediglich das Bild über dem Bett ausgesucht«, fügte die Dame des Hauses hinzu.

Da Fee seitlich davon stand, musste sie sich umwenden, um das besagte Gemälde zu betrachten.

Erschrocken trat sie einen Schritt zurück – und Major Harris auf den Fuß.

»Ein wirklich aufwühlendes Motiv!«, kommentierte sie ruhig Fees Reaktion. »Allerdings hätten Sie mir das auch etwas weniger schmerzhaft mitteilen können.«

»Tut mir leid …«, murmelte Fee geistesabwesend.

In einer Mischung aus peinlicher Berührtheit und Neugier starrte sie auf das einzige Bild, das an der Wand über dem Bett hing. Es war nicht sonderlich groß und fiel deshalb nicht sofort auf, obgleich die Ölfarben von einer leuchtenden Intensität waren. Doch nicht Pinselstrich und Auftrag wühlten sie auf, sondern die Frivolität des Motivs: ein Liebespaar, nackt, wie Gott es erschaffen hatte, in innigster Umarmung miteinander verschlungen. Dabei konnte man die Berührung der beiden nicht harmlos als Umarmung bezeichnen. Es war eine Verschmelzung zweier Menschen, losgelöst von allem, versunken in ihrer Begierde.

Wie, um alles in der Welt, schafft sie es, so auf seinen Hüften zu sitzen?, fragte sich Fee interessiert.

»Es ist ein Gemälde des berühmten jüdischen Künstlers Leo Reichenstein«, erklärte Major Harris. »Gefällt es Ihnen?«

Fee spürte, wie sich ihre Wangen färbten. Die Hitze kroch ihr über die Ohren bis zu den Schläfen. »Ich weiß nicht …«

»Das Werk besitzt einen großen Reiz durch seine Ausdruckskraft, finde ich. Natürlich galt es im Dritten Reich als entartet. Ein hochrangiges Parteimitglied fand es anscheinend trotzdem ansehnlich und hängte es sich heimlich in seine Privatsammlung. Der Mann sitzt derzeit in Nürnberg auf der Anklagebank.«

Fee beschloss, ihre Tante nach dem Bild zu fragen. Bestimmt hatte sie von Leo Reichenstein gehört, wenn er so bekannt war, wie ihre neue Arbeitgeberin sagte. Die Details der Herkunft waren sicher interessant für Grete. Fee fand den Gedanken eigentlich viel spannender, dass das Motiv durchaus zu der rothaarigen Majorin passte: energiegeladen, leidenschaftlich, unbezwingbar.

Sie überlegte, was Grete jetzt sagen würde. Tapfer erlaubte sie sich eine Frage, die in ihren eigenen Ohren leicht impertinent klang: »Wie sind Sie zu diesem Gemälde gekommen?«

»Ach, ich war vor meiner Verpflichtung nach Berlin in München und Berchtesgaden, interviewte dort eine Reihe amerikanischer Militärs. Als Abschiedsgeschenk durfte ich mir ein Bild aussuchen aus einer Sammlung. Ich nahm dieses.« Harris' Worte klangen schlicht und selbstverständlich. Unangenehm war ihr Fees Neugier offenbar nicht.

Der Rundgang war für Major Harris damit abgeschlossen, das Frage-und-Antwort-Spiel beendet. »Sie sollten sich jetzt um meine Tochter kümmern, Felicity«, sie sprach Fees Namen in der englischen Variante aus, und Fee fand, dass das sehr hübsch klang. »Gehen Sie zu ihr in die Küche und spielen Sie irgendetwas mit ihr. Marion liebt dieses deutsche Mensch-ärgere-dich-nicht-Spiel. Kennen Sie es?«

»Selbstverständlich, Major Harris.«

»Unsere Köchin hat Marion die Spielregeln beigebracht. Sie ist Deutsche, ihr gehörte dieses Haus früher. Ich habe ihr erlaubt, im Keller wohnen zu bleiben und für mich zu putzen und zu kochen. Es wäre erfreulich, wenn Sie sich mit ihr gut verstehen würden. Für Marion ist wichtig, dass Harmonie in ihrem Zuhause herrscht, so weit weg von der Heimat.«

»Ja, natürlich …«

»Gut. Dann gehen Sie jetzt bitte zu ihr.«

Fee machte kehrt, doch da hielt die Hausherrin sie mit dem Satz zurück: »Und lassen Sie sich etwas zu essen geben. Ihr dauerndes Magenknurren ist eine Zumutung für Marion.«

19

»Das wird ja immer besser«, fauchte die Nowak. »Jetzt fährt die kleine Schlampe schon mit einem Russen vor …«

Grete räusperte sich indigniert, äußerte sich aber ansonsten nicht zu dem bissigen Kommentar der Untermieterin. Sie schob Fee, kaum dass diese die Wohnung betreten hatte, schweigend in ihr gemeinsames Zimmer. Erst als die Tür hinter ihnen geschlossen war, brach es aus Grete heraus: »Wo warst du nur so lange? Ich habe mir schreckliche Sorgen gemacht. Es ist doch längst Ausgangssperre und …«

»Ich habe gearbeitet«, seufzte Fee.

Müde sank sie auf ihr Bett. Allein der Anblick ihrer Schlafstatt versetzte sie in das Gefühl, sich von nun an nicht mehr bewegen zu können, nicht einmal das Hinlegen würde ihr gelingen, vom Ausziehen ganz zu schweigen. Ihr Körper war noch zu sehr geschwächt, um ein vorgegebenes Pensum durchzuhalten. Sie hätte daran denken müssen, als sie einwilligte, ein zwar bezauberndes, aber verwöhntes und ziemlich temperamentvolles kleines Mädchen zu betreuen. Fast acht Stunden Babysitting waren anstrengender, als sie je für möglich gehalten hatte. Aber jetzt war sie zu Hause und konnte endlich schlafen …

»Du bist doch noch nie so lange in der Küche aufgehalten worden«, insistierte Grete. »Was gab es denn da heute zu tun? Haben die Amerikaner ein Fest ausgerichtet? Ich dachte, ihr Nationalfeiertag sei erst im Juli.«

Fee rieb sich über die Augen. »Ich arbeite nicht mehr für Don Luis, Tante Grete. Ich bin jetzt Kindermädchen. Er hat mich der Mutter eines kleinen Mädchens empfohlen.«

»Was sind das für Leute?«, kam prompt die scharfe Rückfrage.

»Sie ist im Dienstgrad eines US-Majors und Reporterin oder irgendetwas Wichtiges im Informationskontrollamt.«

»Und was ist ihr Mann – General?«, wollte Grete wissen und klang dabei ein wenig wie Frau Nowak, was Fee auf ihre Skepsis über die neue Entwicklung zurückführte.

»Major Harris ist verwitwet, ihr Mann ist gefallen«, antwortete Fee ergeben, obwohl ihr inzwischen sogar das Sprechen zu viel war. Ihre Stimme klang leicht verschwommen.

Grete schien das alles nicht zu bemerken. »Was ist das für eine Frau, die dich die Sperrstunde überschreiten lässt? Für sie gelten diese Gesetze natürlich nicht, aber wir müssen uns unbedingt daran halten, Kind. Die Alliierten fackeln nicht lange.«

»Ich glaube …«, Fee gähnte herzhaft. Sie war zu matt, um ihre Hand zu heben und vor den Mund zu halten. »Ich glaube«, wiederholte sie, »du würdest dich gut mit Major Harris verstehen. Sie ist auch ziemlich energisch. Übrigens ist sie eine Kunstsammlerin.«

»Ach ja?«

Fee überlegte, dass eine Frau nach der Beschlagnahmung eines einzigen Gemäldes wohl nicht als Sammlerin zu bezeichnen war, aber die Amerikanerin interessierte sich immerhin für Bilder. Deshalb war die kleine Übertreibung sicher angebracht, zumal Fee hoffte, ihre Tante damit gnädig zu stimmen. Oder zumindest so weit zu beruhigen, dass sie zu Bett ging.

»Major Harris war vor ihrem Einsatz hier in München und Berchtesgaden«, berichtete Fee. »Von dort hat sie sich ein ziemlich skandalöses Bild mitgebracht und über ihr Bett gehängt.«

Gretes Misstrauen gegen Fees neue Arbeitgeberin vertiefte sich. Ihre Stimme klang schneidend, als sie fragte: »Was heißt – mitgebracht?«

»Konfisziert.«

»Tatsächlich? Ich dachte, die amerikanischen Armeeangehörigen müssen wiederaufgefundene Kunstwerke inzwischen nach strengen Regeln inventarisieren und an die Museen zurückgeben, Plünderungen gehören nicht mehr zum guten Ton. Aber natürlich gibt es überall schwarze Schafe.« Der letzte Satz sagte ganz klar, was Grete von einer Frau hielt, die als Offizier in Berlin lebte, ein junges Mädchen fast bis Mitternacht aufhielt und damit zwang, Gesetze zu übertreten. Dabei hatte sie den Chauffeur der Roten Armee noch außen vor gelassen.

Fee seufzte. »Ach, Tante Grete, geh nicht so streng mit Major Harris ins Gericht. Du selbst hast ein Museumsstück an Captain Richardson verschenkt.«

»Das ist etwas anderes. Das Porträt befand sich jahrelang in einem Museumsdepot und dann im Flakbunker. Es ist besser in den Händen eines Fachmannes aufgehoben als in der Privatpost eines GIs oder gar russischen Bauern. Was ist das denn für ein Bild, das deine Majorin *gesammelt* hat?«

»Das Gemälde eines Malers namens Leo Reichenstein. Nie gehört. Kennst du ihn?«

Grete schnappte nach Luft. »Natürlich sagt mir der Name Leo Reichenstein etwas. Er war einer der bedeutendsten Künstler unseres Landes, bevor seine Arbeit als entartet diffamiert wurde. Du kennst ihn natürlich nicht, denn er war zehn Jahre lang verboten. Er hat wundervolle Bilder gemalt, Fee, von denen die meisten freilich abhandengekommen sind. Es dürfte eine Mammutaufgabe werden, sein Oeuvre wieder zusammenzutragen. Weiß der Himmel, wo deine Majorin einen echten Reichenstein aufgetrieben hat. Wie heißt das Bild?«

»Keine Ahnung«, Fee gähnte noch einmal herzhaft. »Das Motiv ist ein Liebespaar bei … na ja, wie soll ich es nennen …? Bei etwas, das man eigentlich nicht mit seiner Tante bespricht … wenn du verstehst.«

»Das *Liebespaar*!«, hauchte Grete ergriffen. »Es ist eines von Reichensteins berühmtesten Bildern, erschaffen neunzehnhundertsechsundzwanzig. Wenn es sich tatsächlich um das Original handelt, hast du mir jetzt etwas voraus, denn ich durfte dieses Werk nie mit eigenen Augen sehen.«

»Ich schau's mir morgen wieder für dich an …«, versprach Fee und ließ sich einfach angezogen zur Seite fallen. Es war ihr unmöglich, noch eine Minute länger in aufrechter Stellung auszuharren.

»Und der Russe?«, warf Grete rasch ein. »Was hat es mit dem Fahrzeug auf sich, das dich nach Hause brachte?«

»Oberst Uljanow ist ihr Freund«, murmelte Fee schlaftrunken. »Nicht meiner.« Die Antwort ihrer Tante drang nicht mehr zu ihr durch.

»Ach, der Russe ist ihr Freund?« Brigitte schüttelte verwundert den Kopf, fügte hinzu: »Ich dachte …«, brach ab und versank in tiefer Nachdenklichkeit.

»Was ist denn daran so erstaunlich?«, gab Fee arglos zurück. »Major Harris kann doch poussieren, mit wem sie will.«

Sie saß auf der Kante des Schreibtisches ihres Vaters und

hantierte mit den Kabeln des alten Tischtelefons. Das Liebesleben ihrer neuen Arbeitgeberin fand sie weniger interessant als die Verbindungsmechanismen an dem Apparat. Sie hatte Brigitte lediglich nebenbei von Oberst Michail Alexandrowitsch Uljanow erzählt, weil Rita Harris' offenbar glücklich verlaufenes Rendezvous vorige Woche ihre Zukunft als Kindermädchen der kleinen Marion sicherte.

Freudlos betrachtete Fee den Telefonhörer, griff dann nach dem Antennendraht des Volksempfängers, den Grete vor den Russen verborgen hatte und der jetzt neben ihr auf dem Schreibtisch stand. In der freien Hand hielt sie eine vergilbte, leicht zerfledderte »Anleitung für den behelfsmäßigen Empfang von Drahtfunk«. Doch die Beschreibung half ihr auch nicht weiter.

»Wie soll ich denn das Ende des Antennendrahts mit der Auflegegabel verbinden?«

Eigentlich hatte Fee Hilfe von ihrer Freundin erwartet. Doch die lehnte an der Wand und starrte gedankenverloren ins Nichts. Dass sie zu Brahms gekommen war, weil sie die ersten Sendungen des neuen Drahtfunks im amerikanischen Sektor nicht verpassen wollte, schien sie vergessen zu haben. Dabei war es ihr anfangs so wichtig gewesen, nicht nur, weil Jack Tennant durch seine Tätigkeit im Informationskontrollamt mit dem von der amerikanischen Besatzungsmacht installierten neuen Rundfunksender beschäftigt war. Brigitte freute sich ebenso wie Fee darauf, Tanzmusik zu hören. Hatte sie jedenfalls gesagt. Schlager boten zwar zuweilen auch die Sowjets an, die das Gebäude des alten Reichsrundfunks besetzt hielten, obwohl sich das Haus des Rundfunks im britischen Sektor befand. Aber von den Amis war ein wenig mehr Swing zu erwarten. Und der war im Schwesternheim des St.-Gertrauden-Krankenhauses natürlich tabu. Außerdem verfügte Brigitte dort weder über eine eigene Telefonleitung noch über einen Volksempfänger, so dass sie anderswo Radio hören musste.

»Soll ich die Kabel nun verknoten, oder was mache ich damit?«

»Du brauchst eine Frequenzweiche«, murmelte Brigitte nach einer Weile in sich hinein.

»Hab ich doch. Die ist alt und an der Dose in der Wand und verbindet die Leitungen. Vater …«, Fee unterbrach sich, weil sie nicht daran erinnert werden wollte, dass ihr Vater die Kabel in seinem Arbeitszimmer im Lauf des Krieges hatte verlegen lassen. Während der Bombenangriffe wurde der reguläre Betrieb des Reichsrundfunks abgeschaltet, der Senderempfang erfolgte dann nur noch über Drahtfunk. Die den Warnmeldungen folgenden Durchhalteparolen von Propagandaminister Goebbels hatte Fees Vater dann meist kopfschüttelnd leise gedreht. Den Alarm, der das Leben ihrer Eltern vielleicht hätte retten können, hatte er jedoch auch überhört. Seufzend wandte sich Fee wieder ihrer Aufgabe zu.

Plötzlich erwachte Brigitte aus ihren Tagträumen. Sie nahm Fee den Telefonhörer aus der Hand und griff nach dem Antennenkabel des Radioapparats. Geschickt verband sie die nicht durch einen Stoffmantel geschützten Drähte, als handelte es sich um einen Verband, den sie um einen gebrochenen Finger wickelte. Ihre Stirn lag in Falten, als sie ihr Werk betrachtete. »Wenn wir Glück haben, können wir den DIAS jetzt empfangen.«

Die beiden jungen Frauen steckten die Köpfe zusammen, während Fee an den Knöpfen des kleinen, fast viereckigen Kastens aus schwarzem Bakelit drehte, um die gesuchte Frequenz im Langwellenbereich einzustellen. Nachdem eine Weile lang nur Rauschen und dann ein Pfeifton durch den Lautsprecher geschrillt waren, wehten plötzlich die Töne eines Saxophons ins Zimmer, gefolgt von einem Klaviersolo. Dann Klarinette und Trompete …

Fee wiegte sich im Takt der langsamen Melodie. Die Verbindung war schwach, und sie sprach dann doch nicht gut genug Englisch, um den gesamten Text des von einer Frauenstimme gesungenen Schlagers zu verstehen. Lediglich die Zeile »falling in love with you« drang zu ihr durch, und ihr fuhr durch den Kopf, wie schön es wäre, so verliebt wie Brigitte zu sein. Fee kannte Officer Tennant zwar nicht, aber er war sicher ein sehr attraktiver junger Mann, wenn die Erinnerung an ihn einen derart entrückten Ausdruck in Brigittes Augen zauberte.

»Du würdest gern mal tanzen gehen, stimmt's?«

Verblüfft sah Fee zu Brigitte auf. »Ich habe keine Ahnung … ja … vielleicht … wahrscheinlich … weißt du, ich war noch nie zum Tanzen aus. Wann sollte ich auch?«

»Natürlich, du warst vierzehn oder fünfzehn, als die Musiklokale wegen des Krieges geschlossen wurden, nicht wahr? Aber weil es in der Vergangenheit schwer möglich war, zum Tanztee zu gehen, muss das ja nicht immer so bleiben.«

Fees Augenbrauen hoben sich. »Allein?«

»Wie wäre es, wenn du Jack und mich begleiten würdest?«, gab Brigitte spontan zurück. »Er hat mich in die Femina-Bar eingeladen, und ich bin sicher, er hätte nichts gegen ein zweites Mädel an seiner Seite.«

»Aber … aber …«, stammelte Fee und spielte verlegen mit dem Telefonkabel. Schließlich gestand sie: »Ich kann nicht tanzen.«

»Na und? Du weißt sicher wenigstens, wie es aussehen sollte. Und den Rest bringe ich dir bei.« Brigitte stellte sich in Positur, verneigte sich und nahm Tanzhaltung ein. »Nun mach schon, es ist nicht schwer.«

»Tante Grete wird gleich heimkommen …«

»Glaubst du, es stört sie, dass du tanzen lernst?«

»Und die Nowak?«

»Die soll ruhig ihren Mund halten. Ihre Kinder sind definitiv lauter als du und ich beim hottesten Swing.«

Fee fielen keine Argumente mehr gegen Brigittes Vorhaben ein.

Zögernd nahm sie die Hand der anderen, gestattete, dass diese den Arm um sie legte wie ein männlicher Tanzpartner. Einen Atemzug später wiegten sie sich im Takt, setzte Fee vorsichtig einen Fuß neben den anderen. Der Schweiß brach ihr aus, was sich seltsam anfühlte.

Es dauerte jedoch nicht lange und Fee gab sich dem Klang der Melodien und dem atmosphärischen Rauschen hin, die den Raum erfüllten. Im Zickzack umrundeten sie mit noch ungelenken Schritten die Möbel, aber die Musik ging ihr in die Beine, und allmählich verstand sie die Magie des Tanzens.

20

Das Rückgebäude des sogenannten Haus Nürnberg war schwer beschädigt worden. Von dem imposanten Ballhaus, das sich einst hier befunden hatte, war daher wenig erhalten geblieben. Fee wusste jedoch aus Erzählungen, dass die Sensation des dreistöckigen, rund zweitausend Menschen fassenden Saales die sich öffnende Dachkonstruktion gewesen war.

Ihre Mutter hatte ihr oft davon vorgeschwärmt, wie sie unter freiem Himmel Swing getanzt hatte. Und dann sagte sie verträumt: »Wenn du alt genug bist, wirst du dich auch unter dem Sternenzelt zu den Melodien eines der berühmten Orchester verlieben. Teddy Stauffer, Barnabás von Géczy, Juan Llossas, Heinz Wehner – sie sind alle hier aufgetreten.«

Die exquisite Femina-Bar war mitsamt ihrer versenkbaren Bühne, den Tischtelefonen und Rohrpostleitungen zwischen den Rängen in Schutt und Asche zerfallen.

Allerdings waren die Fassade und die Räume der Vorderseite wundersamerweise weitgehend intakt geblieben, so dass zumindest die Überreste der einstigen Herrenbar im Erdgeschoss ein wenig von dem Flair des berühmten alten Tanzpalasts vermittelten. Das Marmorvestibül erinnerte ebenso an die Pracht von einst wie die vielen jungen Frauen, die sich an den nun zerbrochenen Spiegeln neben der großen Garderobe den Lippenstift nachzogen. Sie unterschieden sich durch die Kleidung von den Gästen früherer Zeiten, aber das Vibrieren ihrer Aufregung, das Summen ihrer Atemlosigkeit, schüchternes Kichern und verschämte Reaktionen auf Komplimente – all das war unverändert. Natürlich gab es Frauenüberschuss sowie britische und amerikanische Uniformen, doch das tat der Erinnerung an glanzvolle Feste keinen Abbruch. Die Blasinstrumente der Tanzkapelle schickten schnelle Rhythmen in den Vorraum, die den Gästen von heute genauso in die Beine fuhren wie den Besuchern ihrer Elterngeneration. Wippend und trippelnd bewegte sich die Menge vorwärts.

Officer Tennant versuchte sich in einer albernen Steppeinlage, was ihm nicht sonderlich gut gelang.

»Fast wie Fred Astaire«, lobte Brigitte und strahlte ihren Verehrer treuherzig an.

Fee beschränkte sich darauf, in die Hände zu klatschen. Sie wollte keinesfalls unhöflich erscheinen, denn sie war dem jungen US-Unteroffizier sehr dankbar für die Einladung. Doch der aufgesetzte Enthusiasmus der Freundin war ihr fremd. Außerdem hatte sich Officer Tennant wirklich nicht als eleganter Tänzer gezeigt.

Auf die Begeisterung folgte Ernüchterung, als sie an der Eingangstür von einem alten Oberkellner in einem zerschlissenen Frack abgefangen wurden: »Im Moment sind alle Tische besetzt«, erklärte er nach einer Reihe von unterwürfigen Verbeugungen. »Wenn Sie an der Bar mit den Damen warten möchten, Officer, werde ich sehen, was ich für Sie tun kann.«

Jack Tennant zuckte mit den Achseln und drängte sich, flankiert von seinen Begleiterinnen, zur Bar durch, wo bereits so viele Gäste in Trauben standen, warteten und tranken, dass der Tresen nicht mehr erkennbar war. Stimmengewirr, Lachen, Musik und polternde Schrittkombinationen auf der Tanzfläche verbanden sich zu einem fröhlichen Crescendo. Tennant fühlte sich in dieser Menge anscheinend ausgesprochen wohl, doch bei der zierlichen Fee lösten Menschenansammlungen schnell Panikattacken aus. Ihr wurde so heiß, als kehrte das Fieber zurück.

Sie überlegte, ob sie ein dringendes Bedürfnis vortäuschen und sich auf ein stilles Örtchen zurückziehen sollte.

In Gedanken versunken verlor sie für einen Moment die Orientierung und damit den Anschluss an Officer Tennant und Brigitte. Sie hielt nach ihren Freunden Ausschau und stolperte in einen hochgewachsenen Mann, der wie ein Fels in der Brandung seinen Platz nahe der Theke behauptete.

»Fräulein Brahm! Was machen Sie denn hier?«

Verblüfft hob sie den Kopf und sah in das verwegene Hans-Albers-Lächeln von Captain Richardson.

»Oh! Ich … ich bin in Begleitung gekommen, aber nun finde ich meine Freunde nicht mehr.«

»Der Herr wird Sie bestimmt bald vermissen und suchen …«

»Nein, nein«, Fee bemühte sich rasch um Klarstellung: »Ich bin mit einer Freundin hier und … Dabei fällt mir ein: Sie kennen sich ja. Brigitte Wiese hat mich mitgenommen, die Krankenschwester, der Sie …«

Er legte ihr zart seinen Zeigefinger auf den Mund. »Pscht! Kein Wort davon, bitte.«

Als sie stumm nickte, ließ er seine Hand herabsinken und fügte hinzu: »Ihre Freundin überrascht mich. Was treibt eine Novizin in einem Tanzlokal?«

»Novizin?«, wiederholte Fee verdutzt.

»Natürlich. Nonne in der Ausbildung oder wie man das nennt. Das muss sie schließlich sein, wenn sie dem Katharinen-Orden beitreten will. Ich war am St.-Gertrauden-Krankenhaus und habe sie gesehen.«

»Ich verstehe nicht …«, hob Fee an, brach dann ab und biss sich auf die Unterlippe, um nicht laut loszuprusten, als sie begriff, welchem Irrtum Henry Richardson zum Opfer gefallen war. Sie bemühte sich um Höflichkeit, doch sein verwirrter Gesichtsausdruck und vor allem der Gedanke an Brigitte im katholischen Habit waren so komisch, dass sie in schallendes Gelächter ausbrach.

»Du scheinst dich ja sehr gut zu unterhalten«, stellte eine Männerstimme hinter Richardson fest. Die Person wurde von dem breitschultrigen Captain verdeckt. »Während ich in dem Gedränge nach Getränken anstehe, die billiger sind als eine Flasche Schnaps für neunhundert Mark. Das sind hier Halsabschneider, sage ich dir.«

Zuerst nahm Fee eine lange, schmale Hand wahr, in der sich ein beschlagenes Glas mit offensichtlich eiskaltem Bier befand. Dann schob sich ein Mann in amerikanischer Uniform in den Vordergrund, in der anderen Hand ein zweites Glas. Fee erkannte ihn auf Anhieb, doch er musterte sie, als hätte er sie nie zuvor gesehen. Unverhohlene Anerkennung flackerte in seinen Augen auf, sogar Bewunderung las sie in seinem Blick.

Fees Herzschlag beschleunigte sich, ihre Wangen färbten sich leicht. Sie wusste, dass sie gut aussah. Aber auf diese Weise Bestätigung zu erfahren war aufregend. Das Kleid aus dem Fundus ihrer Mutter war zwar seit sechs Jahren oder länger aus der Mode, aber die cremefarbene elegante Robe mit den breiten bestickten Schulterpolstern und dem fließenden knielangen Glockenrock stand ihr ausgezeichnet. Bei der dämmrigen Beleuchtung hier und in dem Gedränge fiel gewiss nicht einmal auf, dass der Stoff an manchen Stellen leicht vergilbt war. Fees Haar war frisch gewaschen und wallte in blonden Locken auf ihre Schultern.

»Du siehst aus wie ein Engel«, hatte Tante Grete zum Abschied gesagt, und Fee hatte sich vorgenommen, in dieser Aufmachung das Wiedersehen mit Hans zu feiern.

»Hätte ich gewusst, dass du Gesellschaft hast, Henry, hätte ich noch ein drittes Glas mitgebracht«, meinte Lieutenant Coleman.

»Dafür fehlt dir die dritte Hand«, gab Richardson lakonisch zurück und nahm seinem Freund ein Getränk ab.

»Möchten Sie vielleicht mein Bier, Fräulein …?« Die Frage nach Fees Namen ließ Philip Coleman in der Luft schweben wie eine zarte Wolke.

»Das ist die Nichte von Grete Brahm«, stellte Richardson vor. »Felicitas, nicht wahr?«

»Fee«, verbesserte sie lächelnd.

Ein unbekannter Zauber erfasste sie. Sie fühlte sich hübsch und erwachsen und genoss die Gesellschaft der beiden attraktiven jungen Männer.

»Erinnerst du dich nicht an sie?«, hakte Richardson nach, weil Coleman nicht gleich reagierte.

»Jaaa«, erwiderte sein Freund nach einer weiteren Pause gedehnt. »Sie arbeiten doch bei Don Luis in der Küche … Warum sind Sie mir dort nie aufgefallen?«

»Ich habe einen neuen Job.«

Zwei Augenpaare blickten sie interessiert an.

»Ich betreue die Tochter einer amerikanischen Armeeangehörigen«, erklärte sie und fühlte sich stolz. »Ich bin nicht mehr Küchenmädchen bei Don Luis, sondern *nanny*.«

»Auf diesen Karrieresprung sollten wir trinken«, meinte Richardson und hob sein Glas.

»Vielen Dank, aber eigentlich bin ich hier, um mit meiner Freundin zu feiern. Wenn ich sie und ihren Officer in der Menge nur nicht verloren hätte.«

»Officer Tennant ist auch da?«, fragte Richardson. »Das hätte ich mir natürlich denken können …«

»Sie suchen Jack Tennant?«, warf Philip Coleman irritiert ein. »Den habe ich getroffen, als ich für die Getränke anstand. Er wartete mit seiner Freundin auf einen frei werdenden Tisch.«

Richardson tippte mit der freien Hand auf seine Schulterklappe. »Da ich der Ranghöchste unter uns hier bin, werde ich mich mal der Suche nach einem Tisch für uns alle annehmen. Lasst mich nur machen. Wenn ich dem Majordomus einen Hinweis auf seine Lordschaft, meinen Vater, gebe und ihm eine Zigarette zustecke, dürfte unser Abend gerettet sein«, fügte er grinsend hinzu.

Dann drückte er Fee sein Glas in die Hand. »Unbenutzt. Sie können ruhig von meinem Bier trinken. Aber laufen Sie nicht weg, Fräulein Fee, ich bin gleich wieder da.« Sprachs und schob sich gegen den Strom neuer Barbesucher zum Eingang.

»Fee?«, fragte Philip Coleman, nachdem sein Freund in die Menge eingetaucht war. »Wie die Märchenfigur?«

Sie nickte errötend und nippte an Richardsons Bier. Es schmeckte bitter, war kalt und löschte angenehm ihren Durst.

»Ist es nicht so, dass Feen gern tanzen?« Lieutenant Coleman lächelte sie schelmisch und gleichzeitig schüchtern an.

»Wenn Sie möchten, könnten wir uns die Wartezeit mit einem Tanz vertreiben.«

Eigentlich hatte Fee ihn bitten wollen, nach Brigitte und Officer Tennant Ausschau zu halten. Sie hätte ihn auch fragen können, woher er Brigittes Freund kannte. Genau genommen sollten sie auf Captain Richardson warten. Und die Getränke würden auch schal werden, wenn sie sie stehen ließen. Doch brachte sie es nicht über sich, seinen Vorschlag abzulehnen. Denn im Grunde gab es nichts, das sie in diesem Moment lieber getan hätte als mit dem Mann, der aussah wie ihr Leinwandheld Hans Söhnker, im wahren Leben über das Parkett zu schweben. Selbst die Tatsache, dass dies der erste richtige Tanz ihres Lebens war, schreckte sie nicht.

»Ja«, sagte sie schlicht.

Coleman nahm ihr das Glas ab, stellte es ebenso wie das seine auf dem Tresen hinter sich ab. Dann nahm er ihre Hand und schob sie sanft voran. Als sich seine höfliche Geste im Gedränge als nicht so effektiv erwies, legte er den Arm mit einer Selbstverständlichkeit um ihre Schultern, als wäre sie sein kostbarster Besitz, den es gegen die Ellenbogen der anderen Gäste zu schützen galt.

Die Kapelle spielte einen langsamen Walzer. Fee erinnerte sich, dass sie in Gedanken bis drei zählen und dann mit dem linken Fuß rückwärts treten musste. Oder war es vorwärts? Vor lauter Aufregung war sie völlig durcheinander.

In ihrer Verwirrung verpasste sie ihren Einsatz und spürte im nächsten Moment prompt Philip Colemans Schuhsohle auf ihren Zehen. Sie zuckte zusammen – und lief puterrot an.

»Verzeihung«, entschuldigte er sich und fügte liebenswürdig hinzu: »Vielleicht sollten wir noch einmal von vorn anfangen. Also … eins, zwei, drei …«

Fee stellte fest, dass es ganz leicht war, die richtige Schrittfolge zu finden, wenn sie nicht darüber nachdachte, wie sie sich bewegen sollte. Im Arm und geführt von Philip Coleman ging das plötzlich wie von selbst. Ihr kam es vor, als schwebte sie schließlich im Dreivierteltakt über Wolken. Sie spürte die Wärme seines Körpers, seinen Atem auf ihrer Wange, versank mit ihm im Rhythmus – und fühlte sich tatsächlich so sicher und geborgen, wie sie es sich sonst nur im Paradies ausmalte. Für einen Moment schien die Realität ausgeblendet, selbst die anderen Paare um sie her verschwanden.

Die Musik wechselte – und ehe Fee begriff, wie ihr geschah, wurde sie zu den Klängen von Saxophon und Trompete von Philip herumgewirbelt wie eine Puppe, mit der er Fangen spielte. Er ließ sie los, fing sie auf, hielt sie an einer Hand, dann wieder an beiden. Sie wusste kaum, wie ihr geschah, obwohl Brigitte auch Swing tanzen mit ihr geübt hatte.

Fee geriet außer Atem, ihre Wangen glühten, ihre Füße schmerzten, ihr Herzschlag raste, aber sie empfand eine Lebensfreude wie noch nie. Die Haare umwehten ihr Gesicht wie ein blonder Schleier, der Glockenrock schwang ihr um die Knie. Sie sah in Philips fröhlich glitzernde Augen und erkannte, dass er ebenso viel Spaß an dem Tanz hatte wie sie. Unwillkürlich begann sie zu improvisieren, da ihr die meisten regulären Schritte entfallen waren, und fand daran fast noch mehr Freude.

Plötzlich ergriff jemand ihre durch die Luft schwebende Hand.

Im nächsten Moment spielte die Kapelle einen Tusch.

In der darauffolgenden Stille sagte Captain Richardson: »Ich habe einen Tisch hinten rechts in der Ecke bekommen. Geh schon voraus, Philip, Fräulein Wiese und Officer Tennant warten auf dich. Fräulein Fee und ich kommen gleich nach.«

»Und nun der neue Schlager von … Evelyn Künneke!«, rief

der Orchesterleiter ins Mikrofon, und begeisterter Applaus antwortete ihm. Der Titel »Drei kleine Geschichten« ging in dem Lärm fast unter.

Während Klavier und Bass einsetzten, musste Philip zusehen, wie Henry Richardson seine Tanzpartnerin mit Beschlag belegte. Fee wusste nicht recht, wie sie sich verhalten sollte. Diese Situation hatte sie mit Brigitte nicht geübt. Außerdem wusste sie selbst nicht so recht, welchem der beiden sie in diesem Moment den Vorzug geben wollte. Instinktiv ergab sie sich jedoch dem forschen Auftreten des britischen Hauptmanns.

Dachte sie später darüber nach, konnte Fee nie mit Gewissheit sagen, in wessen Armen sie sich wohler gefühlt hatte. Zu dem lustigen Text des deutschsprachigen Schlagers tanzte sie mit Henry Richardson, als hätte sie in ihrem Leben nichts anderes getan. Er führte sie gut – und sie lachten zusammen, als das Publikum im Chor eine Textzeile mit einem gemeinschaftlichen »Caramba!« beendete. Die letzte Strophe verunsicherte Fee jedoch ebenso wie Henry Richardsons Blick:

Der Mond sprach zur Sonne: Ich lieb dich!
Sag, Sonne, liebst du mich denn auch?
Wenn ja, komm ich zu dir und küss dich.
So ist's bei Verliebten der Brauch.

Er sah auf ihren Mund.

Fee erstarrte.

»Möchten Sie lieber aufhören?«, erkundigte er sich fürsorglich und blieb stehen.

Sie nahm seine Worte kaum wahr, taumelte etwas, nickte, obwohl sie nicht wirklich fand, dass sie den Tanz beenden sollten. Durch Fees Kopf kreiste die Frage, ob sie sich einen Kuss von Captain Richardson wünschte. Die Überlegung, ob er jetzt mit ihr hinausgehen würde, um sie irgendwo im Schatten einer Säule oder in einer verschwiegenen Ecke zu küssen, beschleunigte das Karussell.

Doch ihm stand nicht der Wunsch nach Zudringlichkeiten. Oder er war zu höflich, die Gelegenheit auszunutzen. Fee wusste nicht recht, ob sie erleichtert oder verstimmt sein sollte, als er sie zu dem Tisch führte, an dem Brigitte und Officer Tennant sowie Philip Coleman ins Gespräch vertieft waren.

»Na, ihr habt ja nicht lange durchgehalten«, feixte Philip, als sie sich auf dem freien Stuhl an seiner Seite niederließ.

»Eine Pause ist schon ganz gut für Fee«, flötete die Krankenschwester. »Nach der Lungenentzündung sollte sie sich nicht gleich überfordern. Außerdem ist das ihr erster Tanzabend.«

Fee wäre den Herren lieber weltgewandt erschienen. Sie fühlte sich nach Brigittes offenherziger Bemerkung wie ein bedauernswertes Mauerblümchen, das gerade eben erst aus seiner langweiligen Ecke gerettet worden war. Peinlich berührt senkte sie die Lider.

»Dann war ich Ihr erster Tanzpartner«, stellte Philip Coleman fest.

»Allerdings«, bestätigte Brigitte an Fees Stelle.

Ohne sonderlich darüber nachzudenken, holte Fee aus und trat unter dem Tisch nach Brigittes Bein.

»Au!«, rief Coleman aus.

»Oh!«, entfuhr es Fee.

»Unsere Füße scheinen nicht sonderlich gut zu harmonieren«, meinte er, und wider Erwarten schwang in seinen Worten kein bisschen Humor mit.

Henry Richardson rettete die Situation, indem er ein Päckchen aus seiner Uniformjacke zog. Er klopfte ein paar Zigaretten heraus und bot Fee diese an: »Rauchen Sie eine auf den Schreck«, schlug er schmunzelnd vor, »das beruhigt.«

Sie erwiderte dankbar sein Lächeln, schüttelte aber den Kopf. »Ich rauche nicht.«

Brigitte allerdings rauchte gelegentlich und nahm gern eine Chesterfield. Sie beugte sich vor, als Henry ihr Feuer gab und berührte mit den Fingerspitzen seine Hand. Eine Geste, die Fee bislang nur im Kino gesehen hatte und die sie zutiefst beeindruckte. Sie beschloss, sich öfter mit der älteren Brigitte zu treffen, um bei ihr Nachhilfeunterricht in Frauensachen zu nehmen.

Es wurde ein vergnügter Abend. Nur Officer Tennant schien sich hin und wieder zu langweilen, da die Unterhaltung überwiegend in deutscher Sprache bestritten wurde. Auch die Stimmung zwischen Fee und Philip Coleman entspannte sich rasch. Als er sie noch einmal zu einem langsamen Walzer aufforderte, war die Blamage ihrer Fußtritte längst vergessen.

Aber sie tanzte auch noch einmal mit Henry Richardson. Brigittes Freund kam der Höflichkeit nach und führte sie ebenfalls zum Parkett. Und sie stellte schnell fest, dass nicht nur Tennants Steppeinlage zu Beginn wenig gelungen war, sondern dass er insgesamt miserabel tanzte. Wahrscheinlich lächelte Brigitte deshalb so glückselig in Henrys Armen – mit ihrem Freund Jack war das Vergnügen sicher nicht halb so groß.

21

Wie aus einem Munde hatten Captain Richardson und Lieutenant Coleman zum Abschied gefragt: »Darf ich Sie nach Hause bringen, Fräulein Fee?«

Sie hatte sich tatsächlich gefühlt wie im Märchen. Oder im Himmel.

Doch dann nahm Brigitte ihr die Entscheidung ab und warf

rasch ein: »Natürlich bringen Jack und ich dich heim. Wir haben dich ja auch abgeholt.«

Auch ohne die Begleitung eines eigenen Verehrers schwebte Fee auf dem Rückweg zu ihrer Tante Grete wie auf einer Wolke durch das nächtliche, finstere Berlin, wo die Skelette der Häuser und Kirchtürme mit der Dunkelheit verschwammen. Irgendwo hinter einem aufziehenden Regenschleier sah sie einen Stern glitzern. Ein Anblick, der ihr Herz erwärmte, weil sie fest daran glauben wollte, dass ihre Eltern von einem Stern aus über sie wachten – oder sich mit ihr über einen gelungenen Abend freuten, den ersten Tanzabend ihres Lebens.

Ihr Hochgefühl hielt über die Nacht hinaus an. Selbst Tage nach dem denkwürdigen Treffen in der Femina-Bar zauberte die Erinnerung daran noch ein kleines Lächeln auf Fees Lippen.

Den Feudel schwang sie in Rita Harris' Haus im Takt einer Musik, die sie in ihrem Kopf in einer endlosen Wiederholungsschleife hörte. Leise summte sie abwechselnd die Melodie oder sang die Zeilen: »*Der Mond sprach zur Sonne: Ich lieb dich! Sag, Sonne, liebst du mich denn auch? Wenn ja, komm ich zu dir und küss dich …*«

»Also wirklich, Felicitas!«, unterbrach Käthe Gerlach entnervt Fees Vortrag. »Du machst mich ganz verrückt mit diesem Lied. Kannst du nicht mal Ruhe geben?«

Überrascht sah Fee auf. Sie hatte kaum bemerkt, dass sie laut sang, während sie damit beschäftigt war, die Bücherwand abzustauben.

Major Harris hatte sie zum Putzen eingeteilt, da Marion noch in der Schule war, einer improvisierten Lehreinrichtung für die wenigen Kinder, die mit den Armeeangehörigen nach Berlin gekommen waren. Ihre Arbeitgeberin hatte Fee erklärt, dass die Stadt noch mehr oder weniger als Kriegsgebiet eingestuft wurde und sich die U.S. Army nicht auf einen dauerhaften Aufenthalt ihrer Divisionen einrichtete. Deshalb waren Familienmitglieder an der Seite der Offiziere und Soldaten rar. »So weit von der Heimat entfernt und nach den schrecklichen Erfahrungen der vergangenen Jahre ist es kein Wunder, dass unsere Jungs sich nun mit den Fräuleins austoben«, hatte Harris mit jenem leicht abfälligen Ton hinzugefügt, den sie stets gebrauchte, wenn von jungen deutschen Frauen die Rede war. Inzwischen wusste Fee, dass sie es als großes Kompliment auffassen durfte, hier Kindermädchen zu sein.

Andererseits war die Auswahl an weiblichen Hilfskräften aus nicht-deutschen Nationalitäten derzeit denkbar gering. Trotz ihrer Skepsis gegenüber Deutschland war Rita Harris daher nichts anderes übrig geblieben, als sich unter den Einheimischen ihr Personal zu suchen. Sie hatte Käthe Gerlach verpflichtet, wohl in der Annahme, die frühere Hausherrin werde schon für Ordnung und Sauberkeit in ihrem alten Besitz sorgen. Eine richtige Entscheidung, wie Fee täglich feststellen konnte. Wenn auch die Aufgabe für die ehemalige Fabrikantengattin weit unter ihrer Würde lag, das teilte sie Fee bei jeder sich bietenden Gelegenheit mit.

»Niemals hätte ich gedacht, dass ich mal dazu genötigt sein würde, mir einen Kanten Brot als Putzfrau und Köchin zu verdienen«, pflegte sie Fee auf eine Weise zuzuflüstern, als fürchtete sie, in den Wänden wären Abhöranlagen installiert. Dabei sprach Major Harris nicht einmal Deutsch. »So sind die Amerikaner eben – keine Kultur. Sonst wüsste die Dame«, sie sprach das Wort so abfällig aus wie Rita Harris den Begriff *Frollein,* »dass ich aus einem ganz anderen Holz geschnitzt bin als sie selbst. Herkunft ist ein Gut, meine Liebe, das kann einem keiner nehmen. Nicht einmal die Sieger.«

Ob der Zurechtweisung durch Käthe Gerlach verklang das

Lied auf Fees Lippen unverzüglich. Ihr stand nicht der Sinn nach einer Auseinandersetzung. Und eine neue Auflage der alten Leier wollte sie auch nicht hören. Deshalb kehrte sie Frau Gerlach rasch den Rücken, sang im Geiste weiter und polierte intensiv das Holz des Bücherschranks im Takt der Melodie.

»Lass dich nur nicht von dieser Negermusik anstecken, das ist Teufelszeug!«, warnte Frau Gerlach trotz Fees Abwehrhaltung prompt.

Caramba!, dachte Fee.

»Genau wie dieses ordinäre Bild, das bei ihr im Schlafzimmer hängt«, fügte Frau Gerlach wispernd hinzu. »War schon richtig, dieses entartete Geschmiere zu verbieten. Wenn ich da an die schöne Ansicht der bayerischen Berge denke, die zu meiner Zeit dort hing …«, ein tiefer Seufzer beendete den Satz der vormaligen Hausherrin.

Fee zuckte mit den Achseln. »Ich kenne mich mit Kunst nicht aus«, behauptete sie mit einem knappen Blick über die Schulter.

»Ach?« Frau Gerlach stützte sich interessiert auf den Besenstiel, mit dem sie den Parkettboden gefegt hatte. »Erzähltest du nicht, deine Tante sei Kunsthistorikerin und im Schloss Charlottenburg beschäftigt gewesen?«

Ich sollte nicht so vertrauensselig sein und so viel von mir offenbaren, fuhr es Fee durch den Kopf. Laut sagte sie: »Ja. Das schon. Tante Grete ist Kunsthistorikerin. Aber deshalb muss ich doch nichts über Malerei wissen.«

Zu Fees Überraschung antwortete ihr zunächst ein wohlwollendes Grinsen und dann lobte Frau Gerlach: »Du machst das schon richtig, Felicitas. Ein hübsches Mädel wie du ist dazu geboren, einmal Frau und Mutter zu sein. Ich sah früher auch ganz gut aus, das kann ich dir sagen. Aber das waren natürlich andere Zeiten, als unsereins noch nicht darauf angewiesen war, für fremde Leute zu putzen und zu kochen, um nicht zu verhungern …«

Das Läuten der Haustürglocke unterbrach den Redefluss.

Erleichtert, dem Gejammere von Käthe Gerlach entfliehen zu können, wandte sich Fee rasch um und flüchtete in die Diele. Da Major Harris nicht da war und keine Anweisungen für eventuelle Besucher hinterlassen hatte, erwartete Fee niemand Wichtigen. Das Wischtuch noch in der Hand schwenkend, riss sie die Tür auf – und trat unverzüglich einen Schritt zurück.

Mit einem Mal fühlte sie sich ertappt – und entsetzlich unattraktiv mit ihrem zu zwei Zöpfen geflochtenen Haar; das alte geblümte Kleid und die gestopften Wollstrümpfe gaben ihrer Erscheinung gewiss den Rest.

»Fräulein Fee!« Philip Coleman zeigte sich nicht weniger erschrocken über ihre Begegnung. »Was machen Sie denn hier?«

Sie schnappte nach Luft, versuchte, ihren donnernden Herzschlag unter Kontrolle zu bringen. »Ich arbeite für Major Harris«, erklärte sie, und es klang fast wie eine Entschuldigung, als müsste sie sich für irgendetwas schämen.

»Tatsächlich?« Verwundert schüttelte er den Kopf, nickte dann und lächelte schließlich einsichtig. »Jetzt, wo Sie's sagen, erinnere ich mich, dass Sie neulich Ihren Job bei einer Armeeangehörigen erwähnten. Ich hätte mir denken können, wo Sie gelandet sind. So viele Frauen mit Kindern haben wir nicht bei der Berlin Brigade.«

»Ja. Wahrscheinlich«, japste sie. Ihr fehlte noch immer der Atem, um längere Sätze zu sprechen. Und ihr Herz pochte weiterhin ungezügelt gegen ihre Brust.

Philip sah sie aufmunternd an.

Sie begegnete seinem Blick und errötete.

Er trat abwartend von einem Bein auf das andere.

Durch Fees Gehirn geisterte die unangenehme Frage, wie er sie wohl jetzt sehen mochte. Natürlich war sie nicht so hübsch zurechtgemacht wie in der Femina-Bar. Aber hoffentlich lehnte er sie in ihrer Aufmachung als Dienstmädchen nicht völlig ab. Sie dachte an das Gerede von Frau Gerlach und daran, dass sie nicht wusste, ob Philip Coleman ein Snob war. Immerhin war Captain Richardson sein Freund und der Sohn eines englischen Lords …

»Dürfte ich vielleicht eintreten?«

»Oh!« Fee starrte ihn entgeistert an. Sie war in seinen Anblick und ihre Überlegungen vertieft gewesen. Dabei hatte sie völlig vergessen, dass sie und Lieutenant Coleman an der Türschwelle standen. Jeder auf seiner Seite.

»Ist Major Harris zu Hause?« Jetzt klang seine Stimme drängend und fast ein wenig unfreundlich.

»Sie ist nicht da«, beeilte sich Fee zu antworten und trat zur Seite, »aber kommen Sie doch bitte herein. Major Harris hat gewiss nichts dagegen, wenn Sie auf sie warten möchten. Ich weiß aber nicht, wann sie zurück sein wird. Sie musste kurzfristig zu einer Reportage weg. Ich glaube, sie wird von Mrs. Roosevelt empfangen, der Gattin des amerikanischen Präsidenten. Aber das wissen Sie natürlich. Ich meine, wer Eleanor Roosevelt ist. Und dass sie nach Berlin gereist ist, um sich über Hilfsprojekte zu informieren, das wissen Sie natürlich auch.«

Während ihrer hastig hervorgestoßenen Sätze fiel ihr ein, dass Lieutenant Coleman ebenfalls im Informationskontrollamt arbeitete und sicher beruflich mit Rita Harris verbunden war. Seltsamerweise erleichterte sie dieser Gedanke.

Coleman war an Fee vorbei in die Diele geschritten. Dort drehte er sich brüsk zu ihr um. »Es macht sicher keinen Sinn, auf Rita … Major Harris …«, korrigierte er sich rasch, »zu warten … Am besten gehe ich gleich wieder …«

»Möchten Sie sich nicht einen Moment setzen?«, insistierte Fee, die sich bei dem Wunsch ertappte, ein wenig mit Philip Coleman plaudern zu dürfen.

»Nein. Vielen Dank. Geduld ist nicht meine Stärke. Deshalb komme ich am Abend noch einmal vorbei, wenn Major Harris im Haus ist. Grüßen Sie sie bitte von mir.« Damit trat er den Rückweg zur Haustür an.

Enttäuscht folgte Fee seinen Bewegungen mit den Augen. Sie registrierte betrübt, dass er nicht einmal den Versuch unternahm, ein privates Wort mit ihr zu wechseln.

»Mein Mitbringsel für Marion kann ich aber schon einmal dalassen«, sagte er plötzlich, griff in seine Manteltasche und zog ein längliches Päckchen, eingehüllt in schwarzes Papier mit rot-goldener Schrift, heraus. »Ein Mars-Riegel zu Ihren treuen Händen, Fräulein Fee.«

Irgendwie fühlte sie sich überrollt. Das Einpackpapier knisterte in ihren Fingern. Sie wusste nicht, was sie da hielt, hatte noch nie von einem *Mars-Riegel* gehört und dachte, dass das bestimmt etwas Himmlisches sei, weil es der Name eines Planeten war. Wahrscheinlich ein kostbares Spielzeug, die Form einer Rakete konnte sie mit ein wenig Fantasie tatsächlich ertasten. Aber war das ein sinnvolles Geschenk für ein kleines Mädchen, das Eiskunstläuferin werden wollte und unter dem derzeit herrschenden Tauwetter litt?

»Wenn Sie meinen …«, murmelte sie vage.

Philip Coleman stutzte, dann brach er in schallendes Gelächter aus.

Verwirrt sah Fee zu ihm auf.

»Sie wissen natürlich nicht, was das ist!«, stellte er fest und amüsierte sich offenbar köstlich darüber.

Fee zuckte stumm mit den Achseln, peinlich berührt von ihrer eigenen Ahnungslosigkeit.

»Also, dann vergessen wir mal Marion. Die bekommt ohnehin andauernd Süßigkeiten zugesteckt.« Er nahm Fee das Päckchen wieder ab, riss das knisternde Papier am einen Ende auf und schob vom anderen aus ein längliches, dickes Stück Schokolade hervor.

Unwillkürlich riss Fee die Augen auf. Das Wasser lief ihr im Munde zusammen. Sie erinnerte sich dunkel an den Geschmack von Schokolade, aber sie wusste nicht, wann sie zuletzt ein Stück von einer echten Tafel aus Schweizer Herstellung oder eine Praline gekostet hatte. Es war eine süße Erinnerung an ihre Kindheit.

»Probieren Sie«, forderte Philip Coleman sie auf und schob ihr den Schokoriegel zwischen die sich automatisch öffnenden Lippen. »Nicht lutschen. Das ist kein Bonbon. Beißen Sie nur kräftig zu!«

Fee tat, wie ihr geheißen. Ihr Mund füllte sich unverzüglich mit einer festen kakaohaltigen Masse, mit Karamellcreme und feiner Milchschokolade. Eine intensive Süße legte sich ihr auf Zunge, Zähne und Schleimhäute. Von dem sogenannten Mars-Riegel aus Philips Hand zu naschen war fast schöner, als mit ihm langsamen Walzer zu tanzen. Fee fühlte wieder, wie sich dieser angenehme Schwebezustand in ihrem Inneren ausbreitete.

»Gut?«, erkundigte er sich schmunzelnd.

Hingerissen nickte sie. »Oh ja …«

»Dann heben Sie sich den Rest für später auf«, er drückte das Päckchen zurück in ihre Hand, drohte ihr dann spielerisch mit dem Zeigefinger. »Aber verraten Sie nichts der kleinen Marion. Sonst wird sie eifersüchtig.«

Sie wusste nicht, was sie mehr bezauberte: das charmante Leuchten in seinen Augen, der Schalk in seiner Stimme oder die Süße auf ihrer Zunge. Sie fühlte sich wie berauscht.

»Danke.«

»Auf Wiedersehen, Fräulein Fee.«

Coleman öffnete die Haustür, trat hindurch, schloss sie rasch hinter sich. Und erst da registrierte Fee, dass er gegangen war und ein Geschenk von ihm an ihren Fingern zu kleben begann.

»Na, das ist ja vielleicht ein Schwerenöter«, kommentierte Käthe Gerlach den Besuch. »Stellt der Majorin nach und jetzt poussiert er auch noch mit einem so jungen Ding. Bilde dir bloß nichts darauf ein, Felicitas. Die Amerikaner denken, sie können sich als Sieger alles erlauben. Aber am Ende werden sie unter sich bleiben und ihre schönen Reden sind nichts als Schaumschlägerei. Und lass dir nichts gegenüber der Majorin anmerken. Wenn die ihren Russen nicht anhimmeln würde, hätte sie den Herrn Lieutenant längst erhört. Glaub mir, ich habe einen Blick für mangelnde Moral.«

Fee starrte die vormalige Hausherrin fassungslos an. Der Geschmack von Süße hatte sich in ihrem Mund fast verloren. Zurück blieb ein unangenehm klebriger Belag auf ihrer Zunge und an ihrem Gaumen, der sie durstig machte. Doch noch etwas anderes schnürte ihr die Kehle zu.

22

»Ich habe nicht die geringste Ahnung, warum dieser junge britische Hauptmann so freundlich zu uns ist«, behauptete Grete versonnen, während sie die Kartoffeln sortierte, die sie und Fee über den Winter gehortet hatten. Mit einem leichten Lächeln, das gewiss nicht dem erfrorenen Erdapfel galt, den sie gerade in Händen hielt, setzte sie hinzu: »Aber ich werde nichts tun, um ihn von seinem Vorhaben abzubringen.«

Fee hielt für einen Moment in ihrer Tätigkeit inne und fragte in einer Mischung aus Bedauern und Hoffnung: »Wirst du die Eintrittskarten tauschen?

»Nein, werde ich nicht«, erwiderte Grete und legte die grünlila verfärbte Kartoffel zu den anderen in die Kiste zurück.

»Außerdem«, fuhr sie fort, während sie sich nach der nächsten Knolle bückte, »hat uns Captain Richardson die Karten für das Konzert der Berliner Philharmoniker geschenkt, weil er uns eine Freude bereiten will. Und er begleitet uns. Was würde er denken, wenn plötzlich wildfremde Leute auf unseren Plätzen säßen?«

»Mir wäre ein voller Teller lieber als ein Ohrenschmaus«, meinte Fee zerknirscht.

Allerdings freute sie sich auf das Wiedersehen mit Henry Richardson. Heimlich hoffte sie, von diesem Mann weniger herb enttäuscht zu werden als von Philip Coleman. Dabei konnte es ihr natürlich egal sein, mit wem die beiden alliierten Offiziere flirteten, denn sie wartete ja auf eine Nachricht von Hans. Dennoch war es ein schönes Gefühl gewesen, bewundert zu werden – und Fee wünschte, dass dies noch ein wenig länger anhielt. Ganz harmlos.

Satt machte Verehrung jedoch nicht. Und der Hunger war nach wie vor allgegenwärtig. Wenn Fee gehofft hatte, bei Major Harris ausreichend verköstigt zu werden und wie in der Küche von Don Luis gelegentlich ein paar Reste mit nach Hause nehmen zu dürfen, so wurde sie bitter enttäuscht. Sie durfte zwar eine Mahlzeit mit Marion einnehmen, aber Käthe Gerlach hielt ihre Portion sehr knapp. Auch gab es niemals Reste. Fee vermutete, dass die vornehme Köchin einen Teil der Lebensmittel für sich selbst zur Seite schaffte. Um die neue Hausherrin nicht misstrauisch zu machen, musste Frau Gerlach die Rationen eben anderswo einsparen. Und Fee machte gute Miene zum bösen Spiel, weil sie keinen Unfrieden stiften wollte.

Es erschien ihr wie ein Wunder, dass Grete gestern einen guten Zentner Weißkohl aufgetrieben hatte. Fee wusste nicht, welchen Einsatz Grete für diese unerwartete Gemüseration geleistet, was ihre Tante dafür eingetauscht hatte. Aber sie fragte nicht nach und schimpfte auch nicht, als Grete die Nowak-Kinder mit dem Versprechen köderte, die Kohlladung zu teilen, wenn sie ihr bei dem Transport in die Wohnung halfen. Tatsächlich hatten fast dreißig Kohlköpfe den Weg in die Küche gefunden.

Nach dem Genuss eines wässrigen Eintopfs hatten sie das verbliebene Kraut stundenlang gemeinsam gehobelt und geschnitten, eingesalzen und schließlich in eine alte Waschwanne gefüllt. Die einquartierten Sprösslinge waren begeistert von der Möglichkeit gewesen, den Kohl mit ihren Füßen zu stampfen, doch angesichts der Sauberkeit der Kinder verdarb Grete ihnen den Spaß, indem sie sie aus der Küche scheuchte. Deshalb stand nun also Fee – frisch gewaschen – knöcheltief im Kohl, die Röcke bis über die Knie gehoben, und verbrachte ihren freien Abend damit, in dem Bottich auf und ab zu trampeln und haltbares Sauerkraut zu produzieren.

Der Gedanke an klassische Musik lag dabei so fern, dass sie plötzlich auflachte. »Wenn er mich so sehen würde, käme Captain Richardson sicher nicht auf den Gedanken, uns zu einem Konzertbesuch einzuladen.«

»Nicht nur uns«, kicherte Grete, »er ist auch so nett, Brigitte Wiese hinzuzubitten. Immerhin konnte er vier Karten für den Titania-Palast ergattern.«

Flüchtig streifte Fee der Gedanke, ob es ihr lieber gewesen wäre, wenn Henry Richardson den vierten Platz für jemand anderen reserviert hätte. Für seinen Freund Philip Coleman zum Beispiel. Aber dann verwarf sie diese Überlegung rasch. Solange der Lieutenant in Major Harris verliebt war, eignete er sich nicht als Begleitung. Jedenfalls nicht für sie.

Eine steile Falte erschien zwischen Major Harris' Augenbrauen. »Was meinen Sie damit, dass Sie keine Zeit haben? Ich verstehe Sie nicht, Felicity!«

»Ich habe eine Verabredung …«

»Dann sagen Sie ab!«

»Meine Tante und ich sind eingeladen worden …«

Rita Harris atmete erleichtert auf. »Ach, so ist das. Dann haben Sie natürlich Zeit, morgen Abend auf Marion aufzupassen. Es wird Ihrer Tante gewiss nichts ausmachen, allein auszugehen. Und eigentlich ist sie ja gar nicht allein, wenn sie einer Einladung folgt, nicht wahr?« Mit ebenso zufriedenem wie beifallheischendem Gesichtsausdruck sah sie den Babysitter ihrer Tochter an.

Unglücklicherweise fiel Fee auf Anhieb kein höflicher Widerspruch ein. Dass ihre Arbeitgeberin ausgerechnet an dem Abend ein offenbar spontan vereinbartes Rendezvous wahrnehmen wollte, für den Captain Richardson die Konzertkarten besorgt hatte, traf sie völlig unvorbereitet. Sie verschränkte ihre Hände hinter dem Rücken und ballte sie wütend zu Fäusten.

Was sollte sie tun? Auf ihrem freien Abend beharren, sich weigern, Marion zu betreuen und damit ihren Job aufs Spiel setzen? Oder gute Miene zum bösen Spiel machen? Die Philharmoniker spielten regelmäßig im Titania-Palast, und Klassik war nicht unbedingt ihre Lieblingsmusik. Fee könnte also durchaus verzichten, wenn – ja, wenn da nicht der Gedanke an Henry Richardson wäre und die Tatsache, dass sie sich auf das Wiedersehen mit ihm freute.

»Nun gucken Sie bitte nicht wie ein misshandelter Hund«, unterbrach Rita Harris mit ungewöhnlicher Nachsicht Fees Überlegungen. »Mein Date ist von außerordentlicher Wichtigkeit und ich würde Sie nicht verpflichten, wäre die Angelegenheit aufzuschieben.«

»Selbstverständlich«, presste Fee hervor.

Zu Fees größter Überraschung ergriff Major Harris mit ungeahnter Herzlichkeit ihre Hand. »Vielen Dank, Felicity, Sie sind mir eine große Hilfe.« Sie lächelte gewinnend, bevor sie sich abwandte und signalisierte, dass das Gespräch damit beendet war.

Zögernd schickte Fee sich an, nach Hause zu gehen. Harris hatte sie abgepasst, als sie gerade auf dem Weg in den Feierabend gewesen war. Mit dem beklemmenden Gefühl, einen Fehler zu begehen, durchquerte sie den Vorgarten, zog das Kopftuch gegen den auffrischenden Wind fester über die Ohren und marschierte in Richtung Kronprinzenallee, wo sie versuchen wollte, einen Bus zu erwischen. Der weiche Sandboden dämpfte ihre Schritte, hinter den Fenstern des US-Hauptquartiers brannten verschwenderisch viele Glühbirnen. Fee hoffte, dass ein Bus zum Hohenzollerndamm und weiter nach Schöneberg fuhr. Voller Wehmut dachte sie, dass sie am Fehrbelliner Platz vorbeimusste, wo sich die britische Kommandozentrale befand. In irgendeinem Büro dort versah Henry Richardson wahrscheinlich gerade seinen Dienst, sofern er nicht in den Trümmern der Schlösser und Museen Berlins unterwegs war.

Sollte sie auf gut Glück hingehen und ihre durch Major Harris erzwungene Absage persönlich überbringen? Oder war es besser, erst mit Grete über die Angelegenheit zu sprechen? Immerhin hatte Captain Richardson zunächst einmal ihre Tante eingeladen. Außerdem stellte sich die Frage, wie offen Fee sein durfte. Konnte sie ihm die Wahrheit verraten, oder sollte sie eine Ausrede erfinden?

Fee war neugierig auf Richardsons Büro, sie wünschte sich, ihn wiederzusehen – und doch fehlte ihr der Mut für einen Überraschungsbesuch. Hin und her gerissen schritt sie durch die frühe Dunkelheit dieses Februarabends. Sechs Wochen war es her, dass Captain Richardson einen Sack Kohlen für Grete in die Wohnung getragen hatte. Es war der Tag gewesen, an dem er dort zufällig auf seinen Freund Philip Coleman stieß, der Fee Suppe aus der Armeekantine brachte. Was für ein Zufall!

Ihr Herz zog sich zusammen. Wieder überkam sie das Gefühl, einen Fehler zu begehen. Aber es blieb ihr nichts anderes übrig. Sie durfte der Konzerteinladung nicht folgen, sondern musste ihre Pflicht bei Major Harris erfüllen. Und am besten war es, wenn Grete für sie absagte.

Natürlich wusste Fee, dass sie mit Verständnis rechnen konnte. Doch die Enttäuschung stand ihrer Tante ins Gesicht geschrieben, als sie ihr am Abend offenbarte, dass sie arbeiten musste.

Versonnen spielte Grete mit dem flüssigen Wachs einer Kerze, die sie wegen eines Stromausfalls angezündet hatten. »Schade«, sagte sie schließlich mit neu erwachter Energie, »aber nicht zu ändern. Die Philharmoniker geben regelmäßig wieder Konzerte, sie werden es auch weiterhin tun. Wir bekommen eine andere Gelegenheit, in den Titania-Palast zu gehen.«

»Ganz bestimmt, liebste Tante. Hoffentlich findet Captain Richardson jemanden, der meine Karte übernimmt.«

»Und meine«, fügte Grete hinzu.

Fee sah sie erschrocken an. »Wieso kannst du denn nicht?«

»Aber, Fee! Ich werde doch nicht zu einem Konzert gehen, auf das du dich gefreut hast. Nein, nein. Ich bleibe, wo ich bin.«

Sie hätte einwenden können, dass ihre Tante klassische Musik sehr viel mehr schätzte als sie selbst und der Verzicht auf den Kunstgenuss daher größer war. Sie hätte Grete auch an deren spontane Freude über die Einladung erinnern können. Doch Fee schwieg. Irgendetwas in der Stimme der Älteren veranlasste sie, Widerworte zu unterlassen.

Nach einer Weile durchbrach Grete die Stille zwischen ihnen: »Weißt du, ich bin zu alt, um als Begleiterin von Captain Richardson durchzugehen. Als Gouvernante für zwei junge Mädchen, ja, das fand ich eine hübsche Idee. Aber eine andere Konstellation würde ein falsches Licht auf unsere Freundschaft werfen.«

Fee hatte zwar über die Beziehung zwischen Grete und Henry Richardson nachgedacht, aber niemals in Betracht gezogen, dass irgendjemand die beiden für ein Liebespaar halten könnte. Grete war immerhin über dreißig! Unweigerlich fiel Fee das Bild von Leo Reichenstein über Rita Harris' Bett ein, und sie versuchte sich ihre Tante und den attraktiven Engländer in einer vergleichbaren Szene vorzustellen. Es war unmöglich. Dennoch stieg ihr beim nächsten Atemzug das Blut in die Wangen.

»Hoffentlich kommt Brigitte Wiese nichts dazwischen«, hörte sie ihre Tante durch den Nebel ihrer frivolen Fantasie sagen. »Es wäre zu peinlich, wenn sie ihm auch noch absagen müsste.«

Für einen kurzen Augenblick tauschte Fee die Frau in ihren bildhaften Gedanken aus, aber ihre Vorstellungskraft versagte. Brigitte hatte schließlich einen Freund. Und überhaupt passten die realen Personen nicht zu den Figuren auf dem Gemälde. Brigitte war zwar blond, aber der Mann besaß braunes Haar. Erleichtert stieß Fee ihren Atem aus, den sie zuvor angehalten hatte.

»Ich bin sicher, Brigitte wird uns nicht im Stich lassen und uns gut vertreten«, behauptete sie kühn. »Ich hoffe nur, dass ihr Freund Jack Tennant nicht verärgert ist, weil sie mit einem anderen Mann allein in ein Konzert geht.«

»Ja. Es ist wirklich schade. Aber Dinge, die unabänderlich sind, muss man nun einmal akzeptieren.« Grete stemmte sich aus ihrem Sessel hoch, trat zu Fee, die im Schreibtischstuhl ihres Vaters thronte, und legte ihr zärtlich die Hände auf die Schultern. »Rossini, Mozart, Prokofjew, Schubert … Vielleicht ist das doch nicht so mein Geschmack. Und ob dieser junge rumänische Dirigent Wilhelm Furtwängler ersetzen kann, wage ich auch zu bezweifeln. Celibidache … was für ein Name! Den kennt doch niemand. Je länger ich darüber nachdenke, desto mehr Sinn sehe ich in unserer Absage. Mach dir deswegen keine Sorgen.«

Und doch meldete sich in Fees Kopf wieder diese seltsame Stimme, die sie vor einem Fehler warnte.

23

»Ma will ihn heiraten!«, verkündete Marion, während Fee darüber wachte, dass sich das Mädchen vor dem Schlafengehen die Zähne putzte.

Die beiden hatten in Rita Harris' Abwesenheit einen gemütlichen Abend verbracht, mit einer überraschend gut gelaunten Käthe Gerlach Mensch-ärgere-dich-nicht gespielt und gemeinsam in einer Originalausgabe von *Der Zauberer von Oz* gelesen. Inzwischen war es jedoch längst Zeit für Marion, ins Bett zu gehen, und Fee stand neben ihr am Doppelwaschbecken des mit rosafarbenen Kacheln ausgestatteten Badezimmers.

Die Nachricht, die Marion wie ein Geheimnis bewahrt und

nun offenbar doch nicht mehr für sich behalten konnte, klang ein wenig unverständlich, da die Kleine gleichzeitig sprach und die Zahnpasta mit der Bürste in ihrem Mund aufschäumte.

»Wen will deine Mutter heiraten?«, entfuhr es Fee automatisch, bevor sie sich der eigentlichen Tragweite von Marions Behauptung bewusst wurde. Verblüfft ließ sie die Hand mit dem Handtuch sinken, das sie für Marion bereithielt.

Marion fuchtelte mit der Zahnbürste in der Luft herum. »Ja, weißt du das denn nicht?«, fragte sie erstaunt, fast ein wenig entrüstet über die Unkenntnis ihres Kindermädchens. »Ma will natürlich ihren Freund heiraten.«

Obwohl Fee eine solche Verbindung für zumindest ungewöhnlich hielt, dämmerte ihr langsam, wen die Kleine meinte. Vorsichtshalber erkundigte sie sich trotzdem: »Das ist der russische Oberst, nicht wahr?«

»Ja. Michail ist Mas Freund.«

Amerikaner und Sowjets waren Verbündete im Krieg gewesen, warum also sollten sie es im Frieden nicht sein?, fuhr es Fee durch den Kopf. Als eigentliches Problem stellte sie sich aber das Zusammenleben des künftigen Paares vor. Es war unvorstellbar, dass ein kommunistischer Oberst in der schmucken Villa am Hüttenweg wohnte. Aber würde ein amerikanischer Offizier, auch wenn es sich um eine Zivilistin in Uniform handelte, so ohne weiteres nach Karlshorst in das Hauptquartier der Roten Armee ziehen? Was sollte das Kind zwischen all den Menschen, die seine Sprache nicht beherrschten? Aber wenn es die wahre Liebe ist, dachte Fee träumerisch, werden sie sich schon irgendwie arrangieren. Insgeheim war sie froh, dass nicht Lieutenant Coleman der Anwärter auf Rita Harris' Hand war.

»Woher weißt du, dass sich deine Ma verloben wird?«, fragte Fee, während Marion sich den Mund ausspülte.

Das Mädchen spuckte eine hohe Fontäne in das Waschbecken. »Sie hat's mir gesagt. Und sie hat mich gefragt, ob ich Michail mag.«

Fee schmunzelte. »Was hast du gesagt?«

»Dass er immer nach Tabak und Schnaps riecht, aber ich finde ihn ganz nett. Er ist lustig, macht immer Späße und so.«

»Ja, das kann ich mir vorstellen«, bestätigte Fee. Während ihrer Autofahrt nach Hause im Anschluss an ihren ersten Arbeitseinsatz bei Major Harris war Oberst Uljanow ausgesprochen höflich, sogar charmant zu Fee gewesen. Sie konnte kaum glauben, dass er derselben Armee diente wie die brutalen Männer, die bei der Einnahme Berlins so grausam gewesen waren und vor denen sie sich wochenlang versteckt hatte. Aber was konnte man heutzutage schon glauben? Eines war jedenfalls sicher, Russen waren kinderlieb, und unter Oberst Uljanows Obhut würde Marion mit Aufmerksamkeit überschüttet werden.

Doch im nächsten Moment traf sie ein Gedanke, der ihr ins Herz schnitt: Würde Marion nach einer Heirat ihrer Mutter noch vom selben Kindermädchen betreut werden? Bedeutete die Veränderung in Rita Harris' Leben nicht zugleich das Ende von Fees Arbeitsverhältnis?

»Wann ist es denn so weit?« Fee räusperte sich, weil ihre Stimme rau klang. Plötzlich wurde ihr klar, wie sehr sie diesen kleinen Wirbelwind mochte und dass eine wirklich angenehme Stellung auf dem Spiel stand, die überdies noch gut bezahlt wurde, auch wenn das Geld in diesen Tagen niemals für das Lebenswichtigste reichte. »Wann sollen die Hochzeitsglocken läuten?«

Marion ließ sich von Fee das Flanellnachthemd mit den rosa Schäfchen darauf über den Kopf streifen. Als sie angezogen war, antwortete sie: »Ich glaube, das dauert noch.«

»Dann ist es ja gut«, entfuhr es Fee. Damit war das Thema

für sie erst einmal erledigt. Sie überlegte, ob sie Major Harris darauf ansprechen sollte, entschied sich aber dagegen.

Hand in Hand schlenderte sie mit dem ihr anvertrauten Mädchen ins Kinderzimmer. Auf dem Weg dorthin fragte Fee, welche Gute-Nacht-Geschichte sich Marion wünsche.

»Liest du mir aus *Unsere kleine Farm* vor?«

Zehn Minuten später saß Fee auf dem Stuhl neben Marions Bett und blätterte in dem Tagebuch von Laura Ingalls Wilder, die das Leben einer kinderreichen Farmerfamilie in der Prärie beschrieb. Es waren Fortsetzungsromane, geschrieben aus der Sicht eines jungen Mädchens, ebenso wie die *Nesthäkchen*-Bücher von Else Ury, die Fee als Kind verschlungen hatte. Während sie mit gedämpfter Stimme in den Alltag der Landbevölkerung im Mittleren Westen der Vereinigten Staaten eintauchte, beschloss sie, Marion demnächst mit ihrer einstigen Lieblingslektüre vertraut zu machen. Vor allem, da diese Geschichten in Berlin spielten.

Über der sanften Wortmelodie schlief Marion alsbald ein. Auch Fee waren die Lider längst schwer geworden. Ohne es recht zu bemerken, kippte sie vornüber, bettete ihren Kopf auf dem Lager des Mädchens und sackte unverzüglich in eine Traumwelt, in der Nesthäkchen Annemarie in Wisconsin lebte statt in Charlottenburg. Sie träumte davon, wie Annemaries Schwester erblindete, und wunderte sich im Schlaf, weil die Kinderbuchheldin ihrer Erinnerung nach nur zwei Brüder besaß …

Ein dumpfes Poltern weckte Fee.

Sie fuhr hoch, riss krampfhaft die Augen auf, weil die von allein nicht offen bleiben wollten. Im Kinderzimmer war es ruhig, aber ziemlich finster. Die Glühbirne in der Nachttischlampe verbreitete nur noch schummriges Licht, flackerte leicht, vermutlich, weil der Strom gleich abgestellt wurde. Mit der

Wahrnehmungsfähigkeit eines Menschen, der gelernt hatte, auf gefährliche Geräusche zu achten, lauschte Fee. Doch außer Marions gleichmäßigem Atem hörte sie nichts. Das Buch lag noch aufgeschlagen auf ihrem Schoß. Sie klappte es zu, legte es vorsichtig auf den Boden, schob leise ihren Stuhl zurück und erhob sich. Unwillkürlich hielt sie die Luft an, horchte noch einmal. Es blieb still.

Ob Major Harris von ihrem Rendezvous zurückgekommen war? Fee versuchte sich zu erinnern, wann sie Marion zu Bett gebracht hatte. Sie wusste es nicht, und sie besaß auch keine Armbanduhr, von der sie die Stunde hätte ablesen können. Grete hatte sie gegen neue Schuhsohlen getauscht. Es konnte jedoch noch nicht spät sein, sie hatte sicher nicht sehr lange in der unbequemen Haltung ausgeharrt.

Jetzt drang ein Geräusch durch die Wände. Einbrecher!, war Fees erster Gedanke.

Sie stand zur Salzsäule erstarrt auf einem Fleck, unfähig, sich zu rühren. Ihr Herz schlug ihr bis zum Hals, wo es zu einem Kloß zu werden schien, der ihr die Luft zum Atmen nahm.

Nach einer Weile schlich sich Vernunft in ihre ängstliche Anspannung. Es zogen zwar immer wieder Diebesbanden durch die Straßen, kein Gut war heutzutage mehr sicher, aber es war doch ziemlich unwahrscheinlich, dass die Räuber eine mehrheitlich von amerikanischen Besatzungsoffizieren bewohnte Villenstraße am Rande des Hauptquartiers der Berlin Brigade durchquerten. Sicher würden sie hier reichere Beute machen als anderswo, jedoch waren wenige Häuser so gut bewacht wie diese.

Fee versuchte, ihre Lungen zu füllen und sich zu beruhigen.

Ein ersticktes Schluchzen riss sie aus ihrer starren Haltung. Es klang wie das Wimmern eines waidwunden Tieres und kam eindeutig aus dem Raum nebenan. Hatte Major Harris vergessen, das Fenster zu schließen und dadurch ein Tier auf der Suche nach Nahrung und Wärme angelockt?

Ihren ganzen Mut zusammennehmend bewegte sich Fee vorwärts. Weder ihre Atmung noch ihr Herzschlag wurden gleichmäßiger, die Aufregung setzte ihr zu. Dennoch schritt sie langsam und bedächtig zur Tür, öffnete, ging in den dunklen Flur.

Hier war alles still. Die Bewohnerin des Kellers regte sich nicht, Käthe Gerlach schien nichts von dem Poltern und Weinen im ersten Stock mitzubekommen – oder sie ignorierte alles, was Unannehmlichkeiten vermuten ließ.

Vor dem Schlafzimmer der Hausherrin blieb Fee stehen. Sie getraute sich nicht, in diese ganz private Welt von Major Harris einzudringen. Seit ihrer Besichtigung des Hauses an ihrem ersten Arbeitstag hatte Fee diesen Raum nicht mehr betreten. Es hatte keine Veranlassung dafür gegeben. Sie zögerte, die Türklinke herabzudrücken, lauschte, den Kopf dicht am Holz des Eingangs.

Die Verzweiflung, die nach draußen drang, war förmlich greifbar. Fee spürte sie mit all ihren Sinnen. Gleichzeitig wusste sie, dass sie nach dem Rechten sehen musste. Mitgefühl für die Kreatur trieb sie voran und ließ sie jede Diskretion vergessen.

Energisch öffnete sie die Tür – und erschrak zutiefst.

Es brannte keine Lampe, aber im matten hereinfallenden Licht des Mondes nahm Fee die Silhouette von Major Harris wahr. Rita kauerte vollständig angezogen auf dem Bett, das Gesicht in den Kissen vergraben, ihre Schultern bebten. Ihre Schuhe lagen mitten im Zimmer auf dem Boden, anscheinend achtlos von den Füßen gestreift. Da verzweifelte kein Tier über die Gefangenschaft. Es weinte eine Frau um ihre verlorene Liebe. Offensichtlich hatte Rita Harris' Rendezvous kein glückliches Ende genommen.

Hin und her gerissen zwischen der Frage, ob sie ihre Hilfe anbieten oder lieber wortlos verschwinden solle, harrte Fee in der offenen Tür aus.

Vielleicht spürte die Leidende ihren warmen, ratlosen Blick. Für eine Flucht aus der peinlichen Situation war es jedenfalls zu spät, denn Rita Harris hob plötzlich den Kopf und starrte Fee aus großen Augen an. Es war zu dunkel, um den Ausdruck darin zu erkennen, aber Fee fürchtete sich unter den gegebenen Umständen vor einem Donnerwetter, mit dem Rita die ganze Wucht ihres Kummers auf ihr abladen würde.

»Felicity!«, kam es erstaunlich sanft über die bebenden Lippen, als hätte Major Harris vergessen, dass der Babysitter für ihre Tochter noch im Haus weilte.

»Es tut mir leid, ich wollte Sie nicht stören. Ich hörte ein Geräusch und dachte, es seien Einbrecher …«

»Sie wollten einen Dieb stellen? Meine Güte, Felicity, Sie sind so zierlich wie ein Kind. Gegen einen starken Mann kann jemand wie Sie nichts ausrichten. Wahrscheinlich auch nicht gegen einen schwachen Mann. Ich glaube, die einzige Sprache, die die Kerle verstehen, ist Gewalt. Finden Sie nicht auch?«

Ratlos zuckte Fee mit den Schultern. Sie wusste nicht, was sie sagen, wie sie sich verhalten sollte. Harris' Stimme klang nicht nur verschwommen von den vielen Tränen, offenbar hatte sie auch eine Menge Alkohol getrunken, der ihre Zunge lähmte. Im nüchternen Zustand würde sich der weibliche Major grenzenlos schämen für diese Szene. Doch Fee widerstrebte es, sie ihrem Elend zu überlassen und einfach zu gehen. Was immer sie tat, konnte ihr falsch ausgelegt werden.

»Kommen Sie, setzen Sie sich zu mir«, Rita klopfte mit der Hand auf ihre Bettdecke. »Ich will über Männer reden. Und da

Sie nun einmal da sind, möchte ich mit Ihnen über Männer reden. So von Frau zu Frau, verstehen Sie? So wie früher auf einer Pyjama-Party.«

Zögernd trat Fee näher, ließ sich auf der äußersten Kante des Bettes in einiger Entfernung zu Major Harris nieder.

»Alle Männer sind Schweine!«, verkündete Rita, der nicht aufzufallen schien, dass ihre Gesprächspartnerin nichts sagte. »Wenn sie etwas haben wollen, sind sie charmant und setzen so einen treuherzigen Blick auf wie ein Kalb ... Glauben Sie mir, Felicity: Ich weiß, wie Kälber gucken, ich komme aus Texas ... Aber wenn sie bekommen haben, was sie wollten, werden sie böse wie ein gereizter Stier. Dann nehmen sie unsereins auf ihre Hörner, spießen uns auf und lassen uns bluten ...«

Sie unterbrach ihren Monolog, um Luft zu holen und sich die Haare zurückzustreichen, die ihr ins Gesicht gefallen waren. Fee sah Schweißperlen auf Ritas Stirn glänzen.

»Wissen Sie, was dieser treue Genosse Stalins mit mir gemacht hat? Er hat mich mit Kalbsaugen angeblökt, und dann hat er mich auf die Hörner genommen und aufgespießt.« Rita unterstrich ihre Worte gestenreich, verlor das Gleichgewicht und fiel rücklings auf ihr Bett zurück. Tränen strömten über ihre Wangen, als sie trotzig hinzufügte: »Aber ich werde nicht bluten. So weit lasse ich es nicht kommen. Ich nicht.«

»Nein, ganz sicher nicht. Das werden Sie nicht«, murmelte Fee, weil sie das Gefühl hatte, etwas zur Unterhaltung beisteuern zu müssen. Es war nicht schwer zu erraten, was Rita Harris umtrieb. Offenbar hatte Oberst Uljanow sein Heiratsversprechen zurückgenommen.

Da hob Rita wieder an: »Er hat gedacht, ich wäre ein leichtes Mädchen. Amerikanerinnen wären eine willige Beute, so wie die deutschen Frauen. Aber er hat sich geirrt. Wir sind keine geschlagene Nation. Wir sind die Sieger!« Sie wälzte sich in ihrer Wut und Verzweiflung über die Matratze. Dabei fiel ihr Blick auf die Wand dahinter. Sie schluchzte auf. »Das Bild! Das ist schuld! Ein solches Gemälde hängen sich nur Huren übers Bett.«

Das *Liebespaar* von Leo Reichenstein hing im Schatten der Nacht, doch selbst in der Dunkelheit verströmten die Farben eine gewisse Leuchtkraft, die Umrisse des Motivs eine anrührende Intensität. Fee konnte sich sehr gut vorstellen, was der Russe angesichts dieses frivolen Werks empfunden haben musste. Aber sie kannte auch die Meinung ihrer Tante dazu.

»Es ist große Kunst«, sagte sie leise.

Doch weder mit Vernunft noch mit kunstgeschichtlichen Aspekten kam sie weiter. Rita hatte ihr Interesse an dem Bild anscheinend auch rasch verloren. Sie sprach wieder von Oberst Uljanow, als sie in ersticktem Ton stockend fortfuhr: »Er hat mich mit diesen Kalbsaugen verführt. Mit seiner Musikalität und Fröhlichkeit, aber auch mit seiner Sentimentalität, der berühmten russischen Seele.«

Weil ihr keine vernünftige Antwort einfiel, rückte Fee ein wenig näher an die andere heran, hob die Hand und strich Rita vorsichtig über das Haar. Diese ließ es willenlos geschehen.

»Er ist verheiratet! Er hat mich die ganze Zeit in dem Glauben gelassen, es wäre ihm ernst mit mir. Aber ich bin ja nur eine Klassenfeindin … und er ist schon lange verheiratet und hat einen Haufen Kinder in Moskau.«

»Das tut mir leid«, murmelte Fee.

Rita richtete sich auf, wischte Fees Hand fort. Mit glühendem Blick gestand sie: »Er ist nicht etwa mit einer dicken Babuschka verheiratet. Nein, so eine Frau hat er nicht. Er hat mir auch noch voller Stolz ein Foto von ihr gezeigt.« Ihre Stimme überschlug sich: »Die Uljanowa sieht aus wie Greta Garbo in *Ninotschka*!«

Obwohl Fee weder den Film noch die Hauptdarstellerin kannte, war ihr klar, dass es sich um eine attraktive Person handeln musste. Sollte sie Rita Harris damit zu trösten versuchen, dass diese auch eine schöne Frau war mit ihren roten Locken?

Bevor sich Fee eine Antwort überlegen konnte, rief die Amerikanerin leidenschaftlich aus: »Ich bringe ihn um. Ich schwöre, ich bringe diesen Verräter um!« Jedes weitere Wort erstickte in einem erneuten Tränenstrom.

Cornwall, 2010

24

Wolkenbrüche begleiteten die Autofahrt in Richtung Westen, und mehr als einmal wünschte Oliver sich in den gemütlichen Speisewagen des Zuges, der in knapp fünf Stunden vom Londoner Bahnhof Paddington nach Truro fuhr. Sonntags verkehrte sogar ein Schlafwagen. Aber er hatte sich Grandmas Eigensinn gebeugt und steuerte nun in einem Tempo, das ihm wie Schrittgeschwindigkeit vorkam, den fast zwanzig Jahre alten und ohne moderne Sicherheitstechnik ausgestatteten Bentley seiner Großeltern vorsichtig über die wasserglatte Straße. Oliver gestand es sich ungern ein, aber während die Scheibenwischer gegen den starken Regen ankämpften, gab er Camilla in Gedanken Recht. Manchmal war es besser, Vernunft walten zu lassen, auch wenn dies bedeutete, den Wunsch einer innig geliebten alten Dame mit aller Härte abzulehnen.

Lady Richardson hatte es allerdings ausnehmend bequem. Ihr fehlte es an nichts. Sie lag auf dem zurückgeklappten Beifahrersitz, eingehüllt in ein Wollplaid, und schlief oder döste. Wenn Oliver gelegentlich einen Blick zur Seite riskierte, bemerkte er einen äußerst zufriedenen Gesichtsausdruck. Seinen Großvater konnte er im Rückspiegel beobachten. Sir Henry saß im Fond, blätterte anfangs in einer Zeitung und sackte nach einer Weile selbst in tiefen Schlaf. Olivers ruhige Fahrweise war anscheinend wirksamer als ein Schlummertrunk der Kelten, jener ursprünglichen Einwohner Cornwalls und Ahnen seiner väterlichen Linie.

Trotz der widrigen Witterung stahl sich ein Lächeln in Olivers angespannte Miene. Er dachte an die Charaktereigenschaften, die den Kelten zugeschrieben wurden. Prahlerei war seine Sache nicht, aber vielleicht hatte er eine gewisse Hitzköpfigkeit von diesem Menschenschlag geerbt. Anders konnte er sich das Angebot wohl kaum erklären, Camilla für das Wochenende seine Wohnung zu überlassen. Je weiter ihn das Auto fort von London brachte, desto mehr bereute er seine spontane Großzügigkeit. Er hatte ihr erlaubt, sich in seinem privatesten Bereich einzunisten – was würde er tun, wenn sie sich weigerte, sein Zuhause wieder zu verlassen? Er grübelte und fand keine Antwort. Die Gewissheit jedoch, dass er nicht mit Camilla zusammenleben wollte, stieg mit jeder Meile westwärts.

Der graue Asphalt der Fahrbahn verschmolz mit den Regenwolken und dem dämmrigen Tageslicht. Oliver kniff die Augen zusammen in der Hoffnung, besser zu sehen. Das Wasser, das gegen die Windschutzscheibe klatschte, verhinderte jedoch eine klare Sicht. Der Verkehr wurde dichter, vor allem Lastwagen wagten halsbrecherische Manöver, als die A303 bei Exeter auf die A30 stieß, die direkte Verbindungsstraße in den äußersten Westen Cornwalls. Oliver fuhr so langsam, dass er zwar nicht abbremsen musste, aber die vielen Trucks verlangten höchste Konzentration. Camilla verbannte er deshalb aus seinen Gedanken – und schaltete das Radio ein, weil ihm leise Musik half, aufmerksam zu bleiben.

Passenderweise spielte irgendein Lokalsender gerade »Raindrops Keep Fallin' On My Head«. Oliver trommelte mit den Fingerspitzen im Takt der Melodie auf das Lenkrad und hoffte, seine Großeltern nicht mit dieser Konzentrationsübung aufzuwecken.

»Warum magst du eigentlich diese alten Schlager so sehr?«, wollte Lady Richardson wissen. Sie klang schläfrig. Wie immer sprach sie in ihrer Muttersprache mit ihrem Enkel.

»Die Musik erinnert mich an meine Eltern«, antwortete Oliver automatisch auf Deutsch und wunderte sich, dass er ihr nie zuvor diese Erklärung gegeben hatte. »Sind das nicht die Lieder, die Mom und Dad in ihrer Jugend hörten?« Und die sie mir nie nahebringen konnten, fügte er stumm hinzu. Das Schicksal hatte ihnen die Möglichkeit genommen, mit ihrem Sohn in Erinnerungen zu schwelgen.

Sie zog die Hand unter der Wolldecke hervor und legte sie auf seinen Arm.

Unwillkürlich erschrak er darüber, wie klein und zart ihre Hand sich anfühlte. Fast fragil. Ihre Berührung glich dem Hauch einer Feder. Was erwartest du?, fragte er sich im Stillen. Sie ist vierundachtzig Jahre alt, und irgendwann welken selbst die herrlichsten Blüten dahin.

»Ja, Oliver, das ist die Musik deines Vaters«, bestätigte seine Großmutter leise. »Es ist der Titelsong des Films *Butch Cassidy and the Sundance Kid*, weißt du, er kam Ende der sechziger Jahre raus, glaube ich. Dein Vater ist damals ständig ins Kino gegangen und wollte immer aussehen wie Paul Newman, was ihm auch fast gelang. Er besaß die stahlblauen Augen deines Großvaters. Komisch, dass jede Generation so ihre Vorbilder aus Filmen hat. Dein Grandpa erinnerte mich anfangs immer an Hans Albers.«

»Ach, Liebste, lass die alten Geschichten ruhen«, meldete sich eine tiefe Stimme vom Rücksitz.

Sie drückte kurz Olivers Arm und schob ihre Hand anschließend wieder unter die Decke.

»Ich wünschte, du würdest mir ein wenig mehr aus deiner Jugend erzählen«, erwiderte Oliver mit einem kurzen Blick in den Rückspiegel. »Genau genommen dachte ich heute Morgen, dass ich gern etwas über deine Sünden wissen würde, Grandpa.«

»Es war Krieg, und da hatte ich anderes zu tun, als mit den Fräuleins zu tändeln.«

»Glaub ihm kein Wort«, Olivers Großmutter kicherte nicht unbedingt ladylike und zog sich das Plaid zurecht. »Natürlich war Krieg, aber der ging auch irgendwann vorbei, und Henry war ein Meister des Flirts.«

»Unsinn!«, widersprach ihr Mann und lenkte von sich ab, indem er sich erkundigte: »Warum hast du heute Morgen daran gedacht? Hattest du da selbst gesündigt?«

»Frag besser nicht«, bat Oliver zerknirscht.

»Ach, Oliver, ich würde so gern noch erleben, dass du mit einer Frau glücklich wirst.«

»Ja, Granny!«, gab er seufzend zurück.

Oliver war dankbar für den Verkehrsstau, der sich plötzlich aufbaute und ihn zum Bremsen zwang. Die überlastete Autobahn hatte insofern ein Gutes, dass seine Großeltern nicht mehr an das Thema Zukunft rührten und er Camilla endgültig aus seinen Gedanken verbannen musste. Seine ganze Konzentration als Chauffeur war gefordert.

Hinter Truro ließ der Regen nach, und als er die Autobahn verließ und auf die ruhige Landstraße zur Küste einbog, klarte der Himmel auf. Wolken in den Farben von Rauch und Schnee flogen am lichtblauen Firmament entlang, häuften sich auf, stoben auseinander, zerflockten wie Watte. Immer wenn er in Cornwall war, hatte Oliver das Gefühl, dem Himmel näher zu sein als an jedem anderen Ort, den er kannte. Als brauchte er nur die Hand auszustrecken, um nach dem Paradies zu greifen. Als Kind hatte er geglaubt, dem lieben Gott, allen Engeln und damit auch seinen Eltern näher zu sein, wenn er auf die schroffen Klippen am Ufer der Keltischen See kletterte. Heute genügte es ihm zu wissen, dass er hier Luft zum Durchatmen schöpfen könnte. Und natürlich wusste der Kunsthistoriker in ihm, dass gerade das Licht in St Ives seit fast hundert Jahren Maler anzog.

Die Sonne warf lange Schatten auf frisch gepflügte Felder, auf denen das Saatgut spross, und auf hügelige Wiesen, auf denen Schafe und schwarzweiße Kühe gemütlich grasten. Die Landschaft war einem Flickenteppich ähnlicher als mitteleuropäischen Agrarregionen, da die Flächen traditionell unterschiedlich genutzt wurden. Neue, weiß gekalkte Cottages leuchteten zwischen grünen und braunen Äckern; die ursprünglichen groben, grauen Steine der alten Gehöfte verschmolzen mit den Farben der Natur. Aus losen Felsbrocken aufgeschichtete Begrenzungen, die von Wildpflanzen überwuchert wurden, säumten die Parzellen. Als sich die Straße verengte, wurden die Wälle höher, die Hecken breiter, die Unkräuter zäher, so dass sich das Durchkommen des großen Bentleys auf der ohnehin schmalen Fahrbahn zusätzlich erschwerte. Es war die Jahreszeit der Rhododendren, die überall in Cornwall wuchsen, und die Blüten wiesen ihm von Weiß bis hin zu einem leuchtenden Purpurrot den Weg. Je näher sie der Küste kamen, desto mehr frischte der Wind auf, fuhr in die Sträucher am Wegesrand und bog die Halme des wilden Thymians. Seeschwalben zogen am Himmel vorüber, das sicherste Zeichen, dass das Ziel bald erreicht war.

Einmal hatte Oliver seine Großmutter überreden können, an einer Raststätte auszusteigen und eine Tasse Tee zu trinken, aber danach hatte sie sich geweigert, noch einmal zu rasten: »Ich möchte nicht mit einem Rollwagen durch die Öffentlichkeit kurven«, schnaubte sie. »Ich möchte nicht an einem Tisch sitzen, der noch von der Cola der vorherigen Gäste klebt.

Ich möchte nichts trinken, was nach lauwarmem Wischwasser schmeckt.« Sie wollte im Auto liegen bleiben bis zu Hause.

Den altehrwürdigen Landsitz seiner Familie hatte Sir Henry schon vor Jahrzehnten dem National Trust übergeben, einer gemeinnützigen Organisation zur Denkmalpflege. Oliver war es vor seinen Freunden in Eaton immer ein wenig peinlich gewesen, dass seine Großeltern in Cornwall in einem überschaubaren Cottage wohnten und nicht auf einem Gut, wie viele seiner Kameraden. Längst wusste er jedoch die funktionierende Heizung ebenso zu schätzen wie das gut abgedichtete Dach und die problemlos schließenden Fenster. Er erinnerte sich an Greenway Manor als einen kalten, zugigen Kasten der Tudorzeit, der sich nahe den alten Zinnminen befand, die seine Ahnen wohlhabend gemacht hatten. Inzwischen waren die Metallvorkommen dort aber erschöpft. Spätestens als Jugendlicher hatte er Gefallen daran gefunden, nicht in St Agnes zwischen schroffen Felsen und den Ruinen alter Maschinenhäuser zu sitzen, sondern in dem gut dreiundzwanzig Meilen entfernten St Ives mit seinem lebendigen Künstlerleben, den Museen, Cafés, Pubs und Restaurants.

»Oh, schaut nur!«, rief Lady Richardson entzückt aus, als Oliver vor dem Haus seiner Großeltern anhielt. »Die Kamelie ist noch nicht ganz verblüht.« Sie richtete sich auf, blickte über die Schulter und sagte in einem sanften, dankbaren Ton zu ihrem Mann: »Ich hatte mir gewünscht, sie noch so zu sehen.«

Ihre Kamelie war zweifellos das Prachtstück des Vorgartens. Zu Ostern hatte der immergrüne Baum sicher in voller Pracht gestanden, betupft mit Blüten aller Roséschattierungen wie ein Weihnachtsbaum mit Schneeflocken. Inzwischen überwog das satte Grün der Blätter, doch blieb eine Ahnung vom üppigen Blütenstand dieses Jahres.

Der Garten war die Leidenschaft von Olivers Großmutter,

und er vermutete, dass auch diese Liebe ausschlaggebend dafür gewesen war, Greenway Manor mit seinem düsteren Park aufzugeben. Sie hatte rund um ihr Cottage Beete angelegt, die einem deutschen Bauerngarten nicht unähnlich waren, aber britisch verwildert wirkten und in Wahrheit beflissen gepflegt wurden. In der Abwesenheit von Sir Henry und Lady Richardson kümmerte sich ein Gärtner darum, während seine Frau das Haus putzte; Oliver war jedoch sicher, dass Mr. Lewsey es seiner Grandma niemals recht machte, auch wenn sie kein Wort des Tadels verlor. Als er sie jetzt auf dem kurzen Weg vom Auto zum Haus stützte, erkannte er an ihrem umherfliegenden Blick, mit welcher Skepsis sie den Zustand des Geländes betrachtete.

Letztlich war der Besitz außen wie innen in vorbildlichem Zustand. Die Betten waren frisch bezogen, und der Kühlschrank war mit den nötigsten Lebensmitteln aufgefüllt worden, nachdem Sir Henry dem Hauswartsehepaar ihren Ankunftstermin mitgeteilt hatte. Oliver entdeckte zu seinem größten Vergnügen ein Glas selbstgemachte Erdbeermarmelade und *clotted cream,* und auf dem Küchentisch stand ein mit einem Leinentuch abgedecktes Blech mit frischen Scones als Willkommensgruß.

Dabei fiel ihm wieder Camilla ein und wie sie die Tüten mit Feinkost von Harrod's leerte. Ob er ihr eines Tages erklären würde, dass er sich auf den Genuss einer typisch kornischen Teestunde mehr freute als über einen exotischen Obstsalat mit Mangos, Kumquats und Papaya?

Der Versuch lohnte nicht, fuhr es ihm einen Atemzug später durch den Kopf, als er ein langes Streichholz gegen den Wachsanzünder auf dem bereits vorbereiteten Holz auf dem Kaminrost hielt. Camilla verband das Leben eines Galeristen vermutlich mit Luxus – mit einem Landsitz und nicht mit einem

Häuschen hoch über dem malerischen Hafen von St Ives, mit Kaviar statt mit Hefebrötchen und sahniger Butter.

Und das, dachte er und blickte nachdenklich in die Flamme, die nach oben züngelte und ein Scheit erfasste, das ist der Grund, warum ich nicht mehr als eine Affäre mit ihr möchte. Camilla pflegte die völlig falschen Vorstellungen von ihm, und er besaß nicht den Ehrgeiz, sie davon abzubringen. Vermutlich wäre die Konsequenz daraus ohnehin eine Enttäuschung für beide.

Oliver richtete sich auf, klopfte automatisch ein paar imaginäre Staubflocken von seiner Jeans und sank auf das bequeme Chintzsofa, das den Mittelpunkt des Wohnzimmers darstellte. Er lehnte sich zurück und sah dem Feuer zu, wie es flackerte und zischte, hörte das Holz knistern und knacken. Durch die geöffnete Terrassentür des Wintergartens drang das ferne Rauschen der Wellen herein und das Geschrei der Möwen. Im Haus war es still, da sich seine Großeltern nach der langen Autofahrt hingelegt hatten. Die Reise war anstrengender für die alten Leute gewesen, als sie zuzugeben bereit waren. Sechs Stunden waren für sie selbst in einem Bentley nicht so ohne weiteres wegzustecken.

Die Schatten wurden länger, und der Luftzug von draußen kühlte empfindlich ab. Oliver stand auf, um die Terrassentür zu schließen, verharrte aber einen Moment reglos beim Blick auf den Sonnenuntergang. Die Aussicht war spektakulär. Am Himmel spiegelten sich die Farben des Kaminfeuers wider, unterhalb der Klippen sprangen die ersten elektrischen Lichter in den Laternen am Hafen und auf Wheal Dream an, einer parallel zur Küste ins Meer ragenden Landzunge, und schienen wie Fackeln auf dem Wasser zu schwimmen.

»Juhuuu, Mr. Oliver!«

Er fuhr herum. Im Wohnzimmer hinter ihm stand Rose

Lewsey, die Haushälterin. Sie trug ihre Kittelschürze wie eh und je, ein Modell, an das er sich noch aus seiner Kindheit erinnerte, hatte die Hände in die Hüften gestemmt und strahlte ihn über das ganze wettergegerbte Gesicht an. Da ihr Klingeln untergegangen war, hatte sie sich offenbar mit ihrem Schlüssel Einlass verschafft.

»Psst«, machte er leise und legte den Finger an seine Lippen. »Sir Henry und Lady Richardson ruhen sich aus. Die Fahrt war doch ein wenig anstrengend.«

Sie nickte beflissen. »Ich wollte nur nachschauen, ob alles zu Ihrer Zufriedenheit ist oder ob Sie noch etwas brauchen.«

»Es ist alles in Ordnung. Danke, Rose.«

»Kann ich etwas für Sie tun, Mr. Oliver?«

»Ja. Sie könnten mir einen Tee machen«, bat er, weil er sie nicht ohne einen Auftrag fortschicken wollte. Außerdem war ein Tee am Kamin keine schlechte Idee. Er konnte sich nicht entsinnen, wann er zuletzt dieser Tradition gefrönt hatte. Üblicherweise war er um diese Uhrzeit in der Galerie oder in auswärtigen Meetings mit Kunden, in den vergangenen Wochen häufig auch im Krankenhaus bei seiner Großmutter zu Besuch. Von einer entspannten Teestunde konnte da keine Rede sein. »Und bringen Sie mir bitte eines von Ihren wundervollen Scones mit. Ich liebe dieses Backwerk.«

Mrs. Lewseys Grinsen wurde noch ein wenig breiter. »Das weiß ich doch, Mr. Oliver«, erwiderte sie und marschierte in die Küche, stolz über sein Kompliment.

Schmunzelnd ging er in die Diele, wo er seine Tasche abgestellt hatte, überlegte, ob er sie endlich in sein Zimmer bringen sollte, entschied sich dann jedoch dagegen. Er nahm das iPad heraus und begab sich mit dem Tablet-Computer wieder zu dem Chintzsofa vor dem Kamin. Nachdem er es sich in einer Ecke der Couch bequem gemacht hatte, schaltete er das elektronische Gerät ein und tippte anschließend auf das Icon seines Mailpostfachs. Eigentlich hatte er nicht vor zu arbeiten, aber ein Blick auf die eingegangene Korrespondenz konnte nicht schaden.

Es waren erstaunlich wenige Mails eingegangen, überwiegend Spam. Camilla hatte ihm eine Nachricht geschrieben: »Ich vermisse dich!« Unwillkürlich lächelte er und fragte sich, ob er sie vielleicht falsch einschätzte und es sich doch lohnte, sich ihr zu öffnen. Gleich unter ihrem Absender las er einen anderen Namen: anna.falkenberg. Aha, die energische Dame hatte sich beeilt. Neugierig klickte er auf die Mailadresse.

Auf dem Bildschirm öffnete sich ein langer Brief, hinter dem sich zwei Anhänge befanden. Bevor er Anna Falkenbergs Ausführungen studierte, klickte er auf die erste der angehängten Dateien. Im nächsten Moment schienen Farbenpracht und ungezügelte Lust das iPad sprengen zu wollen. Auf dem Display flammte ein Gemälde auf, das Oliver auf den ersten Blick faszinierte.

Natürlich kannte er Gemälde, deren Motiv ein sich liebendes Paar darstellte. Erotik spielte immer eine gewisse Rolle in der Kunst. Schon Tizian hatte Nymphen in anzüglicher Pose auf die Leinwand gebracht, ganz zu schweigen von pornografischen Szenen der französischen Maler im achtzehnten Jahrhundert. Dann waren es vor allem Bilder von Egon Schiele und Otto Müller oder Skulpturen von Auguste Rodin, die ihm zu diesem Thema einfielen. Doch musste er zugeben, dass es sich bei dem Werk vor seinen Augen um ein besonders berührendes Beispiel handelte …

»Ihr Tee, Mr. Oliver«, meldete Rose Lewsey. Sie stand, ein Tablett in den Händen, vor ihm.

Er sah nur kurz auf, lächelte die Haushälterin geistesabwesend an. »Danke, Rose.«

»Oh, es gibt Tee!« Henrys Stimme klang tief, wach und voller Enthusiasmus, als er gut gelaunt und offensichtlich ausgeruht ins Zimmer schlenderte. »Guten Abend, Mrs. Lewsey, schön, dass Sie da sind. Könnten Sie mir bitte auch eine Tasse bringen?«

»Guten Abend, Eure Lordschaft.«

»Bitte nennen Sie mich nicht *Eure Lordschaft*, Sir Henry reicht völlig, Mrs. Lewsey, das wissen Sie doch. Oder haben Sie mich in meiner Abwesenheit vergessen?«

Sie kicherte wie ein albernes junges Mädchen nach dem ersten Kompliment. Porzellan klirrte leise, als sie Stövchen und Teekanne sowie Gedeck und Gebäck vor Oliver auf dem niedrigen Couchtisch platzierte. Dann eilte sie in die Küche zurück, um Tasse und Kuchenteller für Sir Henry zu holen.

Dieser knipste im Vorübergehen die Lampe auf dem Beistelltisch neben dem Sofa an. Zufrieden lächelnd ließ er sich an Olivers Seite nieder.

»Hast du ein neues Spielzeug?«, erkundigte er sich und beugte sich zu dem Tablet-Computer, der auf den Knien seines Enkels lag.

»Mitbringsel aus den USA«, erwiderte Oliver stolz. Kurz vor dem Sturz seiner Großmutter war er für ein paar Tage in Florida gewesen, um sich für einen Ausstellungsstand auf der Art Basel Miami Beach zu empfehlen. Die Veranstalter des wichtigen Ablegers der weltweit bedeutendsten Kunstmesse vergaben die Plätze jährlich an nur etwa zweihundert Galerien nach strengen Auswahlkriterien. Irgendwann zwischen Besprechungsterminen und Geschäftsessen hatte er die neueste Erfindung aus dem Hause Apple erworben. Er freute sich über das Interesse seines Großvaters an der Innovation. »Leichter und kleiner als ein Laptop«, verkündete er im Ton eines Verkaufsmanagers und reichte Henry das Gerät, »aber durchaus effizient. Schau dir die Qualität des Displays an. Die Auflösung ist hervorragend.«

»Was ist das?« Henrys Stimme klang unerwartet scharf.

»Man nennt es ein Tablet …«

»Nein, nein«, unterbrach Henry schroff und mit einer Handbewegung, als wollte er Olivers Erklärung buchstäblich wegwischen. »Nein. Ich meine dieses Gemälde. Wie kommst du dazu?«

»Ach, das«, Oliver fühlte sich durch den Ton seines Großvaters seltsam eingeschüchtert. Er zögerte, wollte Henry etwas fragen, aber ihm fehlten irgendwie die Worte. Als er vage antwortete, versuchte er, möglichst unverfänglich zu klingen: »Es ist die Fotografie eines Bildes von Leo Reichenstein, klassische Moderne in Deutschland, wenn ich mich recht erinnere …«

»Ich weiß, wer Leo Reichenstein war!«

Oliver sah den alten Herrn überrascht an. Das Kaminfeuer beleuchtete sein Gesicht, das Licht der Flammen verwischte die vielen Falten an seinen Augen und um die Mundwinkel, es ließ die Konturen seiner Nase und seines Kiefers jedoch schärfer hervortreten. Henry wirkte fast zornig. Aber auch in Oliver wallte Ärger auf. Er verstand nicht, was seinen Großvater veranlasste, derart unfreundlich auf dieses Bild zu reagieren.

»Ihre Teetasse, Sir Henry«, verkündete Mrs. Lewsey, die diese Form der untertänigen Meldung wohl in einer Fernsehserie aufgeschnappt hatte. Oliver nahm schon seit geraumer Zeit an, dass sie die x-te Wiederholung von *Das Haus am Eaton Place* guckte. Jetzt stellte sie das Geschirr vor ihrem Chef auf den Tisch. »Darf ich einschenken, Sir?«

Ein entnervtes Aufstöhnen entrang sich Henrys Kehle. »Ja, bitte«, stieß er ungewöhnlich gereizt hervor und fügte hinzu, nachdem die Haushälterin ihrer Tätigkeit nachgekommen war: »Na, endlich.«

Sie quittierte diese Bemerkung mit hochgezogenen Augenbrauen, goss die feine Assam-Mischung auch in Olivers Tasse und zog sich auf Zehenspitzen zurück.

Oliver beschloss, sich nicht mit Floskeln aufzuhalten. »Was ist mit diesem Bild?«, fragte er geradeheraus.

»Es wird in jedem Verzeichnis über das Œuvre Leo Reichensteins genannt.«

»Weich mir nicht aus, Grandpa. Wie ich höre, wurde dieses Gemälde vor vielen Jahren von der Galerie Richardson verkauft. Da ich damals noch nicht einmal geboren war, kannst nur du wissen, was es damit auf sich hat.«

Die Hand, die die Tasse zum Mund führen sollte, zitterte so stark, dass der heiße Tee über den Rand schwappte. Für einen Neunzigjährigen war es gewiss nicht ungewöhnlich, die Hand nicht immer ruhig halten zu können. Doch hatte Oliver diese Reaktion bei seinem Großvater noch nie bemerkt. Erschrocken nahm er ihm das heiße Porzellan ab und reichte ihm eine der beiden Servietten, die Mrs. Lewsey mit dem Gedeck gebracht hatte. Unverständliches vor sich hin brummend wischte sich Henry die Finger ab.

»Diese Fotografie stammt von einer Kunstexpertin aus München«, berichtete Oliver nach einer Weile, in der er auf das Display gestarrt hatte, als könnte der Duktus alle Fragen beantworten, die sich in seinem Kopf drehten. »Es handelt sich um die Einlieferung für eine Auktion. Die Kollegin bat mich um Unterstützung bei der Provenienzforschung.«

Henry nickte. Er griff erneut nach der Teetasse, trank einen Schluck und setzte sie wieder ab.

»Du kannst dir die Mühe sparen – und die Dame in München auch«, sagte er ruhig. »Dieses Bild hier«, er klopfte mit der Fingerspitze auf den Rahmen des iPads, »dieses Bild ist eine Fälschung!«

»Woher weißt du das?«

»Ich weiß es, mein Junge, verlass dich einfach darauf.« Henry veränderte seine Sitzposition und griff ziellos in den Stapel Kunstzeitschriften, der dekorativ auf dem Beistelltisch lag. Er zog eine Illustrierte heraus und begann, darin zu blättern.

»Grandpa«, hob Oliver um einen versöhnlichen Tonfall bemüht an, »ich muss Frau Falkenberg eine Begründung geben, wenn ich ihr mitteile, dass ihre Einlieferung eine Kopie ist. Was soll ich ihr sagen?«

Henry ließ sich mit der Antwort Zeit. Schließlich brummte er hinter dem aufgeschlagenen Magazin: »Vielleicht kann sie dir erst einmal verraten, wieso sie der Meinung ist, dass es sich um das Original handelt.«

»Hmmm«, machte Oliver zweifelnd. Er wandte sich wieder dem Computer zu, schloss die Datei mit dem Foto, öffnete den zweiten Anhang. Binnen Sekunden baute sich eine Abbildung der Signatur der Galerie Richardson auf. Verblüfft starrte er auf den Stempel, blickte dann hilflos zu seinem Großvater, doch der ignorierte die technische Neuheit zugunsten eines Druckerzeugnisses, das offensichtlich seine volle Konzentration erforderte.

Die Stimme von Mrs. Lewsey drang eilfertig von der Diele ins Wohnzimmer: »Oh, guten Abend, Lady Richardson. Ich freue mich so, Sie bei bester Gesundheit zu sehen.«

»Lügen Sie nicht so unverschämt, Rose«, erwiderte Olivers Großmutter. »Ich befinde mich ganz sicher nicht bei bester Gesundheit. Ich kann ja kaum auf meinen eigenen zwei Beinen stehen. Helfen Sie mir, bitte.«

Henry klappte die Zeitschrift zu. »Kein Wort zu deiner Grandma über das *Liebespaar* von Leo Reichenstein«, raunte er. »Und halte mich auf dem Laufenden, was dir diese Person in München … wie war ihr Name?«

»Anna Falkenberg.«

»Nie gehört. Einerlei. Erzähl mir beizeiten, was sie zu dem Gemälde zu sagen hat, aber lass sie nicht in dem Glauben, dass es sich um das Original handeln könnte. Das wäre unfair.«

Oliver beobachtete, wie sich Henry erhob, um seiner Frau entgegenzugehen. Er hätte helfen sollen, sie zu stützen, doch seine Glieder fühlten sich mit einem Mal schwerer an als Lady Richardsons Beine nach dem Oberschenkelhalsbruch. Reglos saß er da, während die Frage gegen die Windungen seines Gehirns trommelte, warum sein Großvater so harsch auf das Bild von Leo Reichenstein reagierte.

Berlin, 1946

25

Müde trottete Fee durch die langsam erwachenden Straßen. Es war erst halb sechs Uhr am Morgen, und es herrschte noch winterliche Dunkelheit. Die ersten Gaslaternen waren zwar vor ein paar Tagen wieder in Betrieb genommen worden, sie spendeten jedoch nicht ausreichend Licht, um die Furcht von Fees Schultern zu nehmen.

Sie drückte das Paket in ihren Armen fest an die Brust, aus Angst vor einem Raubüberfall oder einer Beschädigung der Kostbarkeit. Die Böen des auffrischenden Ostwindes verursachten bedrohliche Geräusche, wenn sie sich in den Häuserschluchten des Hohenzollerndamms fingen, an zerfetzten Dachrinnen rüttelten und Steine von zerborstenen Mauern lösten oder heulend den Straßenstaub aufwirbelten. Fee blickte sich mehrmals um auf der Suche nach möglichen Verfolgern. Sie zitterte vor Kälte, Schlafmangel und Angst. Wenn sie Glück hatte, konnte sie einen Zug der Ringbahn nach Schöneberg erwischen, aber bis zur nächsten Haltestelle musste sie noch etwa drei Kilometer durch die Finsternis laufen.

Trotz der frühen Stunde waren die Straßen nicht menschenleer. GIs auf Patrouille kamen ihr entgegen, pfiffen anerkennend, weil sie beim Anblick einer jungen Deutschen immer verzückt reagierten. Die Räder eines rostigen Leiterwagens quietschten, den eine in Lumpen gekleidete Frau unbestimmbaren Alters an Fee vorüberzog, darauf ein schlafendes Kleinkind und ein paar Habseligkeiten. Zwei ehemalige Soldaten in zerrissenen Uniformröcken, Invaliden, stützten sich gegenseitig, blieben an jeder Mauer stehen, an der ein Zettel mit einer Suchmeldung hing. Man nannte diese Passanten *Treibgut des Krieges*. Fee hatte den Begriff oft genug gehört, nicht nur von der alles außer dem einstigen Führer geringschätzenden Frau Nowak. Gemeint waren die aus der Gefangenschaft entlassenen Angehörigen der Wehrmacht, Flüchtlinge, Obdachlose, Frauen, die ihre Männer suchten, Kinder, die ihre Eltern verloren hatten. Beim Gedanken an die Geborgenheit im Arbeitszimmer ihres Vaters beschleunigte sie automatisch ihren Schritt.

Sie hätte sich nicht in der Dunkelheit auf den Weg zu machen brauchen. Es war sogar geplant gewesen, dass sie zwischen ihrem Babysitting und dem anschließenden normalen Arbeitstag gar nicht erst nach Hause gehen würde. Aber Rita hatte ihr irgendwann in dieser denkwürdigen Nacht vorgeschlagen, sich bis übermorgen freizunehmen. Nach dem Eklat mit ihrem russischen Oberst wollte Major Harris krankmachen und Trost in der innigen Beschäftigung mit Marion finden. Da sie nach der ganzen Aufregung um das Liebesleben der Amerikanerin ohnehin nicht hatte schlafen können, erschien es Fee ratsam, das Haus am Hüttenweg gleich nach dem Ende der Sperrzeit zu verlassen. Außerdem wollte sie das wertvolle Gemälde in die Obhut ihrer Tante geben, bevor Rita es sich anders überlegte und das *Liebespaar* von Leo Reichenstein vielleicht doch noch zerstörte. Zumindest hatte sie das in ihrer mit Wut getränkten Verzweiflung angekündigt.

Gretes Freude hielt sich in Grenzen, als ihr Fee die unter ihrem Mantel verborgene Leinwand präsentierte. Sie trank gerade ihre morgendliche Tasse Ersatzkaffee und knabberte an einem Stück trockenen Brotes, das sie mit einer hauchdünnen Schicht Zuckerrübensirup bestrichen hatte, als Fee ihr Zuhause erreichte. Erschrocken wich Grete beim Anblick ihrer Nichte zurück, die sich kaum mehr auf den Beinen halten konnte.

Mit der ausgestreckten Hand deutete sie auf das Kunstwerk.

»Woher hast du das?«

Einen Moment lang war Fee irritiert. Hätte sie das Bild lieber der Vernichtung überlassen sollen, anstatt es vor Rita Harris' Drohungen zu schützen? Zögernd lehnte sie das farbenfrohe Werk gegen die Wand. Dann trat sie einen Schritt zurück und betrachtete es, wobei ihr das Motiv wieder die Schamesröte ins Gesicht trieb.

»Du hast gesagt, es sei ein bedeutendes Gemälde«, rechtfertigte sie ihr Tun.

»Ja. Das habe ich. Stimmt. Aber das beantwortet meine Frage nicht, Felicitas!«

Fee seufzte. Es war alles so kompliziert, und sie war so müde …

Sie gähnte herzhaft in ihre hohlen Hände. »Major Harris glaubt, Oberst Uljanow hält sie für ein leichtes Mädchen, weil sie dieses Bild über dem Bett hängen hatte.«

»Wie bitte?«

»Ach, Tante Grete«, hob Fee in dem ungeduldigen Ton an, in dem man gemeinhin mit einem bockigen Kind sprach, »ich habe dir doch erzählt, dass Major Harris mit einem russischen Offizier befreundet ist. Sie dachte, er würde sie heiraten. Dabei hat er bereits eine Frau.«

»So sind die Männer«, kommentierte Grete trocken. »Offenbar unterscheiden sich die Nationalitäten nicht. Und im Krieg gelten sowieso andere Regeln. Dein Major Harris scheint erstaunlich naiv zu sein.«

»Es ist Frieden …«

»Ja, natürlich, aber die Folgen des Krieges sind noch nicht einmal annähernd beseitigt. Der Alliierte Kontrollrat kann Gesetze auf dem Papier verändern und neu erlassen, aber Gedanken und Verhaltensmuster lassen sich nicht so schnell löschen oder erneuern. Bei den Siegern ebenso wenig wie bei den Besiegten.«

Stumm sank Fee auf einen freien Stuhl am Schreibtisch, wo ihre Tante gerade das Frühstück einnahm. Als Grete ihr den Teller mit dem Brot zuschob, schüttelte sie mit dem Kopf. Zum ersten Mal seit langer Zeit verspürte sie keinen Hunger.

Grete trank einen Schluck Muckefuck. Nachdem sie die Tasse abgesetzt hatte, fragte sie: »Was ist nun mit dem Bild?«

»Major Harris meint, das Motiv habe einen schlechten Eindruck auf Oberst Uljanow gemacht.«

»Hattest du mir nicht erzählt, dass der Reichenstein über ihrem Bett hing?« Auf Fees Nicken entrang sich Grete ein kleines, bitteres Lachen. »Also, wirklich, was ist das für eine Frau? Wo hat die ihren Verstand? Wenn er sich schon in ihrem Schlafzimmer befand, war es für eine Rückbesinnung auf ihre Tugend vermutlich zu spät. Und – was ist weiter geschehen?«

Unwillkürlich schmunzelte Fee. »Nachdem er sie nun nicht heiraten kann, weil er, wie gesagt, schon eine Ehefrau in Moskau hat, gibt Major Harris dem Bild die Schuld an ihrer Schande. Ich konnte sie gerade noch davon abhalten, die Leinwand zu zerstören.«

»Mein Güte!«, stieß Grete aus. »Stammt Major Harris aus Hollywood?«

»Ich glaube, sie war ziemlich betrunken, Tante Grete.«

»Ach je, ach je. Das auch noch.« Gretes Miene verdüsterte sich. Nachdenklich schwieg sie eine Weile, drehte die Kaffeetasse zwischen ihren Fingern. Dann: »Ich verstehe, dass du ein solches Kunstwerk vor dem Vandalismus einer enttäuschten Frau retten wolltest. Aber … hast du es deshalb gestohlen?«

Fee schnappte empört nach Luft. Sie sprang auf und marschierte im Zimmer auf und ab, plötzlich sehr wach. »Ich habe nichts Unrechtes getan«, protestierte sie. »Rita Harris hat gesagt, ich könne mit dem Bild verfahren, wie ich will. Ich solle es nur aus ihren Augen schaffen. Also habe ich es mitgenommen.«

Wieder versank Grete in Gedanken.

Fee erschien es, als würde ihre Tante Ewigkeiten grübeln. Doch in Wahrheit verging wohl kaum eine Minute, bevor Grete seufzte, dann aufstand und mit plötzlich aufflammender Hektik nach etwas zu suchen begann. Sie zog die Schreibtischschubladen auf und schloss sie wieder. Als sie nicht fündig wurde, sah sie Fee auffordernd an.

»Na, komm schon, hilf mir. Wir müssen Rahmen und Leinwand gut verpacken, damit sie in unserem Geheimfach nicht leiden. Es wäre unverzeihlich, wenn im Kamin die Ölfarben beschädigt würden.«

26

Es wurden beileibe nicht alle Kunstwerke, die man als »entartet« eingestuft hatte, von Hitlers Schergen zerstört. Je mehr Akten Henry durchsah, desto öfter schüttelte er den Kopf über die gewinnbringende Art, mit der die Nazis ihren Bildersturm in Devisen verwandelten. Der Auslöser dafür war die Ausstellung »Entartete Kunst« 1937 in München, die nicht nur den Abscheu der breiten Massen etwa gegenüber dem Expressionismus fördern sollte, sondern auch internationale Kunstfreunde anlockte. Mit einer Mischung aus Faszination und Fassungslosigkeit las er, dass die meisten Gemälde anschließend in einem Depot des Reichspropagandaministeriums in der Köpenicker Straße in Karlshorst untergebracht und nur ein geringer Teil der Requirierungen öffentlichkeitswirksam im Hof der Berliner Hauptfeuerwache verbrannt oder zerschlagen wurden. Über die anderen Bilder kursierten bereits von Händlern und Sammlern aus der Schweiz, Großbritannien und den USA erstellte Wunschlisten, auf denen dann später die Versteigerungen des Auktionshauses Fischer im schweizerischen Luzern basierten.

Die Lektüre fesselte ihn dermaßen, dass er darüber seinen Feierabend vergaß. Die gelb schimmernde, leicht flackernde Glühbirne der Tischlampe warf runde Lichtkreise auf die mit Schreibmaschinen- und handschriftlichen Vermerken versehenen Papiere. Zahlenreihen traten in den Fokus: Die Roten Pferde von Franz Marc brachten dem Führer 15.000 Schweizer Franken ein, die Familie Soler von Pablo Picasso 26.000, ein Selbstbildnis von Otto Dix und eine Stadtansicht von Lyonel Feininger dagegen zusammen nur 40 Franken. Insgesamt wurden nach nur einer einzigen Auktion rund eine halbe Million Franken auf ein Konto der deutschen Reichsregierung in London eingezahlt.

Henry wunderte sich nicht mehr über die Detailversessenheit, mit der die NS-Bürokratie selbst Nebensächlichkeiten vermerkt hatte. Es herrschte offenbar der reinste Genauigkeitswahn in den nationalsozialistischen Behörden. Daher wusste er mittlerweile auch, dass die deutschen Museen von 6246 Bildern *gesäubert* worden waren – und er hielt es für unmöglich, dass sich diese Werke ebenso wie die von Sammlern enteigneten Gemälde jemals wieder auftreiben ließen. Seine Aufgabe bestand darin, die von britischen Händlern und Privatleuten erworbenen Bilder zu registrieren, aber allein das erschien ihm angesichts der Menge uferlos.

Müde rieb er sich die Augen, die vom langen Lesen und vom schlechten Licht schmerzten. Es war längst Abend, in den Fluren des Hauptquartiers war nach einem betriebsamen Arbeitstag Ruhe eingekehrt. Auch er sollte langsam gehen, irgendwo etwas essen, sich ein Bier gönnen und dann schlafen. Oder sich den Kameraden anschließen und in einer Bar oder einem Club einen Night cup trinken. Aber er zögerte, weil er plötzlich lieber allein in seinem Büro saß als einsam in der für ihn beschlagnahmten Wohnung. Und nach Smalltalk mit seinen Kameraden stand ihm auch nicht der Sinn.

Der Konzertbesuch gestern hatte ihn in fast bedrückender Weise an den Frieden erinnert und Sehnsüchte an eine heile Welt geweckt. Mehr noch als bei jeder anderen Veranstaltung, an der er in den vergangenen Wochen in Berlin und zuvor in London teilgenommen hatte, war in ihm der Traum nach einem Leben jenseits der Army erwacht. Seit fast sechs Jahren trug er die Uniform, und eigentlich hatte er angenommen, sie wäre seine zweite Haut geworden. Was für ein Irrtum!

Zum ersten Mal seit langer Zeit wünschte er sich in einen zivilen Abendanzug, als er den Melodien des klassischen Konzerts lauschte. Er fühlte sich mit seiner schönen Begleiterin und der wundervollen Musik zuweilen wie auf einem anderen Stern. Ein Eindruck, der durch die beiden leeren Plätze verstärkt wurde, die sie flankierten. Die Tatsache, dass er die Karten von Grete Brahm und Fee nicht weitergegeben hatte, verschaffte ihm und Brigitte eine besondere Exklusivität im ausverkauften Titania-Palast.

Anschließend war er mit seiner Begleiterin durch die Trümmer der Steglitzer Schloßstraße spaziert und hatte so getan, als wäre es ein Schaufensterbummel wie früher. Dann brachte er Brigitte ins Schwesternheim und reichte ihr zum Abschied die Hand.

Früher hätte er versucht, sie zu küssen. Aber der Sturm hatte sich gelegt. Er ließ sich Zeit. Und das hatte nichts mit einer gewissen Rücksichtnahme auf Officer Tennant zu tun. Ein ungewohntes Gefühl der Ruhe stellte sich ein, das Wissen, nicht mehr atemlos Zärtlichkeiten von jeder infrage kommenden Frau zu erwarten, weil das Leben zu früh enden könnte.

Die Lektüre der Unterlagen heute trug dazu bei, dass er sich seine zivile Zukunft realistischer als zuvor auszumalen begann. Von einer eigenen Galerie hatte er immer schon geträumt, aber mit einem Mal wurde ihm bewusst, dass seine derzeitige Situation mehr als geschaffen war für die Realisierung seines Wunsches. Er dachte an das Gemälde, das Grete Brahm ihm gegeben hatte, und die vielen anderen Bilder, die unter dem Schutt nur darauf warteten, geborgen – und sachgerecht behandelt zu werden, wozu gewiss keine Schleuderpreise gehörten.

»Zehn Dollar für ein Werk von Emil Nolde«, entfuhr es Henry entrüstet nach einem weiteren Blick auf die Zahlenreihe auf dem Blatt vor ihm.

»Captain Richardson?« Die Tür zu seinem Zimmer ging einen Spaltbreit auf.

»Ja?!«

Die Tür öffnete sich ganz, und im Rahmen erschien der wachhabende Soldat, ein junger Kerl, mittelgroß, aber gebaut wie ein Boxer. Sehr viel mehr konnte Henry bei der diffusen Beleuchtung nicht erkennen. »Captain Richardson, entschuldigen Sie bitte die Störung, Sir, ich habe Licht bei Ihnen gesehen und Ihre Stimme gehört.«

»Was gibt es?«

»Eine deutsche Frau möchte Sie sprechen. Sie behauptet, Sie gut zu kennen, Sir, und sagt, es sei dringend. Sie wartet bei der Wache, Sir.«

Henry erwog, eine Ausrede zu erfinden und den jungen Sergeant zu bitten, die Besucherin nach Hause zu schicken. Nichts konnte so eilig sein, dass es nicht bis morgen Zeit hatte. Es sei denn, es wollte sich eine bestimmte weibliche Person für eine Konzertkarte revanchieren und ihn überraschen. Ein Lächeln schlich sich in sein Gesicht.

»Hat die Dame auch einen Namen?«, erkundigte er sich vorsichtshalber.

»Sie wies sich als Grete Brahm aus, Sir.«

»Oh!« Er fühlte jäh Enttäuschung in sich aufwallen, doch augenblicklich siegte die Neugier. Wenn Grete um diese Uhrzeit vorsprach, trieb sie etwas enorm Wichtiges an. Aufmunternd nickte er dem Diensthabenden in der Tür zu. »Frau Brahm ist mir tatsächlich gut bekannt. Bringen Sie sie her, Sergeant.«

Während er auf seinen Gast wartete, rückte er sich den Krawattenknoten zurecht und strich das etwas zerzauste Haar glatt. Dann begann er, die Papiere auf seinem Schreibtisch zu sortieren. Doch zum Ordnen blieb ihm kaum Zeit, bis er die energischen Tritte einer Frau auf dem Linoleumboden vernahm. Im nächsten Moment rauschte Grete an dem jungen Soldaten vorbei, der ihr die Tür öffnete.

Bevor sie ein Wort sprach, spürte Henry ihre Anspannung. Er hatte sie noch nie so aufgelöst gesehen. Von der eloquenten Kunsthistorikerin war wenig zu erkennen. Auf ihren Wangen brannten hektische rote Flecken, ihr Hut saß schief auf dem Kopf, ihr Mantel wehte noch im Wind des Laufschritts. Als sie sich an dem breitschultrigen Sergeant vorbeigedrängt hatte, waren ihre Ellenbogen im Einsatz gewesen. Auch sonst vergaß sie ihr üblicherweise vorbildliches Benehmen: Sie verzichtete auf einleitende Höflichkeitsfloskeln und hob an: »Ich brauche Ihre Hilfe!« Atemlos blieb sie mitten in dem kleinen Büro stehen und wirkte dabei, als könne sie nur mühsam an sich halten, weil es sie sofort wieder hinauszog.

»Großer Gott, was ist mit Ihnen passiert?«, rief Henry aus, während er sich von seinem Stuhl erhob und auf sie zutrat.

»Es geht um Fee … Felicitas … meine Nichte«, stieß sie hervor. »Bitte, Captain Richardson, helfen Sie uns … Sie haben schon so viel getan, aber jetzt … Ich weiß mir keinen anderen Ausweg …«

»Nun beruhigen Sie sich erst einmal«, schlug er vor und legte ihr zur Unterstützung seiner Worte die Hände auf die Schultern. Doch Grete schüttelte ihn ab.

»Wir müssen sofort handeln. Ich bitte Sie. Ich flehe Sie an. Fee kann unmöglich die Nacht im Gefängnis verbringen.«

»Ihre Nichte befindet sich im Gefängnis?«, wiederholte er verblüfft.

Vor seinem geistigen Auge tauchten Bilder auf, die sich zu einer Sequenz seiner bisherigen Begegnungen mit Felicitas Brahm vervollständigten. Was konnte ein Mädchen wie sie angestellt haben, das eine Verhaftung rechtfertigte? Er brauchte jedoch nicht lange darüber nachzudenken. Auch engelsgleiche Wesen hatten Bedürfnisse, die heutzutage nur auf dem Schwarzmarkt befriedigt wurden. Vermutlich war sie bei illegalem Handel von einer Patrouille erwischt und verhaftet worden. Dummes Mädchen! Sein tiefer Atemzug wurde zu seinem gequälten Stöhnen.

»Unsere Untermieterin sagt, amerikanische Public-Safety-Offiziere hätten Fee abgeholt und in einem Wagen mitgenommen.«

»Ach, du lieber Himmel!«, seufzte Henry. Dass Felicitas Brahm nicht auf frischer Tat ertappt worden war, machte die Sache nicht besser. Wie sollte er sie überhaupt aus amerikanischem Gewahrsam befreien? Mit welcher Begründung könnte er den Vorwurf eines Schwarzmarkthandels entkräften?

»Setzen Sie sich bitte erst einmal hin«, schlug er vor und rückte den Besucherstuhl für Grete zurecht. »Ein wenig Ruhe kann nie schaden«, behauptete er und meinte eher die Zeit zum Nachdenken, die er dadurch gewann.

Als würde die Anspannung plötzlich von ihr abfallen, sank Grete auf ihren Platz. Stumm und wie ein Häufchen Elend wartete sie darauf, dass Henry sich auf seine Seite des Schreibtisches setzte.

Erst als er sich niedergelassen hatte und sie forschend ansah, fuhr sie stockend fort: »Offenbar kam die Militärpolizei am frühen Nachmittag zu uns in die Wohnung … Ich erfuhr erst davon, als ich nach der Arbeit nach Hause kam. Und nun … und jetzt … Ich weiß mir keinen Rat …« Sie brach ab.

Henry kippelte gedankenverloren mit seinem Stuhl. »Wissen Sie, was genau man ihr zur Last legt?«

»Frau Nowak spricht kein Englisch. Sie hat von der Auseinandersetzung zwischen Fee und den beiden Officers nichts verstanden. Aber Fee konnte ihr noch rasch zuflüstern, dass es wegen des Bildes ist, bevor sie abgeführt wurde. Sie soll es gestohlen haben. Die Nowak konnte sich darauf natürlich keinen Reim machen, aber ich …«

Der Stuhl landete mit einem lauten Geräusch mit allen vier Beinen auf dem Boden.

»Um welches Bild handelt es sich?«

Grete seufzte. »Das *Liebespaar* von Leo Reichenstein. Es ist …«

»Was?« Henry faltete die Hände über der geschlossenen Akte und beugte sich mit zusammengekniffenen Augen vor, um Grete im schwachen Lichtschein seiner Lampe besser taxieren zu können. »Das Gemälde befindet sich meines Wissens im Haus von Rita Harris – ich meine, Major Harris. Was hat Ihre Nichte damit zu schaffen?«

»Sie soll es gestohlen haben!«

Der gefallene Engel, fuhr es ihm durch den Kopf.

Diese Vorstellung war jedoch so überraschend und zugleich verstörend, dass ihm kein Wort des Trostes oder der Zuversicht in den Sinn kam. Er starrte seine Besucherin an, unfähig zu glauben, was er eben gehört hatte.

27

Nachdem Henry die Zusammenhänge der Geschichte begriffen hatte, die Grete ihm erzählte, reicherte er diese um seine eigenen Beobachtungen an. Er hatte ja selbst erlebt, wie hingerissen Rita von dem russischen Rundfunkoffizier war. Bislang verstand er ihre Begeisterung als eine Faszination des Unbekannten, an die große Liebe glaubte er bei Major Harris und Oberst Uljanow eigentlich nicht. Das war so ähnlich wie bei seinen alten Freunden, die in den Kolonien ihren Militärdienst verrichteten und der fremden Kultur in Person einer asiatischen oder afrikanischen Frau erlagen. Manche seiner ehemaligen Mitschüler waren tatsächlich so realitätsfremd und wollten ihre Freundin heiraten, aber die meisten wussten um die Endlichkeit ihrer Affären. Nicht so Rita. Offenbar hatte sie die von einer Frau in ihrer Position zu erwartende Nüchternheit in einem Liebesrausch ertränkt.

Als Henry versuchte, Philip Coleman telefonisch zu erreichen, und darauf wartete, dass eine Verbindung mit der Redaktion des DIAS hergestellt wurde, fragte er sich, ob die Texanerin tatsächlich aus ganzem Herzen gewünscht hatte, die Gattin eines Sowjetbürgers zu werden. Er konnte es sich bei allem Verständnis für die berühmte russische Seele nicht vorstellen.

Die Telefonistin im Informationskontrollamt hatte Henry geraten, Lieutenant Coleman im Sender zu suchen. Da der neue Rundfunk wie jeden Tag seit siebzehn Uhr sendete und bis Mitternacht Musik und Nachrichten ausstrahlte, herrschte am frühen Abend Hochbetrieb. Während er darauf wartete, dass man Philip ans Telefon holte, drangen die Hintergrundgeräusche durch die Leitung an sein Ohr. Er vernahm durch ein Rauschen und Knarzen hindurch fremde Stimmen, die hektisch und atemlos unverständliche Befehle ausstießen, dann Bruchstücke eines Schlagers, wieder knappe Diskussionen. Angesichts der in Verzweiflung und Ausweglosigkeit versunkenen Grete auf der anderen Seite seines Schreibtisches wurde die Warterei für Henry zur Geduldsprobe.

Endlich meldete sich die vertraute Stimme: »Hallo, hier spricht Lieutenant Philip Coleman. Wer ist da?«

»Henry Richardson.« Ohne sich mit einem zeitraubenden Frage-und-Antwort-Spiel aufzuhalten, fügte er unverzüglich hinzu: »Kann ich dich in einer Viertelstunde abholen?«

Philip lachte. »Was ist los, Henry? Warum die Eile? Ich weiß nicht, ob ich schon weg kann, ich mache hier meinen Job.«

»Es ist dringend.« Henry begegnete ungewollt Gretes ängstlichem Blick. Er nickte ihr aufmunternd zu, obwohl er in Wahrheit nicht wusste, ob sein Plan funktionierte. Das durfte er der Frau jedoch nicht verraten. Eindringlich verkündete er: »Wir brauchen deine Hilfe, Philip!«

»Wir?«, fragte sein Freund prompt.

»Ja. Ganz richtig. Ja. Wir. Vor allem Felicitas Brahm. Du erinnerst dich …?«

»Natürlich erinnere ich mich an Fee. Wo denkst du hin? Ein zauberhaftes Mädchen. Was ist mit ihr?«

Henry konnte seine Erleichterung über Philips Schwärmerei kaum verbergen. Der Anfang konnte nicht besser sein. Ein

Lächeln unterdrückend erklärte er: »Fräulein Brahm ist wegen Diebstahls von eurer Militärpolizei verhaftet worden. Anscheinend behauptet Rita, sie habe sie bestohlen.«

»Mist!«

Zutreffender kann man die Sache nicht bezeichnen, dachte Henry. Ins Telefon sagte er: »Es handelt sich um ein Missverständnis. Natürlich hat Fräulein Brahm nichts genommen. Die angebliche Beute können wir Rita sofort zurückgeben.«

»Schon wieder *wir*?«

»Allerdings, d'Artagnan. Du und ich werden Rita davon überzeugen, die Anzeige zurückzunehmen.«

Philip schwieg. Durch das Telefon glaubte Henry, seinen schweren Atem zu hören. Im Hintergrund erscholl kurz ein Klarinettensolo, eine Musik, die im Lautsprecher aufgedreht und ein paar Takte später wieder heruntergefahren wurde. Nach einer langen Gedankenpause meldete sich Philip wieder: »Ich versuche, so schnell wie möglich hier wegzukommen. Gib mir zwanzig Minuten.«

»Danke!« Henry zwinkerte Grete über den Schreibtisch hinweg zu. Er wollte den Hörer schon auf die Gabel legen, doch Philips Stimme hinderte ihn daran: »Auf ein Wort, Musketier: Wer von uns darf eigentlich mit Fee ausgehen, nachdem wir sie befreit haben?«

Henrys Lächeln verbreiterte sich zu einem Grinsen. »Wenn du Lady de Winter davon überzeugst, dass sie die Anzeige zurücknimmt, liegt das Glück auf deiner Seite.«

»Sehr großzügig, Aramis. Aber so seid ihr Engländer, nicht wahr? Gentlemen in jeder Lebenslage.«

»Ich stehe in zwanzig Minuten vor dem Fernmeldeamt in der Winterfeldtstraße. Wenn du dann nicht abfahrbereit bist, fordere ich dich zum Duell.« Mit einem zufriedenen Gesichtsausdruck beendete Henry das Gespräch.

»Kommen Sie«, sagte er im Aufstehen zu seiner Besucherin, »wir müssen los. Philip Coleman sollte nicht auf uns warten. Das Bild können wir auf dem Weg nach Zehlendorf später in Ihrer Wohnung abholen.«

Rita Harris blickte von Henry zu Philip und wieder zurück. »Was, um alles in der Welt, ist in euch gefahren, Jungs?«

»Nichts«, erklärte Philip ernst.

»Nichts«, bestätigte Henry ruhig.

Mit leicht zitternder Hand goss Rita tief bernsteinbraun schimmernden Bourbon Whiskey in drei Gläser. Sie hatte die Besucher ins Wohnzimmer geführt und ihnen Platz auf der Garnitur und etwas zu trinken angeboten. Nachdem sie für Gläser und eine Flasche Jim Beam gesorgt hatte, setzte sie sich zu ihren Freunden. Sie täuschte Munterkeit vor, wirkte jedoch kränklich: Ihre Augen waren rot gerändert und trüb, ihre sonst so strahlende alabasterweiße Haut grau und fahl. Zum ersten Mal, seit er sie kannte, fand Henry, dass ihr die Farbe der Uniform nicht stand.

»Ich verstehe euch also richtig«, resümierte Rita: »Ihr verlangt von mir, dass ich ins Hauptquartier gehe und einen Fehler einräume!«

»Yeap!« Philip hob sein Glas, prostete Rita zu und trank zufrieden einen großen Schluck.

»Warum sollte ich das tun? Felicity hat mich bestohlen und hintergangen. Ich lege Wert darauf, dass sie für diesen Vertrauensbruch bestraft wird. Und mehr gibt es dazu nicht zu sagen.«

Ihre Stimme war hart geworden, und Henry fragte sich, ob Rita womöglich einen Stellvertreterkrieg führte. Oberst Uljanow konnte sie nicht so einfach zur Rechenschaft ziehen für den an ihr begangenen Verrat. Es würde ihnen also schwerer fallen, Rita von der Wahrheit zu überzeugen, als er gedacht hatte. Schlimmstenfalls würde es ein langer Abend werden. Dabei war seine Geduld schon jetzt zum Reißen gespannt. Er hoffte, dass der Whiskey eine beruhigende Wirkung auf ihn ausüben werde, doch nach einer ersten Kostprobe verzog er unmerklich das Gesicht. Dieses süße Gebräu war nicht annähernd vergleichbar mit den wunderbar rauchigen, etwas malzigen Aromen schottischer Sorten. Seine Stimmung sank weiter.

»Schau, Rita, wir verstehen ja, dass du verärgert bist«, begann Philip in mildem Ton, »aber es ist wirklich nur ein Missverständnis. Warum sollte Fräulein Brahm das Gemälde von der Wand nehmen und sich damit hinausschleichen, während du schliefst? Das macht überhaupt keinen Sinn, weil sie die meiste Zeit ohnehin allein im Haus ist.«

»Was weiß ich, was in diesen deutschen Köpfen vor sich geht«, protestierte sie. »Habt ihr die Filmdokumentation über die Rede ihres Propagandaministers im Berliner Sportpalast gesehen? Während ihre Söhne, Männer und Väter an der Front für die gewählten Verbrecher verreckten und ihre Städte in Schutt und Asche versanken, jubelten die Frauen über den *totalen Krieg*. Das ist unfassbar.«

»Unfassbar ist, was in den Konzentrationslagern geschah«, entgegnete Philip leise. »Und dass Millionen Juden systematisch ermordet wurden.«

Henry stellte sein Glas auf den Tisch und richtete sich auf. »Das ist zweifellos richtig, Philip, und dich persönlich berührt es noch mehr als Rita oder mich. Aber ich möchte, ehrlich gesagt, im Moment nicht Felicitas Brahms Anteil an einer möglichen Kollektivschuld diskutieren. Wir sind für Gerechtigkeit angetreten, und deshalb sollten wir hier und jetzt dafür sorgen, dass keine Unschuldige einer Straftat verdächtigt wird, solange wir es verhindern können.«

»Hältst du es für gerecht, mich der Lüge zu bezichtigen?«

»Das tut doch niemand!« Philips Stimme hatte wieder diesen milden, nachsichtigen Klang angenommen, als er Ritas Protest zu beschwichtigen versuchte. »Es ist ein Irrtum, nicht mehr und nicht weniger.«

»Könnte es sein«, meinte Henry vorsichtig, »dass du gestern Abend zu viel getrunken und daher einen Filmriss hattest?«

»Unsinn!«, schnaubte Rita. Sie hob das Glas an ihre Lippen, besann sich anders und stellte es in einer heftigen Reaktion auf den Tisch zurück. Das Gefäß klirrte leicht. Sie legte die Hände in den Schoß und knetete nervös ihre Finger.

»Komm, Rita, gib dir einen Ruck«, bat Philip und blickte verstohlen auf seine Armbanduhr. Henry wusste, dass sein Freund es eilig hatte. Er konnte sich nicht den ganzen Abend frei nehmen, sondern musste später wieder in den Sender nach Schöneberg zurück. Sie hatten vereinbart, dass sie Fee auf dem Weg dorthin bei sich zu Hause absetzen wollten.

Philip deutete auf die Leinwand, die er zuvor auf die Tastatur des Klaviers gestellt hatte, weil ihm sonst kein geeigneter, dekorativer Platz in diesem Raum aufgefallen war. »Das Bild ist wieder da. Es ist dir also kein Schaden entstanden.«

»Es ist ein Glück, dass Felicity das Gemälde nicht bereits am Schwarzmarkt …«

»Das hätte sie nie getan«, unterbrach Henry, »und du gehst schon wieder von den falschen Voraussetzungen aus, Rita. Ihre Tante ist Kunsthistorikerin, Fräulein Brahm weiß durch sie um den Wert eines Leo Reichenstein. Sie hätte es niemals einem zwielichtigen Händler angedreht. Übrigens dachte sie auch gar nicht daran, das Bild zu tauschen.«

Rita zappelte unruhig herum, wand die Hände, fuhr sich dann durchs Haar. »Woher willst du wissen, Henry, was Felicity sich bei ihrer Tat *dachte*?«

»Ich habe mit ihrer Tante gesprochen …«

»Aha. Das ist die Kunsthistorikerin, oder?«

»Fräulein Grete Brahm ist einer meiner Ansprechpartner in der Kunst-Schutz-Abteilung. Ich schätze sie sehr«, Henry legte eine kleine Pause ein, bevor er fortfuhr: »Sie versicherte mir, dass Fee … ihre Nichte … nichts stehlen wollte. Im Gegenteil. Felicitas Brahm wollte das Bild in Sicherheit bringen, weil du es in deinem … ähhh… Zorn zu zerstören drohtest«, er brach ab, weil Rita plötzlich die Hände vor ihr Gesicht schlug.

Still beobachteten die beiden Männer, wie Rita um Fassung rang. Nach einer Weile wechselte Henry einen bedeutungsvollen Blick mit Philip, aber der zuckte nur hilflos mit den Achseln und trank seinen Bourbon aus.

»Es ist so peinlich!«, stieß Rita schließlich hervor.

Sie rieb mit den Fingern über ihre Augen, sah mit vor Verlegenheit schmalem Blick auf. »Du hast Recht, Henry, ich hatte einen Filmriss, aber langsam dämmert mir, in welche Situation ich uns gebracht habe. Es war Wodka. Ich hasse dieses Teufelszeug«, schimpfte sie, um gleich darauf zu ihrem Whiskeybecher zu greifen. Nach einem winzigen Schluck schüttelte sie sich. »Eine Frau sollte keinen Alkohol trinken. An der alten Erziehung ist etwas dran. Der Krieg hat uns einfach verroht«, murmelte sie in sich hinein.

»Was ist denn geschehen?«, fragte Philip sanft.

Rita zuckte mit den Achseln. »Keine Ahnung. Wenn ich ehrlich bin, erinnere ich mich nur daran, dass ich Felicity mein Herz ausgeschüttet habe. Was genau ich sagte, weiß ich nicht mehr. Ich fühlte mich wie das heulende Elend, und das hat meine Zunge vermutlich ebenso gelockert wie dieser schreckliche russische Schnaps.«

»Demnach stimmst du der Version der Geschichte zu, die Fee ihrer Tante erzählte?«

»Fee?« Rita sah Philip scharf an. »Du nennst sie bei diesem

Namen? Kennst du sie so gut? Kämpfst du deshalb für ihre Rechte?«

»Kein Kommentar.«

»Und du«, ihr Blick wanderte zu Henry, und er las darin, wie verletzt Rita war, »bist du auch verliebt in sie?«

»Ich schätze ihre Tante. Das sagte ich bereits.«

»Das Mädchen übt anscheinend einen wundersamen Zauber auf andere Menschen aus. Marion weinte, als ich ihr sagte, dass ich Felicity entlassen habe. Aber selbstverständlich werde ich sie nicht wieder einstellen nach …«, sie stockte, schluckte und fügte trotzig hinzu: »Nach allem, was geschehen ist. Ich möchte nicht von einer Angestellten bedient werden, der ich unabsichtlich Einblicke in mein Privatleben gewährte.«

»Mach, was du willst, das ist deine Entscheidung«, Philip ergriff ihre Hand, »aber sei so lieb und geh mit uns rüber ins Hauptquartier und erkläre dort, dass es sich bei deiner Anzeige um ein Missverständnis handelte. Erzähle dem Diensthabenden, was immer du willst, aber bitte kümmere dich darum, dass Felicitas Brahm das Gefängnis verlassen kann. Das ist deine Pflicht als aufrechte Soldatin und Bürgerin der Vereinigten Staaten von Amerika.«

Henry konnte gerade noch den anerkennenden Pfiff unterdrücken, der ihm auf den Lippen lag. Das Pathos der Amerikaner war ihm stets ein wenig fremd gewesen, aber er hatte auch nicht geahnt, wie berührend Philips Hinweis auf Rita wirken würde.

Seine Freundin nickte ergeben, zischte »Ja, Sir« und stand auf. Unverzüglich erhoben sich auch ihre Besucher und folgten ihr zur Tür. Auf dem Weg dorthin blieb Rita plötzlich stehen. Sie trat einen Schritt näher an das Klavier heran, fasste nach der Leinwand. Das Gesicht demonstrativ von dem Gemälde abwendend, hielt sie es in die Richtung der beiden Männer.

»Könntet ihr mir das bitte aus den Augen schaffen, Jungs? Nichts als Ärger hat mir dieses Bild gebracht. Ich will es wirklich nicht mehr haben.«

Philip verneigte sich leicht vor Henry. »Es gehört dir, du bist der Kunstexperte unter uns.«

Wie befohlen ergriff Henry das *Liebespaar* von Leo Reichenstein. Er dachte an seinen Traum von einer eigenen Galerie und lächelte.

München, 2010

28

Das Zittern, das nach der telefonischen Drohung durch Annas Körper lief, wollte nicht abebben. Selbst Tage nach dem Anruf fröstelte sie noch wie bei extremer Kälte. Zu keiner Zeit hielt sie den Einschüchterungsversuch für einen Scherz oder den lapidaren Hinweis auf »russische Interessen« für den Größenwahn eines Kleinkriminellen. Sie schlief schlecht und hatte Albträume, sie drehte sich nach allen Seiten um, wenn im Hausflur die automatische Beleuchtung erlosch, und erschrak vom Klang ihrer eigenen Schritte in der Tiefgarage. Doch aus der Gefahr erwuchs ihr eine innere Stärke – und Wut.

Sie fand zwar nicht die geringste Erklärung für die negative Aura, die das Bild von Leo Reichenstein umgab, aber es wurde immer deutlicher, dass sich hinter dem Gemälde eine Geschichte verbarg. Eine Geschichte, die Anna aufklären musste, bevor sie guten Gewissens eine Expertise erstellen konnte. Mochte es Beatrice Coleman noch so eilig haben mit dem Verkauf – Anna würde ihren Chef nötigenfalls davon abhalten, das Werk bereits in die nächste große Auktion mit Werken der klassischen Moderne zu nehmen, solange sie sich nicht ganz sicher war.

Mit dieser Überzeugung ging sie am Montag zur Arbeit. Sie lächelte der Leinwand auf der Staffelei in ihrem Zimmer zu, als wollte sie sagen: »Dich krieg ich schon noch!«

Dann setzte sie sich an ihren Schreibtisch, überzeugte sich mit einem Blick auf die Armbanduhr, dass wohl in allen Büros der Stadt inzwischen Betrieb herrschte, trommelte einen Moment lang nervös mit den Fingern auf einem Aktendeckel und wählte schließlich eine Telefonnummer. Sie kannte sie auswendig, obwohl sie sie schon lange nicht mehr gewählt hatte.

»Architekturbüro van Houten«, meldete sich eine weibliche Stimme nach dem ersten Läuten.

Sie holte tief Luft, ihr Herz klopfte unnötigerweise wie vor einem Rendezvous. »Hier ist Anna Falkenberg«, stellte sie sich energisch vor. »Ich möchte bitte Herrn van Houten sprechen.«

»In welcher Angelegenheit?«

»Es geht um meine Tochter, die auch seine Tochter ist, und er hat sich noch keinen einzigen Tag in ihrem Leben ausreichend um sie gekümmert, deshalb soll er uns auch jetzt mit seinen Spielchen in Ruhe lassen«, lag ihr auf der Zunge. Doch Anna sagte nichts von dem. Sie atmete noch einmal tief durch und erklärte dann ruhig: »Es ist privat.«

»Oh. Ja. Hm…«, die beflissene Sekretärin kam für einen Moment ins Stocken, dann: »Es tut mir leid, Herr van Houten ist verreist.«

»Wann kommt er zurück?«

»Nicht vor Ende dieser Woche. Kann ich ihm etwas ausrichten?«

Anna dachte, dass sie gern ihren Zorn an Daniel abreagiert hätte. Jene Wut, die sich nicht nur gegen ihn richtete, sondern auch gegen alles, was das *Liebespaar* von Leo Reichenstein betraf und es ihr unmöglich machte zu entscheiden, ob es sich um ein Original oder eine Fälschung handelte. Aber bedauerlicherweise stand ihr Ex-Freund nicht einmal dafür zur Verfügung. Sie seufzte.

Mit einem gepressten »Nein, vielen Dank« beendete sie das Gespräch.

Sie blickte wieder auf ihre Uhr und fragte sich, was Emily wohl gerade trieb. Obwohl ihr erster Impuls gewesen war, ihre kleine Tochter nicht mehr in den Kindergarten zu bringen, hatte sie sich heute gezwungen, Gelassenheit zu demonstrieren. Sie hatte den Erzieherinnen eingeschärft, Emily nicht aus den Augen zu lassen und sie niemandem – niemandem! – außer ihrer Mutter beziehungsweise Großmutter an die Hand zu geben. Emily war fröhlich in den Kreis ihrer Freundinnen getaucht, und Anna wusste, dass sie richtig handelte. Normalität war wahrscheinlich das einzige Mittel, gegen das Zittern in ihrem Körper anzukämpfen. Nach einem Wochenende mit den wahnwitzigsten Überlegungen vermutete sie inzwischen, dass der Fremde ihre kleine Tochter nur beobachtet hatte, um Annas Familienverhältnisse auszukundschaften und seine Drohung später authentisch klingen zu lassen. Zwischen einer telefonisch ausgestoßenen Erpressung und einer Kindesentführung lagen jedoch Welten. Trotzdem wollte Anna wachsam sein.

Wieder prüfte sie die Zeit. Es war zehn, in London war es gerade neun Uhr. Eine Stunde Zeitverschiebung. In England öffneten also gerade die Büros und Geschäfte. Aber auf einen Rückruf von Oliver Richardson brauchte sie nicht zu warten. Der Galerist hatte ihr gesagt, dass er bis Dienstag verreist sein würde. Eine Antwort auf ihre Mail war wohl erst übermorgen zu erwarten.

Bezüglich der Provenienz hatte sie Rainer Bonhoff also keine Neuigkeiten mitzuteilen. Aber sie musste ihm von der Drohung erzählen. Obwohl es ihr schwerfiel, davon zu berichten, denn Begebenheiten, über die man sprach, gewannen an Wert. Doch bei dem anonymen Anruf handelte es sich um eine berufliche Angelegenheit, und das Telefonat machte ihr Angst, auch wenn sie sich noch so sehr bemühte, die Sache nach außen hin herunterzuspielen und Ruhe zu bewahren.

Ihre Knie bebten ein wenig, als sie aufstand. Sie schob sich die Locken hinter die Ohren, setzte die Brille ab, massierte die Nasenwurzel, setzte die Brille wieder auf, schaute noch einmal auf die Uhr. Es hatte keinen Zweck, die Zeit totzuschlagen, um vor der Wahrheit davonzulaufen. Deshalb machte sie sich forsch auf den Weg den langen Flur entlang zu seinem Zimmer.

Der Chef des Auktionshauses residierte in einem Büro, das so gar nicht seinem Habitus und der Attitüde der restlichen Räume entsprach: Glas, Chrom und Leder herrschten hier vor. Anna wusste, dass es sich bei der Einrichtung durchweg um Originale im Bauhaus-Design handelte: ein Sessel von Marcel Breuer, die berühmte Wagenfeld-Lampe, ein Thonet-Schreibtisch aus Stahlrohr. Dazu passten die farbenfrohen Gemälde eines Otto Müller ebenso wie die Zeichnungen von Wassily Kandinsky. Es herrschte eine kühle, geschäftige Atmosphäre, die Bonhoffs Charakter wahrscheinlich mehr entsprach als die Geschmeidigkeit des britischen Landadeligen, die er gegenüber seinen Kunden verkörperte.

Als Anna eintrat, dekorierte er gerade eine Fensterbank mit etwa dreißig Zentimeter hohen bunten, üppigen Nana-Figuren von Niki de Saint Phalle. Skeptisch betrachtete er sein Werk. »Ich kann dieser Form der sogenannten Alltagskultur nichts abgewinnen«, behauptete er. »Was meinen Sie zu diesen Skulpturen?«

»Ich mag sie, weil sie so viel Fröhlichkeit ausstrahlen.« Tatsächlich passten die Plastiken sehr gut zu der schlichten Farbgebung des Mobiliars.

»Man sollte eigentlich meinen, dass gerade Frauen abgestoßen werden von diesen sexistischen Figuren, aber Frau Bonhoff ist auch ganz versessen darauf.«

Bonhoff sagte niemals »meine Frau« – möglicherweise wollte er durch das distanzierte »Frau Bonhoff« klarstellen, dass seine Ehe nicht funktionierte. Oder Anna interpretierte eine zu große Portion Anzüglichkeit in seine Wortwahl. Vielleicht imitierte er einfach nur das im englischen Sprachgebrauch übliche Mrs. Soundso, wenn von einer Gattin die Rede war, und hegte keine Hintergedanken.

»Nun ja«, Anna sprach sehr langsam, weil sie wusste, dass ihrem Chef die kunsthistorischen Details eigentlich bekannt waren, andererseits fiel ihr als Antwort nichts Besseres ein, als die hemmungslos weiblichen Plastiken sachlich zu betrachten: »Nana steht für eine selbstbewusste, erotische Frau und nicht für ein Sexualobjekt. Deshalb ist Niki de Saint Phalle auch eine Ikone der französischen Frauenbewegung.«

»An dem Tag, an dem sich Frau Bonhoff für die Emanzipation interessiert, veranstalte ich eine Party«, knurrte Bonhoff.

Streit im Ehealltag, kommentierte Anna in Gedanken seinen offensichtlichen, wenn auch verhaltenen Ärger.

Er wies auf die Besucherstühle, erlesenes Kunsthandwerk von Marcel Breuer aus silbern glänzendem Stahlrohr und schwarzem Leder. »Möchten Sie sich nicht setzen? Ich nehme an, Sie wollen mich in einer wichtigen Angelegenheit sprechen und nicht den Geschmack von Frau Bonhoff diskutieren.« Er wartete, dass sie Platz nahm, und ließ sich auf der Schreibtischkante nieder. »Was gibt es, Anna?«

»Ich erhielt am Samstag einen beunruhigenden Telefonanruf …«, hob sie an, und Bonhoff unterbrach sie sofort: »Haben Sie endlich die Informationen von der Galerie Richardson erhalten, auf die wir alle warten?«

Anna schüttelte den Kopf. »Nein. Ich wurde bedroht.«

Seine eben so lässige Haltung veränderte s
per wurde stocksteif. »Was wurden Sie? Bedro
denn?«

»Es war ein anonymer Anrufer. Er sprach mit s
Akzent, glaube ich. Der Mann behauptete, ich würde
Interessen behindern, weil ich so viel Zeit für das Gu
des Reichensteins brauche. Und er sagte, das sei für mei
milie und mich nicht gesund.«

»Tatsächlich?« Bonhoff zupfte nervös an seiner Fliege, he
hatte er ein Exemplar mit blau-grünem Paisleymuster ausg
wählt, das gut zu seinem grauen Sakko passte. »Da hat sich je-
mand einen Scherz erlaubt. Machen Sie sich nichts daraus, das ist sicher nichts Ernstes.«

»Ich weiß es nicht. Meine kleine Tochter meint, ein fremder Mann würde den Kindergarten beobachten, in den sie geht.« Oder war das Daniel gewesen? Zu dumm, dass Anna ihn nicht erreichen konnte. Seine plötzliche Begeisterung für Emily war ärgerlich, schien ihr jedoch weniger gefährlich zu sein als die anonyme Drohung.

Bonhoff versank in stummer Nachdenklichkeit. Nach einer Weile, in der Anna glaubte, ihr Herz schlage so laut wie eine Kirchturmuhr, fragte er: »Haben Sie die Polizei verständigt?«

Sie zögerte aus Angst, er würde sie für eine hysterische Aufschneiderin halten. »Nein«, erwiderte sie schließlich und bemühte sich um einen gelassenen, sachlichen Ton. »Nein, das habe ich nicht. Ich habe schließlich keinen einzigen Beweis. Meine sechsjährige Tochter meint, einen Fremden gesehen zu haben, aber außer ihr hat das niemand. Wer glaubt das einem kleinen Mädchen? Und die Telefonnummer des Anrufers war unterdrückt, ich habe auch keinen Zeugen für das Gespräch. Bei einer Anzeige würde mich die Polizei vermutlich bestenfalls für überfordert und schlimmstenfalls für paranoid halten.«

»Ja«, mit dem Wort stieß er seinen angehaltenen Atem aus, und es klang wie ein erleichtertes Aufstöhnen, »Sie haben das sehr gut eingeschätzt. Wir sollten jegliches Aufsehen vermeiden. Immerhin handelt es sich bei der ganzen Geschichte um ein wertvolles Kunstwerk. Denken Sie doch nur an Beatrice Coleman. Es wäre unentschuldbar, wenn der Name unserer Kundin in der Presse erscheinen würde – im Zusammenhang mit … mit … russischen Interessen!« Den Schluss seines Monologs spie er förmlich aus.

Bonhoffs Furcht um die Diskretion des Auktionshauses und damit um die eigene Reputation erschütterte Anna. Sie hatte eine Reaktion in dieser Art zwar erwartet, aber die Deutlichkeit, mit der ihr Chef aussprach, was er dachte, war bestürzend. Kein Wort der Fürsorge oder des Verständnisses für seine Mitarbeiterin und deren Kind.

»Um weitere Schwierigkeiten mit diesem Gemälde zu vermeiden, sollten Sie nun endlich das Gutachten anfertigen«, unterbrach er Annas Schweigen. »Es ist nicht das erste Bild aus der Sammlung Coleman, das eingeliefert wurde. Wir können uns also getrost auf die Kundin verlassen. Und ich weiß wirklich nicht, welcher Teufel Sie geritten hat anzunehmen, es handele sich bei dem *Liebespaar* um eine Fälschung.« Ein kleines Lachen beendete seinen Redeschwall.

Anna schwankte zwischen Fassungslosigkeit, Verständnis für seinen Sinn für das Geschäftliche und Zorn. Sie setzte sich kerzengerade auf, was bei dem leicht nach hinten abfallenden Sitzmöbel nicht so einfach war. »Ich kann keine Expertise unterschreiben, von der ich nicht absolut überzeugt bin«, protestierte sie.

Er hob die Arme und ließ sie in einer Art demonstrativer Resignation wieder fallen. »Machen Sie, was Sie wollen: Weisen Sie mir eine Fälschung nach oder schreiben Sie ein Echtheitsgutachten. Aber legen Sie mir bitte endlich Ergebnisse vor, damit wir die Geduldsprobe, auf die Sie alle Beteiligten stellen, beenden können.«

»Ja, Herr Bonhoff«, erwiderte sie steif. Sie erhob sich, da es mehr nicht zu sagen gab.

Er sah sie aufmerksam an, dann lächelte er und schlug versöhnlich vor: »Warten Sie einfach noch auf die Nachricht der Galerie Richardson in London, die Ihnen ja so wichtig ist. Ich gehe davon aus, dass Sie diese Informationen in den nächsten Tagen erhalten werden. Habe ich Recht?«

»Vermutlich. Herr Richardson ist bis morgen verreist und wird sich dann bei mir melden.«

»Gut. So lange werde ich Beatrice Coleman hinzuhalten versuchen. Sie ruft mich täglich an und fragt nach dem Stand der Dinge. Bis zum Ende dieser Woche sollten Sie allerdings Nägel mit Köpfen machen. Schließlich besteht ja auch die Möglichkeit, dass Sie sich irren und es sich beim *Liebespaar* tatsächlich um das Original von Leo Reichenstein handelt. In diesem Fall würden wir eine gute Kundin mit unserer zögerlichen Haltung verärgern, was natürlich inakzeptabel wäre.«

»Ja, Herr Bonhoff«, wiederholte Anna.

Er rutschte von der Schreibtischkante, schritt lässig um seinen Arbeitsplatz herum und blätterte angelegentlich in den Papieren, die dort lagen. Anna war schon fast an der Tür, als er noch einmal aufblickte. »Ich habe eine Bitte an Sie.«

Sie blieb stehen und wandte sich erwartungsvoll zu ihm um.

»Leider kann ich es Frau Bonhoff nicht recht machen«, erklärte er. »Ich habe ihr zum Geburtstag die Eintrittskarten und natürlich die Reise zur Royal-Ascot-Rennwoche im Juni geschenkt. Aber sie ist damit nicht zufrieden. Sie will einen Hut! Ich soll ihr wahrhaftig noch einen Hut kaufen.«

Ein breites Grinsen glitt über Annas Gesicht. »Ich hoffe, Sie besitzen einen Cutaway samt Zylinder«, schmunzelte sie. Obwohl sie noch nie in Ascot und auch keine typische Leserin der Regenbogenpresse war, erinnerte sie sich doch an Fotos von der königlichen Familie und anderer Pferdenarren in dem typischen Outfit.

Bonhoff machte eine wegwerfende Geste. »Selbstverständlich.«

»Wie schön für Sie«, rutschte es ihr heraus.

Er sah sie einen Moment lang irritiert an, dann fuhr er fort, ohne auf ihre Bemerkung einzugehen: »Ich muss Sie bitten, heute in der Mittagspause mit mir in die Innenstadt zu fahren, um einen Hut für Frau Bonhoff auszusuchen. In der Theatinerstraße sollten wir fündig werden. Ich möchte, dass Sie stellvertretend für Frau Bonhoff einen Hut probieren.«

»Oh … ich weiß nicht … ich denke … ich habe … zu viel Arbeit, um die Mittagspause mit einem Einkaufsbummel zu vertrödeln …«, stieß sie hastig hervor. Sie hatte nicht die Absicht, mit ihrem Chef in die Innenstadt zum Shoppen zu gehen. Damit schuf er eine Nähe, die ihr nicht behagte. Andererseits konnte gerade er entscheiden, wie und wo sie ihre Arbeitszeit verbrachte.

»Unsinn. Sie werden sich das schon einrichten können. Und nachdem ich einen Hut gekauft habe, gehen Sie mit mir in ein Restaurant zum Essen …«

»Stellvertretend für Frau Bonhoff.«

»Warum nicht?«

Anna dankte dem Himmel für den Einfall, der sie in diesem Moment traf. »Leider, leider …«, bedauerte sie, »kann ich Ihnen wirklich nicht behilflich sein. Ich hab's ganz vergessen. Gerade heute ist ja der Anwaltstermin, den ich schon vor langem vereinbart hatte. Eine unselige Unterhaltssache. Mein Ex macht mir Schwierigkeiten, aber natürlich muss er für sein Kind bezahlen, nicht wahr? Sie verstehen sicher, dass diese Besprechung sehr wichtig für mich ist.«

Damit flüchtete sie aus dem Büro ihres Chefs.

Der Wahrheitsgehalt ihrer Worte stand bei null. Daniel bezahlte tatsächlich weniger Unterhalt, als vom Vormundschaftsgericht vorgegeben, aber sie hatte nicht die Absicht, deshalb einen Rechtsanwalt zu konsultieren. Solange sie es sich finanziell leisten konnte, würde sie sich mit dem Mann, den sie einmal geliebt hatte, nicht vor Gericht treffen. Aber das brauchte Rainer Bonhoff ja nicht zu wissen.

London, 2010

29

Als Oliver aus Cornwall zurückkehrte, wartete Camilla überraschenderweise nicht auf ihn. Seine Wohnung war dunkel und verlassen.

Während er durch die Räume streifte und überall das Licht einschaltete, spürte er den Hauch einer Enttäuschung in sich aufsteigen. Der Gedanke an eine zärtliche Frau, die ihm den restlichen Abend verschönte, war angenehm gewesen. Nicht nur, weil die Vorfreude seine zunehmend verstörenden Überlegungen unterbrach, die sich im Lauf der dreihundert Meilen langen Fahrt von St Ives nach London fast ausschließlich um das *Liebespaar* von Leo Reichenstein, Anna Falkenberg und seinen Großvater drehten.

Camilla hatte ihm eine Nachricht auf der Kühlschranktür hinterlassen und dafür einen Magneten in Herzform gekauft, mit dem sie den Zettel befestigte: »Du bist bestimmt gern allein nach einem Wochenende mit deinen Großeltern – alte Leute sind ja immer so anstrengend!«

Ihre erneut respektlose Art ärgerte ihn, er zerriss das Blatt und warf es mitsamt dem Magneten in den Müll. Der quoll über. Vor sich hin gammelnde Obstschalen, schimmelndes Brot und andere Lebensmittelreste, zwei leere Weinflaschen und Verpackungen aller Art waren von Camilla anscheinend nur halbherzig entsorgt worden. Sein Unmut wuchs.

Obwohl es bereits zehn Uhr abends war, stieg Olivers Adrenalinspiegel, und in einer Mischung aus Wut und Trotz begann er, die Wohnung aufzuräumen. Camilla hatte ein gemäßigtes Chaos hinterlassen, aber vielleicht empfand er es auch nur besonders stark, weil er nicht daran gewöhnt war, seine vier Wände zu teilen. Und weil sie nicht da war.

Er schaltete die Stereoanlage ein, ließ im Wiederholungsmodus Chicago und »Hard to Say I'm Sorry« laufen. Als er den Abfall zur Tonne in den Hof brachte, wunderte er sich über seine wiedererwachte Energie. Treppauf fiel ihm ein, dass er sich seit der Ankunft nicht mehr gefragt hatte, warum sein Großvater so seltsam auf das Gemälde reagiert hatte, das in München angeboten werden sollte. So bekam die Putzaktion wenigstens einen Sinn, sie war wie eine Erholung für seinen Verstand – brachte allerdings keine Ergebnisse.

In Cornwall war es ihm erschienen, als bekäme er vom Denken Kopfschmerzen. Er hatte keine Gelegenheit gefunden, Henry noch einmal auf den Reichenstein anzusprechen. Allerdings war das auch gut so, denn sonst hätte Oliver ihm gestehen müssen, dass ohne sein Wissen Mails in seinem Namen versandt wurden. Die Entdeckung, dass Anna Falkenberg offenbar zwei Mails mit Olivers Absender erhalten hatte, die nicht von ihm stammten, war ungeheuerlich und wog möglicherweise schwerer als Henrys geheimnisvolles Verhalten.

Am liebsten wäre Oliver schon am Samstag zurück nach London gefahren und hätte seine sämtlichen Angestellten zur Rede gestellt. Letztlich hatten jede Mitarbeiterin und jeder Mitarbeiter Zugang zum elektronischen Postfach der Galerie. Es war Oliver nicht einmal ansatzweise klar, warum ohne Absprache mit ihm zwei Schreiben mit diesem Ton und Inhalt verschickt wurden – noch dazu widrigerweise mit seiner Unterschrift. Die Tatsache, dass Henry das fragliche Bild sogar als Fälschung bezeichnete, machte die Sache nicht besser.

Die Gedanken daran hatten ihn unterschwellig fast ständig begleitet, aber er war nicht abgereist, weil er am Wochenende nichts ausrichten konnte. Dennoch verdarben ihm diese Mails die Freude über die körperlichen Fortschritte von Lady Richardson, wenn sie etwa an der Seite von Oliver, Henry und der engagierten Pflegekraft zu einem Spaziergang aufbrach. Es beschäftigten ihn insgeheim immer wieder dieselben Fragen, während er beim Essen mit seinen Großeltern saß oder mit Henry Schach spielte und verlor. Trotz des gesunden Klimas schlief er schlecht.

Am schwersten wog jedoch, dass er auf seiner Suche nach Erklärungen nicht weiterkam. Er wusste nicht einmal, was ihn mehr erzürnte: die Eilfertigkeit seiner Angestellten und der Vertrauensbruch oder die Peinlichkeit gegenüber der fremden Kollegin in München sowie die kryptischen Bemerkungen seines Großvaters. Manchmal kam es ihm vor, als würde der Dunst, der vom Meer aufstieg, sein Hirn benebeln.

Und dann noch diese Rücksichtslosigkeit von Camilla. Sie kam und ging, wie es ihr passte, verursachte einen Haufen Unordnung und hinterließ durch die hastig niedergeschriebenen Zeilen einen bitteren Nachgeschmack. Wenn er auch bisher hin und her gerissen war, so wusste er in diesem Moment, als er sich auf seinem Ledersofa niederließ, die Flasche kühles Bier ansetzte und Chicagos »You're The Inspiration« hörte, dass Camilla und er nicht für eine längerfristige Beziehung miteinander geschaffen waren. Er würde die Affäre mit ihr beenden. Sofort.

Er fand ihre Telefonnummer unter den Kontakten seines Mobiltelefons. Camilla hatte jedoch ihr Handy ausgeschaltet. Da es nicht seinem Stil entsprach, einen Abschiedsgruß auf ihrer Mailbox zu hinterlassen oder eine SMS ähnlichen Inhalts zu schreiben, beendete er den Anruf. Also würde ihre Aussprache noch ein wenig warten müssen. Bis morgen und vermutlich bis nach der Unterredung mit dem gesamten Mitarbeiterstab, denn diese Auseinandersetzung hatte Vorrang.

In seinen Gedanken verloren nickte Oliver auf dem Sofa ein, nahm im Unterbewusstsein die letzten Klänge der Achtziger-Jahre-Melodien wahr und träumte von Hackern, die seinen Computer lahmlegten.

Er wechselte zwar nachts in sein Bett, aber als der Wecker am nächsten Morgen klingelte, fühlte sich Oliver so zerschlagen, als hätte er keine Stunde geschlafen. Dummerweise hatte Camilla den Restbestand an Kaffeebohnen aufgebraucht und nicht für Nachschub gesorgt, so dass Oliver erst einmal einen Coffee Shop ansteuern musste. Der Morgen begann darüber hinaus diesig und mit dem typischen englischen Sprühregen, was seine Laune ebenfalls nicht hob.

Mürrisch schloss er lange vor Beginn der Geschäftszeit die Galerie auf, setzte sich an seinen Schreibtisch und begann sicherheitshalber, die Kabelverbindungen des Computers zu überprüfen. Er ging die Einstellungen des elektronischen Postfachs durch, aktivierte Spamfilter und Virenprogramme, probierte einen Neustart. Dennoch kam er zu keiner Antwort auf die Frage, wie das Schreiben von Anna Falkenberg verschwunden sein konnte und wer wohl die beiden mysteriösen Antwortmails an sie gesendet hatte.

Kelly, die Sekretärin und Empfangsdame, erschien pünktlich wie ein Uhrwerk um neun Uhr dreißig. Dann kamen der Kurator und die Buchhalterin, die nur an drei Tagen in der Woche in der Galerie arbeitete, aber glücklicherweise gehörte der Dienstag dazu. Presse und Werbung wurden von einer externen Agentur betreut, so dass Oliver nur noch auf Camilla zu warten brauchte, um seine Mitarbeiter vollzählig versammelt zu wissen. Da sie sich anscheinend verspäten würde, bat er die anderen Angestellten der Reihe nach zu einem Gespräch unter vier Augen in sein Büro.

Seine Fragen erbrachten keine Antworten. Der Kurator und die beiden Frauen reagierten mit glaubhafter Verwirrung. Das Auktionshaus Bonhoff war weitgehend unbekannt, nur der Kunsthistoriker meinte, schon einmal davon gehört zu haben, erinnerte sich aber an keine Details. Niemand wusste etwas mit den Namen Anna Falkenberg anzufangen. Dabei musste es Oliver belassen. Er konnte seinen Angestellten glauben oder nicht – er entschied sich für das Vertrauen in ihre Aufrichtigkeit.

Während er darauf wartete, dass Camilla endlich eintrudelte, setzte er sich mit der Consulting-Agentur in Verbindung, die Henry schon vor Jahren für das Beziehungsmarketing und die Pressearbeit engagiert hatte. Er schilderte das Problem, aber sein Ansprechpartner reagierte wie die Mitarbeiter in der Galerie – zutiefst verwundert. Danach rief Oliver einen Computerfachmann an, der herausfinden sollte, ob sich ein Fremder Zugang zu seinem Mailprogramm verschafft hatte. Und Camilla war noch immer nicht an ihrem Arbeitsplatz erschienen.

Mit wachsendem Ärger tippte Oliver die Nummer ihres Handys in sein Telefon, doch es meldete sich wieder die Mailbox. »Wo steckst du?«, sprach er eindringlich in den Hörer und kam sich dabei ziemlich albern vor. »Bitte melde dich. Es ist dringend.« Wütend legte er auf.

Ihre Unberechenbarkeit machte ihm zunehmend zu schaffen. Zu Beginn dieser Affäre hatte ihn gerade ihre Diskretion für sie eingenommen. Was war in sie gefahren, dass sie sich an keine einzige Regel ihres Umgangs miteinander mehr hielt, nachdem sie wie ein kleiner Panzer in sein Privatleben gerollt war? Hatte sie vergessen, dass sie auch noch ihren Job machen sollte? Oder meinte sie, eine besondere Rolle in der Galerie spielen zu dürfen, nachdem sie mit dem Art Manager ins Bett gegangen war? Dazu würde passen, wie unverfroren sie ihre Meinung über die Gebrechlichkeit seiner Großeltern äußerte, obwohl Henry formal ihr Chef war. Der Ärger über Camilla verdrängte fast die Aufregung über die Korrespondenz mit Anna Falkenberg. Über Letzteres, dessen war sich Oliver sicher, würde Camilla nichts anders sagen können als ihre Kollegen.

Kurz vor Feierabend klopfte Kelly an seine Bürotür. »Camilla hat eine Krankschreibung geschickt«, erklärte sie und legte einen Zettel vor Oliver auf den Schreibtisch. »Das Attest wurde durch einen Boten vorbeigebracht. Sie ist für die nächsten sechs Wochen arbeitsunfähig.«

»Um Himmels willen! Was ist denn passiert?« Vor Olivers geistigem Auge tauchten Bilder von Unfällen, Terroranschlägen und Naturkatastrophen auf.

»Es ist wohl beim Laufen passiert. Sie ist umgeknickt und hat sich den Knöchel gebrochen. Jedenfalls steht es so auf der Nachricht, die sie zusammen mit der Krankschreibung geschickt hat.« Kelly überreichte ihrem Chef ein zweites Blatt Papier.

»Danke …«, Oliver nahm den kurzen Brief und erfasste den Inhalt mit einem Blick:

Habe mir beim Joggen heute Morgen den Knöchel gebrochen,
kann mich momentan nicht rühren.
Tut mir leid. C.

Keine Anrede und als Unterschrift nur ihre Initiale. Oliver hätte das Blatt in seiner Hand am liebsten zerknüllt und in den Papierkorb geworfen. Es gehörte jedoch in Camillas Personalakte. Mit einem kaum unterdrückten Seufzer gab er es Kelly mitsamt dem ärztlichen Attest zurück. »Dann müssen wir uns wohl nach einer neuen Praktikantin umsehen. Camillas Vertrag endet in sechs Wochen.«

»Soll ich schon eine Ausschreibung formulieren, Mr. Richardson?«, erkundigte sich Kelly mit jener effizienten Sachlichkeit, die Oliver an ihr schätzte.

Er nickte stumm.

Nachdem Kelly das Zimmer verlassen hatte, lehnte er sich in seinem Stuhl zurück und ließ den Blick über den Schreibtisch streifen, auf dem er Camilla geliebt hatte. Er schwankte zwischen Bedauern, Ärger und Mitgefühl. Vor seinem geistigen Auge tauchte die Frage auf, ob der gebrochene Knöchel nur ein Vorwand war. Hatte Camilla sich klammheimlich davongeschlichen, weil ihr bewusst geworden war, dass es auf Dauer keinen Platz für sie in Olivers Leben gab? Oder war ihre Verletzung so etwas wie ein Hilferuf? Die unbewusste Sehnsucht nach Geborgenheit bei einem Mann – ihm? Du spinnst!, schalt sich Oliver in Gedanken.

Noch einmal griff er zum Telefon. Doch auch diesmal hatte er kein Glück.

Bevor Kelly nach Hause ging, ließ er sich von ihr Camillas Privatanschrift geben. Seltsam, dass er nicht einmal wusste, wo sie wohnte, dachte er, als er sich auf den Weg machte. Ihre Adresse führte ihn in eine kleine Straße zwischen der griechisch-orthodoxen Kirche von London und der ältesten Synagoge der Stadt an der Grenze der Stadtteile Bayswater und Notting Hill. Fünfstöckige viktorianische Wohnhäuser wechselten sich hier mit niedrigeren Backsteingebäuden und architektonisch einfallslosen Nachkriegsbauten ab. Die Passanten boten ein buntes Bild der Anwohner dieser Gegend: Engländer, Amerikaner, Griechen, Araber und Brasilianer, dazwischen Touristen aus aller Welt. Restaurants, Cafés und Pubs säumten die Straßen.

Auf seinem Spaziergang von der U-Bahn-Station Bayswater zu Camillas Adresse schlich sich Bedauern ein, weil er sich bislang nicht sonderlich für Camillas Privatleben interessiert hatte. Dabei passte das levantinische Ambiente zu dieser dunkelhaarigen, leidenschaftlichen Frau. Und vielleicht passte auch die Unzuverlässigkeit, mit der sie plötzlich brillierte, zu einem aufregenden, mediterranen Charakter. Oliver spürte den Sprühregen wie Nadelstiche in seinem Gesicht und beschloss, ihrer Beziehung noch eine Chance zu geben.

Seine Entscheidung geriet jedoch ins Wanken, als er vergeblich an ihrer Apartmenttür läutete.

Eine gebückte alte Frau mit weißem Haar und olivbraunem Gesicht stieg mühsam die Stufen hoch und klammerte sich dabei an das Treppengeländer. Als sie Oliver vor Camillas Tür stehen sah, erklärte sie ungefragt: »Die ist nicht da!«

»Ich wollte einen Krankenbesuch machen«, hob Oliver an und kam sich dabei wie ein verliebter Pennäler vor, der von seiner Angebeteten versetzt wurde.

»Krank?« Die Alte kicherte. »Nein, krank ist das feine Fräulein nicht. Sie war immer hochnäsig, verstehen Sie? Hielt sich für etwas Besseres. Und krank sah sie bestimmt nicht aus, als sie mit einem Haufen Koffern in das Taxi gesprungen ist.«

»Dann ist sie inzwischen bestimmt wiedergekommen. Sie hat sich heute Morgen den Fuß gebrochen …«

»Ganz sicher nicht, Mister. Sie ist gestern Abend verreist und nicht zurückgekommen. Ob mit oder ohne gebrochenem Fuß – die ist weg und kommt auch nicht wieder!«

So viel zu Camilla, dachte Oliver grimmig und trat seinen Heimweg in den Süden der Stadt an.

Auf dem Hinweg hatte er sich überlegt, seinen Besuch mit einer Besichtigung der St Sophia's Cathedral und der New West End Synagogue zu verbinden. Und er hatte sich vorgenommen, in einer der vielen griechischen Tavernen dieser Gegend, aus denen der verlockende Duft von Knoblauch und Oregano auf die Straße wehte, zu Abend zu essen. Doch er ging weder in eines der imposanten Gotteshäuser noch in ein Lokal. Verdrossen marschierte Oliver durch den zunehmenden Regen, Verkehr, Passanten und südländische Lebendigkeit ignorierend. Er lief am Eingang der U-Bahn-Station vorbei, weil er beschloss, zu Fuß nach Hause zu gehen. Ein langer Spaziergang werde seinen Kopf frei machen, hoffte er.

Doch als er nach eineinhalb Stunden in Fulham eintraf, fiel ihm noch immer nichts Besseres ein, als Scotland Yard zu informieren.

München, 2010

30

»Warum verreist du nicht für ein paar Tage?«, schlug Annas Nachbarin Susanne vor. »Nimm dir eine Auszeit. Ein Kurzurlaub mit Emily wird dich auf andere Gedanken bringen.«

»Du klingst wie meine Mutter«, nuschelte Anna in das Glas, das sie gerade an die Lippen hob. Sie trank einen großen Schluck von dem tiefroten Zweigelt aus Susannes niederösterreichischen Heimat. Ihre Freundin hatte vorhin mit der Flasche in der Hand vor der Tür gestanden und sich von einem verlängerten Wochenende bei ihrer Familie am Neusiedler See zurückgemeldet.

Anna kannte Susanne seit einem Auslandssemester in Wien, und es war eine glückliche Fügung, als das Apartment neben Annas Dreizimmerwohnung vor einem Jahr frei geworden und Susanne, die einen Job in München gefunden hatte, als Mieterin akzeptiert worden war. Wenn Emily im Bett lag, endeten daher viele Abende in einem Frauengespräch. Und auch heute hatte Anna ganz offen von ihren Sorgen berichtet. Von einem Gemälde, dessen Herkunft sich nicht genau bestimmen ließ, von der Bedrängnis durch die Kundin, einem Drohanruf und einem geheimnisvollen Mann auf Beobachtungsposten. Und von einem Galeristen in London, der sie seit zwei Tagen auf seinen versprochenen Rückruf warten ließ.

»Meiner Ansicht nach ist Davonlaufen sinnlos. Ich würde

meine Gedanken an jeden Ort mitnehmen«, sagte Anna und stellte ihr Glas wieder ab. »Mir wäre lieber, es würde sich alles aufklären, bevor ich mir eine Auszeit nehme.«

»Das Problem ist nur«, erwiderte Susanne mit sanfter Deutlichkeit, »dass dir die Hände gebunden sind. Hier kannst du im Moment nichts tun, Schatzerl. Deshalb wäre eine hübsche kleine Reise angebracht. Außerdem bringst du dich damit aus der Schusslinie, falls dich die Russen im Visier haben.« Ihr letzter Satz sollte wohl eine satirische Einlage sein, klang aber so ernst, dass Anna unwillkürlich erschauerte.

»Ich denke, dass Normalität das beste Mittel gegen diese Sache ist.«

»Deshalb bist du auch ganz grau im Gesicht, hast eingefallene Wangen und tiefe Schatten unter den Augen«, gab die andere kopfschüttelnd zurück. »Jeder Depp sieht dir auf Meilen an, dass du dir Sorgen machst.«

Anna nickte ergeben und griff wieder zum Wein. Sie konnte einer engen Freundin wie Susanne nichts vormachen, ebenso wenig wie ihrer Mutter. Die war zwar etwas diplomatischer vorgegangen, hatte aber auch eine Reise vorgeschlagen – nach Berlin zu einem Besuch bei der Oma. Doch dieses Angebot hatte Anna ebenfalls abgelehnt.

»Wenn du nicht verreisen willst, musst du wohl an Ort und Stelle etwas unternehmen«, meinte die pragmatische Susanne. »Fangen wir mal bei dem Herrn in London an, von dem du dir einen Hinweis auf die Geschichte des Bildes erhoffst. Wann wollte der dich anrufen?«

»Dienstag.«

»Also vorgestern. Dann kannst du dich getrost morgen bei ihm melden. Der Herr kann nicht erwarten, dass du unrund wie ein Teenager neben dem Telefon sitzt. Schließlich ist dein Terminplan nicht auf seine Bedürfnisse ausgerichtet.«

»Ach, ich weiß nicht …«, seufzte Anna und lehnte sich müde auf dem Sofa zurück. Im selben Moment drückte etwas Hartes gegen ihr Kreuz. Sie griff hinter sich und zog eine männliche Barbiepuppe hervor. Ken war zwischen die Kissen geraten. Sie lächelte den perfekt modellierten Plastikmann an. »Was meinst du? Soll ich versuchen, Oliver Richardson zu erreichen?«

Susanne verdrehte die Augen. »Schau, nimm es als Überlebenstraining. Der Herr wird schon nicht so fad sein. Außerdem ist er nicht dein Freund. Es ist vollkommen egal, ob du ihn zuerst anrufst oder er dich.«

»Ich denke darüber nach«, versprach Anna und legte die Puppe auf den Tisch. »Und über eine Reise denke ich auch nach.« Bei dieser Zusicherung kreuzte sie jedoch die Finger in ihrem Schoß.

Als Anna am nächsten Morgen mit der U-Bahn ins Auktionshaus fuhr, zog sie sich vor den anderen Fahrgästen in eine Art Kokon der Nachdenklichkeit zurück. Sie sah blicklos auf die braunen Plastikwände des Zuges, Holzimitat, ließ die Haltestellen bis zum Hauptbahnhof ohne Emotion an sich vorüberziehen, wechselte die Linie, um in der üblichen Fahrzeit von etwa einer halben Stunde an der Theresienstraße anzukommen.

Sie schlug den Kragen ihres Trenchcoats hoch, als wäre sie wie die Imitation eines Filmdetektivs aus der Nachkriegszeit *undercover* unterwegs. Auf dem Fußweg zu ihrem Büro schenkte sie dem ehrwürdigen Gebäude der Alten Pinakothek kaum Aufmerksamkeit. Sie wusste natürlich, dass dies im neunzehnten Jahrhundert der größte und schönste Museumsbau der Welt gewesen war, und sie kannte auch die Plakate, die noch die Sonderausstellung »Rahmenkunst« ankündigten, obwohl diese vor ein paar Tagen abgebaut worden war. Ihre Gedanken kreisten seit dem Gespräch mit Susanne um die Frage, ob Ungeduld ein sinnvolles Werkzeug bei der Recherche nach der Provenienz des Reichensteins war.

Im Büro angekommen, fokussierten ihre Augen fast automatisch das Telefon auf dem Schreibtisch. Sie starrte es an, als wäre es der schwarze Mittelpunkt in einer Zielscheibe. Es kostete sie einige Willenskraft, nicht sofort zum Hörer zu greifen und in der Galerie Richardson anzurufen. Letztlich war es nur das Wissen um die Uhrzeit, das sie davon abhielt. In London war es gerade mal acht – zu dieser Stunde saß noch kein Kunsthändler in seinem Arbeitszimmer.

Seufzend legte sie die Zeitung neben den Apparat, die sie am Kiosk im U-Bahnhof gekauft und von der sie bislang noch nicht einmal die Schlagzeilen gelesen hatte. Langsam knöpfte sie sich den Mantel auf …

Das Läuten des Telefons erschreckte sie so sehr, dass sie wie unter einem unerwarteten Glockenschlag zusammenfuhr. Mit zitternder Hand griff sie nach dem Hörer und meldete sich.

»Hier spricht Oliver Richardson von der Galerie Richardson in London«, die tiefe Stimme drang so deutlich durch die Leitung, als stünde der Mann am anderen Ende direkt neben Anna.

»Ach, hallo«, antwortete sie matt, während sie auf ihren Schreibtischstuhl sank.

Richardson schnappte hörbar nach Luft. »Störe ich Sie?«

»Nein. Es ist sehr nett, dass Sie anrufen. Ich bin nur gerade erst ins Büro gekommen und dachte nicht, dass Sie schon arbeiten.« Warum rede ich so viel? Es ist doch völlig irrelevant, was ich denke und wie er sich seine Zeit einteilt, fuhr es Anna durch den Kopf. Und es war auch nicht verwirrend, dass sie beinahe gleichzeitig den anderen anrufen wollte.

»Ich bin gern als Erster in der Galerie«, erklärte er.

Streber, dachte Anna.

Oder Despot, überlegte sie einen Herzschlag später.

Sie antwortete ihm nicht, wartete schweigend auf die Information, die seit drei Tagen überfällig war. Mit nervösen Fingern faltete sie eine Ecke der Zeitung um, knickte sie hin und her, zerrte daran, bis das Papier einriss.

»Tja«, hob er nach einer Weile an, »ich habe die Mails gelesen, die Sie mir zugesandt haben, und natürlich auch die Fotos angesehen. Und ... was soll ich sagen ...? Die Briefe sind mir völlig unbekannt.«

Anna war darüber weniger überrascht als Richardson seinem Ton nach zu urteilen selbst. »Das hatten Sie ja neulich bereits angedeutet. Ich habe mir diese Schreiben allerdings nicht aus den Fingern gesogen ...«

»Nein, natürlich nicht«, fiel er ihr hastig ins Wort. »Wir sind gerade dabei, Nachforschungen anzustellen. Das dauert aber. Ich vermute, es hat jemand meine Daten gehackt und sich einen Spaß erlaubt. Jedenfalls sollten wir diese unglücklichen Mails im Moment vergessen und noch einmal von vorn anfangen.«

»Wer macht denn so etwas?«

»Was? Von vorn anfangen?«

Sie lachte. »Ich meine, Anfragen unter Kunsthändlern falsch zu beantworten. Das ist nicht lustig.«

Er fiel in ihr Lachen ein. »Die Situation scheint Sie aber durchaus zu erheitern.«

»Das tut sie nicht. Wirklich nicht. Es ist sogar ...«, Anna unterbrach sich, weil sie bemerkte, dass sie schon wieder zu viel redete. Der Drohanruf des Russen ging Richardson ebenso wenig etwas an wie all die anderen Vorkommnisse, die ihr Sorgen bereiteten. Sie räusperte sich. »Können Sie mir denn jetzt bei der Provenienzforschung zu dem Reichenstein-Gemälde behilflich sein?«

»Ja … nein … Ich meine, die Fotos erscheinen mir nicht ausreichend. So ohne weiteres kann ich Ihnen nicht bestätigen, dass es sich bei dem *Liebespaar*, das bei Ihnen eingeliefert wurde, um das Original von Leo Reichenstein handelt, das vor rund vierzig Jahren von uns verkauft wurde.«

»Meinen Sie, es gibt mehrere Versionen dieses Bildes?«

Richardson zögerte einen Moment, dann: »Möglicherweise gibt es das besagte Original und wenigstens eine Fälschung. Die klassische Moderne verkauft sich international sehr gut. Vielleicht möchte jemand mit diesem Hype auf unlautere Weise Geld verdienen. Es wäre deshalb hilfreich, wenn Sie mir verraten würden, wer Ihnen das Gemälde angeboten hat.«

Anna runzelte die Stirn. »Sie wissen, dass ich Ihnen das nicht sagen darf, Mr. Richardson. Diskretion ist ein wichtiges Gebot in unserer Branche.«

»Sehen Sie, das ist unser Problem. Genau deshalb kann ich Ihnen auch nicht verraten, woher mein Großvater das Bild hatte. Verschwiegenheit gehört zum Kunsthandel wie das Amen in der Kirche. Das ist eine der wenigen Aussagen in den mysteriösen Mails, die meiner Meinung entsprechen.«

Sie schwieg. Was hätte sie auch sagen sollen? Er hatte ja Recht.

Doch auch Richardson war verstummt. Anna hörte nicht einmal mehr sein Atmen.

Nach einer Weile gestand sie seufzend: »Wir kommen so nicht weiter. Und ich stehe unter Druck, weil ich eine Expertise erstellen soll. Genügt es Ihnen, wenn ich Ihnen sage, dass der Reichenstein ein Exponat aus einer bedeutenden Sammlung ist?« Während sie ihre Frage formulierte, wurde sie sich schmerzlich dessen bewusst, dass sie die Sammlung Coleman in New York noch nicht abschließend überprüft hatte. Ihre ersten Internetrecherchen waren negativ gewesen, aber das besagte nichts. Es gab viele reiche Leute, die mit ihrem Besitz nicht öffentlich prahlten.

»Es genügt mir nicht, um Ihnen die Echtheit zu bestätigen«, versetzte er und fügte dann sanft hinzu: »Danke für Ihre Offenheit. Ich verspreche, dass ich mich um weitere Informationen kümmern werde.«

Anna schluckte, obwohl ihr Hals wie zugeschnürt war. »Besteht Ihrer Ansicht nach die Möglichkeit, dass es sich bei dem hier vorliegenden Bild um eine Fälschung handelt?«

»Ja. Tut mir leid, aber diese Möglichkeit besteht durchaus.«

Sie blickte zu der Staffelei, die leer war, weil sich das farbenfrohe Gemälde mit dem Motiv des leidenschaftlichen Akts inzwischen in Bonhoffs Safe befand. Doch sie erinnerte sich an jedes Detail der Leinwand. Der Pinselstrich war ihr vertraut, das Krakelee, die Signaturstempel auf der Rückseite. Sie hatte sich gewünscht, dass es das Original von Leo Reichenstein wäre. Aber sie hatte von der ersten Besichtigung an nicht damit gerechnet. Dennoch erfasste sie das Gefühl tiefer Enttäuschung, es war wie ein Verlust, erinnerte sie an Liebeskummer.

»Warum?«, fragte sie leise und in einem ähnlichen Ton, in dem sie Daniel einst dieselbe Frage gestellt hatte.

Doch Oliver Richardson blieb ihr die Antwort ebenso schuldig wie der biologische Vater ihrer Tochter.

Auch er wich ihr aus: »Ich habe mir die Anschrift Ihres Büros angesehen, ist es nicht direkt um die Ecke des Dörner Instituts? Wer in der Nähe einer der europaweit renommiertesten Untersuchungsanstalten für Gemälde arbeitet, sollte sich nicht auf das Urteil eines unbedeutenden britischen Kunsthändlers verlassen, liebe Frau Falkenberg.«

»Ja …«

Ein Räuspern unterbrach Anna. Sie blickte auf und sah Rainer Bonhoff in der Tür stehen. Er wirkte verstimmt. In der Hand hielt er das aufgeschlagene Exemplar einer Zeitung, mit dem er gestenreich verlangte, dass sie ihr Telefongespräch beendete.

»Ja, Mr. Richardson, das sind natürlich unbefriedigende Neuigkeiten«, sagte sie laut und vernehmlich und nickte ihrem Chef dabei vielsagend zu. »Ich werde Ihren Vorschlag weitergeben und mich nächste Woche noch einmal bei Ihnen melden.«

Ungeachtet des Telefongesprächs trat Bonhoff neben sie und legte die Zeitung aufgeschlagen auf den Schreibtisch.

»Halten Sie mich bitte auf dem Laufenden«, sagte Richardson gerade. »Sie können mich jederzeit auf meinem Handy anrufen.«

Neugierig ließ Anna die Augen über die Seite im Feuilletonteil wandern. Eine Notiz am linken Rand und das dazugehörende kleinformatige Foto waren mit einem dicken Rotstift umrandet. Obwohl die Qualität im Druck gelitten hatte und das Motiv durch Bildrauschen beeinträchtigt war, erkannte sie die Aufnahme, bevor sie die Bildunterschrift las: Die Abbildung zeigte den Sammler Philip Coleman mit dem *Liebespaar* von Leo Reichenstein. Es war die alte Fotografie, die Beatrice Coleman bei der Einlieferung des Gemäldes hergezeigt hatte. Mit einiger Verzögerung registrierte Anna die Textzeile über dem kurzen Artikel:

SAMMLUNG AUS NEW YORK KOMMT NACH MÜNCHEN

»Was?«, fragte Anna verblüfft, als ihr bewusst wurde, dass der Mann am anderen Ende der Telefonleitung weitergesprochen, sie aber kein Wort verstanden hatte.

»Ich hatte Ihnen gerade meine Handynummer gegeben.«

»Oh ja, danke, da ist sehr freundlich.« Sie zwang sich, weder den Zeitungsartikel noch Bonhoff anzusehen, und angelte sich Stift und Zettel aus der kitschigen Dose mit dem Eiffelturm, einem billigen Souvenir, das sie liebte, weil es sie an ihre Zeit in Paris erinnerte.

»Würden Sie die Nummer bitte wiederholen.« Sie notierte die Zahlen in einer ungewöhnlich zittrigen Schrift, die sie im selben Moment bereits Mühe hatte zu entziffern.

»Auf Wiedersehen, Frau Falkenberg«, hörte sie ihren Gesprächspartner durch die Leitung sagen.

»Auf Wiedersehen«, murmelte Anna und legte auf.

»Na, endlich«, schnarrte Bonhoff. »Sie arbeiten schließlich nicht in einem Callcenter.«

Ohne eine Antwort abzuwarten, beugte er sich über Anna und deutete auf den Artikel. »Schauen Sie sich das an: Beatrice Coleman schafft Fakten. Sie hat die Presse über den Verkauf der Sammlung Coleman informiert. Und in diesem Zusammenhang fällt auch der Name des Auktionshauses Bonhoff.«

Annas erster Gedanke war, dass sie Oliver Richardson nun sagen konnte, welche Person das Bild eingeliefert hatte. Einen Atemzug später wurden ihr die Folgen der Veröffentlichung bewusst. »Das ist nicht möglich«, hauchte sie entsetzt.

»Zumindest ist unser Spielraum damit enorm eingeengt«, erwiderte Bonhoff und richtete sich wieder auf. Scheinbar gedankenverloren blickte er auf Anna hinab, dann: »Sie sollten das Echtheitsgutachten fertigstellen. Die Zeit ist reif.«

»Oliver Richardson sagt«, entfuhr ihr, »dass das Bild wahrscheinlich eine Fälschung ist.«

Für einen Moment war Bonhoff sprachlos. Er starrte Anna an, öffnete wie ein Karpfen mehrmals den Mund und schloss ihn wieder, ohne etwas eingewendet zu haben. Schließlich fuhr er in einer für ihn ungewöhnlichen Heftigkeit und Lautstärke auf: »Das ist doch blanker Unsinn!«

»Sein Großvater hat den Reichenstein an Philip Coleman verkauft«, erinnerte Anna leise.

»Noch schlimmer geht es wohl nicht. Was sind das denn für Verhältnisse? Ist Ihnen bewusst, dass Richardson den Opa damit des Betrugs bezichtigt? Was immer der Mann mit seinem Gerede über eine Fälschung bezwecken will, wir vertrauen unserer Kundin und nicht diesem … diesem Ausländer!«

Wäre die Situation nicht so ernst gewesen, Anna wäre in schallendes Gelächter ausgebrochen. Dass Bonhoff ausgerechnet einen Engländer diskriminierte, entbehrte nicht einer gewissen Komik. Verzweifelt rang Anna um Worte, mit denen sie der Anweisung ihres Chefs widersprechen konnte …

Das Telefon klingelte wieder.

»Offenbar ist das hier wirklich ein Callcenter«, schimpfte Bonhoff und stürmte hinaus.

Anna hob den Hörer an ihr Ohr. Erst jetzt bemerkte sie, dass sie noch immer im Mantel war. »Falkenberg, Auktionshaus Bonhoff, grüß Gott«, sagte sie lahm.

»Spreche ich mit der Person, die für das Bild aus der Sammlung Coleman zuständig ist?«, fragte eine weibliche Stimme mit einem deutlichen Akzent, der nach einer angelsächsischen Muttersprache klang. »Ich meine das *Liebespaar* von Leo Reichenstein, über das ich in der Zeitung gelesen habe.«

Plötzlich von einem stechenden Kopfschmerz geplagt, legte Anna sich die freie Hand auf die Stirn. »Das Gemälde wurde bei mir eingeliefert«, bestätigte sie, bevor sie sich erkundigte: »Wer sind Sie? Was kann ich für Sie tun?«

»Wir kennen uns nicht, aber ich würde Ihnen gern etwas über die Sammlung Coleman erzählen. Philip Coleman war ein sehr guter Freund von mir, müssen Sie wissen. Mein Name ist Marion Harris.«

Berlin, 1946

31

»Warum tun Sie das?«, fragte Fee.

Philip richtete sich auf. In der Bewegung fiel ihm eine Haarsträhne ins Gesicht, und er strich sie sich beiläufig zurück. »Was tue ich denn?«, wollte er wissen.

»Warum sind Sie so nett?«, insistierte Fee.

Spielerisch zog er an ihrem Zopf, der ihr auf die Schulter fiel. »Warum sind Sie so hübsch?«

Ihr lag ein Widerspruch auf der Zunge, aber den verkniff sie sich. Sie spürte, wie sich ihre Wangen färbten, und lächelte scheu. Es war nicht einmal sein Kompliment, das sie erröten ließ, sondern das Wissen um ihr tatsächliches Aussehen. Sie war nicht hübsch. Die alte Freizeithose ihres Vaters schlackerte um ihre dünnen Beine, und in dem lächerlichen, ihr viel zu großen Seemannspullover kam sie sich ziemlich unförmig vor.

Aber die Sachen waren gerade recht für die Handwerksarbeit, zu der Lieutenant Coleman sie rekrutiert hatte – den Bau von Kinderautomobilen aus Holzkisten, Metallwannen und allerlei Schrott, von dem es in den Trümmern der Stadt und in der Army-Werkstatt mehr als genug gab. »Seifenkisten« nannte Philip die fahrbaren Untersätze, die er mit einem fröhlich vor sich hin pfeifenden, handwerklich geschickten Soldaten und einem halben Dutzend Kinder baute, für deren Beaufsichtigung Fee engagiert worden war. Dabei hatte sie mehr das Gefühl, dass sie zur Unterhaltung von Philip Coleman da war, denn die Mädchen und Jungen scharten sich aufgeregt um den GI. Der verteilte unter den Gören Süßigkeiten, die zumindest die fünf deutschen Kinder noch nie gesehen hatten und mit wachsender Begeisterung naschten. Es war der Nachwuchs von Mitarbeitern des Drahtfunks im amerikanischen Sektor, die Sechste in der Runde war Major Harris' Töchterchen.

»Rita ist einverstanden, dass Marion ein wenig Zeit mit Ihnen verbringt«, hatte Philip einleitend gesagt.

Fee hatte die Kleine überrascht in die Arme geschlossen und sich über Ritas Sinneswandel gewundert. Major Harris hatte ihre Entlassung aufrechterhalten, obwohl Fees Unschuld festgestellt worden war. Das war bedauerlich, aber sie nahm es Rita nicht einmal übel. Die Peinlichkeit war zu groß – und das gegenseitige Vertrauen so oder so zerstört.

»Ihre kleine Freundin vermisst Sie sehr«, erklärte Philip das freudige Wiedersehen mit Marion.

Jetzt sagte er nach einem amüsierten Seitenblick auf die Jungen und Mädchen, denen der US-Soldat in einem deutsch-englischen Kauderwelsch und in der internationalen Sprache der Gestik irgendetwas über die Funktion von Seilen bei Seifenkisten beibrachte: »Wir bemühen uns eben um einen guten Kontakt zu den deutschen Kindern und Jugendlichen. Das German Youth Activities Program ist noch ausbaufähig, aber mit irgendetwas müssen wir ja anfangen. Also machen wir das mit Seifenkistenrennen. Das nennt man Zukunftsplanung.«

Mit ihren Gedanken nicht bei der Besatzungspolitik der Alliierten, entfuhr ihr: »Betrachten Sie mich auch als Zukunft?«

»Warum nicht?«, gab er heiter zurück. Er sah sie aufmerksam an. »Jung genug sind Sie ja«, fügte er hinzu.

Seine Augen hielten ihren Blick fest. Er sah sie so eindringlich an, dass sie sich nicht einmal imstande fühlte, die Lider niederzuschlagen. Es war, als zwinge er sie durch diese Intensität, sich für ihn zu öffnen. Und sie fand ihrerseits in ihm eine Ernsthaftigkeit und Tiefe, die sein nach außen hin belustigtes Lächeln Lügen strafte.

Wie von selbst teilten sich ihre Lippen, als sie formulierte, was ihr seit einer Weile schon durch den Kopf ging: »Sie haben mir geglaubt und mich aus dem Gefängnis befreit. Warum haben Sie das gemacht?«

»Vielleicht um Ihnen auch weiterhin offen und ehrlich in die Augen sehen zu können.«

Plötzlich lachte er auf und unterbrach damit einen magischen Moment: »Eigentlich ist das eine Ehre, die mir nicht gebührt. Ich gebe es ungern zu, aber Sie sollten Henry danken ... Captain Richardson ist Ihr edler Ritter und Retter.«

Enttäuscht senkte Fee nun die Lider. Dabei schwebte Henry Richardson tatsächlich wie ein Engel über ihr und ihrer Tante. Ach, wenn er doch ein wenig von seiner Ritterlichkeit an Philip abgeben wollte ...

»Warum ist er so nett zu mir? Und zu Grete?«

»Das müssen Sie ihn schon selbst fragen.«

»Ja, aber ... aber ...«

»Sie möchten seine Geschichte hören, stimmt's?«, unterbrach er ihren schwachen Protest.

Fee sah ihn wieder an, doch diesmal wich er ihrem Blick aus. Sie zögerte, dann entschied sie sich gegen jede höfliche Zurückhaltung und nickte. »Sie haben Recht, Lieutenant Coleman. Ich bin schrecklich neugierig. Aber ich wüsste auch gern, woher Sie so gut Deutsch sprechen.«

»Wäre das Schicksal mit meinen Großeltern anders umgegangen, wäre ich vielleicht Besiegter und nicht Sieger«, sagte er. Seine Stimme klang weich und ohne Bitterkeit, selbst als er hinzufügte: »Sofern ich das Kriegsende überhaupt erlebt hätte.«

»Es sind doch nicht nur auf unserer Seite viele Soldaten gestorben, auch Sie haben bestimmt Freunde, die gefallen sind.« Ungewollt schlich sich der Gedanke an Hans ein. Es war ihr unangenehm, in diesem Moment an ihren Jugendfreund zu denken. In einer Situation, in der sie sich Philip nahe fühlte, als wären sie allein auf der Welt. Dabei standen sie an einer Werkbank, und im Hintergrund kreischten sechs Kinder vor Vergnügen.

»Meine Familie hat jüdische Wurzeln.«

Sie sah ihn so verblüfft an, dass er irritiert fragte: »Ist das ein Problem?«

»Ich …«, Fee wusste nicht recht, wie sie in Worte fassen sollte, was ihr durch den Kopf ging.

Sie dachte an ihre Lehrer im nationalsozialistischen Deutschen Reich und an deren Indoktrination, an die Ansprachen im Volksempfänger, die ihr Vater regelmäßig ausschaltete, und an die bissigen Kommentare der Nowak. Aber ihr fielen auch die schrecklichen Bilder eines amerikanischen Dokumentarfilms ein, den sie vor wenigen Tagen mit ihrer Tante gesehen hatte. *Die Todesmühlen* anzusehen war Pflicht für deutsche Zivilisten. Dadurch wusste sie von dem Grauen in den Konzentrationslagern. Alles, was sie auf der Leinwand hatte anschauen müssen, war so unmenschlich, dass Fees Vorstellungsvermögen versagte. Der Gedanke, dass Philip unter anderen Umständen vielleicht ebenso misshandelt und getötet worden wäre, schnürte ihr die Kehle zu.

»Sicher haben Sie gelernt, dass Juden böse Menschen sind«, bemerkte er erbarmungslos. Er griff nach einem Werkzeug, wog es nachdenklich in der Hand, legte es wieder auf den Tisch, nahm ein anderes Teil.

Sie sah ihm dabei zu und wünschte sich, dass die Stimmung von zuvor, diese wundervolle Leichtigkeit zwischen ihnen, zurückkehren möge.

»Hm«, machte sie beklommen.

Das Schweigen zwischen ihnen wurde belastend. Fee erinnerte sich daran, dass ihre Eltern jüdische Freunde gehabt hatten, aber die waren schon vor vielen Jahren fortgegangen. Sicher waren es sympathische Leute gewesen, als gute Bekannte ihrer Eltern, aber Fee hatte das Ehepaar vergessen. Als sie von der Vorführung des Dokumentarfilms nach Hause ging, fielen ihr diese Besucher in ihrem Elternhaus zum ersten Mal wieder ein. Wann hatte sie sie zuletzt gesehen? Vor zehn Jahren, vielleicht auch vor zwölf. Ob sie den Krieg überlebt hatten?

Da Philip nichts sagte, fasste sie sich ein Herz und versuchte zu erklären: »Bitte verzeihen Sie, ich wollte nicht unhöflich sein. Ich war schockiert, weil es etwas anderes ist, wenn die Bilder und Geschichten, die man hört, ein Gesicht bekommen. Das macht alles viel schlimmer.«

»Nun ja«, Philip spielte mit dem Schraubenschlüssel in seiner Hand, »etwas Ähnliches ging mir durch den Kopf, als ich nach Berlin kam.«

»Dann sind Sie mir nicht böse?«

Er hob seine Augen und sah sie wieder so aufmerksam an, als taste er ihr Gesicht mit seinen Blicken ab. »Ich glaube, einem Mädchen wie Ihnen könnte ich niemals böse sein.«

Erleichtert schenkte sie ihm ein strahlendes Lächeln. »Sie haben mir immer noch nicht erzählt, warum Sie so gut Deutsch sprechen.«

»Meine Familie stammt ursprünglich aus Berlin«, antwortete er. »Die Kehlmanns … meine Leute hießen ursprünglich Kehlmann und nannten sich erst später Coleman … Also, sie wanderten gleich nach dem Ersten Weltkrieg nach New York aus. Es waren gute Deutsche, wie viele jüdische Familien, die seit Jahrhunderten hier lebten, und ziemlich christianisiert. Meinen Großeltern machte es das Leben schwer, dass einem Mann jüdischer Herkunft einige Berufe und Aufstiegschancen verschlossen blieben, aber sie gewöhnten sich daran – wie alle anderen auch. Der Antisemitismus im Kaiserreich wurde ihnen aber spätestens mit der sogenannten Judenzählung neunzehnhundertsechzehn zu viel. Haben Sie davon schon einmal gehört?«

Fee schüttelte stumm den Kopf.

»Es war eine staatlich angeordnete Erhebung, um die jüdischen Soldaten in der Armee Kaiser Wilhelms festzustellen. Der Hintergrund war die politisch gewollte Diskriminierung von Juden als Drückeberger. Mein Großvater und mein Vater dienten aber im Krieg. Von seiner Bildung und Ausbildung her hätte mein Dad sogar Offizier werden sollen, aber diese Karriere war ihm wegen seiner jüdischen Herkunft versperrt.«

»Und deshalb sind sie ausgewandert?«

»Nein, nicht nur. Der Krieg war ja verloren und der Kaiser ins Exil geschickt, unter diesen Umständen hätte meinem Vater ein Offiziersrang auch nicht viel gebracht. Sicher spielten auch die allgemeine Notlage eine Rolle und die unsicheren Verhältnisse. Entscheidend war aber wohl letztendlich, dass meine Großmutter ein wenig schwach auf der Brust war«, fuhr er fort, und es schien Fee, als hätten sich plötzlich Schleusen geöffnet, die seine Worte zu ihr fließen ließen.

»Sie war nicht lungenkrank, Gott bewahre, sonst hätte sie niemals in die USA einreisen dürfen. Es war eine Allergie, nichts Ernstes, dazu ein leichtes Asthma, das an der See gut hätte behandelt werden können. Doch das war in jener Zeit ebenso schwierig wie später unter Hitler. Die meisten Bäder warben im Kaiserreich damit, *judenfrei* zu sein. Heringsdorf auf Usedom galt dagegen als judenfreundlich, aber ob es das auch war? Keine Ahnung, dort war es nämlich zu teuer für eine Frau wie meine Großmutter, aber nach Bansin, Swinemünde oder Zinnowitz konnte sie ebenso wenig wie in viele andere Orte an der Ostseeküste.«

»Lebt Ihre Großmutter noch?«

Seine Augen leuchteten, als er zärtlich lächelte. »Oh ja – und sie macht regelmäßig Urlaub auf Long Island. Die Atlantikluft tut ihr gut, der Strand ist wunderschön, und sie ist willkommen.«

»Das freut mich«, murmelte sie. Das entsprach eigentlich der Wahrheit, auch wenn es sich wie eine Floskel anhörte. Andererseits wusste sie nichts anderes zu sagen, da ihr die Geografie der Vereinigten Staaten von Amerika nicht vertraut war.

»Meine Eltern führen eine kleine Pension in den Hamptons«, fuhr Philip ungeachtet ihres schüchternen Einwurfs fort.

Die Hamptons kannte sie zwar auch nicht, aber der Besitz seiner Eltern lockerte ihre Zunge: »Meine Großeltern waren ebenfalls Gastwirte. Sie führten ein zu ihrer Zeit bekanntes Restaurant. Aber das ist schon lange geschlossen.«

»Noch eine Gemeinsamkeit!«, rief Philip begeistert und so laut aus, dass sich der GI kurz umwandte und ihn erstaunt betrachtete. Er nickte ihm zu und erklärte Fee: »Meine Familie lebte früher ganz in der Nähe Ihrer Wohnung. Ich wollte mir die Gegend längst angesehen haben. Es fehlte mir bislang nur eine ortskundige Person, die mich herumführt. Würden Sie das übernehmen?«

Der amerikanische Soldat missverstand Philips Geste offenbar als Aufforderung. Umringt von sechs kleinen Gestalten, die die Hände nach seinen Hosentaschen voller Kaugummis reckten, trat er neben Fee und bot ihr aus einer Tüte einen Schaumkuss an.

Statt Fee griff jedoch Marion blitzschnell zu und reichte ihr dann ein bestimmtes Stück zuckersüßen Eischnee. »Das ist für dich. Die rosa Marshmallows schmecken nämlich am besten«, belehrte Rita Harris' Tochter ihre Freundin.

»Ich würde ja die mit Schokoladenguss bevorzugen«, raunte Philip an Fees Ohr.

Fee spürte seinen Atem an ihrer Wange, und ihr wurde leicht schwindelig, als sie die luftige Süße in ihrem Mund zergehen ließ.

32

Es erschien Fee wie ein kleines Wunder, als sie vor dem Spiegel stand und sich für ihre Verabredung mit Philip fertig machte. Sie besaß keinen Puder oder Lippenstift, aber zumindest die Wimperntusche konnte sie durch Kohlenstaub und einen winzigen Rest kostbaren Fetts ersetzen. Auf diese Weise wirkten ihre Augen größer. Vor allem aber spürte Fee einen Hauch jener Befriedigung von Eitelkeit, von Aufregung und Träumerei, die jede junge Frau erfasste, die sich für ein Rendezvous schminkte.

Das ist Frieden, verkündeten die Schmetterlinge in ihrem Bauch, während sie ihr Haar endlos lange bürstete, damit Glanz hineinkam. Irgendwann, dessen war sie sich ganz sicher, würde es auch wieder diese kleinen Fläschchen und glitzernden Flakons geben, die so herrlich dufteten und im Badezimmer oder auf einem Toilettentisch verteilt wundervoll aussahen. Wie im Film. Oder wie in ihrer Kindheit, als ihre Mutter Kosmetikartikel, Make-up und Parfüms benutzte.

Um ihre Garderobe stand es jedoch weit weniger hoffnungsvoll. Ihrer Sehnsucht nach schöner Kleidung halfen Kohle und Fett nicht. Plakate an Laternen, Hausmauern und Litfaßsäulen, die mit dem Text »Lumpen her. Wir schaffen Kleider« zur Sammlung aufriefen, waren letztlich ebenso wenig hilfreich wie die Schnittmuster in der neuen Ausgabe von *Berlins Modenblatt*, die der geschickten Leserin nahebrachten, wie aus ausrangierten Militärdecken und alten Wehrmachtsuniformen Kostüme genäht werden konnten. Nicht einmal die Robe konnte Fee tragen, mit der sie in der Femina-Bar Erfolg gehabt hatte, da sie Philip zu einem Spaziergang treffen würde.

»Sie sehen aus wie Michèle Morgan«, kommentierte Philip ihr Aussehen, als Fee mit wallendem Haar, schwarzem Rollkragenpullover und dunkler Herrenhose zur vereinbarten Zeit vor die Haustür trat.

Aus ihren dramatisch geschminkten Augen sah sie ihn erstaunt an. »Wer ist das?«

»Wir sollten mal ins Kino gehen. Mir scheint, Sie haben Nachholbedarf«, lachend nahm er ihren Arm. Dann fügte er hinzu: »Michèle Morgan ist eine französische Filmschauspielerin, die während des Krieges in Hollywood arbeitete.«

»Ich finde, Sie haben Ähnlichkeit mit Hans Söhnker«, entfuhr es Fee.

»Yeah!«, rief Philip zufrieden aus. »Da kenne ich sogar den Namen, habe den Mann aber noch nie gesehen. Nun muss ich ihn wohl in Augenschein nehmen, nicht wahr? Hans Söhnker steht im Schlossparktheater auf der Bühne, soviel ich weiß. Das Stück sollten wir uns gemeinsam anschauen. Ich denke, das wird unsere nächste Verabredung sein, Fräulein Fee.«

Lachend und Pläne schmiedend spazierten Fee und Philip die Hauptstraße entlang. Sie umrundeten eine lange Schlange alter und junger Frauen vor einer Bäckerei und bogen in die

Seitenstraße gegenüber ab. Fee warf einen mitleidigen Blick auf die Wartenden zurück. Aus eigener Erfahrung wusste sie, dass man nach zwei oder drei Stunden Anstehen häufig selbst auf Lebensmittelkarten keinen Brotkanten mehr bekam und mit leeren Händen den Heimweg antreten musste. Doch der Gedanke an den allgegenwärtigen Hunger sollte ihr nicht diesen Tag verderben. Vor lauter Aufregung verspürte sie kein Magenknurren mehr. Sie schritt an Philips Arm durch die vertraute Gegend und sah die schönen, erstaunlich gut erhaltenen wilhelminischen Häuserzeilen mit ganz neuen Augen. Selbst das matte Licht des grauen, bewölkten Himmels machte ihr viel weniger aus als an anderen Tagen.

Plötzlich verdüsterte sich Philips Miene. Sein Schritt verlangsamte sich, als er sich suchend umblickte. »Hier muss sich irgendwo der Gebetsraum des Jüdischen Religions-Vereins Friedenau, Steglitz und Umgebung befunden haben. Meine Großeltern haben mir davon erzählt.« Er kickte einen herumliegenden Stein mit der Stiefelspitze fort und setzte hinzu: »Ich habe inzwischen erfahren, dass diese Synagoge während der Novemberpogrome achtunddreißig vernichtet wurde.«

Fee blickte in zerstörte Vorgärten und auf Hausfassaden, die bessere Zeiten kannten, aber Bombenangriffen und sowjetischer Besatzung getrotzt hatten. Sie fühlte sich schuldig, obwohl sie in der sogenannten Reichskristallnacht gerade mal zehn Jahre alt gewesen und ihre einzige Erinnerung daran ein Blick auf lärmenden Mob mit brennenden Fackeln war. Ihre Mutter hatte sie vom Fenster fortgezogen und eine Schallplatte aufgelegt. Die schwermütigen Töne aus Tschaikowskis sechster Sinfonie übertönten den Lärm auf der nur ein paar Meter entfernten Hauptstraße – und wenn sie heute daran dachte, beschrieb diese Melodie wohl besser als manch andere die damaligen Gefühle von Menschen wie ihren Eltern.

Unvermittelt verstärkte sie den Druck ihrer Hand auf Philips Arm. Es war ihre einzige Möglichkeit, ihm zu sagen, dass sie verstand.

Er wandte seinen Kopf und lächelte sie an. »Es wäre schön, wenn Sie mich noch kurz zur Friedenauer Straße begleiten würden. Dann höre ich auf mit dem Blick zurück in die Vergangenheit, und wir schauen nach vorn. Einverstanden?«

»Machen Sie sich keine Sorgen um mich, Lieutenant Coleman, ich halte Ihre Erinnerungen schon aus.«

Zu ihrer größten Überraschung beugte er sich rasch vor und hauchte ihr einen zarten Kuss in den Mundwinkel. »Sie sind sehr lieb. Aber es sind nicht meine persönlichen Erinnerungen, und von der systematischen Vernichtung waren meine engsten Angehörigen nicht betroffen. Deshalb ist das alles mehr erschreckend als schmerzlich für mich.«

Schweigend gingen sie weiter. Fee hatte das Gefühl, als tappe sie an seinem Arm blind durch die engen Straßen. Ihre Bewegungen waren eher mechanisch, wie die einer Aufziehpuppe. Sie setzte die Füße voreinander, ohne wirklich zu wissen, wohin sie ihre Schritte führten. Ihre Gedanken kreisten um diesen zarten Kuss. Sie spürte weder Wind noch Kälte oder den gerade einsetzenden feinen Sprühregen. In ihrem Körper hallte die flüchtige Berührung seiner Lippen nach wie das Echo eines Liebesschwurs.

Vor einem rußgeschwärzten, schmutzig grauen Gründerzeitgebäude hielt er an. Die meisten Fenster zeigten Risse im Glas, aber nur in wenigen Wohnungen waren die Scheiben zerbrochen und durch Pappe ersetzt worden, so gering fielen die Kriegsschäden aus. Wie die Mehrzahl der Häuser in Friedenau besaß es nur einen einzigen Hinterhof, ein Anzeichen für großbürgerliche Einwohnerstruktur. Es wartete förmlich darauf, wieder in seinem ursprünglichen Weiß erstrahlen zu dürfen. Auf dem Balkon über dem Eingangsportal wehten letzte Wäschestücke im feuchten Wind, die eine alte Frau gerade hektisch einsammelte.

»Das muss die Wohnung sein, in der mein Vater geboren wurde«, sagte Philip und deutete auf die erste Etage.

Fee überlegte, wie viele Häuser sie wohl auf der Wanderung durch seine Familiengeschichte ablaufen müssten. Der Regen nahm zwar zu, aber sie wäre bedenkenlos an seiner Seite durch ganz Berlin gelaufen. »Stammt Ihre Mutter auch aus Berlin?«, fragte sie hoffnungsfroh.

»Meine Mutter ist durch und durch Amerikanerin. Mit ein bisschen gutem Willen kann man ihre Ahnentafel so auslegen, dass sie eine Nachfahrin von William Penn ist, dem Gründer von Pennsylvania.«

»Aha«, murmelte Fee ahnungslos. Es wurde Zeit, dass sie sich einmal mit der Landkarte Nordamerikas befasste.

»Das war's!«, verkündete Philip plötzlich. »Die Vergangenheit haben wir bewältigt, wenden wir uns also der Zukunft zu. Im Laufschritt, würde ich vorschlagen, sonst werden wir noch nass bis auf die Haut.« Er nahm die verdutzte Fee an die Hand und zog sie mit sich durch das hufeisenförmige Gewirr von Gassen zurück in Richtung Hauptstraße.

»Sie brauchen gar keine Stadtführerin«, japste Fee nach einer Weile außer Atem, »Sie kennen sich hier fantastisch aus.«

Philip verlangsamte seine Schritte und bog unvermittelt in eine Einfahrt ein. Unter dem Schutz des Torbogens blieb er stehen. Er nahm seine Mütze ab und strich sich in der fahrigen Geste, die Fee schon an ihm kannte, die feuchten Haare zurück.

»Eigentlich wollte ich ja während eines Spaziergangs mit Ihnen über Ihre Zukunft reden, aber hier ist es trockner.«

»*Sie* wollen mit mir über meine Zukunft reden?«, wiederholte Fee begriffsstutzig.

Philip zögerte. Bei hellerer Beleuchtung hätte sie feststellen können, ob er tatsächlich errötete, was sie in der herrschenden Dämmerung nur vermutete. Er sagte: »Es geht mich nichts an, was Sie aus Ihrem Leben machen wollen, aber die Vorstellung, auch einmal Ihren Retter spielen zu dürfen, war sehr verlockend.«

»Ach, ja?«

»Ich kann doch nicht Henry Richardson ständig das Feld überlassen. Deshalb dachte ich …«, er unterbrach sich, schüttelte den Kopf und sah sie verlegen an. »Wahrscheinlich ist alles, was ich dachte, vollkommener Unsinn. In Gedanken klingen meine Ideen auch ziemlich gut, aber ich habe jetzt sogar Mühe, sie auszusprechen. Deshalb sind sie wohl nicht so gut.«

Fee spürte, wie ihr Herz schneller zu klopfen begann. Dabei hatte es sich doch gerade erst nach dem schnellen Lauf beruhigt. »Ich kann Ihre Gedanken leider nicht lesen.«

»Empfinden Sie mich bitte nicht als aufdringlich. Ich …«, er seufzte, dann stieß er hervor: »Also, ich habe Ihnen einen Job besorgt.«

Ihr Herz stolperte, dann schlug es wieder gleichmäßig. Seine Mitteilung war nicht halb so aufregend, wie sie erwartet hatte. Sie wusste selbst nicht, womit sie rechnete, aber ganz sicher nicht mit einer Information, die eigentlich keinen Neuigkeitswert besaß. »Sie haben mich doch schon als Betreuerin in diesem Programm für Kinder und Jugendliche untergebracht«, erinnerte sie.

»Küchenhilfe, Kindermädchen – das ist doch nichts für eine junge Frau mit Ihren Talenten«, widersprach er eifrig. »Sie sprechen sehr gut Englisch, sind gebildet, klug … Wollen Sie denn nicht mehr aus sich machen?«

Fee senkte die Lider und blickte auf das Kopfsteinpflaster nur etwa einen halben Meter entfernt, auf das der Regen prasselte. Die Tropfen trafen auf dem Boden auf, zerplatzten, spritzten hoch, bildeten Pfützen in den Schlaglöchern. Ihr Leben kam ihr wie ein Regentropfen vor – die Träume ihrer Jungmädchenzeit waren alle zerplatzt. Sie hatte sich einst alles in schillernden Farben ausgemalt: die Ausbildung zur Grafikerin, dann das wohlbehütete, gutsituierte Leben einer glücklich verheirateten Frau, Kinder … Doch der Krieg hatte alles verändert.

»Sie haben mir neulich erzählt, dass Sie gern Grafikerin geworden wären«, sagte Philip, als hätte er ihre Gedanken erraten.

Sie sah erstaunt zu ihm auf. »Habe ich das? Ja, es stimmt. Das war mal mein Wunsch, aber wer braucht heute schon jemanden mit diesem Beruf?«

Selbst wenn sie in die Fußstapfen ihres Vaters getreten wäre, hätte es sie nicht viel weiter gebracht. Die Schulen waren noch nicht lange wieder geöffnet, und der Unterricht fand unter schwierigen Bedingungen statt – manchmal sogar unter freiem Himmel und meistens ohne Bücher, bis zum Abitur hätte es deshalb noch lange gedauert. Und dann erst das Studium … Obwohl Ärzte gebraucht wurden, wäre die Medizin in ihrer momentanen Situation auch keine gute Wahl.

»Es werden wieder viele Zeitungen in Berlin gedruckt«, sagte Philip in ihre Überlegungen. »Nicht ganz so viele wie vor dem Krieg, aber eine Menge. Und überall werden junge Leute gesucht, die politisch nicht vorbelastet sind. Sie kennen doch bestimmt den *Tagesspiegel*, der seit einem halben Jahr mit amerikanischer Genehmigung erscheint.« Als sie nickte, fuhr er fort: »Durch meine Arbeit im Informationskontrollamt habe ich ein paar Kontakte …« Er stellte sich stolz in Positur: »Ich konnte ein Vorstellungsgespräch für Sie vereinbaren.«

Er wirkte so erwartungsvoll wie ein Junge vor einem im Lichterglanz erstrahlenden Tannenbaum, der bereits das ersehnte Päckchen erspähte.

Und Fee reagierte wie ein Weihnachtsengel – sie gab ihm sein Geschenk.

Ohne sonderlich darüber nachzudenken, stellte sie sich auf die Zehenspitzen und schlang die Arme um seinen Hals. Es war eine rein intuitive Geste voller Dankbarkeit und übersprudelnder Freude. Sie wollte ihm eigentlich nur einen Kuss auf die Wange schmatzen, doch Philip drehte den Kopf und suchte mit seinen Lippen ihren Mund.

Eine Windbö erfasste den Schauer und schleuderte den Regen unter die Toreinfahrt. Doch weder Fee noch Philip nahmen seine Nässe wahr.

33

Der Knall war ohrenbetäubend.

Eben hatte noch eine Ahnung von Frühling in der Luft gelegen. Der Regen brachte den süßen Duft der Jahreszeit, und Grete fragte sich, woher das kam, da es doch fast keine Bäume mehr in der Stadt gab, an deren Ästen Knospen sprossen. Aber selbst in den Geruch von Moder und Staub, der sie immer wieder an ihrem Arbeitsplatz im Stadtschloss umfing und sich in ihre Kleider hängte, schlich sich ein Hauch dieser besonderen Frische.

Ihr fiel die Melodie des alten Schlagers von Paul Lincke ein, der die Berliner Luft besang. Leise summend setzte sie ihre Arbeit im Eosander-Hof fort.

Dann knallte es. Die Erde vibrierte.

Instinktiv warf sich Grete auf den Boden, kreuzte die

Arme schützend über ihrem Kopf. Sie wagte kaum zu atmen, schmeckte Dreck auf den Lippen.

Sie kannte das ohrenbetäubende Geräusch einer Explosion. Sie wusste, was es bedeutete, wenn die Erde bebte. Von Ferne drangen Schreie zu ihr durch, wild durcheinander klingende Stimmen, deutsche Laute, hektische Befehle auf Russisch.

Und es war ihr, als wäre der Krieg nach Berlin zurückgekehrt. Ihr Herz trommelte gegen die Brust. Ihre Nerven drohten zu versagen, als sich die Augen mit Tränen füllten.

Sie wollte das nicht mehr. Nie wieder Bombenangriffe erleben. Sie wollte die Furcht vergessen, die in den Luftschutzkellern zu greifen gewesen war, wenn die Detonationen die Mauern erschütterten. Sie war es leid, tapfer zu sein.

Bisher hatte Grete kaum gesprochen, sondern das Gesicht meist in den Händen vergraben oder den Kopf gegen den Autositz gelehnt. Wenn sie dann die Augen schloss, sah sie die Feuersäule über dem Alexanderplatz vor sich. Die lodernden, gierig nach den Ruinen greifenden Flammen. Gelb und rot züngelten sie in den vom dichten Rauch fast schwarzen Himmel.

Ein Schüttelfrost erfasste sie und befreite sie aus der Schockstarre. Sie presste die Lippen aufeinander, um nicht laut zu stöhnen. Bibbernd schlang sie die Arme um ihren Oberkörper.

Nach einer Weile sah sie zu dem Mann hin, der das britische Militärfahrzeug lenkte. »Wer hat Sie geschickt?«, fragte sie schwach. »Der Himmel?«

Henry blickte ihr kurz in die Augen, bevor er sich wieder auf die Straße konzentrierte, um keinen Radler zu überfahren, der ohne auf den Verkehr zu achten den Straßenschäden auswich.

»Vielleicht«, antwortete er vage. Er lächelte in sich hinein.

Als Kind hatte er die Legende von Robin Hood geliebt und die Namen aller Ritter von König Artus' Tafelrunde auswendig gekannt. Es tat gut, sich wie ein Held fühlen zu dürfen.

»Sie sind immer zur Stelle, wenn ich Sie brauche«, murmelte Grete.

»Wir verbringen viel Zeit miteinander, weil wir zusammenarbeiten. Da ist es doch ganz logisch, dass ich oft in Ihrer Nähe bin.«

»Das sind andere auch, aber niemand war je so nett zu mir.« Grete hob die Hand und wischte sich über das Gesicht, das von Schmutz und Tränenspuren gekennzeichnet war. »Sie haben mir die Peinlichkeit erspart, vor aller Augen mitten im Eosander-Hof in einen Weinkrampf auszubrechen.«

»Es war mir ein Vergnügen, aber es war halb so wild. Ehrlich gesagt ist mir aber nicht ganz klar, warum Sie sich so aufgeregt haben. Es ist doch nur das Polizeipräsidium in die Luft geflogen.«

»Nur?«

Henry zuckte mit den Schultern. »Die Stadt ist so zerstört, dass ein Haus mehr oder weniger im Grunde keine Rolle spielt. Und ich kann mir vorstellen, dass eine Menge Leute froh darum sind, dass es die sogenannte Rote Burg nicht mehr gibt.«

Sie schwieg. Was sollte sie darauf auch antworten? Zwölf Jahre lang war das Polizeipräsidium der Erste Sitz der Gestapo gewesen. Die Bomben und die Eroberung durch die Rote Armee hatte das riesige Gebäude zumindest so weit überstanden, dass das Gelände noch teilweise nutzbar war. Niemals hätte Grete gedacht, dass die letzten stehenden Mauern zehn Monate nach Kriegsende einstürzen würden. Der Frieden klang nicht nach Detonationen.

»Sobald ich im Hauptquartier bin, werde ich mich nach

dem Vorfall erkundigen«, versprach Henry. »Ich habe keine Ahnung, was geschehen ist. Sicher ist nur, dass es ein Unglück war und keine gezielte Sprengung.«

»Ein Blindgänger?«

»Ich weiß es nicht.«

Grete starrte auf die Trümmerlandschaft der Reichsstraße 1, die vor dem Krieg die verkehrsreichste Straße Deutschlands gewesen war. Inzwischen waren die zerborstenen Mauern Alltag, Menschen, die in Zimmern hausten, ohne Wand zur Straße hin, keine Seltenheit. Dennoch konnte sie sich nicht an den Anblick gewöhnen. Manchmal beschlich sie die Angst zu vergessen, wie diese Häuserzeilen vor dem Krieg ausgesehen hatten. Vor einem bis zur Unkenntlichkeit zerstörten Gebäude stand eine Gruppe von Frauen jedes Alters, mit Steinen gefüllte Eimer gingen von Hand zu Hand. Was würde geschehen, fragte sich Grete, wenn der Schutt eines Tages fortgeschafft wäre? Würde dann noch etwas übrig sein von ihrer Stadt? War der Frieden, das Hoffen auf bessere Zeiten, nicht nur eine Illusion, die sogar von Blindgängern vernichtet werden konnte? Das Zittern, das ihr durch den Leib fuhr, verstärkte sich, und sie rieb sich über die Oberarme.

»Haben Sie einen Schnaps zu Hause?«

»Was?« Grete sah ihn verblüfft an. »Wieso das denn? Möchten Sie einen trinken?«

»Mir scheint, Sie brauchen etwas Hochprozentiges, mit dem Sie den Schrecken hinunterspülen können.«

Zum ersten Mal glitt so etwas wie ein Lächeln über ihre Züge. »Früher mochte ich ganz gern ein Glas Weinbrand zum Nachtisch. Aber wissen Sie, was eine Flasche echter Cognac heutzutage auf dem Schwarzmarkt kostet?«

»Nein, ich habe keine Ahnung.«

»Über tausend Reichsmark, das ist so teuer wie ein Pfund

Bohnenkaffee. Die Russen haben bei ihrem Einmarsch alles ausgetrunken, was noch übrig war.«

Henry lachte. »Das kann ich mir gut vorstellen. Die Slawen haben wie die Iren einen starken Hang zum Alkohol. Aber manchmal ist ein Tropfen aus medizinischer Notwendigkeit angebracht. Ich besorge Ihnen bei Gelegenheit eine kleine Flasche Gin. Für Notfälle!«

»Das muss nicht sein, ist aber sehr freundlich.«

»Von mir aus können Sie den Gin auch in Bohnenkaffee tauschen. Aber lassen Sie sich bitte nicht dabei erwischen.«

»Sie sind sehr großzügig.«

»Ich bin ein netter Mensch.«

Da er nicht aufgepasst hatte, flog der Wagen fast über den zerborstenen Belag der Straße. Es rumpelte, und Grete wurde für einen Moment gegen das Dach geschleudert. Ein spitzer Schrei entrang sich ihrer Kehle. Sie klammerte sich an das Armaturenbrett, ohne jedoch richtigen Halt zu finden.

»Tut mir leid. Wahrscheinlich bin ich doch nicht so nett«, kommentierte Henry seine Unachtsamkeit. Er lenkte das Fahrzeug an den Straßenrand, schaltete den Motor ab und drehte sich zu seiner Begleiterin um. »Ich glaube, ich bin Ihnen eine Erklärung schuldig.«

Grete wischte sich wieder über das Gesicht und verrieb dabei unbeabsichtigt die Spuren auf ihren Wangen. Die Schrecksekunde hatte sie den Schock nach der Explosion vergessen lassen. Selbst das Zittern hörte auf. Sie faltete die Hände in ihrem Schoß.

»Sie brauchen mir nichts zu erklären, wenn Sie es nicht möchten«, hob sie an und wunderte sich trotz der einsetzenden inneren Ruhe über die Festigkeit ihrer Stimme. Mit einem kleinen Lächeln fügte sie hinzu: »Vielleicht hat Sie ja doch der Himmel zu mir geschickt.«

»Auf gewisse Weise mag das stimmen«, erwiderte er ernst, »natürlich hat das Schicksal uns zusammengeführt. Oder der Zufall. Je nachdem, ob man an die Vorsehung glaubt. Aber ich bin sehr froh, weil Sie mich an jemanden erinnern und ich deshalb etwas zurückgeben kann.«

Grete sah ihn mit einer seltsamen Mischung aus Verblüffung und Verständnis an. »Ihre Freundin?«

Er schüttelte den Kopf. »Es mag nicht schmeichelhaft klingen, weil Sie natürlich viel jünger sind, aber … Was soll's? Ich möchte es Ihnen ja erzählen, also muss ich auch das loswerden, was nicht so charmant ist: Sie erinnern mich an meine Mutter und an deren beste Freundin, meine Patentante.«

»Oh!«

»Ich habe noch mit niemandem darüber gesprochen, und wenn es Sie stört … ich meine, wenn meine Geschichte in Ihren Augen zu persönlich ist, lasse ich es. Sagen Sie mir das bitte ganz offen.«

Wie zur Beruhigung seiner ganz offensichtlich aufgewühlten Gefühle legte Grete ihm die Hand auf den Arm. »Captain Richardson … Henry … Sie haben so viel für Fee und mich getan. Dafür kann ich Ihnen nicht genug danken. Und wenn Sie mir jetzt ein wenig von sich erzählen möchten, betrachte ich das auch als Geschenk.«

Er nickte, verfiel aber zunächst in dumpfes Schweigen. Nach einer Weile lehnte er sich seufzend in seinem Sitz zurück und begann: »Meine Mutter war Hamburgerin. Sie heiratete meinen Vater gegen alle Widerstände und wurde wohl auch während des Ersten Weltkriegs als Deutsche in England nicht besonders freundlich behandelt. Darunter begann die Ehe meiner Eltern zu leiden, mein Vater suchte sich eine Geliebte.«

»Ich dachte immer, Untreue sei ein selbstverständliches Privileg der englischen Oberschicht«, entfuhr es Grete.

»Möglicherweise. Ich glaube, die meisten seiner Freunde hatten irgendwann eine Affäre, aber natürlich hält Mylady auf dem Familiensitz die Stellung und verschließt die Augen vor allen Widrigkeiten des Lebens. So arrangierte sich auch meine Mutter. Wahrscheinlich war sie sogar glücklich, ganz sicher aber nicht unzufrieden, denn nach außen hin wurde der Schein gewahrt. Meine Eltern waren gute Freunde, glaube ich, sie gingen sogar oft gemeinsam auf Reisen. Ein- oder zweimal nahmen sie mich mit. Das sind schöne Erinnerungen …«

Er unterbrach sich, schaute aus dem Fenster auf die Königskolonnaden, hinter denen sich das beeindruckende Gebäude erhob, das vor rund einhundertsechzig Jahren als preußisches Kammergericht erbaut worden war und in dem nun der Alliierte Kontrollrat residierte. Der einst mächtige Turm war bei einem Angriff eingebrochen. Nach einer kleinen Pause riss er sich vom Anblick der Laubengänge los.

»Gelegentlich fuhr meine Mutter auch allein fort, etwa um ihre Eltern zu besuchen. So auch im Sommer neununddreißig. In Hamburg wurde sie, inzwischen britische Staatsbürgerin, vom Kriegsbeginn überrascht. Und wie alle feindlichen Ausländer im Deutschen Reich musste sie sich natürlich melden – und wurde interniert.«

»Ihre Mutter kam doch nicht etwa in ein Konzentrationslager«, warf Grete entsetzt ein.

»Nein. Das nicht. Nein. Zuerst steckte man sie mit anderen Ausländern ins Gefängnis, dann kam sie in ein Arbeitslager. Sie war sehr zart, eine künstlerisch begabte, musikalische Dame. Niemand, der hart zupacken kann. Deshalb litt sie von Anfang an unter der herrschenden Zucht.«

»Konnte ihre Familie nichts für sie tun?«

»Doch, natürlich«, er legte eine kleine Pause ein, dann: »Mein Großvater war von Anfang an gegen die Heirat gewesen und wollte, dass sie sich scheiden ließ. Auf diese Weise hätte sie auch die deutsche Staatsbürgerschaft zurückerlangt und wäre freigekommen. Aber meine Mutter hatte nicht nur einen Ehemann in Cornwall, sondern auch drei britische Kinder. Sie dachte nicht daran, uns zu verlassen. Außerdem war ihr Vater ein überzeugter Nationalsozialist, was ihr zuwider war. Ich vermute, er stellte sich gegen sie, weil sie nicht den Mann heiratete, den er für sie ausgesucht hatte …«

Als Henry sich wieder unterbrach und dann verstummte, hakte Grete sanft nach: »Und dann?«

Seine Miene umwölkte sich, als er fortfuhr: »Meine Mutter litt entsetzlich. Sie wusste nicht, wie es uns ging, hörte die Propaganda, als Bomben auf London abgeworfen wurden. Der einzige Mensch, der sich in irgendeiner Weise um sie zu kümmern versuchte, war ihre einst beste Freundin in Hamburg. Tante Margit brachte sich selbst in Schwierigkeiten, weil sie sich vehement für meine Mutter einsetzte. Nachdem meine Patentante beim Feuersturm über Hamburg dreiundvierzig ums Leben kam, war meine Mutter ganz allein.«

»Es waren ausgerechnet britische Bomben, nicht wahr?«

»Ich hätte auch durch deutsche Bomben in London umkommen können«, gab Henry trocken zu bedenken. »Aber meine Mutter hat den schweren Angriff und alles andere überlebt. Am Ende besaß sie doch mehr Kraft, als wir alle annahmen.« Er seufzte. »Mein Vater hatte wohl am wenigsten damit gerechnet, dass sie jemals zurückkehren könnte. Er teilte sein Leben inzwischen mit einer anderen Frau. Wissen Sie, das ist etwas, das ich ihm nie verzeihen werde.«

Grete nickte stumm.

»Eine Gruppe französischer Kriegsgefangener hatte sich im Lager um meine Mutter gekümmert. Als sie herausfand, dass sie bei ihrem Ehemann nicht mehr willkommen war, ging sie deshalb nach Paris. Mit ihrem britischen Pass war das kein Problem. Schwierig wurde es erst, als irgendein kommunistischer Spitzel, von denen es in Frankreich seit der Befreiung wimmelte … Also, als irgendjemand herausfand, dass sie Deutsche war, veränderte sich ihre Lage. Man warf ihr Kollaboration und was sonst noch alles vor. Es ging ihr eine Zeit lang sehr schlecht. Aber überraschenderweise hielt sie durch. Sie brach erst zusammen, als sie erfuhr, dass meine beiden älteren Brüder in japanischer Kriegsgefangenschaft hingerichtet wurden.«

»Großer Gott«, wisperte Grete. »So viel Leid.«

»Sie haben auch alle Menschen verloren, die Ihnen lieb und teuer waren«, erinnerte Henry.

»Ja. Aber Ihre Mutter hatte doch noch einen Sohn – Sie, Henry!« Der Vorname ging ihr plötzlich ganz selbstverständlich über die Lippen.

»Und Sie haben Fee.« Henry tastete seine Uniformjacke ab und zog schließlich erleichtert eine bunte Schachtel aus einer Tasche hervor, er klopfte zwei Zigaretten heraus und bot Grete eine an.

Sie nahm mit spitzen Fingern die Simon Arzt. Tabak krümelte auf ihren Rock, und sie strich die wertvollen Brocken fort, abgelenkt von den Kostbarkeiten des Schwarzen Markts und versunken in der Geschichte, die Henrys Verhalten irgendwie erklärte. Obwohl sie ahnte, wie die Antwort ausfallen würde, fragte sie: »Hat der Gedanke an den überlebenden Sohn Ihre Mutter nicht am Leben erhalten?«

Während er ein Streichholz anriss, um ihr Feuer zu geben, konstatierte er: »Es war zu viel. Sie ertrug das Leben nicht mehr, denke ich.«

»Das tut mir leid.«

Er inhalierte einen Zug und stieß den Rauch mit jedem

Wort aus, als er sprach: »Wissen Sie, was mich am meisten verwundert: Wieso haben so viele Frauen die Herrschaft Hitlers so lange mitgetragen? Sie haben ihre Männer verloren, ihre Väter, Brüder und Söhne. Und trotzdem waren es überwiegend Frauen, die den *totalen Krieg* wollten.«

»Eine alte Freundin von mir ist verrückt geworden, als sie die Nachricht erhielt, dass auch noch ihr letzter Sohn gefallen ist. Sie war so etwas wie eine Mentorin von mir, hatte schon vier erwachsene Kinder. Den Tod ihres Jüngsten konnte sie nicht mehr verkraften, er war keine achtzehn Jahre alt und starb bei der Landung der Alliierten in der Normandie.«

»Was ist mit ihr geschehen?«

Grete lachte bitter auf. »Sie hat eine gerahmte Fotografie von Hitler aus dem Fenster geworfen.«

»Und dann?«

»Sie wurde von der Gestapo abgeholt und kam nie zurück.«

Jemand klopfte an die Windschutzscheibe.

Das Geräusch ließ Henry zusammenfahren. Er lehnte sich aus dem Wagen, neben dem ein GI unverzüglich Haltung annahm.

»Kann ich Ihnen helfen, Sir?«

»Nein, vielen Dank, nein. Ich fahre gleich weiter«, versprach Henry, klemmte die Zigarette zwischen die Lippen, um die Hände frei zu haben, startete den Rover und fuhr langsam an.

»Ich wünschte, meine Nichte würde sich in einen so rücksichtsvollen, klugen Mann verlieben, wie Sie einer sind«, murmelte Grete in sich hinein.

Henry war sich nicht sicher, ob ihre Bemerkung für seine Ohren bestimmt oder ihr nur gedankenlos herausgerutscht war. Deshalb erwiderte er nichts.

34

»Das ist wenigstens ein echter Scotch Whisky und nicht dieses süße Zeug, das uns Rita Harris immer anbietet«, sagte Henry und stellte zwei Becher, in denen eine großzügig bemessene Menge bernsteinbrauner Flüssigkeit schwamm, auf den Tisch. Er hatte die Getränke von der Theke geholt, bevor die Bedienung auf ihn aufmerksam geworden war, und ließ sich zufrieden in einen der Sessel fallen. »Auf dein Wohl, mein Freund!«

Henry hatte Philip in den British Officers' Club auf einen Drink eingeladen. Innerhalb nur knapp eines Jahres war in den Räumen des ehemaligen Berliner Schlittschuh-Clubs im Westend ein überaus gediegener, inzwischen bereits sehr englisch anmutender Treffpunkt für die Offiziere des Königs entstanden. Die Sportanlagen waren beeindruckend – vormals zwölf Tennisplätze, die im Winter für eine Eisbahn mit Spritzeis überzogen worden waren – und gelangten allmählich wieder zu ihrer ursprünglichen Bestimmung. Auch Henry fand nach einem Blick aus den hohen Fenstern auf die im Aufbau befindliche Anlage, dass es Zeit wurde, sich bei Gelegenheit wieder dem weißen Sport zu widmen. Deshalb fragte er, als er sein Glas nach einem kräftigen Schluck absetzte: »Spielst du eigentlich noch Tennis?«

»Im Moment spiele ich überwiegend Besatzungsoffizier«, gab Philip zurück, »aber ich werde gern über meine Wandlungsfähigkeit nachdenken. Übrigens, der Whisky schmeckt wirklich gut. Aber warum nehmt Ihr Engländer nur Leitungswasser zum Verdünnen? Ohne Soda erinnert mich das«, er schwenkte lächelnd den Becher in der Hand, »immer an Läusewasser.«

Grinsend prostete Henry seinem Freund zu, kommentierte

die letzte Bemerkung jedoch nicht. Stattdessen erkundigte er sich: »Was gibt es Neues im Informationskontrollamt?«

»Nichts, was nicht in den Zeitungen stünde«, Philip zuckte mit den Achseln. Er zündete sich eine Zigarette an, dann lehnte er sich entspannt im Sessel zurück. »Der Zusammenschluss von KPD und SPD zur SED in der Sowjetzone sorgt für einigen Wirbel. Die SPD-Führung in den westlichen Sektoren will diese Vereinigung von einem Parteitag abhängig machen, was, wie man hört, auch von den Kollegen im Osten begrüßt wird, aber die KPD macht ziemlich mobil.«

Das waren alles Informationen, die Henry schon kannte. Er wollte etwas anderes wissen: »Hast du etwas über die Explosion im Polizeipräsidium in Erfahrung bringen können? Die Sowjets mauern, soviel ich gehört habe.«

Philip nickte. »Irgendwie scheint mir, Stalin verkraftet nicht, dass er Berlin mit euch, uns und den Franzosen teilen muss, obwohl er dafür Mecklenburg, Sachsen-Anhalt und Thüringen bekommen hat. Na ja, und wegen der Reparationszahlungen an die Sowjetunion gibt es jetzt auch Ärger, aber das …«

»Ich dachte, vor allem die Franzosen widersetzen sich dem Aufbau einer neuen Wirtschaftseinheit in Deutschland«, warf Henry überrascht ein. Gedankenverloren nickte er einem Offizier zu, der gerade die Bar betrat und höflich in die Runde grüßte. Der Club war zu dieser Nachmittagsstunde nicht gut besucht, da die meisten Mitglieder an ihrem Schreibtisch oder an einem anderen Arbeitsplatz weilten.

»Der Widerstand der Franzosen richtet sich so ziemlich gegen alles, was zu einem Wiederaufbau Deutschlands führen könnte«, bestätigte Philip, aber auch diese Tatsache war Henry aus einer Reihe von offiziellen Mitteilungen bekannt. »Der derzeitige provisorische französische Präsident Gouin rechtfertigt das ebenso wie de Gaulle mit dem Wunsch, dass die Deutschen nie wieder einen Krieg beginnen können. Aber letztendlich vergrößern ihre Repressalien die Kriegsgefahr nur. Das sollte uns alle der Versailler Vertrag gelehrt haben.«

»Und die Russen?«

»Die verlangen zehn Prozent aller Reparationen aus den Westzonen – ohne Gegenleistung. Wusstest du das nicht? Hatten wir neulich in den Radionachrichten gemeldet.« Philip blickte nachdenklich in die Rauchkringel, die er langsam ausatmete. »Stalin fordert zehn Milliarden Dollar an Kriegsentschädigung. Das ist indiskutabel und eine Ohrfeige für Großbritannien und die USA.«

»Ich möchte nicht wissen, was sich bereits an Kostbarkeiten in Moskau befindet«, warf Henry nachdenklich ein. »Allein die Museumswerte, die aus dem Zoo-Bunker abtransportiert wurden, sind immens.«

»Dein Kunstverstand in allen Ehren, aber ich spreche von Industrieanlagen, die in der sowjetischen Zone rücksichtslos abgebaut werden. Im Vertrauen«, Philip beugte sich leicht vor und senkte die Stimme, als er fortfuhr: »General Clay hat die Lieferung von Reparationen aus dem amerikanischen Sektor nach Russland gestoppt!«

Henrys Augen weiteten sich erstaunt. »Ein Alleingang des stellvertretenden amerikanischen Militärgouverneurs – das ist eine interessante Neuigkeit … Aber deshalb hat die Rote Armee das Polizeipräsidium nicht in die Luft gejagt, oder?«, fand er zu seinem ursprünglichen Thema zurück.

»Warum interessiert dich das so?«

»Ich habe es mehr oder weniger mitbekommen, weil ich mich zu diesem Zeitpunkt im Stadtschloss aufhielt.«

Philips Zigarette war inzwischen so weit heruntergebrannt, dass die Glut seine Finger fast berührte. Während er antwortete, setzte er sich wieder auf, um den Rest im Aschenbecher auszudrücken: »Meines Wissens ist ein Polizist schuld, der eine Handgranate inspizierte. Jedenfalls ist das die offizielle Verlautbarung. Der Idiot warf die Granate hektisch von sich – direkt auf einen Stapel Munition. Daraufhin machte es *bääääng.*«

»Glaubst du, ausgerechnet ein Polizist wüsste nicht, wie er mit einer Handgranate umzugehen hat?«, fragte Henry irritiert.

»Ehrlich gesagt, darüber habe ich mir noch keine Gedanken gemacht. Ich finde es bemerkenswerter, dass es nur zwei Tote gegeben haben soll. Allerdings ist von hundert Verletzten die Rede, und der Komplex am Alexanderplatz scheint komplett zerstört zu sein, da ist wohl nur noch Schutt übrig.«

»Als wäre der Krieg zurückgekehrt …«, sinnierte Henry und dachte daran, in welcher Verzweiflung er Grete Brahm vorgefunden hatte. Aber sie war nicht die einzige Mitarbeiterin der Schlösserverwaltung, die sich durch die Detonation in die Bombennächte zurückversetzt fühlte.

Der andere zuckte teilnahmslos mit den Achseln. »Keine Ahnung. Vielleicht wollten die Sowjets auch nur jemanden aus ihrer Armee auf eindrucksvolle Weise eliminieren.«

»Wäre das nicht ein bisschen zu viel Bohei um eine Person?«

»Kommt auf den Dienstgrad an, oder?«

Ein feines Lächeln umspielte Henrys Lippen. »Spekulationen dieser Art hebe ich mir auf, falls ich mal einen Kriminalroman schreiben sollte.«

»Hast du deinen Traum vom Kunsthandel etwa schon begraben?«

»Nein. Das nicht. Aber man weiß ja nie, was das Leben einem noch bietet.« Henry hob sein Glas und stieß es sanft gegen den Becher seines Begleiters. »Auf die Zukunft, mein Freund.«

»Hey!« Wie elektrisiert schlug sich Philip auf den Schenkel. »Wir sitzen hier, und ich rede und rede …«

»Das tut man für gewöhnlich bei einem Drink.«

»Ich habe noch eine Verabredung …«, in einer Mischung aus Stolz und Vorfreude klopfte Philip auf eine Tasche seines Uniformrocks, »und ich habe zwei Theaterkarten«, fügte er vielsagend hinzu.

»Sollte ich zuerst fragen, *was* du dir ansiehst? Oder lautet die wichtigere Frage, *wer* deine Begleitung ist?«

Bevor Philip antworten konnte, trat ein blutjunger britischer Soldat an den Tisch und salutierte vor den beiden Offizieren. »Verzeihen Sie bitte die Störung, Captain Richardson.« Er wartete auf eine Reaktion des Diensthöheren. Erst als Henry nickte, fuhr er fort: »Ein Amerikaner ist am Empfang, der Sie in einer dringenden Angelegenheit zu sprechen wünscht. Sein Name ist Officer Jack Tennant.«

Henry spürte, wie die Farbe aus seinem Gesicht wich. Er warf Philip einen raschen Blick zu, doch der blieb außer einem erstaunten Augenzwinkern relativ reglos.

»Schicken Sie Officer Tennant herein«, befahl Henry mit versteinerter Miene.

»Ich wusste nicht, dass du Jack Tennant so gut kennst«, wunderte sich Philip, nachdem der Soldat pflichtbewusst abgetreten war.

»Ich auch nicht.«

»Also ist er nicht scharf auf einen schottischen Whisky«, kommentierte Philip und trank den letzten Schluck aus seinem Glas. Er machte dem Barkeeper ein Zeichen. »Du siehst aus, als bräuchtest du dringend Nachschub. Irgendetwas nicht in Ordnung bei dir?«

»Doch, doch. Alles bestens.«

Eilig und mit hochrotem Gesicht stürmte Jack Tennant in

den Raum. Er sah sich einen Moment suchend um, und Henry fragte sich flüchtig, was den US-Officer daran hinderte, sofort an seinen Tisch zu kommen. Die Gästezahl war überschaubar, und sie saßen so nah am Eingang, dass er und Philip eigentlich nicht zu verpassen waren. Es wirkte wie ein Stechschritt, als Tennant auf Henry und Philip zumarschierte.

Er salutierte und stieß schwer atmend aus: »Gut, dass ich Sie auch antreffe, Lieutenant Coleman.«

Philip und Henry wechselten einen verwunderten Blick. Dann fragte Henry: »Was können wir für Sie tun?«

»Die kleine Tochter von Major Harris hat mehrmals angerufen und sucht Sie überall, Lieutenant Coleman«, berichtete Tennant. »Das Kind macht alle verrückt. Es konnte mir aber niemand sagen, wo Sie Ihren freien Nachmittag verbringen, Sir. Als ich Sie nicht finden konnte, verlangte Marion nach Ihnen, Captain Richardson. Und da habe ich mich bis hierher durchgefragt, Sir.«

»Man sollte kleinen Mädchen verbieten, mit dem Telefon zu spielen«, meinte Henry trocken.

Philip sah dem Barkeeper zu, wie dieser die beiden neuen Whiskybecher servierte und auf dem Tisch abstellte. »Möchten Sie auch einen Drink, Officer?«, fragte er höflich, wartete die Antwort aber nicht ab, sondern wollte wissen: »Was ist denn so aufregend, dass Marion Harris die ganze Berlin Brigade verrückt macht?«

»Sie sagt, ihrer Mutter gehe es sehr schlecht. Bei ihren ersten Anrufen dachte ich auch, sie wolle sich wichtig machen, aber inzwischen glaube ich, dass Major Harris womöglich einen Arzt braucht. Es klang, als habe sie einen Nervenzusammenbruch. Offenbar will Major Harris aber nur mit Ihnen sprechen, Sir, und mit Captain Richardson. Sie sollen sofort in ihr Haus kommen.«

»Ein Nervenzusammenbruch?« Philip schüttelte den Kopf. »Das klingt nicht nach Major Harris. Sind Sie sicher, dass sich da niemand einen schlechten Scherz erlaubt, Officer Tennant?«

»Ja, Sir. Wenn ich das richtig verstehe, haben die jüngsten Nachrichten Major Harris … ehmmm… verstört … Durch die sowjetische Kommandantur wurde vorhin bekannt gegeben, dass sich unter den Toten am Alexanderplatz Oberst Uljanow befindet.«

»Ach, um Gottes willen!«, entfuhr es Henry, der bereits im Begriff war aufzustehen. »Komm, Phil, nach der Sache mit Fee hat Rita es sich verdient, dass wir jetzt zu ihr halten. Ich kann mir vorstellen, dass sie unter Schock steht.« Er trank seinen Scotch in einem Zug aus und winkte dem Barkeeper zu. »Schreiben Sie das bitte alles auf. Ich zahle morgen.«

»Ich kann aber nicht lange bei Rita bleiben«, widersprach Philip, der sich deutlich zögernder bewegte als sein Freund. »Ich habe doch Theaterkarten.«

»Zeig ein bisschen Mitgefühl«, brummte Henry. »Immerhin hat Rita ihren Liebhaber durch ein schreckliches Unglück verloren.«

»Ex. Uljanow war ihr Ex-Liebhaber. Und ich bin kein Trostpflaster.«

Henry legte in einer jovial anmutenden, aber sehr energischen Geste den Arm um Philip. »Egal. Du kommst jetzt mit und bist nett zu Rita.«

35

Fee schwebte wie auf einer Wolke. Jedenfalls kam es ihr so vor, als würden ihre Füße den Boden nicht berühren. Langsam ging sie vor dem säulenbewehrten Eingang des Schlossparktheaters auf und ab und fühlte sich dabei wie ein kleiner Vogel, der nah über der Erde flog und gleich, ganz bald, landen wollte.

Ihr Körper vibrierte, und Tausende von Schmetterlingen flatterten durch ihre Blutbahnen. Dort, wo sich ihr Herz befunden hatte, war nun eine Trommel, die ein Lied von Liebe und Sehnsucht spielte. Ihre Knie waren weich, und sie fürchtete, dass sie einknicken würden, wenn sie *ihn* endlich wiedersah. Dann würde er sie in seine Arme nehmen und festhalten – und alles wäre gut.

Doch Philip ließ auf sich warten.

Sie war ein wenig vor der verabredeten Zeit eingetroffen. Eigentlich war sie so pünktlich erschienen, um ihm nicht abgehetzt unter die Augen zu treten. Schließlich bangte sie, ob die braune Farbe auf ihren Beinen hielt oder ob der mit einem schwarzen Stift aufgemalte dicke Strich an ihren Waden verwischte. Das war die übliche Improvisation in Ermangelung eleganter Nahtstrümpfe. Brigitte hatte ihr beigebracht, wie *frau* das machte. Aber Fee hatte zwischen ihrem Zuhause und dem Schlossparktheater rund zweieinhalb Kilometer zu Fuß zurückgelegt und befürchtete, dass ihr Beinkleid die herrschenden Temperaturen von fünfundzwanzig Grad nicht unbeschadet überstehen würde. Es war erst Ende Mai, aber ziemlich heiß – und der Schweiß brach ihr aus, sobald sie daran dachte, dass sie nicht hübsch genug für einen weltgewandten Mann wie Philip Coleman sein könnte. Und je näher ihr Wiedersehen rückte, desto mehr verdrängte die Aufregung ihre Vorfreude.

Wie alle Veranstaltungen fanden auch die Theatervorstellungen zu einer Stunde statt, die früher für die Märchenbühnen reserviert war. Ob Konzert oder Oper, Kabarett, Komödie oder Tanz – immer musste die Ausgangssperre bedacht werden. Deshalb war es erst später Nachmittag. Aber viele der Frauen, die an Fee vorbeiströmten, waren gekleidet wie für eine Soirée. Natürlich besaßen die wenigsten ein modisches Abendkleid, aber jede versuchte mittels ihrer Garderobe, dem Theaterbesuch einen gewissen Glanz zu verleihen. Fallschirmseide war das vorherrschende Material der Roben, die neueren Datums waren. Die weiblichen Besucher befanden sich in der Überzahl, nur wenige Männer boten den Damen ihren Arm.

Der Eingangsbereich leerte sich zusehends. Die Theaterfreunde, die eben noch von der Straße ins Foyer geströmt waren, tröpfelten nur noch vereinzelt in das im Kaiserreich als Wrangelschlösschen errichtete Gebäude. Aber Philip war noch immer nicht in Sicht.

Fees Magen sackte in irgendwelche Tiefen hinab, um im selben Moment in ihren Hals zu springen. Ihr wurde schlecht. Ein Kloß schnürte ihr die Kehle zu. Ihr Herz raste in der Brust und drückte gegen den Magen, der sich seltsamerweise plötzlich an seinem ursprünglichen Bestimmungsort wieder einzufinden schien. Als sie sich fragte, ob Philip vielleicht gar nicht mehr kommen werde, begannen ihre Gedanken, Karussell zu fahren, und ihr wurde schwindelig.

Sie zwang sich zu gleichmäßigen Schritten, um ihr aufgewühltes Innenleben zu beruhigen. Auf ihrer Wanderung blieb sie vor einem der Plakate an den Säulen stehen, die das heutige Programm ankündigten. Sie las die Schrift, obwohl sie den Text bereits auswendig kannte:

ZUM GOLDENEN ANKER
ein Volksstück von Marcel Pagnol
in den Hauptrollen:
Hans Söhnker – Hildegard Knef – Hans Leibelt
Regie: Boleslaw Barlog

Es war eine wundervolle Vorstellung, ihren Schwarm auf einer Bühne sehen zu dürfen. Das war viel näher und natürlich viel authentischer als auf einer Kinoleinwand. Vor allem aber erschien es ihr wie ein wahr gewordener Traum, dieses Erlebnis mit einem Menschen zu teilen, der ihr mehr bedeutete, als sie jemals für möglich gehalten hatte. Und sie ihm. Dessen war sie ganz sicher. Er hatte sich auch in sie verliebt. Warum sonst hatte er sie so geküsst wie sie nie zuvor von einem Mann geküsst worden war.

Philip würde sie nicht versetzen.

Warum sollte er das auch tun? Zwischen ihren leidenschaftlichen Küssen unter dem Torbogen hatte er mit rauer Stimme geflüstert, dass sie, Fee, seine Zukunft war. Er hatte den Theaterbesuch vorgeschlagen und sie für den heutigen Nachmittag eingeladen. Es gab keinen Grund, an seiner Aufrichtigkeit zu zweifeln.

Er würde natürlich noch kommen!

Fee reckte das Kinn und ärgerte sich, dass sie kurz an seiner Aufrichtigkeit gezweifelt hatte. Sie nahm ihren Fußmarsch wieder auf. Dabei überlegte sie, dass er gewiss aufgehalten worden war. Er war eine wichtige Person im Informationskontrollamt und im Rundfunk – da gab es unendlich viele Möglichkeiten, die ihn davon abhielten, pünktlich zu einer privaten Verabredung zu erscheinen. Selbstverständlich hatte sie dafür Verständnis. Und würde deshalb geduldig auf ihn warten.

Aus den Augenwinkeln beobachtete sie, dass die Türen des

Theaters geschlossen wurden. Die Vorstellung begann. Doch statt auf dem Platz zu sitzen, den Philip reserviert hatte, marschierte sie wie ein Soldat auf und ab, als wäre dies ein Exerzierplatz.

Doch der Mann, dem Fee ihr Herz geschenkt hatte, ließ sich nicht blicken.

Sie rief sich ihre Begegnungen ins Gedächtnis, lächelte, als sie an ihr zufälliges Zusammentreffen in der Femina-Bar dachte. Ihr Gesichtsausdruck wurde in Erinnerung an den Spaziergang durch die Vergangenheit seiner Großeltern weich. Sie spielte all jene Momente in Gedanken noch einmal durch, die ihn ihr nähergebracht hatten. Und sie malte sich aus, was sie alles unternehmen konnten und wie die Zukunft aussehen würde, von der Philip meinte, es wäre ihre gemeinsame.

Tränen traten ihr in die Augen, weil die Zeit verstrich und sie sich mit der Tatsache abfinden musste, dass ein verspäteter Auftritt nun eigentlich nicht mehr möglich war.

Fees Füße schmerzten vom vielen Laufen. Sie hätte sich gern einen Moment irgendwohin gesetzt. Doch sie harrte auf ihrem Warteposten aus. Insgeheim beschlich sie die Furcht, dass sie nicht mehr aufstehen würde, wenn sie sich erst irgendwo niederließ.

Als die Türen des Theaters geöffnet wurden und die Besucherschar nach draußen drängte, war Philip noch immer nicht gekommen. Die Gewissheit erreichte Fee, dass sie umsonst gewartet hatte.

Sie reihte sich in eine munter über die Vorstellung plaudernde Gruppe junger Frauen ein und machte sich ebenso wie diese auf den Heimweg. Von irgendwoher drangen die Töne eines Leierkastens zu ihr durch. Es war eine wehmütige Melodie. Eines von der Sorte Lieder, die selten auf diesem Instrument gespielt wurden, im Gegensatz zu den meist schmissigen

Altberliner Gassenhauern. Fee kannte es, weil Grete eine alte Schellackplatte von den Comedian Harmonists mit der Aufnahme besaß, im Rundfunk war es in den vergangenen Jahren nicht gespielt worden. Wie selbstverständlich ging ihr der Refrain durch den Kopf: »Irgendwo auf der Welt gibt's ein kleines bisschen Glück …«

Lange nicht hatte sie sich dermaßen hoffnungslos und verloren gefühlt.

London, 2010

36

Obwohl es ihn dazu drängte, ging Oliver nicht zur Polizei. Die Vernunft siegte über seine Emotionen – und er fand, dass es dafür auch Zeit wurde. Viel zu lange hatte er sich in Sachen Camilla von seinen Gefühlen leiten lassen – schlimmer noch: von seiner Libido. Und das war vor allem sein privates Problem.

Was hätte er den Beamten der Metropolitan Police auch anzeigen sollen? Dass seine Praktikantin einen gebrochenen Fuß vortäuschte und ein wahrscheinlich gefälschtes Attest vorlegte, um klammheimlich zu verschwinden? Natürlich war das nicht seriös, aber da sie offensichtlich keinen Diebstahl begangen hatte, bestand kein dringender Handlungsbedarf.

Oliver erwog kurz, dass sie die Mails an Anna Falkenberg geschrieben haben könnte. An Möglichkeiten dazu hätte es Camilla als Mitarbeiterin der Galerie nicht gefehlt, aber es gab keine Beweise für ihre Schuld. Und auch kein Motiv. Im Grunde konnte er ihr nichts anderes vorwerfen, als dass sie ihn zum Narren gemacht hatte. Doch das war kein Fall für Scotland Yard.

Während Computerfachleute die Rechner in der Galerie und seinen Laptop sowie das iPad überprüften und alle Geräte neu aufbauten, versuchte Oliver, seine persönliche Souveränität zurückzugewinnen. Ihn beschäftigte nicht nur die Frage, wer einen Trojaner in das System eingeschleust und über diesen Weg Mails in seinem Namen verschickt haben könnte. Er dachte tagelang an Camilla und daran, wie leicht sie ihn verführt hatte.

Von Anfang an war er blind gewesen. Genau genommen hatte er bereits bei ihrer Einstellung gegen jede Vernunft und gegen den Willen seines Großvaters gehandelt. Er hatte sich von ihrem hübschen Äußeren, ein paar Zeugniskopien und der Behauptung täuschen lassen, es gäbe da irgendwelche alten Familienbande. Letzteres hatte Henry bestritten. Doch statt dem Urteil seines Grandpas zu vertrauen, beschäftigte er Camilla weiter. Möglicherweise war sie eine Hochstaplerin. Oliver hätte Nachforschungen über sie anstellen können, indem er ihre Bewerbungsunterlagen überprüfte. Aber er unterließ es, weil er nicht wissen wollte, ob er einer Betrügerin ins Netz gegangen war. Schließlich hatte sie nur seine Eitelkeit beschädigt und für ein wenig Unordnung in seiner Privatwohnung gesorgt.

Er ging seinen alltäglichen Pflichten mechanisch nach. Er wurde sich bewusst, dass er sich nicht nur mit Camillas Verschwinden, sondern vor allem endlich auch mit der Fälschung des Reichensteins auseinandersetzen musste. Und mit dem Geheimnis seines Großvaters. Dieses zu lösen versuchte er auf methodischem Weg.

Oliver schickte Kelly auf den Speicher, wo die alten Unterlagen der Galerie aufbewahrt wurden. Sie suchte drei Tage lang alles durch, zuweilen half er ihr dabei, aber einen Kaufbeleg oder eine Korrespondenz über einen entsprechenden Abschluss im Jahr 1961 fanden sie nicht. War das der Grund, warum sein Großvater so sicher gewesen war, dass es sich bei dem Bild in München um eine Fälschung handelte? Hatte er das Original wider Erwarten niemals verkauft? Wie kam dann der Galeriestempel auf die Rückseite der Leinwand, die Anna Falkenberg fotografiert hatte? So oder so hatte Henry sehr überzeugend den Eindruck vermittelt, dass er das Gemälde kannte und es irgendeine Bedeutung für ihn besaß.

Die Geschichte des Gemäldes von Leo Reichenstein begann Oliver intensiver zu beschäftigen und lenkte ihn von seinen Gedanken an Camilla ab. Er wusste, dass der Schlüssel zu dem Geheimnis des Bildes bei seinem Großvater lag. Doch war das kein Thema, das sich am Telefon erörtern ließ. Er würde bis zu seiner nächsten Reise nach Cornwall warten, um Henry zur Rede zu stellen. Und die musste bis Ende nächster Woche warten, zumal er einige wichtige Kunden aus Dubai treffen wollte und Messevorbereitungen für die Art Basel im Juni anstanden.

Um eine unweigerlich drohende, zumindest kleine Katastrophe vom Auktionshaus Bonhoff in München abzuwenden, griff er am Freitagmorgen gleich als Erstes zum Telefonhörer und rief Anna Falkenberg an. Die Kunstexpertin musste wissen, dass ihre Einlieferung definitiv eine Fälschung war. Nicht auszudenken, welchen Imageschaden er auch seinem Großvater und sich selbst zufügen würde, falls sie das vermeintliche Original in eine Auktion nahm. Ein Bild mit der Signatur der Galerie Richardson!

Das Gespräch irritierte ihn. Anna Falkenberg wirkte kühl, überwiegend distanziert und sogar abwesend. Von dieser seltsamen Vertrautheit, die er bei seinem Anruf vorige Woche gespürt hatte, schien nichts mehr vorhanden. Nur einmal vernahm er ihr angenehmes Lachen. Schade. Er mochte es, wenn unter Kollegen eine harmonische Verbindung bestand. Unterhaltungen in einem verbindlichen Ton waren seiner Erfahrung nach meistens durchaus effizienter.

Jedenfalls hatte er sein Soll erfüllt. Vorsichtshalber bestätigte er ihr das Gespräch auch noch einmal per Mail. Falls der Reichenstein trotzdem als Original verkauft würde, war die Galerie Richardson nicht mehr verantwortlich, denn er hatte ihr seine Bedenken nicht nur telefonisch, sondern auch schriftlich mitgeteilt. Damit war der Fall für ihn erledigt.

Das galt aber nicht für die offenen Fragen zur Rolle seines Grandpas, sinnierte Oliver, als er die elektronische Post nach München versandte.

Am Sonntagabend traf sich Oliver mit seinem Freund Tom zum Abendessen im Racine. Er schätzte das Restaurant in der Brompton Road wegen seiner exquisiten französischen Küche und der elegant-beschwingten Atmosphäre.

Dem übergewichtigen Tom gefiel es trotz der deftigen Gerichte aus dem Burgund weniger gut. Ihm standen die Stühle zu dicht beieinander, sein massiger Körper hatte kaum Platz. Außerdem bemängelte der Jurist die Tatsache, dass man unfreiwillig Zeuge der Unterhaltungen an den Nebentischen wurde.

»Fühl dich einfach wie in Paris, dann stört dich das nicht mehr«, riet Oliver.

Am Nebentisch tauschten sich zwei perfekt gestylte Damen mittleren Alters in zu jugendlicher Designerkleidung lautstark über die Untreue ihrer Männer aus. Eine Flasche Champagner war das tröstende Requisit. Trotz eines insgesamt hohen Geräuschpegels erfuhren Oliver und Tom ungewollt, dass die Endvierzigerin in dem roten Kleid bereits seit einer Weile getrennt von ihrem Ex-Mann lebte und sich mit diesem um ein Haus in Südfrankreich stritt. Die andere – in dramatisches Schwarz gewandet – hatte erst kürzlich erfahren, dass sie mit einer jungen Polin betrogen wurde, und machte sich Gedanken über eine Scheidung.

Tom beugte sich zu Oliver über den Tisch und wisperte nach einem Seitenblick: »Soll ich ihr meine Karte geben? Ich glaube, die Dame braucht einen Anwalt.«

In diesem Moment rockte Olivers Handy, und Tom verdrehte die Augen.

Auf dem Display erschien eine Zahlenreihe, von der Oliver nur die Vorwahlziffern von Deutschland und von München erkannte. Dennoch war ihm klar, dass das nur Anna Falkenberg sein konnte.

Es war zu eng, um behände aufzuspringen und in eine ruhige Ecke der Brasserie zu eilen, wo er das Gespräch ohne Zuhörer annehmen könnte. Er entschuldigte sich bei seinem Freund mit einem gequälten Lächeln, während er sich mit einem genuschelten »Hello …« meldete.

»Mr. Richardson? Hier spricht Anna Falkenberg.« Ihre Stimme war vor den lebhaft geführten Unterhaltungen der Gästeschar und dem Gläserklirren und Tellerklappern der Kellner kaum zu verstehen. Aber er hätte schwören können, dass sie atemlos vor Aufregung klang.

»Ja, ich bin am Apparat. Warten Sie bitte kurz …« Oliver versuchte, sich zwischen Toms breitem Körper und den Damen am Nebentisch in Richtung Ausgang zu drängen. Er atmete tief durch, als es ihm endlich gelang und er auf die Straße treten konnte, wo sich einige Raucher versammelt hatten. Um diesen möglichen Zuhörern zu entfliehen, musste er sich noch einige Schritte entfernen. Erst dann konnte er in Ruhe telefonieren.

»Entschuldigen Sie«, sagte er, »ich war in einem ziemlich vollen Restaurant.«

»Oh! Es tut mir leid, wenn ich Sie störe, aber ich habe heute jemanden getroffen, und ich dachte mir, dass meine neuen Erkenntnisse auch für Sie wichtig sein könnten.«

Natürlich stört sie mich am Sonntagabend, dachte er spöttisch. Und: Sie klingt wie ein Bond-Girl nach einem gefährlichen Auftrag.

Zum ersten Mal überlegte er sich, wie Anna Falkenberg wohl aussehen mochte. Eher der Typ Ursula Andress oder vielmehr Diana Rigg? Vielleicht auch Sophie Marceau … Nein, schalt er sich in Gedanken. So sexy sah nun wirklich keine Kunsthistorikerin in ihrem Job aus. Wahrscheinlich war sie jenseits eines attraktiven Alters und eher der Typ Oberlehrerin. Er nahm sich vor, ihren Namen zu googeln, möglicherweise fand er irgendwo im weltweiten Netz ein Foto von ihr.

Laut fragte er: »Was gibt es?«

»Sie klingen, als würde ich Sie entsetzlich stören«, klagte sie. »Es tut mir so leid …«

»Bitte, Frau Falkenberg, machen Sie sich keine Gedanken. Sagen Sie mir einfach, was los ist.«

Anna Falkenberg holte tief Luft und gönnte sich dann eine Kunstpause. Sie hatte natürlich keine Ahnung, wie sehr sie ihn damit nervte. Oliver schickte ein Stoßgebet gen Himmel, dass sie bitte zur Sache kommen möge, bevor sein Steak mit den besten gebratenen Kartoffelchips Londons aufgetragen wurde. Dicke, handgeschnittene French fries, keine Pommes frites nach internationalen Abmessungen. Ein Jammer, falls das Essen kalt würde. Oder sich Tom auch seine Portion einverleibte.

Er haderte stumm mit seinem Schicksal, das ihn in den feuchten Frühlingsabend versetzt hatte, als Anna endlich begann:

»Die Kundin, die den Reichenstein bei uns einlieferte, hat sich an die Öffentlichkeit gewandt. Am Freitag erschien in einer hiesigen Tageszeitung ein mehr oder weniger groß aufgemachtes Interview, in dem sie erzählte, dass sie alle Stücke der Sammlung ihres Stiefvaters in München versteigern lassen wolle. Zufällig hat eine Dame diesen Artikel gelesen, eine ältere Amerikanerin, die sich derzeit am Tegernsee aufhält …«, sie unterbrach sich nach dem hastig hervorgestoßenen Monolog, um wieder zu Atem zu kommen.

»Ja. Und?«

»Ich habe die Dame heute besucht. Es ging nicht früher wegen ihrer Anwendungen, sie ist zur Kur in Bad Wiessee und …«

»Bitte, Frau Falkenberg, kommen Sie zur Sache. Ich möchte nicht unhöflich erscheinen, aber mein Essen wird möglicherweise kalt.«

Da war es wieder – ihr angenehmes Lachen. »Tut mir leid«, wiederholte sie, »es ist wirklich keine gute Zeit für ein Geschäftsgespräch. Aber ich wollte Ihnen unbedingt mitteilen, dass Miss Harris auch der Meinung ist, es müsse sich bei dem Reichenstein um eine Fälschung handeln.«

Er war abgelenkt worden von einem Taxi, das am Straßenrand angehalten hatte. Drei junge Frauen stiegen aus, die, wenn sie noch keine berufsmäßigen Fotomodelle waren, dringend entdeckt werden mussten. Kichernd liefen sie durch den einsetzenden Sprühregen in das Racine, und Oliver sah drei Paar wohlgeformten Beinen hinterher. Anna Falkenbergs Worte waren daher zwar zu ihm durchgedrungen, aber an der Mauer seiner Bewunderung abgeprallt. Erst der Nachhall drang zu ihm durch.

»Was?«, fragte er. »Bitte, sagen Sie das noch einmal.«

»Die Dame heißt Marion Harris. Sie meint ebenfalls, das Bild, das mir zur Begutachtung gegeben wurde, ist ganz sicher nicht das Original.« Sie hob ihren Ton eine Oktave in der üblichen Annahme, man werde sie am anderen Ende der Leitung besser verstehen, wenn sie lauter sprach. »Außerdem behauptet sie noch etwas, das wirklich sehr merkwürdig ist: Sie sagt, dass es gar keine Sammlung Coleman gibt. Aber …«

»Wer?« Oliver erstarrte, plötzlich mit geschärften Sinnen bei dem Telefonat. »Wie war der Name?«

»Ach ja. Nach der Veröffentlichung kann ich Ihnen ja sagen, wem das Bild gehört. Es stammt aus der Sammlung Coleman und wurde von der Erbin eingeliefert. Der angeblichen Sammlung Coleman, wie ich jetzt wohl sagen muss. Die Eigentümerin ist Beatrice Coleman. Kennen Sie sie zufällig?«

»Nein. Eine Beatrice Coleman kenne ich nicht. Nie gehört.«

Aber ich kenne eine junge Frau namens Camilla Coleman!, fügte er still hinzu.

»Schade. Dann ist Ihnen wohl auch nicht zufällig die Sammlung Coleman in New York ein Begriff?«

»Nein, leider nicht«, sagte er matt.

Anna stieß einen tiefen Seufzer aus. »Also werde ich mich mal an die Arbeit machen und herauszufinden versuchen, was es mit der Sammlung auf sich hat. Marion Harris schwört, dass Philip Coleman kein Interesse an Kunst hatte. Er war kein Sammler. Er besaß nur ein einziges Gemälde, behauptet sie, und zwar das *Liebespaar* von Leo Reichenstein. Doch das ist vor Jahren einfach von der Wand verschwunden. Deshalb kann seine Stieftochter eigentlich nicht das Original in Händen halten.«

Ihm schwirrte der Kopf, da es ihm unmöglich schien, die Vielzahl an Informationen nicht nur abzuspeichern, sondern auch in Einklang mit dem zu bringen, was er selbst über diese merkwürdige Angelegenheit wusste. Nichts passte seiner Meinung nach zusammen oder ergab auch nur annähernd einen Sinn.

Der Regen wurde stärker, und er stellte sich unter die Markise, die über dem Schaufenster einer französischen Weinhandlung ein paar Häuser weiter herabgelassen worden war. »Passen Sie auf, das ist mir jetzt alles ein wenig zu viel. Ich werde mich nach der Sammlung erkundigen und Sie morgen oder übermorgen anrufen. Einverstanden?«

»Natürlich. Tut mir leid, ich rede zu viel. Sie möchten sicher zu Ihrem *dinner* zurück.«

»*Diner*«, verbesserte er. »Ich wollte in einer Brasserie essen. Und Sie reden nicht zu viel, Frau Falkenberg. Ich finde unsere Gespräche sehr interessant.«

»Aber für heute reicht es Ihnen …«, in beredtem Schweigen brach sie ab.

Zum ersten Mal seit er den Namen Coleman gehört hatte, schlich sich Belustigung in seine Gedanken. »Ich möchte nur verhindern, dass ein übergewichtiger Freund, mit dem ich verabredet war, noch mehr Kalorien zu sich nimmt, wenn er meine Portion auch noch vertilgt. Außerdem werde ich gerade ziemlich nass, weil es regnet und die Markise über mir ein Loch hat.«

»Oh?!«

»Ich rufe Sie an«, versprach er und beendete das Gespräch ohne ein weiteres Wort über den Sensor des Bildschirms. Er blickte das Handy einen Moment lang geistesabwesend an. Dann schaltete er es aus und steckte es ein.

Camilla Coleman … Sammlung Coleman …

Das ist ein Zufall, rief die Vernunft in seinem Hirn.

Natürlich. Was sonst?, fragte sein Gefühl.

Der Name Coleman war im angelsächsischen Raum weit verbreitet. Beim FC Fulham, seinem Londoner Lieblingsfußballverein, hatte es vor einigen Jahren einen ziemlich erfolgreichen Spieler und späteren Trainer mit diesem Nachnamen gegeben. Musiker hießen so, Schauspieler, Politiker – warum nicht auch ein Kunstsammler? Und eine Studentin. Es gab keinen Zusammenhang. Aber ein Name konnte auch eine Verbindung darstellen.

Langsam ging Oliver durch den Regen zurück in das Restaurant. Schon als er durch die Tür trat, sah er, dass Tom mit den beiden Damen am Nebentisch ins Gespräch gekommen war. Am liebsten wäre er seinem ersten Impuls gefolgt und hätte auf dem Absatz kehrtgemacht. Plötzlich wollte er nach Hause und keinen Smalltalk mit zwei alternden Frauen führen, die von ihren Männern betrogen worden waren. Nicht einmal das leckere Essen reizte ihn noch.

Er wollte mit einer Kunsthistorikerin in München telefonieren, die er noch nie gesehen hatte, mit der er aber eine Geschichte teilte, die irgendetwas mit seinem Großvater zu tun hatte. Vielleicht würde er mit Annas Hilfe nicht nur die Fälschung eines bedeutenden Gemäldes entlarven, sondern auch Henrys Geheimnis lüften. Sein Herz zog sich zusammen, als er darüber nachdachte, dass der Mann, der sein Leben begleitet hatte und den er liebte wie einen Vater, in einen Kunstskandal verwickelt sein könnte. Die Zeiten, in denen Henry ihn hatte beschützen müssen, waren vorbei. Vielleicht war es nun an Oliver, dasselbe für den alten Herrn zu tun.

Bevor er sich entscheiden konnte, ob er gehen oder bleiben wollte, hatte ihn die in auffallendes Rot gekleidete Tischnachbarin entdeckt. Sie wedelte und winkte heftig und warf dabei ihr Champagnerglas um. Damit hatte so ziemlich das ganze Lokal bemerkt, dass Oliver unschlüssig in der Tür stand. Seufzend schickte er sich an, gute Laune zu verbreiten, und setzte sich mit einem breiten Lächeln, das seine Augen nicht fand, zu seinem alten Freund und den neuen Freundinnen.

37

»Marion Harris sagt, es kann keine Sammlung Coleman in New York geben, weil Philip Coleman gar nicht in den USA gelebt hat«, erzählte Anna anderntags am Telefon.

Oliver hatte sie am frühen Abend angerufen, nachdem er die Fakten nicht nur in seinem Kopf einigermaßen sortiert hatte. Doch seine Notizen trugen nicht dazu bei, seine Verwirrung aufzulösen. Es gelang ihm nicht, die Fäden zusammenzuführen, die ausgebreitet vor ihm lagen. Er hatte inzwischen auch mehrmals versucht, Camilla zu erreichen – vergeblich, ihr Handy blieb ausgeschaltet.

»Philip Coleman stammt zwar aus New York«, fuhr Anna fort, »aber er wohnte schon ewig in München. Ist wohl als amerikanischer Besatzungssoldat nach Deutschland gekommen oder so etwas. Er arbeitete als Sportreporter.« Sie sprach den Beruf aus, als wäre diese Tätigkeit absolut poesielos. Zwar sagte sie es nicht, aber es klang durch, dass ein Mann dieses Schlags wohl eher von Fußballspielern signierte Bälle sammelte.

»Hm«, machte Oliver, und ein schwacher Hoffnungsschimmer erschien an seinem inneren Horizont. Dieser wurde jedoch von den dunklen Wolken getrübt, die unerbittlich die Erklärung der Namensgleichheit von Camilla Coleman und der angeblichen Sammlung Coleman umgaben. Er lehnte sich in seinem Schreibtischsessel zurück. »Vielleicht verwechselt sie ihn.«

»Unmöglich«, protestierte die energische Dame am anderen Ende der Leitung. »Miss Harris hat sein Foto in der Presse gesehen. Mit dem Reichenstein. Sie kennt das Bild übrigens ziemlich gut …« Sie legte eine ihrer kleinen Pausen ein, die Oliver schon kannte und die ihn jedes Mal restlos entnervten. Nach ein, zwei Atemzügen fügte sie vielsagend hinzu: »Das Original gehörte einmal ihrer Mutter.«

Oliver schnellte hoch. »Was?!«

»Ja, das ist unglaublich, nicht wahr? Marion Harris war zwar noch ein kleines Mädchen, als das *Liebespaar* über dem Bett ihrer Mutter hing. Aber da sie das Bild viele Jahre später bei ihrem Freund Philip Coleman wiedersah, war die Kindheitserinnerung wieder präsent.«

Möglicherweise hatte Henry das Gemälde seinerzeit von dieser Frau erworben. Das wäre plausibel, fand Oliver. Die Erklärung erleichterte ihn, denn seit Stunden hatte sich sein Unterbewusstsein mit der Frage beschäftigt, ob der Reichenstein etwa aus jüdischem Besitz stammte. Nicht, dass es verboten gewesen wäre, Kunstgegenstände zu verkaufen, die von den Nazis enteignet worden waren und deren einstige Eigentümer dem Holocaust zum Opfer fielen. Es gab kein juristisches Verbot des Handels mit entsprechenden Werken. Mit dem Washingtoner Abkommen bestand lediglich eine internationale Verpflichtung zur Provenienzforschung und gegebenenfalls Rückgabe, falls die Ansprüche der einstigen Besitzer oder ihrer Erben anerkannt wurden. Regelmäßig tauchten daher sogar in Auktionen von Christie's und Sotheby's Werke auf, die im »Dritten Reich« oder in der Nachkriegszeit als Raub- und Beutekunst den Besitzer gewechselt hatten. Bei geschätzt über einer halben Million Exponaten, die vor, im und nach dem Zweiten Weltkrieg gestohlen worden waren, konnte von einem übersichtlichen Markt keine Rede sein. Bis heute wurden damit gute Geschäfte gemacht. Daran änderte auch die Tatsache nichts, dass viele Bilder im Lauf der Jahre an die ursprünglichen Sammler oder deren Familien zurückgegeben worden waren. Oliver kannte sich aus, er hatte seine Masterarbeit zu diesem Thema verfasst. Vor allem wusste er auch, dass es eine Frage der Moral war, wie ein Kunsthändler heutzutage mit der Herkunft eines Angebots umging.

»Wie heißt die Mutter von Mrs. Harris?«, fragte Oliver und griff nach Kugelschreiber und Notizblock.

»Miss Harris. Sie ist nicht verheiratet. Ihre Mutter war Major der U. S. Army und in der Nachkriegszeit in München und Berlin stationiert. Ich habe es nicht genau verstanden, Major Harris soll Zivilperson in Uniform oder so etwas gewesen sein. Wie Marlene Dietrich, sagte Miss Harris. Aber das klingt für mich ein wenig nach Kostümfilm, zumal der Dienstgrad ja ziemlich hoch ist.«

Oliver wusste, dass auch sein Großvater nach dem Zweiten Weltkrieg als Besatzungsoffizier in Deutschland gedient hatte. Immerhin war Henry in den Trümmern seiner späteren Frau begegnet. Deshalb antwortete er ein wenig indigniert: »Die Nachkriegszeit war bestimmt kein Karneval, Frau Falkenberg. Und weibliche Offiziere im Einsatz in Kampfgebieten sind heutzutage eine Selbstverständlichkeit, siehe Irak und Afghanistan.«

Kaum dass er ihn ausgesprochen hatte, tat ihm sein heftiger Einwand leid. Er wurde dünnhäutig, wenn sich in seinem Kopf Verbindungen zu seinen Großeltern zu fügen begannen. Das wurde ihm im nächsten Moment bewusst. Ihm erschien es zwar relativ unwahrscheinlich, dass sich Captain Richardson und Major Harris in Berlin begegnet sein könnten, aber dass sich zwei Menschen, die dasselbe Bild besessen hatten, in der Vergangenheit offenbar zur selben Zeit am selben Ort aufhielten, war bemerkenswert. Er würde sich bei Henry nach der Amerikanerin erkundigen. Diese Frage war nicht so schwerwiegend, dass sie nicht am Telefon gestellt werden könnte. Oder …? Nächstes Wochenende Cornwall, sinnierte Oliver freudlos.

»Ich habe Miss Harris natürlich gefragt, ob sie wisse, wo ihre Mutter das Bild erworben hatte, aber das konnte sie mir leider nicht sagen«, sagte Anna und überging damit seinen bissigen Kommentar, wofür ihr Oliver stumm dankte. »Sie erinnert sich nur, dass es von einem Tag auf den anderen nicht mehr da war.

Seltsam, nicht wahr? Ein Gemälde verschwindet gleich zweimal auf geheimnisvolle Weise.«

Stimmt, dachte er, aber er sagte mit einem skeptischen Unterton: »Das klingt zu sehr nach einer Verschwörung.«

»Der Hinweis auf eine Verschwörungstheorie ist das moderne Totschlagargument für jeden auffälligen Zusammenhang.«

Stimmt auch, fuhr es ihm durch den Kopf.

»Was machen wir denn nun?«, drang es durch die Leitung an sein Ohr.

»Sie sollten sich um die Existenz der Sammlung Coleman kümmern«, schlug Oliver vor. »Vielleicht können Sie Ihre Kundin mit der Behauptung dieser Miss Harris konfrontieren. Das wäre doch mal ein Anfang.«

»Beatrice Coleman ist verreist und nicht erreichbar.«

»Ach, die auch?«, rutschte ihm heraus.

»Wie bitte?«

Er riss sich zusammen, obwohl seine Gedanken unerfreulicherweise wieder zu Camilla wanderten. »Ich frage meinen Großvater. Nach der Sammlung Coleman und nach dieser Major Harris. Mehr kann ich im Moment nicht für Sie tun, Frau Falkenberg.«

Und eigentlich recherchiere ich gar nicht für Sie, sondern für mich selbst, fügte er still hinzu.

Nachdem sie noch ein paar Höflichkeitsfloskeln ausgetauscht hatten, legte Oliver den Hörer auf. Er starrte das Telefon auf seinem Schreibtisch eine Weile lang an, konstruierte im Kopf tatsächlich Verschwörungstheorien über Fälscherringe und Diebesbanden. Kurz stellte er sich Henry als eine Art Don Corleone der Kunstwelt vor. Eine völlig neue Rolle, die sich in seiner Vorstellungskraft nicht wie von selbst formte, denn sein Großvater war für ihn sogar in seinen kühnsten Bubenfantasien nie als Pate einer Mafiaorganisation infrage gekommen.

In diesem Moment wurde ihm klar, dass er Henry bereits mangelnde Rechtschaffenheit unterstellte. War Grandpa womöglich ein Hehler?

Oliver schlug mit der Faust auf den Tisch – als Ersatz für den Wunsch, sich für seinen Verdacht selbst zu geißeln. Außer einem leisen Klirren der Schreibtischlampe erreichte er jedoch nichts.

Das Gespräch mit Henry führte er von seiner Wohnung aus. Es erschien ihm nicht opportun, seine Fragen in einem Raum zu stellen, der einst das Büro seines Großvaters gewesen war, als dieser noch aktiv in der Galerie arbeitete. Die Möglichkeiten, die Oliver durch den Kopf gingen, bedrückten ihn sehr. Er gestand sich auf dem Heimweg durch die hell erleuchtete Innenstadt sogar ein, dass die Ungewissheit kaum auszuhalten war. Dennoch war ihm klar, dass er dem alten Herrn nicht alle seine Befürchtungen vorhalten konnte. Jedenfalls nicht am Telefon. Falls die Vorwürfe den Neunzigjährigen zusammenbrechen ließen, sollte er zur Stelle sein und wenigstens einen Arzt rufen.

Henry wirkte ausgesprochen fit und gut gelaunt, als Oliver ihn erreichte. »Alles bestens hier in Cornwall. Deine Großmutter erholt sich prächtig. Und Mrs. Lewsey kocht so vorzüglich, dass ich langsam fett werde. Gleich gibt es wieder ihre wunderbare Pastete. Was kann ich für dich tun? Du klingst, als wäre etwas nicht in Ordnung bei dir.«

Der alte Mann konnte hellsehen! Ein trauriges Lächeln umspielte Olivers Mundwinkel, sein Herz zog sich zusammen. »Ich wollte dich eigentlich nur kurz etwas fragen«, hob er vorsichtig an. Es tat ihm weh, sich vorzustellen, dass er Henry womöglich den Abend verdarb. »Sagt dir der Name Marion Harris etwas?«

»Ja. Natürlich. Das tut es. Ja«, kam die prompte Antwort über Satellit durch Olivers Handy an sein Ohr. »Es ist lange her. Aber ich kenne tatsächlich eine Marion Harris. Im Lauf der Zeit ist der Kontakt seltener geworden, aber nie abgebrochen. Das liebe Mädchen schickt deiner Großmutter und mir seit fast fünfzig Jahren jedes Weihnachten eine Karte.«

»Oh!«, machte Oliver verblüfft.

»Ich war ein Freund ihrer Mutter«, sagte Henry.

Diese Information verschlug Oliver die Sprache. Er hatte befürchtet, seinen Großvater in Schnappatmung zu versetzen, nicht aber damit gerechnet, selbst dermaßen überrascht zu werden. Um Worte ringend, die weder anklagend noch indiskret klangen, stand er hilflos mitten in seinem Wohnzimmer. Da drang Henrys Stimme wieder zu ihm durch.

»Warum fragst du nach meiner alten Bekanntschaft zu Marion Harris? Hat sie sich in der Galerie gemeldet?«

Oliver holte tief Luft, bevor er zu einer Erklärung ansetzte: »Diese Kunstexpertin aus München vom Auktionshaus Bonhoff hat Miss Harris kennengelernt. Du erinnerst dich …«

»Geht es um das *Liebespaar* von Leo Reichenstein?«

»Ja, Granddad, darum geht es«, gab Oliver zu, während er auf und ab zu laufen begann, weil er nicht stillhalten konnte. »Frau Falkenberg hat mit Miss Harris ein wenig über das Bild und die Sammlung Coleman geplaudert …«

»Was für eine Sammlung Coleman?«, fragte Henry mit unvermittelter Schärfe in der Stimme.

Oliver zuckte bei diesem Ton leicht zusammen. Er zögerte. Das war genau das Thema, das er mit Henry nicht am Telefon diskutieren wollte, aber nun war es zu spät für einen Rückzieher. Er seufzte, blieb vor dem Fenster stehen und sah blicklos in die Dunkelheit. Dann: »Der Reichenstein soll aus der Sammlung eines gewissen Philip Coleman in New York stammen. Seine Tochter hat das Gemälde eingeliefert. Sagt dir der Name Beatrice Coleman vielleicht auch etwas?«

Überraschenderweise blieb es still in der Leitung. Oliver glaubte ein Schnaufen zu hören, war sich jedoch nicht sicher. Waren die Informationen vielleicht doch etwas zu viel für seinen Großvater? Dieser ließ sich quälend lange Zeit mit einer Antwort.

»Es gibt keine Sammlung Coleman«, erwiderte Henry schroff. Er hüstelte, als wäre er Raucher und hätte verklebte Bronchien. »Und Philip lebte schon vor dem Zweiten Weltkrieg nicht mehr in New York. Was da erzählt wird, ist nichts als blanker Unsinn.«

»Das hat Marion Harris auch gesagt«, bestätigte Oliver leise.

»Und du bist dir sicher, dass Beatrice Coleman dieses Werk in dem Münchner Auktionshaus eingeliefert hat?«, wollte Henry wissen. »Ist es das Bild, das du neulich auf deinem neuen Computer hattest?«

»Auf meinem iPad. Ja. Darum geht es. Die Leinwand weist einen Galeriestempel von uns auf, Grandpa. Deshalb ist Frau Falkenberg an mich herangetreten.« Die seltsame Geschichte mit den verschwundenen Mails wollte er Henry dann doch lieber verschweigen. Vielleicht sich selbst auch Nachfragen ersparen. Bislang wartete er in dieser Sache noch auf eine Erklärung seines IT-Fachmanns.

»Ich sagte dir bereits, dass es sich dabei um eine Fälschung handelt.«

»Das weiß ich, aber …«

»Du glaubst doch nicht wirklich, ich hätte Philip Coleman etwas anderes als das Original gegeben?«

Sein Großvater besaß definitiv das zweite Gesicht!

Oliver wurde zunehmend nervöser. Er nahm die Wanderung durchs Wohnzimmer wieder auf. Er hatte einige Mühe, geistig zu verarbeiten, was Henry eigentlich gesagt hatte. Vor allem verstand er den Sinn nicht, der hinter den Worten seines Großvaters steckte. Um sicherzugehen, wiederholte er: »Du hast also das Original an Philip Coleman verkauft, der kein Sammler ist und …«

»Ich sagte, ich hätte Philip das Bild *gegeben*. Ich habe es ihm nicht verkauft, Oliver. Es war ein Geschenk.«

Er blieb vor Fassungslosigkeit so plötzlich stehen, dass er beinahe vornüberkippte. »Du hast ein Gemälde von dieser Bedeutung *verschenkt*? Das glaube ich jetzt nicht!«

»Zur Erinnerung an alte Zeiten. Philip betrachtete es übrigens als Leihgabe.«

»Muss ich das verstehen?«

»Nein …« Henry wurde offenbar abgelenkt.

Oliver hörte weibliche Stimmen im Hintergrund. Wahrscheinlich seine Großmutter oder die Haushälterin, die Henry zum Abendessen riefen. Obwohl sein Magen vor lauter Aufregung wie zugeschnürt war, lief Oliver bei dem Gedanken an die *Cornish Pasty* von Mrs. Lewsey das Wasser im Mund zusammen.

»Ich komme gleich«, Henrys Stimme klang gedämpft. Er wandte sich wieder seinem Anrufer zu: »Deine Geschichte gefällt mir nicht, Oliver. Ganz und gar nicht. Vor allem stört mich unser Galeriestempel auf dem Bild in München. Konntest du dieser Frau Falkenberg klarmachen, dass es sich bei der Einlieferung um eine Fälschung handelt?«

»Ich glaube, nicht wirklich«, log Oliver.

»Das Abendessen steht auf dem Tisch. Ich muss auflegen …«

»Was soll ich Anna Falkenberg denn nun sagen?«, unterbrach Oliver rasch. »Ich kann sie nicht mehr vertrösten. Warum bist du so sicher, dass sie eine Kopie vor sich hat?«

Henry lachte bitter auf. »Weil ich das Original besitze, mein Junge. Es befindet sich in einer Art geheimem Depot von mir. Aber das sollte deine Kollegin in München nicht erfahren. Und vor allem darf Beatrice Coleman nichts darüber wissen. Es ist sehr wichtig, dass du zu der Sache schweigst.«

Hatte Oliver zu Beginn des Gesprächs um die Gesundheit seines Großvaters gefürchtet, so stieg in ihm nun eine gewisse Panik auf, als ihm der Schweiß ausbrach. Sein Blut pulsierte und schickte eine unnatürliche Hitze in die Wangen, sein Herz klopfte schneller.

»Grandpa!«, rief er entsetzt aus. »Das darf doch wohl nicht wahr sein! Was ist das für ein seltsames Geschäft, von dem du mir da erzählst?«

»Noch habe ich dir nichts erzählt. Es ist so viel passiert, damals in Berlin und später in London. Es ist eine lange Geschichte, Oliver, die nicht für das Telefon geeignet ist. Komm her und ich werde dir verraten, wie alles zusammenhängt.«

Bevor Oliver etwas erwidern konnte, wurde die Verbindung unterbrochen. Henry hatte ohne einen Abschiedsgruß aufgelegt.

Oliver schien es, als würden ihn die Füße nicht mehr die paar Schritte zum Sofa tragen. Auf dem Platz, auf dem er stand, ging er in die Knie. Erschöpft sank er nieder. In seinem Kopf drehte sich ein Karussell aus Fragen und Antworten, die wieder neue Fragen aufwarfen. So viel war gesagt und nichts geklärt worden. Was, um alles in der Welt, konnte er Anna davon berichten? Vor allem, wie lange würde er die Wahrheit vor ihr verbergen wollen? Aber – was war eigentlich die Wahrheit?

Bill Haley rockte die Uhrzeit in seiner Hand.

Er sollte endlich mit diesem Kinderkram aufhören und einen vernünftigen Klingelton auf seinem Handy einstellen, beschloss Oliver verärgert.

»Hello«, meldete er sich, ohne auf dem Display nach der Nummer des Anrufers gesehen zu haben.

»Oliver, hier spricht noch einmal dein Großvater. Ich habe vergessen, dir etwas zu sagen.«

»Ja?«, fragte er müde.

»Ich bin kein Betrüger. Das solltest du wissen.«

Oliver bekam keine Luft mehr.

»Am besten wäre es wahrscheinlich, diese Kunstexpertin aus München kommt auch hierher«, fügte Henry hinzu. »Damit jeder Verdacht gegen mich persönlich oder die Galerie Richardson aus der Welt geschafft wird. Außerdem würde ich mit dieser Dame gern über Beatrice Coleman sprechen. Kannst du dafür sorgen?«

»Vielleicht … ich weiß nicht …«, haspelte Oliver. »Ich werde es … versuchen …«

»Gut. Das ist sehr gut. Dann wünsche ich dir einen schönen Abend …«

»Hey, warte!« Der Ausruf hatte ihn so viel Kraft gekostet, dass er erst einmal wie nach einem schnellen Lauf zur Ruhe kommen musste, bevor er die Frage stellen konnte, die sein Herz fast zum Zerspringen brachte: »Tut mir leid, dass ich dich aufhalte, Grandpa, aber etwas muss ich sofort wissen: Besteht irgendein Zusammenhang zwischen diesem Bild und meiner Praktikantin Camilla Coleman?«

Meiner ehemaligen Praktikantin, korrigierte er sich in Gedanken. Und zum ersten Mal gestand er sich ein, dass er vielleicht doch ein wenig verliebt in sie gewesen war.

»Natürlich«, erwiderte Henry. »Camilla ist Beatrice Colemans Tochter.«

38

Er sah ein bisschen aus wie Hugh Grant in *Notting Hill*, befand Anna. Sofern der hochgewachsene, schlaksige, gut angezogene Typ im Ankunftsbereich von Terminal fünf des Flughafens London-Heathrow Oliver Richardson war. Er wirkte ein wenig gelangweilt und sah sich mit einer gewissen Verunsicherung um, aus der sie seine Identität schloss. Dieser Mann wartete eindeutig auf jemanden, den er nicht kannte, und besaß dennoch nicht die Aura eines Chauffeurs. Außerdem hielt er kein Schild vor die Brust, das ihn als Mitarbeiter irgendeines Unternehmens auswies.

Um ihn einen Moment lang in Ruhe mustern zu können, blieb sie an der Glastür stehen. Er hatte leicht gelocktes dunkelblondes Haar und ein schmales, fein geschnittenes Gesicht mit einer auffallend geraden Nase. Sein wohlproportionierter Körper steckte in gebügelten Jeans, einem hellblauen Oberhemd, dessen oberster Knopf offen stand, und einer cognacfarbenen Wildlederjacke. Er sah nicht aus wie ein Künstler, sondern wie jemand, der sich in der Szene bewegte, dort aber viel Geld verdiente. Oder ererbt hat, dachte Anna.

Sie umfasste den Griff ihrer Reisetasche fester und ging auf den Mann zu. Gleichzeitig hoffte sie, sich nicht zu irren. Es konnte sich bei Oliver Richardson noch immer um den kleinen Dicken handeln, der wie ein Punchingball durch die Ankunftshalle sprang auf der Suche nach jemandem. Oder um den Lackaffen im schwarzen Anzug mit weinrotem Einstecktuch, der sein gegeltes Haar nach hinten strich. Die anderen Wartenden standen in Gruppen beisammen oder hatten bereits den Passagier begrüßt, den sie vom Flughafen abholen wollten. Anna hatte die Frühmaschine gebucht und war überwiegend mit Geschäftsreisenden geflogen, Familienzusammenführungen gab es daher nicht zu beobachten.

»Mr. Richardson?«, fragte sie, als sie vor die Hugh-Grant-Kopie trat.

Er zuckte zusammen, dann starrte er sie baff an. Seine Augen glitten über ihr Gesicht, ihr streng zurückgestecktes Haar, ihre weibliche Figur, die sie vergeblich unter einem langen Gehrock zu verbergen suchte. Schließlich sah er durch die Brillengläser direkt in ihre Augen.

»Frau Falkenberg?«, gab er mit einem nunmehr höchst souveränen Lächeln zurück und nahm ihr mit selbstverständlichem Druck die Tasche aus der Hand.

»Es ist sehr nett, dass Sie mich abholen«, plauderte sie, während sie an seiner Seite durch die aus Glas und Stahl geschaffene Konstruktion der Ankunftshalle schritt. »Noch dazu um diese Uhrzeit, aber mein Chef legte Wert darauf, dass ich den preiswertesten Flug buchte. Und die später startenden Maschinen sind teurer.«

»Ich bin froh, dass Sie überhaupt gekommen und bereit sind, mit mir nach Cornwall zu fahren.«

»Diese Gelegenheit konnte ich mir nicht entgehen lassen«, lachte Anna. »Ich wollte schon immer mal in die Heimat von Daphne du Maurier und Rosamunde Pilcher. Und als Kind habe ich die Romane von Enid Blyton geliebt. Wenn ich richtig informiert bin, gingen Hanni und Nanni und Dolly in Cornwall aufs Internat.«

Er warf ihr einen belustigten Seitenblick zu. »Ich hätte schwören können, die kornischen Künstler ziehen Sie mehr an. Oder die Tate Modern in St Ives. Ich hatte ja keine Ahnung, dass Sie Unterhaltungsliteratur den Galerien vorziehen. Wenn Sie möchten, zeige ich Ihnen Manderley – oder besser: Menabilly, das Vorbild für den Landsitz von Rebecca.«

Nach einem kurzen Fußmarsch Seit an Seit erreichten sie den Kurzzeit-Parkplatz, auf dem Oliver Richardson den Wagen abgestellt hatte. Während er am Kassenautomaten bezahlte, hielt Anna das Gesicht in die warme Morgenbrise und schloss für einen Moment todmüde die Augen. Sie hatte zu nachtschlafender Zeit zum Flughafen aufbrechen müssen und hielt sich eigentlich nur durch das Adrenalin aufrecht, das ihr in Anbetracht des zu erwartenden Gesprächs mit dem alten Richardson durch die Adern floss.

Wenn sie die Geschichte am Telefon richtig verstanden hatte, war nicht nur das *Liebespaar* von Leo Reichenstein in Bonhoffs Safe eine Fälschung, sondern es lag auch die Vermutung nahe, dass Beatrice Coleman eine Betrügerin war. Allem Anschein nach hatte sie die Kopie eingeliefert, obwohl sie wusste, wo sich das Original befand. Oder es zumindest ahnte. Ganz hatte Anna den Bericht des Engländers nicht begriffen. Absolut sicher schien jedenfalls, dass keine Sammlung Coleman existierte, was wiederum Rainer Bonhoff in Panik versetzte, weil das Gemälde aus dieser erfundenen Sammlung, das er vor zwei Jahren versteigert hatte, vermutlich ebenfalls nicht echt war. Das war auch der Grund, warum er die Dienstreise nach London genehmigte. Den Verkauf des Reichensteins konnte er einfach nur ablehnen, aber das andere Bild …

»Aufwachen!«, unterbrach Oliver ihre Gedanken.

Sie schlug die Augen auf. »Tut mir leid …«

»Schlafen Sie lieber im Auto als im Stehen«, schlug er vor und nahm mit derselben Selbstverständlichkeit, mit der er zuvor die Tasche ergriffen hatte, ihren Arm.

Er lenkte sie an parkenden Wagen vorbei zu einer schwarzen Limousine. Sie erkannte den Wagen aus der Fernsehwerbung. Ihren erstaunten Blick ignorierend, öffnete er mit der Fernbedienung den Kofferraum, in dem er ihr Handgepäck verstaute. Als er den Deckel automatisch zufallen ließ, bestätigte er ihren Gedanken: »Ich habe ein Faible für die alten *James Bond*-Filme.«

»Ist das der Citroën, den Sean Connery fährt?«

Oliver grinste. »Und Sie sind ein Typ wie Ursula Andress.«

»Kim Basinger wäre mir lieber.«

»Mhm«, pflichtete er ihr bei, »Sie kennen sich aus. Also, gut, dann eben ein Typ wie Kim Basinger. Ehrlich gesagt bin ich froh, dass ich nicht fünf oder sechs Stunden neben Miss Moneypenny im Auto sitzen muss. Kommen Sie, steigen Sie ein.«

Anna realisierte in ihrer Müdigkeit nicht, dass in Großbritannien Linksverkehr herrschte. Sie steuerte automatisch die rechte Seite des Autos an – und prallte prompt mit Oliver Richardson zusammen, der sich angeschickt hatte, ihr die Beifahrertür auf der linken Wagenseite zu öffnen.

Der männliche Duft seines Aftershaves stieg ihr in die Nase, Zitrusaromen und der Geruch von Sandelholz, Zedern und Ingwer berührten ihre Sinne. Er hob die Hände und umfasste ihre Oberarme mit festem Griff. Eine Berührung, die nicht minder angenehm war. Es war nicht klar, ob er sie festhalten oder von sich stoßen wollte.

Vorsicht, Anna!, mahnte eine Stimme in ihrem Hinterkopf. Lass dich nicht verwirren. Du bist ein leichtes Ziel, weil du schon zu lange allein bist. Und der Typ ist wahrscheinlich mehr als ein Gelegenheitsverführer.

Oliver drehte sie sanft in die richtige Richtung. »Hierzulande ist alles andersherum«, sagte er schmunzelnd und ließ sie los.

»Danke«, erwiderte sie kühl.

Er hielt ihr stumm die Beifahrertür auf.

Anna sank auf den elfenbeinfarbenen Ledersitz und schwieg ebenfalls.

Wegen des morgendlichen Berufsverkehrs nahm Oliver die Autobahn M4 in Richtung Gatwick und wechselte dann auf die M5 nach Bristol, statt die südliche Route einzuschlagen, an die er sich vor zwei Wochen gehalten hatte. Der Wagen glitt ruhig und fast geräuschlos dahin und schläferte Anna Falkenberg binnen Minuten ein. Oliver warf ihr gelegentlich einen Seitenblick zu und beobachtete kurz das Flattern ihrer Lider im Traum. Die Brille hatte sie abgenommen, und er entdeckte, dass sie für eine Blondine überraschend lange, dunkle Wimpern besaß.

Er hatte sie gestern Abend endlich gegoogelt, war damit aber nicht erfolgreich gewesen. Bei der Fülle von Fotos, die nach der Eingabe ihres Namens auf seinem Computerbildschirm auftauchten, war auf den ersten Blick nicht festzustellen, welches Porträt zu der Frau gehörte, die er suchte. Ein Facebook-Konto schien sie auch nicht zu besitzen. Letztlich fand er seine Recherche dann jedoch nicht so wichtig, dass er sich damit mehrere Stunden beschäftigen wollte, und trennte seinen Laptop vom Netz.

Umso überraschender war die erste Begegnung mit ihr. Die einzige attraktive junge Frau zwischen den überwiegend männlichen Geschäftsreisenden war ihm sofort aufgefallen. Er hatte aber nicht damit gerechnet, dass dies ausgerechnet die Kunstexpertin sein würde, denn in ihrer schwarzen Röhrenjeans, dem weißem T-Shirt und der langen weißen Leinenjacke entsprach sie nicht seinen Erwartungen. Auch ihre Reisetasche, der Nachbau eines altmodischen Arztkoffers, passte nicht so recht zu seinen Vorstellungen. Sie war viel zu gestylt, aber zweifellos eine Frau, die er unter anderen Voraussetzungen gern privat kennengelernt hätte.

Keinesfalls Miss Moneypenny, dachte er amüsiert. Wenn sie die Locken, die sich im Schlaf aus den Haarnadeln lösten, nicht so straff hochgesteckt hätte, wäre er wahrscheinlich sofort auf den zutreffenden Vergleich mit der jungen Kim Basinger gekommen.

Im Radio röhrte Lady Gaga. Er drückte auf eine Taste am Steuerrad, um die Lautstärke zu reduzieren. Offensichtlich war es sein Schicksal, die Autofahrten nach Cornwall neuerdings mit schlafenden Beifahrerinnen zu verbringen.

Dumpf erklangen die ersten Takte einer klassischen Musik im Fußraum des Beifahrersitzes. Beethoven. Oliver lächelte still in sich hinein. Wenigstens erfüllte die Ruftonmelodie ihres Handys seine Erwartungen.

39

Anna schreckte aus einem wirren Traum, den sie im Moment des Wachwerdens wieder vergaß. Im Halbschlaf zerrte sie am Bügel der Shopper Bag, die sie ebenso wie ihr Handgepäck eigens für diese Reise gekauft hatte. Es war eine extravagante Ausgabe, die ihr unter den gegebenen Umständen angemessen erschien. Als sie mit geschlossenen Augen jedoch im Chaos ihrer neuen Tasche wühlte, machte es sie wütend, dass sie nicht in das vertraute Durcheinander griff. Endlich ertastete sie ihr Handy und zog es hervor.

Ihre Lider hoben sich, sie drückte auf die Empfangtaste und sah sich gleichzeitig irritiert um. Vor der Panoramascheibe erstreckte sich eine offensichtlich fruchtbare, grüne Ebene und dahinter ein von grauen und weißen Wolken durchsetzter blassblauer Himmel, ungewöhnlich schattiert von den rosafarbenen, lavendellila und orangeroten bis gelben Lichtstreifen der Morgensonne.

In dem Bemühen, nicht zu starren, sondern Flüchtigkeit zu

demonstrieren, sah sie kurz zu Oliver Richardson. Der lächelte ihr zu und flüsterte: »Guten Morgen!«

Wie peinlich, dass sie dank seiner ruhigen Fahrweise eingenickt war! Derartige Unprofessionalität konnte auch ein neues Taschenset nicht wettmachen.

»Anna … hallo … hier ist deine Mutter …«, drang eine weibliche Stimme aus dem Lautsprecher ihres Handys.

»Oh ja … hallo …«, sagte sie und an ihren Chauffeur gewandt: »Entschuldigen Sie, bitte.«

Oliver zuckte mit den Achseln, konzentrierte sich auf den Verkehr.

»Bist du gut angekommen?«

»Ja, Mama.« Ohne Oliver Richardson an ihrer Seite wäre ihr der Anruf durchaus willkommen gewesen. So empfand sie die Situation aber als absolut unangemessen. »Ich bin im Auto und fahre nach Cornwall. Von dort melde ich mich …« Sie legte eine kurze Pause ein. Dann: »Ist alles in Ordnung bei dir und Emily?«

»Deshalb störe ich dich«, erwiderte Christiane, und Anna bemerkte plötzlich, wie atemlos ihre Mutter klang. »Ich wollte Emily zum Kindergarten bringen, wie immer, aber dann habe ich ihn gesehen, Anna. Diesen fremden Mann, von dem unsere Kleine erzählt hat.«

Anna erbleichte. Die Hand, die das Mobiltelefon hielt, begann unkontrolliert zu zittern. Sie wusste, dass ihre Tochter bei der Oma bestens aufgehoben war, aber sie wünschte, sie wäre in diesem Moment nicht so weit weg. Ihr Beschützerinstinkt zog sie nach München zurück, ihr Herz zerriss zwischen ihrem Pflichtgefühl und ihrer Mutterliebe. Drei Tage. Wie sollte sie es so lange in Cornwall aushalten, während Emily in Gefahr schwebte? Möglicherweise in Gefahr schwebte, korrigierte die Stimme der Vernunft in ihrem Kopf.

Sie zwang sich zur Ruhe und zu logischem Denken. Deshalb fragte sie in sachlichem Ton: »Wie kommst du darauf, dass das der Typ ist?« Die Anwesenheit ihres Geschäftspartners hatte sie ausgeblendet.

»Er kam mir irgendwie bekannt vor, als hätte ich ihn schon einmal gesehen. Ich ging also auf ihn zu, um ihn zu fragen, ob wir uns vielleicht kennen, aber da lief er weg. Du weißt, dass ich normalerweise nicht zu Hysterie neige, aber in diesem Fall … Es tut mir leid, dass ich dir damit den Aufenthalt in England verderbe, aber ich finde, das solltest du wissen.«

»Ja …« Annas Stimme war nur mehr ein Krächzen. Sie räusperte sich, aber ihre Stimmbänder versagten ihr den Dienst, klangen wie Reibeisen: »Kannst du den Mann beschreiben? Dann geh bitte sofort zur Polizei …«

»Da war ich schon, aber der Beamte hielt mich für eine gelangweilte oder verrückte Alte oder beides. Er nahm die Anzeige zwar auf, aber ich bezweifle, dass damit irgendetwas passiert.«

Anna spürte Olivers Blick auf sich ruhen, aber sie sah nicht zu ihm hinüber. Sie schickte ein stummes Gebet in die Regenbogenfarben des Himmels über der Autobahn. Laut sagte sie: »Ruf bitte die Erzieherin an und erinnere sie, dass sie gut aufpassen soll und …«

»Emily ist bei mir. Sie hat sich so erschreckt, dass sie nicht in den Kindergarten gehen wollte. Da habe ich sie wieder mit nach Hause genommen. Sie ist vollkommen aus dem Häuschen. Auch sie hat den Mann erkannt«, fügte Annas Mutter bedeutungsschwer hinzu.

Unwillkürlich ballte Anna die freie Hand zur Faust. Spontan lag ihr auf der Zunge, einen Flug nach London vorzuschlagen. Alles war gut und zu regeln, wenn sie Emily in ihrer Nähe wusste. Doch natürlich war ihr Wunsch irrational und keine

Lösung. Wie sollte sie den Richardsons die veränderte Situation erklären? Welche Rechtfertigung besaß sie gegenüber Rainer Bonhoff, der sie immerhin zu einem Geschäftstermin geschickt hatte? Er bezahlte sie nicht für einen Familienausflug. Ich bin die Meisterin der Unprofessionalität, dachte sie bedrückt.

»Anna?!«

Ihr wurde bewusst, dass sie zu lange geschwiegen hatte. Keine Panik, ermahnte sie sich still. »Es ist gut, dass ihr zu Hause geblieben seid, und ich bin ja auch bald wieder da«, erwiderte sie schwach.

»Natürlich, aber du solltest dich jetzt nicht aufregen«, sagte ihre Mutter, und Anna lachte bitter in sich hinein, weil das der schlechteste Rat war, den Christiane ihr je gegeben hatte. »Ich denke, es ist für uns alle am besten, wenn ich mit Emily auch ein paar Tage verreise. Jedenfalls bis zu deiner Rückkehr. Dann begegnen wir keinen bösen Männern mehr, und du kannst in Ruhe deine Arbeit machen.«

Verblüfft fragte Anna: »Wohin willst du denn mit ihr fahren?«

»Nach Berlin«, kam die Antwort. »Mein Besuch bei deiner Großmutter ist längst überfällig. Und Emily freut sich auf ein Wiedersehen mit ihrer Uromi.«

Anna dachte an die alte Dame, die so zart und zerbrechlich wirkte, aber für Christiane und sie selbst immer das Maß aller Dinge gewesen war. Kein anderer Mensch in ihrem Leben, nicht einmal ihr Vater und schon gar nicht Daniel, hatte ihr jemals so viel Schutz und Geborgenheit vermitteln können wie ihre Großmutter. Einerlei, ob aus der Entfernung mit dem Wissen um ihre unerschütterliche Liebe oder in ihrer räumlichen Nähe. Obwohl sie schon über achtzig Jahre alt war, schien sie Anna tatsächlich die am besten geeignete Person zu sein, Emily vor einem möglicherweise drohenden Ungemach zu bewahren. Warum war sie eigentlich nicht schon selbst darauf gekommen?

»Vielleicht kann ich meinen Flug irgendwie umbuchen und zurück nach Berlin fliegen«, erwog Anna und wusste im selben Moment, dass das wahrscheinlich nicht möglich sein würde. Deshalb fügte sie hinzu: »Ich will sehen, was ich machen kann, aber ich finde deine Idee ganz großartig, Mama.«

»Nun sind wir alle irgendwo gut untergebracht, nicht wahr? Ich hoffe, dass sich die Situation in der Zwischenzeit beruhigt oder zumindest aufklärt. Es wird bestimmt alles gut, Anna.«

»Ich hoffe es auch, Mama. Melde dich bitte kurz, wenn ihr bei Oma angekommen seid.«

»Das machen wir. Dann will dich Emily bestimmt auch sprechen. Ich habe sie jetzt mit einem Versandkatalog und der Kinderschere aufs Sofa gesetzt, um allein mit dir sprechen zu können. Sie schneidet gerade Bilder aus – wie du es als kleines Mädchen immer gemacht hast. Bis bald, mein Liebes.«

Anna blickte nachdenklich auf ihr Handy, bevor sie es zurück in die Tasche stopfte. Es war der Apparat, auf dem sie den Drohanruf erhalten hatte. Russische Interessen! Konnten ihre Mutter und ihre Tochter tatsächlich vor der Ostmafia – oder wie immer man solche Organisationen nannte – fliehen? Ja, sagte ihre innere Stimme wieder, wenn, dann nach Berlin zu ihrer Oma.

Nach einer Weile wurde ihr bewusst, dass sie nicht allein war. Sie nahm ihre Brille, die ihr beim Schlafen in den Schoß gefallen war, und schob sie sich auf die Nase. Dann drehte sie sich zu Oliver Richardson um. »Ich glaube, ich bin Ihnen eine Erklärung schuldig.«

Er sah ihr kurz in die Augen, lächelte und schüttelte den Kopf. »Nein, sind Sie nicht. Es ist okay, dass Sie mit Ihrer Mutter telefoniert und ein paar familiäre Dinge geklärt haben. Normalerweise wäre ich ja nicht in Hörweite bei Ihnen geblieben …«

»Das meinte ich nicht«, unterbrach sie ihn hastig. »Es geht um etwas anderes: Ich habe Ihnen nicht alles über den Reichenstein erzählt. Oder zumindest nicht alles, was in dieser Sache sonst noch geschehen ist.«

»Ich habe Zeit. Bis St Ives sind es noch gut vier Stunden Fahrt.«

Sie erwiderte sein Lächeln und dachte, dass er ein angenehmer Gesprächspartner war.

Berlin, 1946

40

Wenn Henry darüber nachdachte, beschlich ihn das Gefühl, noch nie in seinem Leben so viel gelaufen zu sein wie in diesem Frühling in Berlin. Er ging endlos spazieren und redete dabei – manchmal wie ein Wasserfall. Oft war er aber auch still und lauschte aufmerksam, was ihm seine Begleiterin erzählte. Noch nie war er stundenlang herumgewandert und hatte sich dabei so intensiv unterhalten. Jedenfalls nicht über einen Zeitraum von Wochen und Monaten. Und nie hatte er sich so wohl in der Gesellschaft einer jungen Frau gefühlt – ohne mit ihr zu flirten oder auch nur einen Annäherungsversuch zu wagen.

Nach dem Konzert im Titania-Palast hatte Brigitte ihm mit aller Deutlichkeit erklärt: »Bitte denken Sie nicht, dass ich mit Ihnen ausgegangen wäre, wenn nicht ursprünglich Fräulein Brahm und Fee zugesagt hätten.«

Henry stand wie versteinert vor ihr und fühlte sich seltsam verloren. Ihre Worte trafen ihn wie eine kalte Dusche. Eigentlich hätte er verärgert sein müssen, denn er hatte ihr ein unvergessliches Musikerlebnis geschenkt. Zudem war sie seinem Eindruck nach in den vergangenen Stunden gut unterhalten worden – sowohl von den Philharmonikern als auch von ihm. Ein freundlicherer Abschied wäre unter diesen Umständen zu erwarten gewesen. Sie hätte wenigstens sagen können, dass es ein schöner Abend war …

Zu seiner eigenen Verwunderung beendete er das Gespräch nicht, indem er sich unverzüglich verabschiedete. Er harrte aus und fragte: »Mögen Sie mich nicht?«

Im nächsten Moment schalt er sich für seine kindische Bemerkung. Er hoffte, dass sie ihn nicht auslachte, aber es war zu dunkel, um ihren Gesichtsausdruck auszumachen. Sie standen vor einem Seiteneingang des St.-Gertrauden-Krankenhauses, der zu den Schwesternzimmern führte. Es schien Henry, als wäre es hier besonders finster, zumal das Gebäude den Mond verdeckte. Die Notbeleuchtung der Klinik reichte nur aus, um das Hauptportal zu erhellen, aber das befand sich um die Ecke.

Eine entnervend lange Zeit schwieg sie. Schließlich: »Ich möchte nicht, dass Sie mich für eines dieser Mädchen halten, die mit jedem Besatzungssoldaten gehen.«

»Das habe ich niemals angenommen.«

»Danke.« Brigitte streckte ihm ihre Rechte entgegen, die er sogleich ergriff. Ihre Hand war kalt, die Innenfläche rau von harter Arbeit und dem Kontakt mit Desinfektionsmitteln.

Er hielt ihre Finger fest umschlossen. »Und ich bin keiner der Männer, die möglichst viele Kriegsbräute sammeln.«

»Ich dachte mir schon, dass jemand wie Sie eine Freundin hat, die in der Heimat wartet.«

»Nein. Wahrscheinlich enttäusche ich Sie jetzt, aber das Bild, das Sie sich offenbar von mir machen, ist gänzlich falsch. Nein, es wartet niemand in England auf mich, der mir etwas bedeutet.« Erstaunt registrierte er, dass dem tatsächlich so war. Sein Vater war eine Art Institution, an der sein Herz jedoch nicht mit Liebe hing.

Zu seiner größten Enttäuschung sagte sie nur: »Das tut mir leid.« Dann entzog sie ihm die Hand.

»Wissen Sie, was meiner Meinung nach einen größeren

Wert besitzt als eine flüchtige Liebelei?«, improvisierte er und kam sich wieder ziemlich dumm vor. Was tat er hier eigentlich? Wider besseres Wissen fuhr er fort: »Ich finde, eine gute Kameradschaft ist nicht zu verachten.«

»Ganz sicher nicht«, pflichtete sie ihm bei.

»Dann sollten wir Freunde werden können.«

»Ja...« Ihre Zustimmung klang halbherzig. Das Wort kam langgezogen und langsam über ihre Lippen, als müsste sie über seine Feststellung erst nachdenken. »Eigentlich ist Jack Tennant mein Freund ...«

»... aber das ist selbstverständlich nicht zu vergleichen.«

»Nein, natürlich nicht.«

»Deshalb hole ich Sie am nächsten Sonntag zu einem Spaziergang ab. Sie können mir sicher ein paar interessante Plätze zeigen. Ich bin ja fremd in Berlin. Und so unter Kameraden ist ein Spaziergang vollkommen harmlos.«

»Ja, das könnte ich ... ich meine ... Ich würde Sie gern ein wenig herumführen, obwohl ... Es ist nur alles nicht mehr so schön wie früher ... Aber spazierengehen kann man natürlich trotzdem ... und das bedeutet nichts. Sie haben ganz Recht ...«

Er sah sie an, ohne sie deutlich zu sehen. Aber ihr Gesicht war so tief in sein Gedächtnis eingeprägt, dass er es selbst mit geschlossenen Augen hätte betrachten können: die Verwunderung, die in ihren Zügen lag, ein feines Lächeln, das ihre Grübchen vertiefte. Es spielte keine Rolle, dass er bei der herrschenden Dunkelheit ihre Umrisse nur schemenhaft wahrnahm. Er war sich sogar des Glanzes in ihrem Blick bewusst. Ohne weiteres hätte er in der Finsternis ihren Mund gefunden.

Aber er wollte nicht.

»Ich werde auf Sie warten. Gute Nacht, Fräulein Wiese.«

»Gute Nacht, Captain Richardson.«

Von diesem Abend an lief er an Brigittes Seite durch Berlin. Sie legten endlos viele Kilometer zurück, von denen Henry im Nachhinein nicht einmal ansatzweise wusste, wohin sie ihn eigentlich geführt hatten. Er folgte ihren Schritten wie ein anhänglicher Hund, mit allen Sinnen auf ihre Stimme oder seine Worte konzentriert und nicht auf die Umgebung. Wie ein ungeschriebenes, unausgesprochenes Gesetz bestand zwischen beiden Einigkeit darüber, dass sie sich niemals berührten – außer zu einem Händedruck zur Begrüßung und zum Abschied. Niemals legte einer dem anderen zufällig die Hand auf den Arm, er wich ihren Gesten sogar aus, mit denen sie ihre Worte zuweilen lebhaft unterstrich. Nur ihre Blicke tauchten manchmal unbeabsichtigt ineinander und rissen sich anschließend erschrocken wieder los.

Brigitte berichtete von den letzten Kriegstagen. Davon, wie eine Schwester im Garten des Krankenhauses tödlich von einem Granatsplitter getroffen wurde. Sie erzählte von den schwierigen Bedingungen, unter denen Kranke und Verwundete im Keller behandelt werden mussten, weil das Gebäude unter Dauerbeschuss geriet. Die vielen Toten wurden in Massengräbern bestattet, unter anderem mitten auf dem Heidelberger Platz.

»Der Kampf um Berlin war furchtbar, es flogen ständig Tiefflieger über das Krankenhaus, aber die Engel haben uns alle beschützt«, versicherte sie, als er sie nach dem Einmarsch der Roten Armee fragte. »Es gab keine Vergewaltigungen, wenn Sie das meinen. Viele Frauen und Mädchen aus den umliegenden Häusern flüchteten sich deshalb zu uns. Manchmal blieben tausendzweihundert Menschen über Nacht im Keller – ohne Licht, Wasser und Nahrung. Die Soldaten machten viel kaputt, hinterließen Unrat und Schmutz, aber das war nichts, was man nicht aufwischen konnte. Schlimm war, dass sie uns die Vorräte nahmen. Wir hatten nichts zu essen und wenig, womit wir die Patienten behandeln konnten. Es wurde erst besser, als Sie nach Wilmersdorf zogen.«

»Ich?«, fragte er in gespielter Entrüstung. »Ich kam nicht mit der ersten Truppe her. Die wichtigen Offiziere bildeten die Nachhut.«

»Trotzdem ist es gut, dass Sie da sind«, erwiderte sie leise, während der Wind in ihr Haar fuhr und ihr eine Strähne ins Gesicht blies. Henry ballte die Hand zur Faust und widerstand der Versuchung, sie zurückzustreifen.

Manchmal kam sie zu spät zu einer Verabredung, weil sie Überstunden machen musste. Doch er wartete geduldig am vereinbarten Treffpunkt, absolut sicher, dass sie irgendwann schon auftauchen werde.

»Die Infektionskrankheiten breiten sich in einer Geschwindigkeit aus, der niemand mehr Herr wird«, sagte sie atemlos. »Die bisherige Infektionsstation reicht nicht mehr für alle Patienten aus, wir mussten eine neue Station mit den Kranken belegen. Fleckfieber, Hungerödeme, offene Tuberkulose, Typhus, Ruhr … Als ich meine Ausbildung begann, habe ich nicht geglaubt, dass ich so etwas einmal in dieser Form erleben müsste. Und dann die vielen Kinder, die noch immer von ihren Familien getrennt durch die Stadt irren. Die haben meistens Läuse und müssen oft mit DDT eingesprüht werden, aber viele vertragen das Insektizid nicht und werden dadurch erst recht krank.«

Unwillkürlich fielen Henry die Plakate am Schwarzen Brett des Hauptquartiers und anderer britischer wie amerikanischer Einrichtungen ein, die vor einem Jahr noch vor einer Fraternisierung mit den deutschen Frauen und inzwischen vor der Ansteckungsgefahr mit Geschlechtskrankheiten warnten. Er fragte sich, ob Brigitte mit Officer Tennant ins Bett ging, und verwünschte im nächsten Moment seine Fantasie, die ihm Bilder vorgaukelte, die er nicht sehen wollte. Er dachte an seinen Anfangsfehler, als er sie für eine Novizin gehalten hatte, und insgeheim gestand er sich ein, dass es einfacher für ihn wäre, wenn sie Nonne würde.

»Wohin wollen Sie denn mit der ganzen Bettwäsche?«, erkundigte er sich verblüfft, als ihm Brigitte eines Tages mit einem Berg voll Leintüchern in den Armen entgegenlief.

»Zum offiziellen Tauschmarkt«, klärte sie ihn mit der Verwunderung eines Menschen auf, für den derartige Aktionen zur Normalität gehörten. »Könnten Sie mir das bitte abnehmen? Diese alte Lazarettwäsche ist unglaublich schwer, aber man kann sie einfärben und daraus Sommerkleider nähen.«

»Aha.« Das überraschend große Gewicht zog seine Schultern herab. Die Vorstellung, beladen mit einem Haufen alter Bettlinnen in Uniform durch den britischen Sektor zu laufen, behagte ihm nicht.

Er zog ein zerknirschtes, ratloses Gesicht, über das Brigitte zu lachen begann.

»Ich sagte *Tauschmarkt* und nicht Schwarzmarkt. Den würde ich Ihnen niemals zumuten, Captain Richardson. Wir wollen doch schön bei Recht und Ordnung bleiben, nicht wahr?«, feixte sie. »Dabei hat sogar Kardinal Frings gläubigen Katholiken erlaubt, von Güterwaggons Kohlen zu klauen.«

Henry hob die Augen gen Himmel. »Was erhoffen Sie sich denn vom Handel?«

»Keine Ahnung. Ich nehme, was ich kriegen kann und was unseren Patienten in irgendeiner Weise nützt. Das Wichtigste bekomme ich ja ohnehin nicht, da der Tausch mit Lebensmitteln verboten ist.« Das wusste er ebenso gut wie die Tatsache, dass die ausgegebenen Lebensmittelkarten nicht einmal ausreichten, die tausend Kalorien pro Tag zu ermöglichen, die jedem Deutschen an Nahrung zustanden.

»Dann gebe ich eben heute den Packesel«, willigte er unglücklich ein.

»Das brauchen Sie nicht. Dafür habe ich einen Drahtesel«, erwiderte Brigitte und lachte über das Wortspiel. »Es wäre nur sehr nett, wenn Sie die Wäsche auf dem Gepäckträger meines Fahrrads befestigen könnten.«

»Hoffentlich kann ich das«, entfuhr es ihm. Kaum war der Satz über seine Lippen, bereute er ihn. Denn Brigitte rief perplex aus: »Aber das ist doch gar nicht schwierig!«

»Für jemanden, der nicht Rad fahren kann, wahrscheinlich schon.«

Ihre Augen weiteten sich vor Überraschung. »Das gibt es doch gar nicht!«, rief sie aus und fügte, jedes Wort einzeln betonend, hinzu: »*Sie können nicht Rad fahren*?«

Verärgert über die eigene Geschwätzigkeit antwortete er schroff: »So etwas soll es geben.«

»Aber warum? Jedes Kind kann das!«

Er zuckte mit den Achseln. »Die Wege in Cornwall sind ziemlich uneben, die Straßen eng, kurvig und manchmal steil. Meine Mutter hatte schreckliche Angst, dass meine Brüder und ich auf die Nase fallen würden. Deshalb bekamen wir keine Räder. Im Internat ging ich anderen Sportarten nach, und an der Universität ergab sich keine Gelegenheit mehr, da hatte ich bereits ein Auto. Inzwischen ist es für derartige Vergnügen zu spät.«

»Nein, nein, nein. So geht das nicht. Jeder Mensch kann Fahrrad fahren. Sie auch. Und dafür ist es nie zu spät … Ich bringe es Ihnen bei!«

»Unsinn …«

Plötzlich schien sie ein Ziel zu haben, das sie resolut anstrebte: »Sie werden sehen, dass Fahrradfahren nicht nur eine sehr effiziente Methode ist, von einem Ort zum anderen zu kommen, sondern auch viel Spaß macht. Ich bringe es Ihnen bei!«

Henry protestierte, doch wusste er bereits bei seinem ersten »Nein!«, dass sie keine Widerrede gelten ließ.

Er sagte sich, dass Millionen überall auf der Welt in der Lage waren, sich auf einem Fahrrad zu halten, ohne herunterzufallen. Menschen, die nicht seine Intelligenz, Bildung und Sportlichkeit besaßen, konnten einen Drahtesel lenken. Dennoch fürchtete er, sich zumindest bei seinen ersten Versuchen der Lächerlichkeit preiszugeben. Aber er ignorierte die warnende Stimme in seinem Innersten und vertraute auf den Gedanken, dass er es schon schaffen werde, einigermaßen Haltung zu bewahren.

Letztlich spielte es auch keine Rolle, wie sehr er sich zum Narren machte. Er war ja bereits geübt darin, weil er seine Zeit mit einer jungen Frau verbrachte, die nicht müde wurde, Henry an ihre Loyalität zu ihrem amerikanischen Freund zu erinnern.

So lehnte sie es etwa strikt ab, sich von ihm auch nur in ein Café einladen zu lassen, geschweige denn noch einmal zu einem Konzert, ins Theater, Kino oder gar zum Tanzen. »Mit Jack treffe ich mich zum Rendezvous, aber doch nicht mit Ihnen, Captain Richardson«, erklärte sie indigniert, als er zu Beginn ihrer endlosen Spaziergänge mehrmals einen anderen Treffpunkt oder ein bestimmtes Ziel vorschlug.

Also war das Schicksal ihrer Verabredungen besiegelt, und wenn er es recht bedachte, war das Fahrradtraining zumindest eine Abwechslung.

Da noch nicht alle Minen von den einsamen Wegen des

Grunewalds geräumt waren, blieb Henry nichts anderes übrig, als in einer stillen Seitenstraße auf der Rückseite des britischen Hauptquartiers zu seinem ersten Versuch zu starten. Zwischen der russisch-orthodoxen Christi-Auferstehungs-Kathedrale und der Wilmersdorfer Moschee mit ihren zerschossenen Minaretten betete er still gen Himmel, nicht auf die Nase zu fallen, wie es seine Mutter einst befürchtet hatte. Und er hoffte auf möglichst wenige zufällige Zuschauer.

Brigitte hielt den Lenker, als er sich mutig auf den Sattel schwang.

»Ich sitze wie auf einem Stuhl«, protestierte er, da er die Knie einknicken musste und bequem mit den Füßen aufkam. »Kann man den Sitz nicht höher stellen?«

»Doch, natürlich. Aber das spielt jetzt keine Rolle. Sie sollten sich anfangs abwechselnd mit beiden Füßen vom Boden abstoßen, um Ihr Gleichgewicht zu trainieren und ein Gefühl für Ihr Fortbewegungsmittel zu bekommen.«

Er wippte mit den Füßen auf und ab. »Mit meinen beiden Fortbewegungsmitteln verbindet mich bereits ein sehr enges Verhältnis.«

Das kleine Grinsen ließ sich nicht zurückhalten, aber ihre Stimme klang streng und gouvernantenhaft, als sie erklärte: »Kinder sind häufig ganz gut geübt, weil sie früh lernen, mit Laufrädern oder Rollern zu fahren. Sie hatten doch bestimmt auch vergleichbares Spielzeug?«

»Nein. Ich nicht. Nein. Ich besaß als Kind ein Pferd, ein Boot und einen Tennisschläger.«

»Oh!«

Es wurde eine der ungewöhnlichsten Stunden seines Lebens. Unter Brigittes Kreischen unternahm er seine ersten Versuche. Sie hielt den Lenker fest, als er sein Gleichgewicht zu halten übte.

Begleitet von seinem skeptischen »Oh, oh« und ihrem Jubel trat er später ohne ihre Unterstützung erstmals in die Pedale – und wurde von einem Schuttberg am Straßenrand gebremst. Das Fahrrad und Henry überstanden den Zusammenstoß ohne Blessuren. Knurrend und murrend über das Missgeschick stieg er wieder auf, um nach weiteren Ungeschicklichkeiten schließlich und endlich die ersten Meter auf einem Fahrrad zurückzulegen. Wackelig zwar noch, aber immerhin ohne einen Unfall.

Strahlend fuhr er auf Brigitte zu. Dummerweise hatte er gerade vergessen, wie er bremsen sollte, und keine Zeit, darüber nachzudenken. Deshalb ließ er seine Füße von den Pedalen herabfallen – und kam prompt aus dem Gleichgewicht, als die Schuhsohlen den Boden berührten. Er kippte nach vorn.

Obwohl sie kleiner und schwächer war als er, streckte sie instinktiv die Arme nach ihm aus, um ihn zu halten.

Im selben Moment hatte er sich wieder gefangen. So stand er ein wenig ungelenk vor ihr, das Fahrrad zwischen den Beinen und mit dem Kopf noch halb bei der Befürchtung zu verunglücken. Mit den Sinnen war er jedoch ganz bei ihr. Und es fügte sich wie selbstverständlich in seinen Bewegungsablauf, als er ohne nachzudenken den Lenker losließ und die Hände auf ihre Schultern legte. Seine Gefühle steuerten ihn.

Er zögerte kurz, dann zog er sie sanft an sich. Erstaunlicherweise leistete sie keinen Widerstand. Es schien ihm sogar, als würde ihr Körper dem seinen entgegendrängen. Wie zwei Magneten, dachte er, bevor er sich über ihren verheißungsvoll geöffneten Mund beugte. Dann dachte er an gar nichts mehr.

41

Durch den ersten Kuss änderte sich an ihrer Beziehung erstaunlich wenig. Noch immer ließ sich Brigitte nicht von Henry ausführen, aber sie erlaubte ihm zuweilen, sie in ein Café einzuladen. Meistens jedoch gingen sie wie zuvor spazieren – mit dem Unterschied, dass sich ihre Hände dabei berührten. Auch ihre Gespräche nahmen eine andere Qualität höchstens unterbewusst an: Sie redeten wie immer über alles Mögliche, nur nicht über ihre Beziehung. Da sie Jack Tennant nicht erwähnte, versuchte auch er ihren Freund aus seinen Gedanken zu verbannen, was ihm jedoch nur gelang, solange er nicht allein war.

Viel schlimmer als dieses Schweigen um den Nebenbuhler war das Wissen um die Endlichkeit ihres Zusammenseins. Es kursierten zwar Gerüchte, dass sich am Status der britischen Besatzungstruppen einiges ändern sollte: Da die Regierung in London sich auf eine lange Besatzungszeit einrichtete, hieß es, dass die Ehefrauen und Bräute demnächst nach Deutschland nachkommen sollten; auch wurde eine Lockerung des Verbots von Hochzeiten zwischen deutschen Frauen und britischen Soldaten diskutiert. Aber genaue Informationen besaß Henry nicht, so dass eine Zukunft für ihn und Brigitte schwer vorstellbar war. Er konnte momentan nicht einmal konkrete Pläne für sich selbst, geschweige denn einem Mädchen Versprechungen machen. Allerdings hatten auch GIs das Nachsehen, wenn sie die Liebe zu ihrem Fräulein legalisieren wollten. Was also verband Brigitte noch mit Officer Tennant?

Er grübelte über diese Frage, bis er beschloss, sich einem Freund zu öffnen. Bislang hatte er noch niemandem von seinen Treffen mit der jungen Krankenschwester erzählt. Auf der Suche nach Antworten entschied er sich, Philip in seinen Konflikt einzuweihen. Er lud ihn in den British Officers' Club zu einem Drink – und wurde dabei ausgerechnet von Jack Tennant gestört, den der Hilferuf der kleinen Marion Harris in die Bar führte.

Officer Tennant fuhr mit seinem Wagen voraus zum Hüttenweg, Henry folgte in seinem Rover mit dem Union Jack, Philip auf dem Beifahrersitz. Sie fuhren vom Club durch die Masurenallee und damit zwangsläufig am Haus des Rundfunks vorbei, vor dem eine sowjetische Patrouille auf und ab marschierte. Es war der Arbeitsplatz von Oberst Uljanow gewesen, der bei der Explosion im Polizeipräsidium am Alexanderplatz ums Leben gekommen war.

»Ritas Russe war ein lustiger Vogel«, sinnierte Philip mit Blick auf das Backsteingebäude, dieser sowjetischen Enklave im britischen Sektor. »Erinnerst du dich noch, wie er damals auf Ritas Housewarming Party Kasatschok tanzte?«

»Hm«, machte Henry und dachte, dass er bei dieser Gelegenheit Brigitte zum ersten Mal begegnet war.

»Da überlebt einer den Krieg und wird im Frieden von einer Detonation zerfetzt …« Philip schüttelte gedankenverloren den Kopf. Er sah aus dem Fenster und schwieg einen Moment. Plötzlich fragte er: »Glaubst du, es war tatsächlich ein Unglück?«

»Natürlich war es das, auch wenn du offenbar gern einen Mord aufklären würdest, Sherlock Holmes. Wie kommst du nur auf diesen Unfug?«

»Es häufen sich die Unfälle, bei denen russische Offiziere auf ungeklärte Weise zu Tode kommen. Und manchmal kommt es mir vor, als würden inzwischen mehr Soldaten der Roten Armee nach Sibirien geschickt als deutsche Kriegsgefangene.«

»Das ist zynisch!«, tadelte Henry. Er drückte auf die Hupe und trat gleichzeitig die Bremse, als ein Zivilfahrzeug die Vorfahrt nicht beachtete und aus einer Seitenstraße in die Hubertusallee einbog. Nachdem er gerade noch einen Verkehrsunfall vermieden hatte, schaltete er in einen niedrigeren Gang und fuhr wieder an.

Er sagte: »Warum um alles in der Welt sollte es Stalin auf Michail Uljanow abgesehen haben? Auf General Schukow – von mir aus. Der spielte hier als Stadtkommandant den Zar aller Reußen und war in Moskau wohl populärer als Stalin selbst. Deshalb wurde er zurückbeordert und mehr oder weniger degradiert, aber immerhin trachtet niemand nach seinem Leben.«

»Im Gegensatz zu Bersarin«, spielte Philip auf den Eroberer Berlins an, der fünf Wochen nach der deutschen Kapitulation bei einem mysteriösen Verkehrsunfall ums Leben gekommen war.

Dem hatte Henry nichts entgegenzusetzen. »Warum sollte irgendjemand an dem Tod eines Rundfunkoffiziers interessiert sein?«, fragte er nach einer Weile Grübeln.

»Keine Ahnung. Ich habe nur gehört, dass die Sowjets keine halben Sachen machen, wenn etwa ein Offizier zu deutschfreundlich ist. Fraternisierung mögen die Parteigenossen in Moskau nicht.«

»Rita ist keine Deutsche, sondern als Amerikanerin eine Verbündete.«

»Stimmt, aber sie ist ein Klassenfeind.«

Zum zweiten Mal machte Philips Logik Henry sprachlos. Er schwieg einen Moment, hing seinen Gedanken nach und nahm wahr, wie sich sein Freund eine Zigarette anzündete. Schließlich bemerkte Henry: »Es kann eben nicht jeder so ein Glück haben wie Officer Tennant.«

Lachend stieß Philip den Zigarettenrauch aus. »Ja, unser Officer Tennant wechselt seine Fräuleins wie die Hemden.«

Henry hatte Mühe, die Spur zu halten. »Ich denke, Brigitte Wiese ist seine Freundin.«

»Nein, nein, das ist längst aus. Diese Trennung hat ihm allerdings zu schaffen gemacht, denn sie hat ihm den Laufpass gegeben. Ist so drei Monate circa her.«

Seit etwa zwölf Wochen lief sich Henry die Schuhsohlen an ihrer Seite blank. Vor seinem geistigen Auge erschienen Szenen ihrer Begegnungen, die Wärme in ihrer Stimme hallte nach. Er versuchte sich vorzustellen, wie es für ihn wäre, falls Brigitte sich nicht mehr mit ihm treffen wollte. Es wäre zweifellos schrecklich. Fühlte Jack Tennant ebenso? Oder hatte sie seine Zeit nicht mit dieser bislang unbekannten Intensität ausgefüllt, wie es bei Henry der Fall war? Henry freute sich wie ein Kind, wenn er sie sehen durfte – und wenn er nicht mit ihr zusammen war, dachte er an sie, selbst während er mit Grete Brahm Listen erstellte und Kunstwerke katalogisierte. Brigitte war ein fester Bestandteil seines Lebens geworden – und es war unvorstellbar, dass sie es irgendwann nicht mehr sein sollte. Und mit einem Mal stand wie in Leuchtbuchstaben vor seinem geistigen Auge geschrieben: Sie niemals wiederzusehen würde ihm das Herz zerreißen.

Doch im selben Moment tauchte die Frage auf, warum sie ihn so lange in dem Glauben gelassen hatte, sie sei noch mit Jack Tennant liiert.

Henry zermarterte sich den Kopf darüber, fand jedoch keine Antwort. Der Wunsch nach einer Erklärung erfüllte ihn in einer Weise, die ihm fast den Atem raubte.

Er hielt mitten auf der schmalen Fahrbahn des Hüttenwegs an, schaltete den Motor aber nicht aus. »Tut mir leid, Philip, ich habe etwas vergessen, ich muss noch schnell etwas erledigen«, behauptete er. »Sei so gut und kümmere dich rasch allein um Rita.«

»Was soll das?«, gab Philip entrüstet zurück und warf die Zigarettenkippe aus dem Fenster. »Erst willst du unbedingt hierherfahren, dann haust du ab. Hey, Henry, ich habe Theaterkarten – hast du das vergessen? Ich kann nicht den Seelentröster für Rita spielen.«

»Ich komme nach, sobald ich kann«, versprach Henry ungeduldig. »Ehrenwort!«, setzte er hinzu, weil sich sein Freund nicht vom Beifahrersitz rührte.

Philip machte glücklicherweise Anstalten, aus dem Wagen zu steigen. Der Schlag stand weit offen, da drehte er sich noch einmal zu Henry um. »Ich hab etwas gut bei dir.«

»Alles, was du willst«, murmelte Henry erleichtert.

In Höchstgeschwindigkeit raste er an einer Gruppe GIs vorbei, die offensichtlich zum Seitengang des amerikanischen Hauptquartiers auf der anderen Straßenseite marschierten und entsetzt zurückwichen. Henry drosselte sein Tempo nicht, als er die Kronprinzenallee und dann den Hohenzollerndamm in östlicher Richtung entlangbrauste, um an der Mecklenburgischen Straße rechts abzubiegen. Er wich Passanten aus, bremste für einige in den Ruinen spielende Kinder vorausschauend ab, wunderte sich flüchtig, wieso so viele Häuser nur noch Trümmer waren, aber die Litfaßsäule an der Ecke die Bombenangriffe überlebt hatte. Schließlich fuhr er über eine Bordsteinkante, um vor dem Haupteingang des Krankenhauses anzuhalten.

Er sprang aus dem Wagen und stürmte an einer langen Schlange von Schulkindern vorbei, die sich offenbar für eine Reihenuntersuchung in Reih und Glied vor dem Portal aufstellen mussten, flankiert von ihren Lehrerinnen. Als ihn im Foyer der gestrenge Blick einer Ordensschwester traf, verlangsamte er den Schritt und trat auf sie zu.

»Könnten Sie mir bitte behilflich sein und mir sagen, wo ich

Schwester Brigitte Wiese finden kann?« Er nannte vorsichtshalber ihren Nachnamen, um zu verhindern, dass er zu einer Nonne geführt wurde, deren Ordensname an die irische Heilige Brigida von Kildare erinnern sollte.

Die Angesprochene maß ihn mit einem Blick, als mache sie ihn persönlich für die Sorgen verantwortlich, die der Mutter Oberin vor etwa einem Jahr zugefügt worden waren. Brigitte hatte Henry erzählt, dass man das Krankenhaus ursprünglich in ein britisches Lazarett umwandeln wollte. Nur die mutige Intervention der Ordensfrau hatte diese Pläne vereiteln und die katholische Klinik für alle Bürger erhalten können. Seine Uniform bereitete der Schwester anscheinend auch jetzt noch Unbehagen. Oder sie war verärgert, weil ein aufgebrachter Engländer eine Krankenpflegerin bei ihrer Arbeit unterbrach.

»Warten Sie bitte hier!«, wurde er angewiesen. Dann eilte die Nonne ohne ein weiteres Wort und mit flatterndem Schleier davon.

Nahezu blind für seine Umgebung marschierte Henry auf und ab. Irgendwann fiel ihm auf, dass er vor dem Eingang zur Krankenhauskapelle herumlief, und er wäre gern hineingegangen, unterließ es jedoch aus Furcht, dann Brigitte zu verpassen. Außerdem gehörte er nicht dorthin – er war nicht katholischen Glaubens.

Nach etwa einer Viertelstunde Warten sah er sie. Brigitte trug ihre Schwesterntracht wie damals, als er ihr das Penicillin für Fee gegeben hatte. Die Haube saß heute allerdings ein wenig schief auf ihren zurückgesteckten Haaren, und sie wirkte aufgelöst, sogar zutiefst beunruhigt. Ihre Wangen waren leicht gerötet vor Aufregung, was ihr ausgesprochen gut stand. Ihre Brust hob und senkte sich unter der Küchenschürze, die sie wohl zum Schutz ihres weißen Kleides umgebunden hatte. Als sie ihn entdeckte, verlangsamte sich ihr Schritt, und sie nestelte an den Schürzenbändern in ihrem Rücken.

Statt einer Begrüßung fragte sie atemlos: »Ist etwas passiert?«

Zum ersten Mal wurde ihm bewusst, dass er sich vollkommen unpassend wie ein liebeskranker Narr aufführte. Natürlich musste sie glauben, es sei ein Unglück geschehen, wenn er sie während ihrer Arbeitszeit um eine dringende Unterredung bat. Verlegen senkte er die Lider.

»Ja«, erwiderte er schlicht und fügte dann leise hinzu: »Ich habe erfahren, dass du schon lange nicht mehr mit Jack Tennant gehst.«

»Bitte, was?!«

»Du hast mich schon verstanden«, seufzte Henry, während er weiter auf seine Füße starrte: »Ich möchte wissen, warum du mir nicht gesagt hast, dass nichts mehr zwischen dir und Officer Tennant ist.« Zögernd hob er den Blick zu ihren Augen.

Brigitte reagierte entsetzt. »Du kommst hierher, veranstaltest einen großen Wirbel, und das alles nur, um mich zu fragen, warum ich nicht mehr mit Jack Tennant zusammen bin? Hier ist mein Arbeitsplatz, Henry, und ich werde gebraucht. Wir können keine Patienten mehr aufnehmen, weil das Krankenhaus überfüllt ist und die Ärzte bis zur Erschöpfung arbeiten. Und da kommst du und fragst mich einen solchen Unsinn?«

»Für mich ist es sehr wichtig!« Er sah sich nach einer Möglichkeit um, allein mit Brigitte zu sprechen. Im Foyer wimmelte es von Menschen. Er war sich sicher, von Argusaugen beobachtet zu werden, auch wenn er gerade keine Nonne sah. Kurz entschlossen öffnete er mit der einen Hand die Tür zur Krankenhauskapelle, während er mit der anderen Brigitte energisch mit sich zog, obwohl sie leichten Widerstand leistete.

In der Kapelle war es so still, wie es nur in einem Gotteshaus sein konnte. Durch die erneuerten Fenster drang schwaches Licht herein. Keine Menschenseele kniete in den Bänken oder am Altar. Es war wohl tatsächlich der ruhigste Ort, den Henry in diesem Krankenhaus finden konnte. Erleichtert ließ er Brigitte los und schloss die Tür. Dann lehnte er sich aufatmend dagegen.

»Also, warum hast du mich in dem Glauben gelassen, du würdest noch mit Jack Tennant gehen?«

Brigitte verschränkte die Arme vor der Brust. Selbst bei der schlechten Beleuchtung konnte er das zornige Funkeln in ihren Augen erkennen. »Ich muss zurück zur Arbeit«, wich sie ihm aus.

»Bitte, beantworte meine Frage!«

»Lässt du mich auf Station zurück, wenn ich dir antworte?«

Er nickte stumm.

Nach einem entnervten Stöhnen hob sie an: »Ich wollte nicht wie eines der Mädchen wirken, die ihre Freunde nach Lust und Laune wechseln. Außerdem taten mir die deutschen Jungs leid, die abgerissen und in Lumpen aus den Gefangenenlagern heimkehren. Die haben doch gegen die wohlgenährten Besatzungssoldaten in ihren schmucken Uniformen keine Chance.«

Er sah sie fassungslos an. »Das glaube ich dir nicht. Du hast dich nie und nimmer aus Mitgefühl für die Heimkehrer von Jack Tennant getrennt. Es sei denn …« Er zögerte, wollte die Antwort einerseits nicht wissen, weil ihn allein die Frage schmerzte, er brauchte andererseits aber Gewissheit: »Gibt es jemanden, der speziell zu dir zurückgekommen ist?«

»Nein, natürlich nicht. Das hätte ich dir erzählt.«

»Du hast mir auch nicht erzählt, dass Jack Tennant nicht mehr dein Favorit ist.«

»Vielleicht hatte ich gehofft, dass du das selbst herausfinden würdest.«

»Das habe ich ja nun …«

Plötzlich griff er wieder nach ihrer Hand, die sie ihm diesmal ohne Zögern überließ. Sanft streichelte er mit dem Daumen die rauen Stellen. »Ich liebe dich«, brach es aus ihm heraus. »Und ich möchte jeden Tag und jede Stunde mit dir zusammen sein. Am liebsten würde ich dich auf der Stelle hier in dieser Kapelle heiraten, aber ich darf es nicht. Deshalb wäre es unehrenhaft, dir einen Antrag zu machen. Ich kann dich reinen Gewissens nur fragen, ob du auf mich warten wirst, solange es auch immer dauern mag, bis sich die Verhältnisse normalisieren!«

Sie hob die freie Hand und legte sie gegen seine Wange. Ihm fiel auf, wie kalt ihre Finger waren.

»Ich werde bis ans Ende aller Tage auf dich warten«, erwiderte sie. »*Till the end of time.*«

St Ives, 2010

42

»Die Platte von Perry Como war das erste Geschenk, das Henry mir machte«, schloss Lady Richardson seinen Bericht mit einem selbstvergessenen Lächeln, als schwelge sie weiter in den Erinnerungen, die er in ihr wachgerufen hatte. »Er brachte mir keine Nylons, keine Zigaretten und nichts zu essen, sondern eine Schellackplatte. Aber diese zu bekommen war selbst für ihn als Engländer damals in Berlin schwieriger als Tauschwaren oder Lebensmittel zu beschaffen.«

Bisher hatte Brigitte Henrys trotz des hohen Alters noch immer tiefer, melodischer Stimme still gelauscht. Ebenso gebannt wie die beiden jüngeren Leute am Tisch, vor denen er ihre Liebesgeschichte ausbreitete wie einen großen handgewebten Seidenteppich. Doch nun schien es, als wollte sie auch noch einen Beitrag dazu leisten, denn sie fuhr lebhaft fort: »Wir mussten allerdings nicht mehr lange warten. Das Heiratsverbot wurde für die Briten im August sechsundvierzig aufgehoben – und wir konnten dann Anfang siebenundvierzig getraut werden.«

»Ich musste als Offizier noch sechs Monate zwischen dem Antrag auf Heiratserlaubnis und der Hochzeit verstreichen lassen«, warf Henry ein. »Das war Vorschrift. Drum prüfe, wer sich ewig bindet. Damit wollte man Scheinehen verhindern. Immerhin gab es in jenen Tagen rund zehntausend Kriegsbräute, und Sie werden es nicht glauben, Frau Falkenberg, davon waren zweihundertneunundachtzig deutsche Männer, die weibliche Armeeangehörige des Königs heirateten.«

Anna drehte gedankenverloren ihr Rotweinglas in der Hand. »Was für eine wundervolle Liebesgeschichte«, sagte sie leise. »Beneidenswert!«

Ihre Worte waren so voller Melancholie, dass sich unwillkürlich ein verwundertes, fast etwas peinliches Schweigen über die kleine Gesellschaft senkte.

Sie befanden sich in der Brasserie des Tregenna Castle. Das Ende des achtzehnten Jahrhunderts erbaute Schloss war das Hotel, in dem Henry für Anna ein Zimmer reserviert hatte und in dem sie sich zum Abendessen trafen. Es war eine weinumrankte Trutzburg mit Zinnen und Türmen in einem weitläufigen Park. »Wow! Ich fühle mich wie in der Verfilmung eines Rosamunde-Pilcher-Romans«, hatte Anna diese Wahl kommentiert, als Oliver vorfuhr. »Mein Chef wird wahrscheinlich *not amused* sein, wenn er die Spesenrechnung sieht, aber ich bin begeistert.«

Den Tee nahm sie am Nachmittag im Cottage bei Richardsons ein, wo Henry den Bericht über seinen Anteil an der Geschichte des Bildes von Leo Reichenstein begann. Als er jedoch ermüdete, hatte Oliver rasch vorgeschlagen, der Besucherin die Umgebung zu zeigen. Da Anna sich ein wenig bewegen wollte, war er mit ihr den relativ steilen Weg zum Tregenna Castle hinauf zu Fuß gegangen, und Anna war überwältigt von dem Blick, der sich ihr bot: schroffe Klippen über weißen Sandbuchten, gegen die das eisblaue Meer mit gewaltigen Wellen schlug, Gischt spritzte in der Brandung auf, und die Wassertropfen schimmerten im Sonnenlicht in allen Regenbogenfarben.

Sie wanderte an Olivers Seite über Wiesen voller Wildblumen, ergriff seine dargebotene Hand, um über felsige Wege zu klettern. Die meiste Zeit schwieg sie, aber das störte nicht, denn der Genuss des Augenblicks lag im Fühlen des Windes auf der Haut, im würzigen Duft der Ackerblumen und in der salzigen Atlantikluft, nicht in belanglosen Worten. Irgendwann rief sie verträumt aus: »Diese Landschaft ist unglaublich. So mystisch. Es ist, als fühlte man sich dem Himmel näher – vielleicht sogar dem lieben Gott.« Und Oliver war beeindruckt, weil noch niemand ausgesprochen hatte, was er selbst im tiefsten Inneren empfand.

Um die Tischrunde nach Annas düsterer Bemerkung etwas aufzuheitern und weil es der Wahrheit entsprach, nörgelte er: »Warum höre ich das eigentlich alles hier zum ersten Mal?« Tatsächlich hatten seine Großeltern nie zuvor dermaßen detailliert von sich und der Nachkriegszeit in Berlin erzählt wie im Beisein einer jungen Frau, die sie kaum kannten.

Henry nippte an dem Irish Coffee, den er sich anstelle eines Desserts bestellt hatte, und zuckte mit den Achseln. »Vermutlich gab es bisher keinen Anlass, die Nachkriegszeit wieder zum Leben zu erwecken. Und ohne den Reichenstein wüsste ich auch jetzt keinen Grund dafür.«

Oliver überlegte, ob er seinen Großvater nach der deutschen Kunsthistorikerin fragen sollte, von der dieser sein erstes Gemälde erhalten hatte. Jenes, das er neulich an den neureichen Russen verkaufte, als Camilla …

Da er den Gedanken an seine verflossene Geliebte schnellstmöglich verscheuchen wollte, wandte er sich an Brigitte und sagte, was ihm gerade in den Sinn kam: »Was ist aus deiner Freundin geworden, Granny? Wie hieß sie noch …?« Es war eine rein rhetorische Frage. Henry hatte in seinem Bericht weder den Namen des jungen Mädchens, dessen Leben er möglicherweise durch die Beschaffung des Penicillins gerettet hatte, noch den ihrer Tante erwähnt. Und Oliver interessierte sich für die Nichte eigentlich nur peripher.

»Fee?«, gab Brigitte zurück. »Ich habe leider keine Ahnung. Wir waren noch ein Weilchen sehr eng befreundet, aber als Philip nach München versetzt wurde …«, kopfschüttelnd brach sie ab.

Anna schaute sie überrascht an. »Ihre Freundin in Berlin hieß Fee? Das ist ja lustig.«

»Eine gar nicht so seltene Abkürzung für den Vornamen Felicitas«, erklärte Brigitte mit einem kleinen, wehmütigen Lächeln. »Jedenfalls passte die Vorstellung einer Märchenfigur deutlich besser zu meiner Freundin als das Bild der römischen Göttin für Glückseligkeit und Fruchtbarkeit, die als Matrone dargestellt wird, wie Sie wahrscheinlich wissen. Unsere Fee war ein ausgesprochen zartes Persönchen.«

»Dann hattet ihr wahrscheinlich auch keinen Kontakt mehr zu ihrer Tante«, resümierte Oliver. »Schade eigentlich, die Dame ist mit ihrem Fundus an Gemälden sicher eine erfolgreiche Kunsthändlerin geworden.«

»Nein, das ist sie nicht. Nein«, erwiderte sein Großvater. »Ich hörte später, dass sie Dozentin an der Freien Universität in West-Berlin geworden ist. Grete machte sich außerdem stark für den Wiederaufbau von Schloss Charlottenburg …«

Annas Glas, in dem sich eben noch die in einem silbernen Kandelaber steckenden Kerzen gespiegelt hatten, fiel um. Offenbar war sie bei einer unglücklichen Geste dagegengestoßen. Rotwein perlte über das weiße Tischtuch. Sie starrte verstört auf die Flecken, als wäre sie aus einem bösen Traum erwacht.

Geistesgegenwärtig ergriff Brigitte das Salzfässchen und schüttete eine großzügige Portion auf das Rinnsal, das in das Tischleinen sickerte.

»Sie sehen müde aus, Frau Falkenberg«, meinte sie mit ihrer sanften Krankenschwester-Stimme und richtete das umgefallene Weinglas auf. »Es ist schon spät, und Sie hatten einen langen Tag. Auch ich finde, dass es Zeit zum Schlafengehen wird. Was halten Sie davon, wenn wir uns morgen zum Lunch wiedersehen?«

Tatsächlich war Anna kreidebleich. Oliver beobachtete sie und fand ihre heftige Reaktion als Zeichen von Müdigkeit etwas übertrieben. Er widersprach seiner Großmutter jedoch nicht, sondern bat den Kellner, der diensteifrig am Tisch erschien, um die Rechnung. Bestimmt war Anna Falkenberg entnervt von den privaten Geschichten der alten Herrschaften, überlegte er. Schließlich hatten sie nichts mehr mit dem Gemälde zu tun, dessentwegen sie nach Cornwall gereist war.

Laut schlug er seinem Großvater vor: »Dann erzählst du ihr morgen, wie es mit dem Reichenstein weitergegangen ist.«

»Ehmmm… ja … das *Liebespaar* …«, murmelte Anna abwesend.

Henry wechselte einen raschen Blick mit Brigitte. »Ich werde es Ihnen sogar im Original zeigen, Frau Falkenberg«, versetzte er, und an Oliver gewandt fügte er hinzu: »Ich habe Mrs. Lewsey tagelang verrückt gemacht, weil ich den Staub vom Speicher in die Wohnung getragen habe. Die Kiste mit dem Bild steht schon seit fünfundzwanzig Jahren da oben und …«

Sein Enkel schnappte nach Luft. »Du hast seit fünfundzwanzig Jahren ein Gemälde von Leo Reichenstein auf dem Boden versteckt?«

»Aufbewahrt«, korrigierte Henry gelassen, »nicht versteckt! Und es sind noch einige Bilder mehr dort, aber das tut nichts zur Sache. Ich habe damit ein Versprechen eingelöst, das ich Philip Coleman gegeben habe …«

»Bitte, fang nicht wieder an zu erzählen«, Brigitte legte ihre zerbrechlich wirkende Hand auf Henrys Arm, »sonst wird es noch später. Die Erinnerungen liegen so lange zurück – sie bleiben uns auch noch bis morgen erhalten.«

Zum ersten Mal lächelte Anna. »Ich freue mich sehr auf unseren Lunch, Lady Richardson, und haben Sie herzlichen Dank für Ihre Geschichte, Sir Henry …«

Oliver hatte Mühe, sich auf seine Unterschrift auf dem Kreditkartenbeleg zu konzentrieren, den ihm der Kellner vorlegte.

Die Worte seines Großvaters hatten ihn verwirrt, denn sie ließen Raum für eine Menge Spekulationen. Annas Lächeln hingegen bezauberte ihn. Es schien direkt aus ihrem Herzen zu kommen, spiegelte Offenheit und Sympathie und brachte ihre Augen zum Leuchten. So muss eine Frau lächeln, fuhr es ihm durch den Kopf, dann ist alles gut.

43

Anna konnte nicht schlafen. Obwohl sie nach dem langen Tag und einer unruhigen Nacht zuvor geglaubt hatte, sofort in das vom Zimmermädchen aufgeschlagene Doppelbett fallen zu müssen, wälzte sie sich in der Dunkelheit von einer Seite auf die andere. Ihre Glieder fühlten sich wie zerschlagen an, doch ihr Geist war hellwach.

Die Erinnerungen von Henry Richardson gaben ihr Rätsel auf, an die sie nicht im Traum gedacht hatte. Es schien ihr, als würde jede Erklärung eine neue Tür öffnen – damit sie gleich dahinter wieder vor einer Wand aus Ungewissheit stand. Die Antworten führten zu immer neuen Fragen. Vor ihrem geistigen Auge drehte sich ein altmodisches Karussell aus Holzfiguren mit menschlichem Antlitz. Die Standbilder verwandelten sich in lebendige Wesen, doch warum ausgerechnet diese Personen auf dem Karussell fuhren, konnte sie nicht erfassen. Alles, was ihr zu Richardsons Geschichte und dem *Liebespaar* von Leo Reichenstein einfiel, ergab keinen Sinn.

Sie angelte ihr Handy vom Nachttisch und blickte auf die Uhr. In Deutschland war es Mitternacht. Sie konnte ihre Mutter jetzt nicht anrufen. Dabei drängte es sie dazu, mit Christiane zu sprechen, um vielleicht ein wenig Ordnung in ihre verworrenen Gedanken zu bringen. Sie würde sich jedoch bis morgen gedulden müssen.

Als wenn ich noch einen Funken Geduld in mir hätte, dachte Anna bitter und stand auf.

Sie trat an eines der beiden Sprossenfenster und sah in die Nacht hinaus. Bei Tageslicht war die Aussicht auf den Hafen von St Ives und die Küste atemberaubend. In der Dunkelheit wirkte der Blick geheimnisvoll, weil sich die Lichter des Hafens im Wasser spiegelten und auf den Wellen zu tanzen schienen. Durch die alten Mauern drang als passende Untermalung das Crescendo einer keltischen Melodie, und Anna erinnerte sich, dass sie am frühen Abend eine Hochzeitsgesellschaft wahrgenommen hatte, die in diesem Hotel feierte. Sie hatte sich rasch abgewandt, weil Frauen mit Schleier und Schleppe in der Regel nicht dazu dienten, ihr Herz zu erwärmen. Der Anblick von Bräuten erfüllte sie mit Neid, weil die das erleben durften, was ihr verwehrt geblieben war.

Es hatte keinen Sinn, die Zeit im Hotelzimmer totzuschlagen oder – noch schlimmer – Trübsal zu blasen. Vielleicht wären ein Drink und etwas Gesellschaft nützlich. Unwillkürlich fielen Anna die allein reisenden Frauen ein, die sich in Filmkomödien an Hotelbars betranken und mit dem Erstbesten ins Bett gingen. Meistens machten diese Schauspielerinnen keine besonders gute Figur, sie wurden selten für die Rollen besetzt, denen am Ende ein Happy End winkte. Wie im wirklichen Leben, dachte Anna grimmig, während sie in eine Jeans und einen weiten Pullover schlüpfte.

Sein Großvater hatte geschmunzelt, als Oliver verkündete, er wolle noch ein wenig herumfahren, um irgendwo einen Digestif zu trinken. Dann nahm er ihn jedoch beiseite. »Sei so gut und zieh keine Ölspur hinter dir her«, warnte Henry leise. »Sie ist eine Kollegin und nicht zum Vergnügen hier, vergiss das nicht!«

»Ich bitte dich!«, protestierte Oliver. »Ich will nur ins Pub.«

Henrys Grinsen wurde breiter. »Ich dachte, es wäre bereits Sperrstunde …, aber meine Augen sind natürlich nicht mehr so gut, dass ich die Zeiger auf der Uhr erkennen könnte …!«

Hatte Oliver bislang noch gezögert, ins Tregenna Castle zurückzufahren, so wusste er in diesem Moment, wohin er seinen Wagen lenken würde.

Er wollte mit Anna sprechen. Nicht mit ihr flirten, wie sein Großvater vermutete, und schon gar nicht mit ihr schlafen. Sie war keine Frau für eine Nacht, vor allem nicht für die erste Nacht – das hatte er auf einen Blick am Flughafen Heathrow gesehen, vielleicht sogar schon während der Telefongespräche zwischen London und München verstanden. Er wollte vielmehr mit ihr über die Erinnerungen seiner Großeltern reden und versuchen, mit ihrer Hilfe die einzelnen Verbindungsteilchen wie bei einem Puzzle zusammenzusetzen.

Während er seinen Wagen über die vertraute Landstraße jagte, versuchte er, seine Gedanken zu ordnen, kam jedoch zu keinem Ergebnis. Ein stiller Nachtportier ließ ihn auf das Grundstück und wies ihm mit einer stummen Handbewegung den Weg durch die dunkle Parkanlage zur Rezeption. Vor dem Hauptgebäude herrschte noch Hochbetrieb, da sich eine Gruppe Hochzeitsgäste gerade lärmend verabschiedete. Oliver lächelte den Fremden freundlich zu und trat in die Hotelhalle, wo ihn ungewöhnliche Musik empfing.

Überrascht blieb er in der Tür stehen, lauschte erstaunt den gewaltigen Tönen des Zweiten Klavierkonzerts von Rachmaninoff, und in seinem Kopf formten sich die Orchesterklänge dazu. Es war nicht nur eine ungewöhnliche Uhrzeit für diese musikalische Einlage – wer immer an dem Flügel in der Hotelhalle saß, war offenbar ein ausgezeichneter Pianist. Neugier trieb ihn zu dem Instrument – und als er näher trat, traute er seinen Augen nicht.

Die Musikerin war Anna Falkenberg.

Nicht Ursula Andress und auch nicht Kim Basinger, fuhr es ihm durch den Kopf, sondern Marilyn Monroe in Jeans und Troyer.

Als sie ihn entdeckte, ließ sie die Hände abrupt in den Schoß fallen. Verlegen senkte sie den Blick auf die Tastatur.

»In dem Film *Das verflixte 7. Jahr* wird Marilyn Monroe von diesem Stück verführt«, hob er statt einer Begrüßung an.

»Ich weiß.«

Er lehnte sich gegen den Korpus und sah sie eindringlich an. »Sie spielen sehr gut.«

Ein feines Lächeln erhellte Annas Züge, als sie zu ihm aufsah. »Mein Vater ist Konzertgeiger, er legte viel Wert auf meine Klavierstunden. Ich habe das früher gehasst, aber heute spiele ich ganz gern. Und ich bin nicht gut, Mr. Richardson …«

»Oliver!«, unterbrach er sie und fügte einer Eingebung folgend hinzu: »Wollen wir uns nicht duzen? Wer sich kurz vor Mitternacht in einer Hotelhalle trifft, sollte das tun, finde ich.«

Ihre Miene wurde wieder ernst. Sie schüttelte den Kopf. »Ich glaube, es ist besser, wir bleiben beim Sie.«

Er zuckte scheinbar gleichgültig mit den Achseln und schwieg. Dumme Tussi!, dachte er jedoch aufgewühlt.

Eigentlich sollte er unverzüglich auf dem Absatz kehrtmachen und nach Hause gehen. Einen Drink konnte er auch im

Cottage finden, dafür benötigte er keine Hotelbar. Er sollte seine Zeit nicht mit einer Frau verbringen, die sich unverhältnismäßig spröde gab. Er wollte sie duzen und nicht mit ihr ins Bett! Und er sollte gehen. Jetzt.

»Rutschen Sie mal«, sagte er und machte Anstalten, sich neben Anna auf die Klavierbank zu klemmen.

»Spielen Sie auch?«, fragte sie überrascht und rückte zur Seite.

»Gelegentlich«, behauptete er.

Einen Atemzug später erfüllten die Klänge von Dave Brubecks »Blue Rondo à la Turk« die Halle. Olivers Finger flogen förmlich über die Tasten. Er konzentrierte sich ganz auf den Jazz und versuchte, die Nähe der jungen Frau neben sich auszublenden, ihren Duft und ihre Körperwärme. Fast zwanghaft bemühte er die Erinnerung an Camilla und ihr Saxophonsolo von jenem Abend, an dem sie den Handel mit den russischen Oligarchen feierten.

Er brach ab. »Sagen Sie mal, finden Sie nicht auch, dass bemerkenswert viele Russen in den Nebenrollen auftauchen?«, fragte er Anna, ohne sie anzusehen.

»Wieso?«

Mit der rechten Hand improvisierte er ein paar Töne, die entfernt an eine Sonate von Schostakowitsch erinnerten. Dabei zählte er auf: »Marion Harris' Mutter ist mit einem Offizier der Roten Armee zusammen, der eines ungeklärten Todes stirbt. Sie werden vor russischen Interessen von einem Mann mit slawischem Akzent gewarnt und … und ich verfüge neuerdings über eine kunstinteressierte Klientel aus der ehemaligen Sowjetunion. Ist das nicht merkwürdig?«

»Russische Kunden sind nicht ungewöhnlich. Das sind die Leute, die heutzutage Geld für Luxusgüter ausgeben. Und der Rest wird wohl Zufall sein. Die Geschehnisse in der Nachkriegszeit liegen weit über sechzig Jahre zurück. Wie sollen denn da noch Verbindungen bestehen?«

»Keine Ahnung, aber offensichtlich hat sich in dieser gesamten Zeit auch niemand für den Reichenstein interessiert. Außer Philip Coleman, aber der zählt nicht, weil wir wissen, dass er eigentlich kein Kunstsammler war. Weiß der Himmel, was er an dem Bild fand.« Um seinen Worten mehr Gewicht zu verleihen, spielte Oliver einen Tusch. Danach blieb das Instrument stumm.

»Sir Henry wird es uns morgen erzählen«, erwiderte sie müde.

Er nickte, obwohl er ihre Ansicht nicht teilte. Sein Großvater wusste nichts von der Drohung, er konnte daher in diesem Fall gar keine Verbindung zwischen der Gegenwart und der Vergangenheit herstellen. Für Oliver war es jedoch klar, dass es einen Zusammenhang geben musste – er konnte diesen nur noch nicht klar ausmachen. Es kam ihm vor, als wäre die Lösung zum Greifen nahe, flutschte ihm jedoch immer wieder aus den Händen wie ein Fisch.

Da Anna schwieg, begann er, wieder einige Tasten anzuschlagen. Ohne dass er sonderlich darüber nachdachte, entlockten seine Finger dem Flügel einen alten Song: »Imagine« von John Lennon. Kaum war die Melodie zu erkennen, hob Anna die Hände zur Klaviatur. Vierhändig spielten sie ein Lied, das die Hymne der Generation von Olivers Eltern gewesen war. Und obwohl die Harmonie zwischen ihnen allzu offensichtlich war, fragte er: »Mögen Sie diese Musik?«

»Oh ja«, erwiderte sie, und der plötzlich aufflammende Glanz in ihren Augen berührte ihn wie ein Sonnenstrahl.

44

»Mama, ich muss dich dringend etwas fragen«, begann Anna am Morgen ihr erstes Telefongespräch.

Sie stand am Fenster ihres Hotelzimmers, ohne die spektakuläre Aussicht gebührend wahrzunehmen. Sie sah nicht den Hafen von St Ives, sondern blickte in sich hinein. Vor ihrem geistigen Auge erschienen das zarte, gütige, von spinnwebenartigen Fältchen durchgezogene Gesicht ihrer Großmutter und deren leuchtende, noch immer aufmerksame, kluge Augen.

In der einen Hand hielt Anna eine Tasse Tee, in der anderen ihr Handy, als sie sich ohne Umschweife erkundigte: »Wie geht es Oma?«

»Gut«, antwortete Christiane. »Bestens sogar. Ich wundere mich immer wieder, wie viel Kraft in dieser kleinen Person steckt. Sie ist ja immerhin schon zweiundachtzig … Möchtest du mit ihr sprechen? Sie ist mit Emily in der Küche und rührt einen Kuchenteig an …«

»Nein!«, entfuhr es Anna, und sie hörte, wie ihre Mutter am anderen Ende der Leitung in Berlin erstaunt nach Luft schnappte. »Tut mir leid, jetzt passt es gerade nicht so gut«, versuchte sie eine Erklärung, die selbst in ihren eigenen Ohren ausgesprochen befremdlich klang. »Ich bin verabredet und habe nicht viel Zeit. Aber ich rufe am Abend noch einmal an.«

»Wie du meinst. Dann hole ich rasch Emily ans Telefon …«

»Nein, Mama, warte! Mit Emily würde ich auch gern später telefonieren, falls sie meinen Anruf noch nicht mitbekommen hat. Gib ihr einen dicken Kuss von …«

»Anna, ist alles in Ordnung bei dir?«, fiel Christiane ihr ins

Wort. Sie wirkte alarmiert, und Anna ärgerte sich über ihr eigenes Gestammel. Wie sollte ihre Mutter verstehen, was sie umtrieb, wenn sie ihre Gedanken doch selbst nicht ordnen konnte?

»Es ist alles gut. Mach dir keine Sorgen. Ich habe nur gestern eine Geschichte gehört, die mich ziemlich mitnimmt. Versprich mir, Mama, dass du Oma nichts davon erzählst. Noch nicht jedenfalls.«

»Hast du zu viel getrunken? Oder hast du einen Teerausch? Teein soll ja manchmal dieselbe Wirkung wie Alkohol entfalten, und in England ...«

Annas Lachen unterbrach Christiane.

»Nein, Mama, ich habe keinen Teerausch. Ich bin einfach nur ein bisschen verwirrt.« In Gedanken korrigierte sich Anna: Sie fühlte sich regelrecht durchgedreht. Oder *dätschert* oder *damisch*, wie ihre österreichische Freundin Susanne es ausgedrückt hätte.

Christiane seufzte. »Was willst du wissen?«

»Sag mal, Oma hatte doch eine Tante Grete, die Kunsthistorikerin war, oder?«

»Und ob.« Annas Mutter atmete erleichtert durch, offensichtlich froh, dass Anna nichts Schwerwiegenderes auf dem Herzen hatte. »Meine Großtante war eine tolle Frau, obwohl ich sie als Teenager heimlich als *alte Jungfer* bezeichnete. Leider ist sie verstorben, als du noch ein kleines Mädchen warst. Daher erinnerst du dich wohl nicht mehr an sie.«

»Ja, genau, aber ich weiß, dass Oma immer voller Liebe und Anerkennung von ihr sprach. Hast du eine Ahnung, was Tante Grete unmittelbar nach dem Krieg gemacht hat?«

»Ist das wichtig? Hm. Ich denke, sie war mit dem Wiederaufbau beschäftigt, ihr Name fällt oft in Verbindung mit Schloss Charlottenburg ... Oh, gut, dass du mich daran erinnerst: Ich habe nämlich Emily versprochen, dass wir heute im Schlosspark Enten füttern … Also, ich weiß ja nicht, was mit dir los ist, aber ich denke, du solltest wirklich deine Oma befragen und nicht mich.«

»Ich denke, das ist im Moment noch keine gute Idee, aber ich habe auch nur noch eine Frage, Mama …«

Christianes entnervtes Aufstöhnen antwortete ihr. Dennoch fuhr Anna fast trotzig fort: »Hat Oma jemals etwas von einer Freundschaft zu einem Besatzungssoldaten erzählt? Gab es damals einen Amerikaner in ihrem Leben?«

»Ach, Kind, Oma kannte nur meinen Vater. Sie gehörte zu den Frauen, die ein Leben lang nur einen einzigen Mann lieben. Aber tu mir den Gefallen, rühre nicht daran. Sie spricht nicht gern über die alten Zeiten, wie die meisten Menschen ihrer Generation.«

Bevor Anna antworten konnte, surrte das Hoteltelefon auf ihrem Nachttisch. »Warte bitte einen Moment«, rief sie in ihr Handy, warf es auf das Kopfkissen und griff nach dem Hörer. Die Teetasse in ihrer rechten Hand schaukelte bedenklich, ein paar Tropfen English Breakfast schwappten auf den Unterteller. »Hallo?«

»Mrs. Falkenberg«, meldete sich die Stimme des Portiers, »Sie werden in der Lounge von Mr. Richardson erwartet.«

»Danke, ich komme gleich«, stieß sie hervor und legte auf. Bevor sie wieder nach ihrem Handy griff, trank sie den Tee in einem Zug aus und stellte das Gedeck auf den Nachttisch neben das Telefon. Dann fragte sie in das Mobilteil: »Mama, bist du noch da?«

»Ja, Anna, ich kann nicht so lange heimlich telefonieren. Lass uns heute Abend weitersprechen. Emily wird sich sehr freuen, von dir zu hören. Und Oma auch.«

»Ich rufe euch an«, versprach sie und fühlte sich seltsam

enttäuscht, denn im Grunde hatte ihre Mutter nichts bestätigt, sondern nur eine vage Ahnung vertieft.

Oliver nahm die Sonnenbrille erst ab, als er ihre Hand in einer altmodischen Geste an seine Lippen führte. »Sie sehen großartig aus«, lobte er. »Wie machen Sie das? Nach unserer nächtlichen Jamsession hatte ich erwartet, dass Sie wenigstens ein bisschen zerknitterter wären.«

»Ich habe exakt drei Stunden geschlafen«, erwiderte Anna lächelnd. »Und wenn uns der Nachtportier nicht vom Flügel fortgescheucht hätte, wären auch diese drei Stunden der Musik zum Opfer gefallen.«

Er schob die Ray-Ban wieder auf die Nase und nahm ihren Arm, um sie sanft zum Ausgang zu schieben. »Ich kam auf einen Digestif und fühle mich heute Morgen so alt wie Jack Nicholson.«

»Was haben Sie für ein Problem? Das ist doch ein toller Typ.«

»Der Mann ist über siebzig!«, protestierte er in gespieltem Entsetzen.

Er führte sie zu seinem Wagen, den er auf dem Parkplatz abgestellt hatte, doch Anna schüttelte den Kopf. Sie blinzelte in die Sonne, die von einem leuchtend lapislazuliblauen Himmel herabschien, als sie fragte: »Würde es Ihnen etwas ausmachen, zu Fuß zu gehen?«

»Dann also los, ›Forrest Gump‹!«, stimmte Oliver zu und setzte sich an ihrer Seite in Bewegung.

Schweigend spazierten sie über die abschüssigen Parkwege des Anwesens, wo sich weitläufige Rasenflächen mit Baumgruppen und gepflegtem Buschwerk ablösten. Palmwedel klapperten in der Meeresbrise, dekorative Schilfpflanzen bogen sich, im Hotelpool kräuselte sich das Wasser. Im Hintergrund der Anlage erstreckte sich die Unendlichkeit des im klaren Sonnenlicht saphirblau schimmernden Meeres mit seinen weißen Schaumkronen auf flachen Wellen. Anna kniff die Augen gegen die Helligkeit zusammen und konnte Boote wie bunte Punkte ausmachen, gelegentlich auch einen Felsen, der aus der Brandung herausragte wie der Kopf eines Schwimmers. Das Land streckte seine Zunge in die See hinaus, aus der Entfernung wie Puppenhäuser anmutende Gebäude mit roten und grauen Dächern säumten den Hafen. Offensichtlich herrschte Ebbe, denn ein breiter Streifen weißen Sandes war unterhalb der Mole zu erkennen, auf dem der Rumpf eines Schiffes in der Sonne trocknete.

Zwei ältere Pärchen in sportlicher Garderobe, die ihre beladenen Caddys hinter sich herzogen, kamen Anna und Oliver entgegen und grüßten freundlich. Sie waren offenbar auf dem Weg zum hoteleigenen Golfplatz, die Stollen unter ihren Schuhen klapperten im Takt.

Die Leute halten uns bestimmt für ein Paar, dachte Anna, und diese Erkenntnis berührte sie seltsam. Sie fragte sich, ob ihr der Irrtum dieser zufälligen Passanten peinlich war oder ob er ihr gefiel. Seit langem war sie nicht mehr an der Seite eines Mannes herumgeschlendert. Erst jetzt fiel ihr auf, dass Oliver sie noch immer untergehakt hatte. Verwirrt schüttelte sie seinen Arm ab und ging einen Schritt schneller. Um ihre Verlegenheit zu überspielen, fragte sie: »Warum kennen Sie sich eigentlich in der Welt von Hollywood so gut aus? Ich dachte, Sie sind Kunsthändler.«

»Die Branchen sind sich doch gar nicht so fremd. Wir verkaufen alle Illusionen. Die einen befinden sich auf Zelluloid, die anderen auf Leinwand. Außerdem würden mir die Vergleiche nicht einfallen, wenn ich nicht den Eindruck hätte, dass Sie mit den Filmen etwas anfangen können.«

»Oh«, machte sie nur und wunderte sich insgeheim, dass Oliver Richardson anscheinend nicht der oberflächliche Smartass war, den er nach außen hin gab. Eigentlich hätte sie das schon vergangene Nacht am Flügel feststellen können, aber da war sie so verzückt gewesen von der Harmonie ihres gemeinsamen Klavierspiels, dass sie Vorsicht und Nüchternheit ausgeblendet hatte.

»Warum sind Sie übrigens gestern noch einmal ins Hotel zurückgekommen?«

Mit der größten Selbstverständlichkeit nahm er wieder ihren Arm. »Ich war auf der Suche nach einem Martini – geschüttelt und nicht gerührt«, erklärte er schmunzelnd. »Und nach Kim Basinger, fand aber Marilyn Monroe.«

Sie konnte die frivole Antwort, die ihr auf der Zunge lag, gerade noch hinunterschlucken. Verschämt senkte sie den Blick und wünschte, eine Sonnenbrille zu tragen wie er. Die Unterhaltung bewegte sich in Gefilden, die ihr zu glatt waren. Deshalb begab sie sich auf vertrautes Gelände und bemerkte leichthin: »Haben Sie noch einmal über die Fälschung nachgedacht, James Bond?«

»Ja, hab ich, deshalb lag ich noch eine Weile wach. Mich stören noch immer die vielen Russen in der Geschichte.«

»Ich finde den Galeriestempel viel auffälliger, denn der scheint ein Original zu sein«, erwiderte Anna lebhaft, glücklich, auf sicherem Terrain gelandet zu sein. »Keine Ausfransungen der Farbe, wie dies häufig der Fall ist, nichts sonst, was auf eine Kopie schließen ließe. Es wäre ziemlich raffiniert, eine Fälschung mit einem echten Signum zu versehen.«

»Haben Sie überprüft, ob der Galeriestempel von Cassirer stimmt?«

»Nur oberflächlich. Darum werde ich mich kümmern, wenn ich wieder in München bin. Vorher sollten Sie allerdings die

Möglichkeit überprüfen, ob es jemanden gibt, der Zugang zu Ihrem Büro besitzt und etwas mit Philip Coleman und der Fälschung des Reichensteins zu tun haben könnte.«

Anna spürte, wie sich Olivers Körper neben ihr versteifte. Seine Hand sank herab, er verlangsamte die Schritte, marschierte gedankenverloren weiter, sogar von ihr weg. Um ihn aufzuheitern, versuchte sie eine scherzhafte Frage: »Sagen Sie nur, 007, das hätten Sie nicht längst gecheckt?«

Er stapfte weiter, drehte den Kopf kurz zu ihr um und schüttelte stumm den Kopf.

Schweigend folgte sie ihm, irritiert darüber, was an ihrer Überlegung falsch gewesen sein könnte. Ihre Frage hatte ihn doch hoffentlich nicht beleidigt. Natürlich stellte er sich vor seine Angestellten, die erst einmal über jeden Zweifel erhaben schienen, aber ein gestohlener Galeriestempel passte nun einmal zu vier gelöschten Mails. Doch das sagte sie ihm nicht so deutlich, aus Angst, in ein noch größeres Fettnäpfchen zu treten.

Das Geschrei der Möwen, die über dem Hafenbecken kreisten, lenkte sie ab. Die Vögel saßen scharenweise im noch feuchten Sand, pickten Muscheln, Würmer und Krabben heraus, stritten sich um die Beute und stoben plötzlich auf, wenn sie Hunger und Jagdinstinkt an die Mole führten. Mit flatternden Flügeln und im Sonnenlicht silbrig schimmerndem Gefieder flogen drei oder vier Vögel über die Mole hinweg und stießen mit gestreckten Greifern und kreischend offenem Schnabel auf die Pastete herab, die ein kleiner Junge an der Hand seiner Mutter knabberte. Das Kind fing fast gleichzeitig an zu brüllen, die Mutter fuchtelte wild mit den Armen herum, rief unverständliche Flüche in den Himmel, in den der Räuber segelte, gefolgt von seinen Artgenossen.

»Wie bei Hitchcock!«, entfuhr es Anna entsetzt.

Oliver legte schützend den Arm um ihre Schultern. »Kommen Sie, gehen wir lieber irgendwo einen Kaffee trinken. Die Möwen hier sind berüchtigt für ihre Frechheit.«

Ihr Herz klopfte wild. Anna redete sich ein, dass dies von den Vögeln herrührte, die sich wieder sammelten und auf eine Gruppe japanischer Touristen herabstießen, die mit ihren Digitalkameras gerade auf den Leuchtturm zielten. Die Möwen flogen dicht über den Köpfen der Asiaten hinweg, eine landete im Haar einer Frau, die in hektisches Gestikulieren und Schreien ausbrach.

»Die Vorlage für den Film *Die Vögel* stammt von Daphne du Maurier. Wahrscheinlich hat sie hier recherchiert«, schmunzelte Oliver.

Er führte sie durch die engen Gassen des alten Fischerdorfes, die ein für diesen Breitengrad ungewöhnlich mediterranes Flair ausstrahlten. In den Katen, deren Bewohner früher vom Sardinenfang lebten, präsentierten sich nun Cafés, Galerien und Ateliers, Boutiquen und Feinkostläden. Außentreppen mit ausgetretenen Stufen führten zu den Wohnungen im ersten Stock, im Erdgeschoss befanden sich seit jeher die Lager. Anna betrachtete das bunte Angebot in den kleinen Schaufenstern, ließ sich von Oliver den in einem Coffee Shop erstandenen Pappbecher mit Latte macchiato in die Hand drücken und verdrängte die Aufregung, die sie bei seiner Umarmung erfasst hatte. Sie schlenderte an seiner Seite durch das Gewirr der Straßen, kletterte Treppen hinauf, stieg steile Pfade entlang. Sie unterhielten sich wenig, genossen in stillem Einvernehmen die Aussicht. Irgendwann klärte er sie darüber auf, dass dieses besonders weiche Licht in St Ives von einem speziellen Anteil an natürlichen Quarzkristallen im Sand herrührte, der die Sonnenstrahlen reflektierte, begünstigt von der Lage des Ortes, den das Meer von drei Seiten umschlang.

Zu ihrer größten Überraschung standen sie plötzlich vor dem Cottage der Richardsons. Sie hatte nicht auf den Weg geachtet, war vertrauensselig neben ihm hergelaufen. Ebenso erstaunt registrierte sie die Uhrzeit – es war fast Mittag geworden. Die Zeit mit Oliver war wie in einem Rausch verflogen, es kam ihr vor, als hätten sie erst vor wenigen Minuten das Hotel verlassen. Das ist nur der Zauber dieser Landschaft, warnte sie eine innere Stimme, bei grauem Nieselregen würdest du ihn bestimmt nicht so attraktiv finden. Doch Anna war sich dessen nicht sicher.

Sie folgte ihm in das Haus seiner Großeltern, nachdem Mrs. Lewsey sie eingelassen hatte. Anna wusste von ihrem Besuch gestern, wo sich das Wohnzimmer befand. Sie wandte sich dorthin – und erblickte durch die weit geöffnete Tür eine Staffelei und darauf ein kleines Gemälde.

Henry hatte das *Liebespaar* von Leo Reichenstein geschickt in Szene gesetzt. Das einfallende Tageslicht fiel so auf die Leinwand, dass das Bild in einem Meer aus Grün-, Rosé-, Blau- und Erdtönen erstrahlte. Anna fühlte sich wie geblendet von diesem Farbrausch, der sie fast mehr ablenkte als das frivole Motiv. Zweifellos war dies das Original. Selbst die beste Kopie könnte niemals an diesen speziellen Duktus heranreichen.

London, 1961

45

Das Windspiel über der Eingangstür klingelte leise und wurde von der glockenhellen Frauenstimme übertönt, die in den menschenleeren Verkaufsraum hineinrief: »Henry! Henry, schau mal, wen ich vor unserem Schaufenster gefunden habe.«

Es war Philip ein wenig peinlich, auf diese Weise in die scheinbar in sich abgeschlossene Welt der Kunsthandlung zu treten. Die Straßengeräusche drangen nur für einen Moment herein, als gehörte Profanes wie der anschwellende Berufsverkehr nicht in diesen großen, in seiner Schlichtheit beeindruckenden Saal. Die Wände waren weiß gekalkt, auf dem Fußboden schluckte ein dicker dunkelblauer Teppich jeden Schritt. Geschickt eingesetzte versteckte Lichtquellen unterstrichen die Leuchtkraft der offensichtlich sorgsam ausgewählten Gemälde, die wohl dem Impressionismus zuzuordnen waren. Philip hatte nie viel von Malerei verstanden, aber das, was er wusste, verdankte er Henry Richardson.

Brigitte war im Überschwang ihrer Wiedersehensfreude zu laut, was weder zu ihrer teuren Aufmachung noch zu der gediegenen Umgebung passte: »Henry! Henry, wo bist du? Komm und begrüße unseren Gast.«

An Philip gewandt fügte sie etwas leiser hinzu: »Du musst Nachsicht mit ihm haben. Seine Mitarbeiter haben schon Feierabend, und wahrscheinlich steckt Henry im Lager zwischen Kisten und alten Bildern. Du kennst ihn ja, das ist seine Welt.«

Er erwiderte ihr Lächeln. »Wenn es jetzt nicht passt, dann vielleicht ein anderes Mal …«

»Das kommt überhaupt nicht infrage! Henry!«

Während sie weiter nach ihrem Mann rief, suchten Philips Augen nach dem Bild, das ihn so fasziniert hatte. Es hing ein paar Meter entfernt, nun nicht mehr durch eine Glasscheibe von ihm getrennt. Sein Blick fokussierte sich auf die kleine Darstellung des Liebesaktes. Sofort setzte die schmerzliche Erinnerung wieder ein, die seinen Körper vorhin umspült hatte wie eine Sturmflut und nicht wie der leichte Regenguss, der tatsächlich herrschte.

»Das gibt es doch nicht!« Die unvergessene Stimme von Henry Richardson. Mit dieser Stimme hätte er Opernsänger werden können, aber offenbar hatte sich Henry seinen Traum vom Kunsthandel erfüllt.

Philip kam nicht umhin, neidisch auf den Freund zu sein: Ihm hatte das Schicksal keine Möglichkeit gelassen, den eigenen Sehnsüchten nachzugeben.

Obwohl er gern noch eine Weile nur stumm das Bild betrachtet hätte und sich im Leid seiner Erinnerungen suhlen wollte, erwiderte Philip die kräftige Umarmung mit aufrichtiger Herzlichkeit.

Henry klopfte seinem Freund auf die Schulter und schob ihn dann auf Armeslänge von sich. »Gut siehst du aus«, behauptete er, obwohl Philip wusste, dass das nicht stimmte. »Du hast dich kaum verändert. Es ist so lange her. Ich kann's kaum glauben. Warum hast du dich nie wieder gemeldet … seit damals in Berlin?«

Weil mich die Erinnerungen gequält haben, dachte Philip. Weil er es nicht ertragen konnte, damit zu leben, und weil er gehofft hatte, dass die Zeit seine Wunde heilen würde. Doch der Blick auf das Bild lehrte ihn, dass noch so viele Jahre später der Schmerz jäh zurückzukehren vermochte.

»Zu viel Arbeit«, behauptete er. »Du weißt, wie das ist: Man schiebt ein Vorhaben vor sich her, denkt täglich daran, weil es einem wichtig ist, aber dann kommt immer etwas dazwischen. Irgendwann denkt man dann, es ist zu spät, das Versäumte anzugehen.«

»Wie du siehst, ist es nie zu spät. Ich freue mich wirklich sehr über unser Wiedersehen.«

Henry ließ von Philip ab und drehte sich zu Brigitte um, die den Ozelotmantel inzwischen ausgezogen und lässig um die Schultern gelegt hatte. »Wo, sagtest du, hast du ihn aufgelesen?«

»Vor unserem Schaufenster. Philip stand mir im Weg.«

»Was ein alter Nachrichtenoffizier ist, der weiß, wo er nach seinen Freunden suchen muss«, konstatierte Henry, fragte aber dennoch: »Wie hast du von meiner Galerie erfahren?«

Philip schüttelte den Kopf. »Reiner Zufall«, das Wort *Schicksal* wollte er nicht in den Mund nehmen, obwohl es ihm angesichts des Bildes als Erstes in den Sinn kam. Er machte eine Geste, mit der er den Raum und die ausgestellten Gemälde erfasste. »Es ist wunderbar hier. Fast wie in einem Museum. Ich konnte einfach nicht vorübergehen.«

»Ich habe alles verkauft, was mir mein Vater hinterließ, oder in Stiftungen übertragen. Deshalb konnte ich mir eine Galerie an diesem Standort leisten«, erklärte Henry, und Stolz schwang in seiner Stimme mit. »Es läuft ganz gut, nachdem es nun auch in Großbritannien mit großen Schritten aufwärts geht. Und du …? Was treibst du so?«

»Zeitungsarbeit«, Philip zuckte gleichgültig mit den Schultern, »nichts Besonderes.«

»Als wir uns das letzte Mal sahen«, erinnerte sich Henry, »wurdest du nach München abkommandiert. Dort wolltest du später für das Feuilleton arbeiten, wenn ich mich richtig entsinne.«

»Ja. Von Berlin ging es nach München und dann zur *Neuen Zeitung*. An der Isar fand ich heraus, dass zum Kulturjournalismus nicht nur Chuzpe, sondern auch literarische Begabung gehört, doch die ist mir wohl nicht gegeben. Mein Chef war der Schriftsteller Erich Kästner, das offenbarte mein Manko ziemlich schnell.«

»Ich störe eure Lebenserinnerungen nur ungern«, warf Henrys Frau ein, »aber findet ihr nicht, dass dies der geeignete Anlass für ein Glas Champagner ist? Wann sollten wir die Flasche Pommery trinken, die in deinem Büro wartet, Henry, wenn nicht auf unser Wiedersehen?!«

Philip war ihr zutiefst dankbar für den Einwand. Er schämte sich ein wenig, weil er nicht das Buch schrieb, von dem er einst geträumt hatte, kein bedeutender Rundfunkredakteur geworden war, niemand, der auf seine journalistische Arbeit so stolz sein konnte wie Henry auf seinen Kunsthandel. Ein in der Redaktion der Illustrierten *Quick* ziemlich unwichtiger, stets austauschbarer Sportreporter war Philip geworden. Ein Mann, der mit der Liebe seines Lebens den Willen und die Kraft verloren hatte, seine Träume zu realisieren. Niemand, der sich mit seinem offensichtlich erfolgreichen, glücklichen alten Freund auf Augenhöhe befand.

In seinem Hinterkopf schrillte eine Alarmglocke. Wie ein Wecker, der ihm seinen Termin ins Gedächtnis rief. Das Interview mit Rob Walker war die erste große Chance, die die Chefredaktion ihm bot. Noch nie hatte ihn sein Ressortleiter weiter als bis zum 1. FC Nürnberg geschickt. Der Flug nach London war nur deshalb für ihn gebucht worden, weil der Motorsport-Kollege ernstlich erkrankt und Philips Englisch naturgemäß besser war. Er musste unverzüglich gehen, wenn er halbwegs pünktlich im Claridge's eintreffen wollte. Wenn er das Gespräch vermasselte, war er unten durch.

Doch er rührte sich nicht vom Fleck. Das Bild im Hintergrund hielt ihn fest. Es zog ihn wie magisch an. Zum ersten Mal seit sehr langer Zeit wurden alle Erinnerungen wieder lebendig.

»Ist dies Ritas Bild von damals?«

Henry, der bereits auf dem Weg zum Hinterzimmer war, um den Champagner zu holen, hielt inne. »Der Reichenstein? Ja, natürlich, ja. Ich fand es an der Zeit, das Werk auf den Markt zu bringen.«

»Was kostet es?«, hörte sich Philip zu seiner eigenen Bestürzung fragen.

»Nichts!«, versetzte Henry und wechselte einen bedeutungsvollen Blick mit Brigitte, der Philip nicht entging. »Ohne deinen Anteil an der Geschichte wäre der Reichenstein nicht in meinen Besitz gelangt. Es gehört dir ebenso wie mir.« Er legte eine Pause ein, suchte noch einmal die Augen seiner Frau und fügte schließlich hinzu: »Ich gebe ihn dir, wenn du uns verrätst, was damals in Berlin geschehen ist. Warum hast du Fees Herz gebrochen?«

Zum ersten Mal seit fünfzehn Jahren hörte Philip ihren Namen. Es gab wohl keinen Tag in dieser Zeit, an dem er nicht an sie gedacht hatte, aber ihr Name hallte stets nur in seinem Kopf nach. Niemand sprach ihn je aus. Warum auch? In seiner Umgebung lebte kein Mensch, der sie kannte. Und wenn, hätte er sich verbeten, dass sie erwähnt wurde. Bei Brigitte und Henry war das anders, vielleicht pflegten sie sogar noch Kontakt zu ihr. Philip hätte wissen müssen, dass das Zusammentreffen mit den beiden die Erinnerungen lebendig machen würde.

Warum war er nicht seines Weges gegangen, statt sich von dem Gemälde fesseln zu lassen? Dann könnte er weiter existieren wie bisher. Doch nun war alles Verdrängen vergeblich. Der Kokon, den er um die Vergangenheit gewoben hatte, brach unerbittlich auf.

Berlin, 1946

46

Philip hatte selten so große Erleichterung empfunden wie an dem Tag, an dem Fee wieder mit ihm sprach. Als er in ihre wunderschönen blauen Augen blickte, ihre Stimme hörte und ihr Lachen, die Wärme ihres schmalen, fast kindlichen Körpers neben sich spürte, wusste er, dass er ohne sie nicht mehr würde glücklich sein können. Vielleicht hatte er anfangs ein wenig mit ihr gespielt, weil von einem amerikanischen Besatzungsoffizier die Präsenz einer deutschen Freundin wohl irgendwie erwartet wurde. Doch während ihres hartnäckigen Schweigens, nachdem er sie vor dem Schlossparktheater versetzt hatte, erkannte er, was sie ihm wirklich bedeutete. Deshalb unternahm er alle Anstrengungen, diese Kostbarkeit zurückzugewinnen – selbst wenn er dafür seinen Stolz überwinden musste.

Als sie auf seine erste schriftliche Nachricht nicht reagierte, dachte er noch amüsiert, die Kleine ziert sich. Er hatte sich mit einer dienstlichen Verpflichtung entschuldigt. Nachdem er auf ein zweites Billet keine Antwort erhielt, in dem er großartig um Verzeihung bat, hielt er sie für bockig. Dann versuchte er, sie telefonisch zu erreichen. Er hatte keine Ahnung, aufgrund welcher Kontakte, aber Brahms verfügten tatsächlich inzwischen wieder über einen funktionierenden Telefonanschluss. Doch Grete wimmelte ihn ab. Da begriff er langsam, dass er entweder kapitulieren oder sein Herz öffnen musste.

Obwohl die Hungersnot in der deutschen Bevölkerung trotz Lebensmittelspenden aus Schweden und sogenannten Care-Paketen aus den USA anhielt, ahnte Philip, dass Geschenke bei Fee nicht zum Ziel führen würden. Also schrieb er ihr einen langen Brief, in dem er Ritas Situation schilderte, ihre Hysterie, Weinkrämpfe, Selbstvorwürfe. Fee wusste, wie wütend seine alte Freundin auf ihren sowjetischen Oberst gewesen war. Es würde sie also nicht verwundern, dass sich Rita entsetzlich fühlte, nachdem ein Mann, dem sie den Tod an den Hals gewünscht hatte, tatsächlich auf mysteriöse Weise ums Leben gekommen war. Philip ärgerte sich, dass er nicht früher darauf gekommen war, Fee die Wahrheit zu schreiben. Und unter seinen langen, zärtlichen Brief setzte er den Satz: »Ich liebe Dich.« Es war der Beginn des glücklichsten Sommers seines Lebens.

Da es Angehörigen der Army verboten war, ihre *Frolleins* zu Privatfahrten in ihren Dienstfahrzeugen zu befördern, besorgte er sich einen alten Volkswagen. Für amerikanische Zigaretten konnte man alles kaufen. Besonders nachdem bekannt wurde, dass die Fettrationen von monatlich vierhundert Gramm pro Person halbiert werden mussten. Mit diesem Auto fuhren er – in Zivilgarderobe – und Fee aufs Land, um bei den Bauern in Brandenburg vor allem Kartoffeln, aber auch Obst und Gemüse oder Speck gegen alle möglichen Waren zu tauschen. Nicht nur, dass es Fee damit bequemer hatte als die Mehrzahl der Frauen, die sich in überfüllte Züge quetschen mussten. Seine Anwesenheit schützte sie oftmals vor allzu raffsüchtigen Bauern – und gelegentlich auch vor Razzien, denn die Hamsterfahrten waren eigentlich verboten, obwohl sie an der Tagesordnung waren und das Überleben der Städter sicherten.

Manchmal besuchten sie ein Theater oder gingen ins Kino, gelegentlich auch zum Tanzen. Oft begleitet von Brigitte und Henry, die ihre Verlobung ausgerechnet an dem Tag feierten, an dem die Sowjets die Grenzen ihrer Besatzungszone nach Westen abriegelten. Zwar konnten deutsche Staatsbürger ohne einen speziellen Berechtigungsschein oder Interzonenpass ohnehin nicht weit reisen, doch nun war der Transfer von Ost nach West unterbunden.

»Mein Gott, wie sollen denn die vielen Flüchtlinge aus Schlesien, Pommern und Ostpreußen jetzt ihre Verwandten finden, die es schon in die Westzonen geschafft haben?«, fragte Brigitte entsetzt.

»Sie können es illegal über die Grenze versuchen und hoffen, dass sie nicht verhaftet werden«, erwiderte Philip. »Leute mit entsprechenden Verbindungen werden ein alliiertes Flugzeug in den Westen nehmen.«

»Heißt das, wir sind in Berlin eingesperrt?«, hauchte Fee.

»Unsinn«, versuchte Henry, ihr die Sorgen zu nehmen. »Stalin reagiert nur auf die Politik der Westmächte. Amerika und Großbritannien ist daran gelegen, ein friedliches, demokratisches Deutschland zu schaffen, Stalin will eine kleine Sowjetunion errichten. Das wird sich alles einrenken, sobald Einigkeit über die Reparationsforderungen und den Wiederaufbau besteht.«

Fünf Wochen später erhielt Philip einen Marschbefehl.

»Ich werde ins Hauptquartier nach München versetzt«, gestand er Fee bei einem ihrer gemeinsamen Spaziergänge.

Es war ein warmer Septembertag, ein lauer Wind strich über die cyanblaue Oberfläche des Grunewaldsees, kräuselte die Wellen, ließ das sich bereits rot und gelb färbende Blätterkleid der Erlen leise rauschen. In dieser Gegend hatten viele Bäume die schlechten Zeiten überlebt, neben den schlanken Stämmen entwickelten sich bereits junge Sträucher im ufernahen Morast. Es sah fast wieder aus wie zu Friedenszeiten.

Trotz des schönen Herbstwetters war überraschend wenig

los an der Südspitze des Sees und Philip hatte ungeniert Fees Hand genommen. Er zog sie noch ein bisschen näher an sich heran, doch sie erstarrte.

»Wir mussten damit rechnen, dass du eines Tages abkommandiert wirst«, erwiderte sie in einem gouvernantenhaften, altklugen Ton, als wollte sie sich selbst beruhigen. »Das ist so in deinem Beruf, nicht wahr?«

»Nein, ist es nicht. Ich bin kein Berufssoldat, Fee. Es wird nicht mehr lange dauern, dann nehme ich meinen Abschied. München ist ein guter Standort, dort werde ich als Journalist Arbeit finden.«

Erstaunt sah Fee zu ihm auf. »In Berlin nicht?«

Philip zögerte, dann: »Doch, schon, natürlich. Aber hier ist alles ziemlich begrenzt, die Sowjets üben einen enormen Druck auf die Westsektoren aus. Das weißt du. Hier hätte ich beruflich sicher hervorragende Chancen, wenn ich weiter in Uniform bliebe, aber ich möchte so bald wie möglich Zivilist sein.«

»Aber es ist Frieden …«

»Nicht in allen Köpfen!«

Sie zwinkerte verständnislos, dann senkte sie den Blick und starrte auf den von Grünpflanzen überwucherten Pfad, den sie entlangwanderten. Es war nicht klar, ob es eine Geste unterdrückter Wut über seine Zukunftspläne war oder ob Fee tatsächlich die umherschwirrenden Mücken treffen wollte, als sie ausholte und in die Luft schlug. Er bemerkte, wie eine einzelne Träne ihre Wange herabrollte.

»Fee, liebste Fee«, flüsterte er und zwang sie zum Stehenbleiben. Er legte beide Hände auf ihre Schultern und schob sie ein wenig von sich, um ihr in die Augen zu schauen, doch das Kinn war ihr auf die Brust gesunken.

»Ich mag Abschiede nicht.«

»Wir brauchen nicht *goodbye* zu sagen«, behauptete er kühn. Er wusste, dass er sie überrumpelte, weil er die Pläne für ihre gemeinsame Zukunft bereits in den vergangenen Tagen und Nächten geschmiedet hatte. Aber er war gewillt, sein Glück festzuhalten. Deshalb fügte er lächelnd hinzu: »Glaubst du wirklich, ich gebe dich noch einmal her?«

Sie rührte sich nicht, runzelte nur die Stirn und schwieg.

»Ich werde dich heiraten, Fee!«, verkündete er strahlend und schüttelte sie leicht. »Das Verbot soll für Angehörige der U. S. Army im nächsten Monat aufgehoben werden. Dann werden wir ein Ehepaar und …«

»Wie soll das möglich sein?«, wisperte sie. Ihr Kinn zitterte, aber sie schluckte die aufsteigenden Tränen tapfer hinunter. »Wie können wir heiraten, wenn du in München bist und ich in Berlin? Ich darf ja nicht einmal zu dir reisen … wenn ich wollte …« Ihre Stimme versagte, und sie lehnte die Stirn schluchzend gegen seine Schulter.

Er umarmte sie, zog sie eng an sich, wiegte sie wie ein kleines Mädchen hin und her. Ihre Worte drangen erst mit einiger Verzögerung zu ihm durch. »Was heißt denn bitte: *wenn*?«, wollte er wissen, reichlich perplex. »Willst du mich denn nicht heiraten?«

»Oh, Philipp!«, stieß sie gleichzeitig lachend und weinend und ein wenig erstickt an seiner Schulter hervor.

»Wir schaffen alles, wenn wir zusammenbleiben«, versprach er ihr, während er kleine Küsse auf ihrem Haar platzierte. »Ich kann nicht mehr ohne dich sein … Und deshalb möchte ich dich mit nach München nehmen, wenn ich nächste Woche abreise.«

»Nächste Woche schon?«

Er überhörte ihre Frage und fuhr fort: »Ich habe mir alles genau überlegt. Da ich allein fahren werde, kann ich dich in meinem Auto verstecken. Es ist ein amerikanisches Militärfahrzeug und darf von der Roten Armee nicht durchsucht werden. Auf diese Weise kommst du problemlos mit mir nach München …«

»Und wenn sie mich doch finden?«

»Dann komme ich vor ein Kriegsgericht, aber das wird nicht geschehen. Das verspreche ich dir!«

Endlich legte sie den Kopf in den Nacken und sah zu ihm auf. Das durch das Blattwerk der Bäume fallende Licht malte Schatten auf ihr Gesicht. Trotzdem erkannte er, dass ihre Augen in Tränen schwammen, ihre Wangen glänzten feucht. In ihren Blicken lag so viel Vertrauen und Liebe, dass er vor Rührung am liebsten mit ihr geweint hätte. Noch lieber hätte er ihren bebenden Mund geküsst, doch spürte er ihr Zögern. Es war zu früh, seine Entscheidung zu besiegeln.

»Aber Tante Grete … meine Lehre beim *Tagesspiegel* …?« Die Worte kamen ihr verzögert und fast unverständlich über die Lippen.

»In München erscheinen viele Zeitungen, die Redaktionen suchen bestimmt ebenso nach unbelasteten jungen Leuten wie hier. Darum brauchst du dir keine Sorgen zu machen. Und das betrifft auch deine Tante. Meinst du nicht, sie möchte, dass du glücklich wirst?«

Sie ließ sich Zeit mit einer Antwort. Ihre Augen hielten seinen Blick fest. Langsam nickte Fee.

»Ich werde dich glücklich machen«, flüsterte Philip und senkte den Kopf über ihr Gesicht.

»Lieutenant Coleman, wie gut, dass ich Sie noch antreffe!«

Sein Vorgesetzter stellte sich ihm in den Weg. Automatisch salutierte Philip.

»Ich habe mir gedacht, dass die lange Fahrt nach München

zu eintönig für Sie allein werden könnte. Deshalb habe ich Ihnen eine Beifahrerin zugeteilt: Major Harris wird sie bis Nürnberg begleiten. Sie muss über die Urteilsverkündung im Hauptkriegsverbrecherprozess berichten.«

Die Worte hallten noch lange in Philip nach – auch als er bereits hinter dem Steuerrad saß und Rita Harris munter neben ihm plauderte.

Es gab keine Möglichkeit, der Situation zu entkommen. Das Herz war ihm schwer, in seinem Hals steckte ein Kloß, er fühlte sich erbärmlich. Durch den Kopf rasten unablässig die Alternativen, die ihm blieben: Befehlsverweigerung oder Eingeständnis. Beides war indiskutabel. Er erwog, einen Zusammenbruch zu simulieren, doch dafür mangelte es ihm an schauspielerischem Talent. Da Rita ihn bereits reisefertig erwartet hatte, war ihm nicht einmal Zeit geblieben, um Fee irgendwie auf die veränderte Situation hinzuweisen.

Die Potsdamer Chaussee, die in einer fast geraden Linie seit über hundertfünfzig Jahren Berlin mit Potsdam verband, zog sich scheinbar endlos dahin. Sie führte zur einst als Verbindung nach Rom geplanten Autobahn, die nach Zerstörung wichtiger Teilstücke im Krieg inzwischen wieder weitgehend befahrbar war.

Philip sagte sich in Gedanken auf, was er über die Strecke wusste, weil es ihn davon ablenkte, an Fee zu denken. Andernfalls hätte er im Geiste wahrscheinlich das Einmaleins heruntergeleiert. Doch schließlich musste er sich der Begegnung stellen.

An der Autobahnauffahrt wartete sie. Eine schmale Gestalt in einem roten Sommerkleid und mit einem Koffer aus Pappe neben sich. Die Signalfarbe ihres Gewandes leuchtete ihm schon von weitem entgegen, ihr Haar schimmerte wie Weizen in der Sonne. Sie sah bezaubernd aus.

Er hatte mit ihr diesen Treffpunkt vereinbart. Es war ihm klug erschienen, sie an einem wenig belebten Ort in seinem Wagen zu verstecken. Und sie war pünktlich. Als er näher kam, sah er das Strahlen in ihrem Gesicht.

Philip fühlte Übelkeit in sich aufsteigen. Mit eisigem Blick konzentrierte er sich auf den Belag der von unzähligen Kettenfahrzeugen aufgerissenen Fahrbahn.

Er schaltete in einen höheren Gang.

»Hey, ist das nicht Felicity?«, rief Rita aus. »Was macht die denn hier?«

Seine Augen glänzten vor ungeweinten Tränen.

»Keine Ahnung«, log er.

Und gab Gas.

Cornwall, 2010

47

Anna stand am Fenster ihres Hotelzimmers und schaute in den Regen hinaus. Die Tropfen prasselten gegen die Scheiben, blieben dort hängen, verbanden sich zu Rinnsalen. Sie verwischten die Konturen vor Annas Blick, als wären es Erinnerungen, die mit der Zeit verblassten. Dunkle Wolken zogen über den Himmel, durch ihre Geschwindigkeit bestätigten sie die Sturmwarnung, die Anna mit ihrem Schlüssel an der Rezeption in Empfang genommen hatte. Das Meer wurde von den Böen aufgepeitscht, ein grauer Schleier hüllte die noch am Morgen so sonnige Aussicht ein und ließ viel Raum für Annas düstere Fantasie.

Es bestand für sie kein Zweifel, dass es sich bei der Fee in Philip Colemans Geschichte um ihre Großmutter handelte. Je länger Anna darüber nachdachte, desto mehr bewegte sie sich von den Sphären der Wahrscheinlichkeit zur absoluten Sicherheit. Nicht nur die Identität von Grete Brahm ließ sie darauf schließen, sondern auch Details wie etwa die abgebrochene Lehre. Anna hatte schon als kleines Mädchen das Zeichentalent ihrer Oma bewundert, später erfuhr sie, dass Fee einmal Grafikerin hatte werden wollen, ihren Job aber aufgab. Den Grund dafür kannte Anna nicht – bis heute Mittag, als Henry Richardson erzählte, was Philip ihm vor nunmehr fast fünfzig Jahren in London berichtet hatte.

Wie traurig alles klang. Selbst nach der langen Zeit hatten die Ereignisse nichts an Dramatik eingebüßt, fand Anna. Ihr stiegen die Tränen in die Augen, als sie sich vorstellte, wie sich das Liebespaar damals gefühlt haben mochte. Fees Großherzigkeit, Lebensfreude und Wärme waren ihr so vertraut. Es erschien ihr fast wie ein Wunder, dass ihre Großmutter sich die positive Lebenseinstellung trotz des Verlusts ihrer großen Liebe erhalten hatte. War Oma glücklich? Ohne zu zögern hätte Anna diese Frage bejaht. Bis heute. Jetzt dachte sie, dass Fee ein zufriedener Mensch war, was einen erheblichen Unterschied machte.

Von Marion Harris wusste Anna, dass Philip in den fünfziger Jahren kurz mit Rita verheiratet gewesen war. Diese Hochzeit war keine gute Idee gewesen, und wäre Rita nicht bei einem Flugzeugabsturz ums Leben gekommen, hätten sie sich scheiden lassen. Nach dem zufälligen Wiedersehen mit Brigitte und Henry hatte Philip den Kontakt zu den alten Freunden gehalten, ebenso wie Marion, die auch als Erwachsene nicht in die Vereinigten Staaten zurückgegangen war. Einige Zeit später hatte Philip eine Frau kennengelernt, die ebenfalls eine Tochter mit in die Ehe brachte – Beatrice. Eigene Kinder waren ihm verwehrt geblieben.

Doch auch Philips zweite Heirat stand unter keinem glücklichen Stern. »Philip war schwermütig bis depressiv«, berichtete Henry bedrückt. »Niemand konnte ihm helfen, weil ihm keiner die verlorenen Jahre an der Seite der falschen Frauen wiedergeben konnte. Dann kam der Lungenkrebs.

Er gewöhnte sich die starken Zigaretten nie ab. Deshalb wusste er, dass ihm nicht mehr viel Zeit blieb. Also flog er eines Tages nach London und gab mir das Bild von Leo Reichenstein zurück. Die Erinnerung an Fee war für ihn zu wertvoll, um es an seine Frau zu vererben, von der er bereits getrennt lebte. Er wollte nicht, dass sie es nach seinem Tod aus reiner Habgier zu Geld machte. Tatsächlich verklagte sie mich sogar auf die Rückgabe des Gemäldes. Aber da es keinen Kaufvertrag gab und das Gericht meiner Version von der Leihgabe Glauben schenkte, ging sie leer aus.«

Oliver suchte über den Esstisch hinweg Annas Blick – und sie sah, dass ihn die Geschichte des Reichensteins ebenso aufwühlte wie sie selbst.

Unwillkürlich dachte sie an Daniel, daran, wie er sie verlassen hatte. Wie lange mochte der Schmerz über das Ende der großen Liebe ihrer Großmutter zugesetzt haben? Hatte sie jemals aufgehört, von Philip zu träumen? Fee verhielt sich jedenfalls so, als wäre die Erinnerung an ihn vollständig aus ihrem Gedächtnis getilgt.

Anna hatte Richardsons nicht gestanden, dass die junge Frau von damals ihre Oma war. Sie musste Klarheit in das eigene Gefühlschaos bringen und mit Fee sprechen, bevor sie die früheren Freunde wieder zusammenbrachte. Es blieb wahrscheinlich nicht mehr viel Zeit angesichts ihres hohen Alters, aber Anna fand, dass sich die drei wiedersehen sollten. Sobald sie alle wieder zu Hause waren, wollte sie mit ihrer Mutter darüber reden und dann mit Henrys Enkel einen Plan zur Umsetzung schmieden.

Als sie nach dem ausgiebigen Lunch von Mrs. Lewsey jetzt am Fenster ihres Hotelzimmers stand und den Regen beobachtete, schlich sich ein kleines Lächeln in ihr ernstes Gesicht. Dass sie Oliver Richardson auch nur ansatzweise in ihre Überlegungen mit einbezog, überraschte sie selbst ein bisschen. Immerhin war es der Schlüssel zu einem Wiedersehen. Eine Erkenntnis, die das Durcheinander in ihrem Kopf und ihrem Herzen ganz und gar nicht ordnete. Auf dem Herflug hatte sie noch geglaubt, dass es für immer wäre, wenn sie sich morgen in Heathrow von ihm verabschiedete …

Der Gedanke an ihre Rückreise brachte Anna in die Realität zurück. Sie verbannte Träume, Sehnsüchte und Erinnerungen vorübergehend aus ihrem Gehirn und wandte sich praktischeren Dingen zu. Es war sinnvoll, bereits heute online einzuchecken. Außerdem sollte sie Rainer Bonhoff ein Lebenszeichen schicken und ihn vorsichtig darauf vorbereiten, dass seine Kundin Beatrice Coleman nunmehr mit Sicherheit eine Betrügerin war.

Sie zog den Laptop erstmals seit ihrer Ankunft in England aus der neuen Reisetasche, baute ihn auf dem Sideboard auf, das sowohl Frisiertoilette als auch Schreibtisch sein sollte, schaltete ihn ein. Der Akku war aufgeladen, der Computer fuhr hoch. Während sie wartete, blickte sie in den Spiegel und zog Grimassen. Dann loggte sie sich in den Internetzugang des Hotels ein.

Ihr elektronisches Postfach teilte ihr mit, dass sie seit gestern Morgen drei Mails erhalten hatte. Es war ihr privates Konto, und daher erwartete sie Nachrichten von Freundinnen oder eine Information ihrer Krankenversicherung. Tatsächlich waren zwei Spams eingegangen: Ein Banker aus Nigeria wollte ihr fünf Millionen Dollar schenken, eine Werbeagentur bot ihr ein Potenzmittel zum Sonderpreis an. Der dritte Absender machte sie fassungslos. Es war Heribert van Houten, Daniels Vater.

Liebe Anna,
es ist lange her, dass wir uns einmal begegnet sind, aber ich bin sicher, Sie erinnern sich noch an meine Frau und mich. Immerhin sind wir die Großeltern von Emily. Wir denken ständig an das Kind und sind natürlich sehr auf das Wohl unserer Enkelin bedacht. Diese Sorge bringt mich dazu, Ihnen zu schreiben.

Wie ich höre, wurde Emily aus dem Kindergarten abgemeldet, was mich zutiefst beunruhigt. Ich habe die Kleine eine Weile beobachtet und feststellen müssen, dass sie ein verängstigtes Kind ist. Natürlich sind gewisse Defizite für ein Mädchen, das ohne Vater allein mit seiner Mutter aufwächst, nicht ungewöhnlich, aber auch nicht wünschenswert. Deshalb sind wir in einer Familienkonferenz übereingekommen, dass es das Beste für Emily ist, wenn sie in eine intakte Umgebung kommt.

Sie wissen sicher, dass Daniel geheiratet hat. Er und seine Frau wünschen sich ein Kind und sind darauf eingestellt, Emily zu sich zu nehmen und ihr die stabile Ehe vorzuleben, die Sie nicht führen. Bitte melden Sie sich bei mir unter untenstehender Telefonnummer, damit wir weitere Vereinbarungen treffen können.

Mit besten Grüßen
Heribert van Houten

Annas Hände zitterten so stark, dass sie versehentlich beinahe auf den Button zum Löschen der Mail geklickt hätte. Um Atem ringend las sie den Text noch einmal, dann ein drittes und schließlich ein viertes Mal. Doch der Inhalt veränderte sich nicht. Es war keine Einbildung.

In grenzenloser Überheblichkeit und Unverfrorenheit schlug ihr Daniels Vater tatsächlich vor, Emily wie eine Puppe in eine fremde Familie zu geben. Sechs Jahre lang hatte sich niemand von diesen Leuten gekümmert, keiner gefragt, wie es Anna allein schaffte. Nun wünschte sich Daniels junge Ehefrau offenbar ein Kind – und warum sollte man dann nicht einfach nehmen, was bereits vorhanden und wohlgeraten war?

Ich habe die Kleine eine Weile beobachtet …

Der Unbekannte vor dem Kindergarten war also Emilys Großvater gewesen. Ein fremder Mann – und deshalb hatte sein wiederholtes Auftauchen Annas Tochter geängstigt. Was bildete sich dieser Mensch eigentlich ein zu behaupten, Emily sei ein furchtsames Kind? Ihre Reaktion war unter den gegebenen Umständen vollkommen gerechtfertigt. Und sie wuchs in einer intakten Umgebung auf …

Zornig schlug Anna mit der Faust auf den Tisch. Der Laptop vibrierte. Sie spürte, wie ihr Tränen über die Wangen rannen. Tränen der Wut. Und der Hilflosigkeit, weil ihr spontan kein Gesetz einfiel, auf das sie sich berufen könnte, um die ganze Sippe der van Houtens zu verklagen.

Plötzlich kam der Schmerz hinzu.

Sie kreuzte die Arme über der Tastatur und ließ ihren Kopf darauf sinken.

Dann weinte sie bitterlich. Aus Verzweiflung. Vor Enttäuschung. Und auch ein wenig um die verlorene Liebe ihrer Großmutter.

Berlin, 2010

48

Ihre Tochter konnte nie lange mit einer Sache hinter dem Berg halten. Christiane war impulsiv, aufrichtig und manchmal ein bisschen leichtsinnig. Dabei war sie im Grunde klug und nachdenklich. Ein Wesen, das sie von ihrem Vater ererbt hatte. Doch während Christianes Charakter Fee sonst meist ein stilles Lächeln entlockte, brachte die Erwähnung des heimlichen Telefongesprächs mit Anna die alte Dame nun an den Rand eines Herzstillstands.

Die Fragen nach der Nachkriegszeit, der damaligen Tätigkeit von Tante Grete und ihrer Bekanntschaft mit einem amerikanischen Besatzungsoffizier waren zu viel für Fees an sich gute Kondition. Allerdings war sie sich auch bewusst, dass kein Aspirin den Schmerz in ihrer Brust lindern würde, denn die Ursache war schließlich nicht organisch. Das Stechen rührte von der Narbe her, die nach der langen Zeit mit ungeahnter Heftigkeit aufbrach.

Geschickt wich Fee der Neugier ihrer Tochter aus, gab sich ahnungslos: »Du weißt doch, dass unsere Wohnung im amerikanischen Sektor lag. Natürlich hatten wir da auch mal mit Offizieren zu tun. Aber über unsere Schwelle kam keiner, das ließ schon unsere schreckliche Einquartierung, die alte Nazisse, nicht zu.« Und sie schloss ihren Monolog mit einem Kichern in Erinnerung an Frau Nowak.

Christiane ließ es dabei bewenden, weil Emily ihre Aufmerksamkeit verlangte. Doch Fee wusste, dass das Thema damit nicht abgeschlossen war.

Wenn sie ehrlich zu sich sein wollte, war es sogar an der Zeit, reinen Tisch zu machen. Ihre Tochter musste endlich erfahren, dass nicht Fees Jugendliebe ihr Vater war, sondern ein charmanter Amerikaner mit deutschen Wurzeln, der aussah wie der Filmschauspieler Hans Söhnker. Vielleicht würde Christiane dann verstehen, warum sich Hans immer so zurückhaltend zu ihr benommen hatte. Dabei hatte er sich redlich bemüht, und dafür würde Fee ihm bis zu ihrem letzten Atemzug dankbar sein. Ihre Tochter jedoch hatte unter seiner Distanziertheit gelitten.

Nachdem Christiane mit Emily in Richtung Schloss Charlottenburg aufgebrochen war, wanderte Fee nervös in der Wohnung umher. Sie lebte noch immer in der Altbauetage in der Wielandstraße, die inzwischen sorgfältig saniert und im Lauf der Jahre viel zu groß für sie allein geworden war, von der sie sich jedoch nicht trennen wollte. Gegenüber erhoben sich keine Ruinen mehr, sondern Neubauten und eine Tankstelle. Auf dem ehemaligen Bombengrundstück ein paar Häuser weiter befand sich heute ein Spielplatz, und Kinderlachen erscholl, wo damals Sirenen geheult hatten. Vor der Eingangstür reihten sich parkende Autos Stoßstange an Stoßstange. Kaum etwas erinnerte an die Trümmerlandschaft der Nachkriegszeit, und doch erschien Fee jener Sommer mit Philip plötzlich so lebendig wie nie zuvor.

Einer Eingebung folgend, die sie zuerst so sanft berührte wie eine umherfliegende Feder, ging Fee ins Badezimmer. Dort betrachtete sie sich eine Zeit lang im Spiegel: Ihr Gesicht war von Falten durchzogen, aber eigentlich sah sie noch ganz gut aus für ihr Alter. Ihre Augen hatten nur wenig an Glanz verloren, ihr halblang geschnittenes Haar wirkte sehr gepflegt durch den perlgrauen Schimmer, den ihre Frisörin, die sie noch *Friseuse* nannte, regelmäßig auftrug. Nicht schlecht für zweiundachtzig, fuhr es Fee durch den Kopf, und sie lächelte sich an. Dann griff sie zu Puder, Wimperntusche und Lippenstift.

Etwa eine halbe Stunde später war sie ausgehfertig. In der Küche bewahrte sie Zettel mit wichtigen Telefonnummern auf, die sie mit den bunten Magneten, die ihr Anna von Urlaubsreisen mitgebracht hatte, an der Kühlschranktür befestigte. Unter der Seeschwalbe von Usedom hing die Telefonnummer der Taxizentrale.

»Ich brauche einen Wagen für eine kleine Rundfahrt durch Zehlendorf«, erklärte sie der freundlichen Mitarbeiterin im Callcenter des Fuhrunternehmens. Zehn Minuten werde es dauern, bis das Taxi vor ihrer Tür stehe, bekam Fee zugesichert.

Es war natürlich albern, dass sie sich für eine einsame Tour in die Erinnerung wie zu einem Theaterbesuch gekleidet hatte, aber Fee fand es wichtig, sich angemessen anzuziehen. Immerhin wollte sie die Wege abfahren, die sie mit Philip gegangen war, Orte anschauen, die eine Bedeutung für sie und ihn besaßen. Sie wusste nicht, was aus ihm geworden und ob er bereits verstorben war, doch das spielte keine Rolle, denn in ihrem Herzen war er lebendig.

»Fahren Sie zuerst bitte in die Clayallee«, wies sie den Taxifahrer an, einen jungen Türken, nachdem sie in den Wagen gestiegen war. Dabei dachte sie unwillkürlich daran, dass diese Straße bis in die Nachkriegszeit hinein Kronprinzenallee geheißen hatte.

Fee folgte an diesem Nachmittag den Spuren der Vergangenheit, als würde sie die Erinnerungen abschließen. Eine Kassette mit Kostbarkeiten, die ihren Zweck erfüllt hatte und ein letztes

Mal betrachtet wurde, bevor sie gut verwahrt Staub ansetzen durfte. Keine Büchse der Pandora, nichts, das zu öffnen Unglück bringen würde. Denn letztlich hatte Fee ein gutes Leben geführt, das an Philips Seite wahrscheinlich aufregender und leidenschaftlicher gewesen wäre, aber nicht halb so ruhig.

Nachdem er an der Autobahnauffahrt an ihr vorbeigebraust war und sie nur noch den leuchtend roten Schopf von Rita Harris wahrgenommen hatte, war sie mit ihrem Koffer nach Hause zurückgekehrt. Sie musste ziemlich weit laufen, mehr als zehn Kilometer, und sie war drei Stunden unterwegs. Eine Zeit, in der sie die Stunden mit Philip Revue passieren ließ, weinte und haderte. Doch sie ging stetig voran, genauso, wie sie es später in ihrem Leben beibehielt.

Grete half ihr über die nächsten Wochen hinweg. Ihre Tante respektierte widerspruchslos Fees Wunsch nach absoluter Abgeschiedenheit, unterstützte sie beim Abbrechen des Kontakts zu Brigitte und Henry, verleugnete sie am Telefon, versteckte die Post aus München. Philip schrieb, aber Fee fand seine Briefe erst nach Gretes Tod hinter einem mehrbändigen Lexikon im Bücherschrank. Den Mut, sich der Erinnerung zu stellen, hatte sie damals noch nicht. Also verbrannte sie die ungeöffneten Kuverts in dem Kamin, der bei Kriegsende Gretes Geheimfach gewesen war. Ihr gebrochenes Herz heilte zwar auch dadurch nicht, aber das spielte für Fee keine Rolle mehr – sie hatte sich an ihre Gefühle gewöhnt.

Die Liebe zu ihrem Jugendfreund, von der sie einst geglaubt hatte, sie wäre unverbrüchlich, glich nicht ansatzweise der tiefen Zuneigung zu Philip. Selbst als sie hörte, dass Hans lebte und nach einem langen Lazarettaufenthalt nach Hause kommen werde, freute sie sich auf das Wiedersehen nicht anders, als handelte es sich um einen weitläufigen Verwandten.

Hans hatte bei den Kämpfen der letzten Kriegstage ein Bein

verloren. Er war bei seiner Heimkehr neunzehn Jahre alt und fühlte sich »wie eine Kanne ohne Henkel«. Dennoch machte er ihr einen Heiratsantrag. Und Fee willigte ein, weil sie ihn nicht enttäuschen wollte. Außerdem wusste sie inzwischen, dass sie ein Kind erwartete.

»Halten Sie bitte!«, sagte sie rasch zum Taxifahrer.

An dieser Stelle hatte sich einst das US-Hauptquartier befunden. Wo bis zur Wiedervereinigung Tausende von Amerikanern gearbeitet hatten, stand heute eine Bauruine. Ein Schild kündigte die Fertigstellung von Wohnungen und Büros auf dem weitläufigen Gelände an, aber Bagger und Kräne waren weit und breit nicht zu sehen, es würde also noch dauern, bis hier wieder Leben einzog. In einem Block an der Ecke Hüttenweg war das Konsulat der Vereinigten Staaten untergebracht, und Fee lächelte angesichts des uniformierten Wachpersonals. Es waren junge Kerle wie einst die GIs, die den deutschen Mädchen nachgepfiffen hatten. Ein Block weiter stadteinwärts befand sich im ehemaligen amerikanischen Kino das Alliierten Museum mit einem »Rosinenbomber«.

Fee spähte aus dem heruntergelassenen Autofenster. Ein lauer Wind wehte ihr Haar zurück. Ich hätte früher hierherkommen sollen, sinnierte sie. Es war einfacher, mit einer Erinnerung zu leben, als vor ihr davonzulaufen.

»Kann ich weiterfahren?«, drängte der Taxifahrer. »Der Bus kommt und es gibt Ärger, wenn ich zu lange hier stehe, meine Dame.«

Sie dachte an Christiane, der sie heute Abend sagen würde, wer ihr leiblicher Vater war. Und an Anna und die kleine Emily, die ihr mehr bedeuteten als irgendjemand sonst auf der Welt.

»Fahren Sie mich bitte auf dem direkten Weg nach Hause«, sagte sie zu dem Taxifahrer. »Ich habe noch viel vor.«

Cornwall, 2010

49

»Haben Sie Lust auf eine Vernissage?«, fragte Oliver gut gelaunt, als er Anna in der Hotelhalle erwartete. »Ich dachte, ein kleiner Kunstgenuss würde Ihnen zum Abschied gefallen.«

»Das ist eine gute Idee«, stimmte sie zu. »Meinetwegen können wir das Abendessen gern streichen.«

Tatsächlich fühlte sich Annas Magen an wie von einer Betonwand umgeben. Sie erholte sich zwar zusehends von dem Schockzustand, der sie seit Richardsons Geschichte umklammert hielt, noch verstärkt durch die Mail von Daniels Vater und das Telefongespräch mit Rainer Bonhoff. Dieses hatte sie allerdings erst geführt, nachdem der Weinkrampf überstanden war und ihre Stimme wieder einigermaßen normal klang.

Der Prozess, den Philip Colemans Witwe gegen Henry Richardson angestrebt hatte, bewies, dass Beatrice Coleman das Bild von Leo Reichenstein bewusst als Fälschung zur Auktion eingeliefert hatte. Ein Irrtum war nach Henrys Bericht ausgeschlossen. Bonhoff wollte sich mit seinem Rechtsanwalt beraten und anschließend die Kriminalpolizei informieren. Besonders unangenehm war für Annas Chef, dass wohl auch das erste Gemälde, das seine Kundin aus der angeblichen Sammlung Colemann angeboten hatte, nur eine Kopie gewesen war – und dieses Los war meistbietend versteigert worden. Prompt bat er ausgerechnet Anna, sich nach ihrer Rückkehr mit dem damaligen Käufer in Verbindung zu setzen und eine Rückabwicklung zu veranlassen. Eine Aussicht, die sie nicht gerade in Begeisterung versetzte.

Nach diesem Telefongespräch hatte sie sich unter die Dusche gestellt. Doch weder der heiße Wasserstrahl noch der Duft des hoteleigenen Duschgels übten eine heilsame Wirkung auf sie aus. Ihr Geist war inzwischen wieder geschärft, aber die Glieder schmerzten, als litte sie unter schwerem Rheuma, die Organfunktionen schienen reduziert wie bei einer alten Frau. Sie fühlte sich elend und erwog, die Verabredung mit Oliver abzusagen. Nicht zuletzt, weil er sich als Fremdenführer sehr viel Mühe gab, entschied sie sich aber dagegen. Irgendwo in ihrem wunden Inneren blitzte außerdem ein Funke auf, rasch und kurz wie eine Sternschnuppe: Sie würden den Abend zu zweit verbringen, da sich Brigitte und Henry bereits nach dem Mittagessen von Anna verabschiedet hatten. Für die alten Leute war das Ausbreiten ihrer Erinnerungen sehr anstrengend gewesen.

»Ich habe überhaupt keinen Hunger«, erklärte Anna, als sie Oliver in die Abenddämmerung und zum Parkplatz seines Wagens folgte.

»Schade. Ich wollte Sie nach der Ausstellungseröffnung eigentlich in das beste Fischrestaurant von St Ives einladen. Jetzt ist die Zeit des Hummerfangs, und ich wette mit Ihnen, Sie haben noch nie besseren Lobster gegessen.«

Sie atmete tief durch, sog die kühle Luft in ihre Lungen. Es roch nach Erde, Wiesenkräutern und dem Salz des Meeres. Der Sturm hatte die Regenwolken vertrieben und schien den lavendelblau und orangerot leuchtenden Himmel wie gewaschen zu haben, nur ein paar pinkfarbene Schäfchenwolken erinnerten an die Schauer am Nachmittag. Unten im Ort gingen die ersten Lichter an, und selbst die elektrischen Laternen wirkten auf die Entfernung, als flackerten sie im Wind wie Lampions. Es war Flut, und im Hafenbecken schaukelten die vertäuten Fischerboote.

»Vielleicht probiere ich ein anderes Mal den Hummer«, sinnierte sie unbeabsichtigt laut.

Er stand dicht neben ihr, um ihr die Beifahrertür zu öffnen. Das Aroma seines Aftershaves stieg ihr in die Nase. Er stützte sich mit der Hand am Autodach ab, versperrte ihr dadurch den Fluchtweg aus seiner Nähe. »Werden Sie wiederkommen?«

»Warum nicht?«, gab sie übertrieben leicht zurück. »Ich mache ja auch mal Ferien, und meiner kleinen Tochter würde es hier bestimmt gefallen.«

Sein Blick war eindringlich, suchte ihre Augen, hielt sie fest.

Ist das noch ein Teil meiner Geschäftsreise?, fragte sich Anna im Stillen. Oder war ihr Treffen nicht längst privat? In diesem Moment verlangten all ihre Sinne nach diesem Mann. Sie wollte mit ihm schlafen. Weil er attraktiv war und sie schon so lange keinen Sex mehr gehabt hatte, dass sie fast nicht mehr wusste, wie Liebe funktionierte. Und sie hoffte, all die verstörenden Gedanken, die ihre Recherchen zu dem Reichenstein und die Konfrontation mit ihrer eigenen Vergangenheit mit sich gebracht hatten, wenigstens für eine Nacht zu vergessen.

Aber es meldete sich seltsamerweise auch ein anderes Gefühl, das nicht minder aufwühlend war: die Sehnsucht nach Wärme, Zärtlichkeit und Geborgenheit. Sie spürte, wie sie sich verliebte – und genau das gemahnte sie zur Vorsicht. Vielleicht war es doch keine so gute Idee, mit ihm ins Bett zu gehen.

Er schaute auf ihren Mund, bewegte sich kaum, neigte nur den Kopf ein wenig nach vorn …

Der Klingelton seines Handys erklang. Ein sachliches Surren nur, aber so störend wie eine Sirene.

Mit einem gequälten Aufstöhnen wandte er sich ab, zog das Mobiltelefon aus der Tasche seines Sportsakkos aus grauem, mit Lederflicken abgesetztem Tweed. Er meldete sich mit einem entnervten »Hallo«, trat einen Schritt von seinem Citroën fort.

Anna stieg nicht ein, sondern lehnte sich gegen den Wagen und beobachtete ihn. Obwohl es schon fast dunkel war, konnte sie im Schein der Lichter, die aus den Fenstern des Schlosses fielen, den erstaunten Ausdruck in seinem Gesicht erkennen.

»Camilla!«, rief er verblüfft aus, hörte kurz zu, senkte dann seine Stimme zu einer Antwort: »Was machst du in München bei der Polizei?«

Der Frauenname traf Anna bis ins Mark. Er hatte also eine Freundin. Warum auch nicht? Alle attraktiven Männer waren gebunden, das hatte sie in bitterer Erfahrung doch längst gelernt. Warum glaubte sie immer wieder, dass es anders sein könnte? Aber was machte seine Freundin ausgerechnet in München und bei der Polizei? Annas Neugier war so groß, dass sie ihre Erziehung überwand und hemmungslos lauschte.

Olivers Miene verhärtete sich, während die Person am anderen Ende der Leitung einen schnellen Monolog ins Telefon brüllte. Ihre Stimme war so laut, dass Anna sie hören konnte, ohne jedoch einzelne Wörter zu verstehen.

»Nein«, presste Oliver schließlich hervor, offenbar immer wieder unterbrochen von den Ausführungen der Anruferin. »Das kommt überhaupt nicht infrage. Ich werde unsere Anwälte informieren … Ich glaube nicht, dass mein Großvater von einer Anzeige absehen … Du bist nicht in der geeigneten Position für derartige Herablassung … Das ist mir egal … Du hast … was …? Ruf mich bitte nicht mehr an … Nein … Ja, ich will es so … Es ist vorbei, Camilla!« Er fingerte kurz an seinem Handy herum, steckte es dann zurück in die Tasche.

Zu Annas größter Überraschung wirkte er wie verloren. Alles an ihm schien plötzlich niedergedrückt. In Gedanken versunken bewegte er sich vorwärts, ging zwei Schritte in die eine, dann in die andere Richtung. Hatte er ihre Anwesenheit vergessen? Da straffte er die Schultern, reckte den Kopf und trat auf sie zu.

»Jetzt wissen wir wenigstens, wieso sich unser Galeriestempel auf der Fälschung des Reichensteins befindet«, verkündete er leutselig, und seine Stimme troff vor bitterer Ironie. »Eine ehemalige Praktikantin hat sich an meinem Schreibtisch bedient. Sie ist übrigens die Tochter von Beatrice Coleman und wurde gerade zusammen mit ihrer Mutter in München verhaftet.«

Anna starrte ihn an, und mit einem Mal baute sich in ihrem Kopf das Szenario eines betrügerischen Teams auf. Ein als ungerechtfertigt empfundenes Gerichtsurteil mochte den Ausschlag gegeben haben, das Foto eines einsamen Mannes und die Gier des Kunstmarktes bereicherten die Fantasie der Fälscherinnen. Die Ältere becircte Rainer Bonhoff mit ihrer Eleganz, die Jüngere flirtete mit Oliver Richardson. Letzteres war für die Zuhörerin bei dem Telefongespräch deutlich geworden. Wahrscheinlich wäre der durchaus als genial zu bezeichnende Plan von Mutter und Tochter aufgegangen, wäre da nicht Anna mit ihrer Verbohrtheit gewesen.

»Camilla Coleman hat übrigens die Mails gelöscht beziehungsweise geschrieben«, setzte Oliver hinzu. »Sie verkauft das alles in einer rührenden Geschichte, damit ich für sie aussage. Das wird jedoch nicht geschehen, zumal ich vermute, dass sie auch für diesen Drohanruf verantwortlich ist. Wir hatten gerade ein gutes Geschäft mit einem russischen Kunden durchgezogen, als Sie angerufen wurden.«

»Wow!«, war das Einzige, das Anna dazu einfiel. Grenzenlose Erleichterung erfasste sie, ihr kam es vor, als würde sie schweben.

Er ging um den Wagen herum zu seiner Seite. »Kommen Sie, steigen Sie ein. Ich denke, wir können jetzt einen Drink gebrauchen.«

»Finden Sie nicht, dass das *Sie* inzwischen ein wenig überholt ist?«, entfuhr es ihr, als sie seiner Aufforderung folgte.

»Einverstanden.« Er setzte sich hinter das Steuerrad, ließ jedoch nicht sofort den Motor an, sondern beugte sich zu ihr hinüber. In einer überaus zarten Geste küsste er sie auf den Mund. Dann lehnte er sich zurück und drehte den Zündschlüssel. »Vernissage oder doch lieber erst einmal Pub oder Fischrestaurant?«

»Die Ausstellungseröffnung würde mir gefallen, glaube ich. Was wird gezeigt?«

»Meine Freundin Sophie arbeitet mit Treibholz. Sie bemalt es oder gestaltet Skulpturen daraus, die sie mit Muscheln oder anderem Strandgut verziert. Die meisten Objekte sind ein bisschen kitschig und eher etwas für Touristen, aber es wird bestimmt eine tolle Party.«

Anna schwieg. Was sollte sie auch sagen? Sie hatte sich selbst in diese Lage manövriert. Oliver war gebunden, und sie würde morgen nach München zurückfliegen in ihr gewohntes Leben. Dumm nur, dass es ihr vorgekommen war, als hätte sie ganz kurz vom Glück gekostet. Ein Geschmack, der sich nicht so leicht vergessen ließ. Ebenso wie der flüchtige Druck seiner Lippen …

Sie spürte seinen Blick auf sich. »Das ist dann also deine Freundin«, konstatierte sie.

»Ja. Eine langjährige Freundin sogar.« Er legte eine Kunstpause ein, bevor er entspannt lachte: »Sie ging mit meiner Mutter aufs College in Falmouth und ist meine Patentante. Außer ihr und meiner Großmutter gibt es keine Frau in meinem Leben.«

Flammende Röte überzog ihre Wangen, und sie hoffte, dass es ihm bei der herrschenden Beleuchtung nicht auffallen würde. Sie starrte auf den Kegel der Scheinwerfer, der die dichten Hecken und Büsche am Wegrand anstrahlte, während Oliver den Wagen durch die Kurven lenkte. Das Licht war wie eine Momentaufnahme. Es ließ die Sträucher im Geheimnis von Finsternis und aufsteigendem Nebel zurück. Anna fiel ein, dass Cornwall das Land der keltischen Mythen und Sagen war. Das Land von König Artus, Lancelot und Guinevere, von Tristan und Isolde. Das Land der großen Liebenden …

»Es würde mich sehr glücklich machen, wenn du wiederkommen wolltest«, sagte Oliver leise. »Aber ich kann natürlich auch nach München fliegen, wenn du mich dort haben möchtest. Nur nicht jedes Wochenende, weil ich mich auch um meine Großeltern kümmern muss.«

Annas Herz wummerte in ihrer Brust wie der Bass, der ihr und Oliver bei manchem Stück am Flügel gefehlt hatte. »Wenn ich Emily mitbringen darf, ist das kein Problem«, versicherte sie.

»Das klingt wunderbar. Du weißt noch nicht, dass ich ein Meister im Sandburgenbauen bin. Granny wird ihr bestimmt alle kornischen Märchen erzählen, die es gibt – und glaub mir, es gibt viele. Die beiden werden eine Weile beschäftigt sein.« Er streckte seine Hand aus, berührte ihren Arm, glitt langsam hinunter, zögerte, umschloss dann ihre Finger.

Sie hatten die dunklen, heckengesäumten Wege hinter sich gelassen. Am Ende der Straße tauchten die Laternen von St Ives auf und verströmten ihr strahlendes Licht.

»Ich muss dir etwas sagen«, begann sie, während Oliver das Viertel mit den alten Fischerhäusern ansteuerte. »Es betrifft deine Großeltern und meine Oma. Es klingt verrückt, aber ein Zweifel ist ausgeschlossen.«

Dann setzte sie Henrys Bericht fort. Die Worte sprudelten aus Anna heraus. Sie war erleichtert, ihre Beobachtungen mit ihm teilen zu dürfen, und plötzlich wusste sie, dass die Geschichte von Fee und Philip noch nicht zu Ende erzählt war. Durch sie selbst und den Mann an ihrer Seite würde die Erinnerung daran immer lebendig bleiben. Anna redete und redete, kam von ihrer Großmutter zu sich selbst, zu Daniel und Emily.

Oliver lauschte interessiert. Schließlich fuhr er den Wagen in eine Haltebucht, stellte die Automatik auf Parking und drehte den Zündschlüssel. Das Licht einer Straßenlaterne beleuchtete sein Schmunzeln, als er sich über Anna beugte.

»Würdest du bitte eine kurze Pause einlegen?«

»Oh! Entschuldigung. Ich rede wieder zu viel.«

»Nein, das tust du nicht. Ich möchte alles wissen von dir. Ich mag es, deine Stimme zu hören, denn du bist die Frau, auf die ich immer gewartet habe. Aber deshalb möchte ich dich auch endlich küssen dürfen.«

Ihre freie Hand schob ihn sanft von sich fort. »Was hättest du in der Situation von Philip Coleman getan?«

Er verstand sie sofort. »Ich hätte ebenso wenig eine Wahl gehabt wie er«, erwiderte er ernst, doch fügte er rasch hinzu: »Aber ich halte mein Glück fest. Jetzt. Schließlich ist das nicht das Ende.«

Fußnote

Schon als ich zum ersten Mal das AlliiertenMuseum in Berlin-Zehlendorf besuchte, war ich zutiefst berührt von der dort präsentierten Geschichte der Westmächte in der Nachkriegszeit. Es sind die Einzelschicksale, die für mich eine Art Gänsehautfaktor haben. Sie schließen an die Erlebnisberichte meines Vaters an, der bis 1949 im damals britischen Sektor Berlins gelebt hatte und darüber ausführlich kolportierte. Viele Spuren aus jener Zeit sind inzwischen verwischt, aber trotzdem nicht verschwunden. In Berlin begegnet man auch heute noch – fast zwanzig Jahre nach dem Abzug der alliierten Truppen aus Deutschland – ständig Leuten, die einen persönlichen Beitrag zu den Erinnerungen an die einstigen Feinde leisten können, aus denen enge Freunde wurden.

Auf diesem Fundament entstand dieser Roman. Inspiriert wurde meine Grundidee durch die Lektüre des Buches *Es begann mit einem Kuss*, das anlässlich der Ausstellung über die »deutsch-alliierten Beziehungen nach 1945« im AlliiertenMuseum herausgegeben wurde. Es enthält die Berichte damals junger Frauen und Männer, die nach dem schrecklichen Krieg im Grunde nichts anderes wollten als alle jungen Leute auch heutzutage auf der Welt – flirten, tanzen, glücklich sein. Dadurch sind es sehr persönliche Zeugnisse einer Liebe, die anfangs Fraternisierung hieß und später Grenzen und Vorurteile überbrücken half. So beruht die Idee zu Fees »Transport« aus Berlin auf einer wahren Begebenheit.

Als ich begann, über mein persönliches Interesse hinaus für das Thema zu recherchieren, eröffnete sich mir eine ganz erstaunliche Welt. Für einen Menschen wie mich, der im Wohlstand der Adenauer-Ära geboren wurde, ließ es sich nur schwer erschließen, wie schnell Deutschland – und vor allem Berlin – nach dem Zweiten Weltkrieg zu einer öffentlichen Ordnung und einem kulturellen Leben zurückfand. Keine zwölf Monate nach Kriegsende gab es in Berlin wieder einen durchgehenden öffentlichen Nahverkehr, Theaterstücke wurden in Ruinen aufgeführt, die Berliner Philharmoniker gaben schon Ende Mai 1945 ihr erstes Konzert, Jazz und Swing erklangen in der Trümmerlandschaft, Zeitungen erschienen in einer selbst für heutige Verhältnisse unvorstellbaren Vielfalt. Man stelle sich das in einer Stadt vor, die zuvor in Schutt und Asche gebombt worden war.

Einen wesentlichen Anteil zumindest an der Verbreitung amerikanischer Musik trug der »Rundfunk im amerikanischen Sektor« – eine »freie Stimme in einer freien Welt«, die besonders während der Blockade und nach dem Mauerbau für West-Berlin von Bedeutung war. Nach der Wiedervereinigung und der Installation Berlins als Hauptstadt der Bundesrepublik Deutschland wurde der Sendebetrieb eingestellt, in den Räumen des RIAS in Schöneberg arbeiten heute die Redakteure von DeutschlandradioKultur (die im Roman erwähnte erste Redaktion des DIAS in der Winterfeldtstraße zog später in die Kufsteiner Straße, an den heutigen Hans-Rosenthal-Platz).

Wie gesagt, viele Spuren sind verwischt, aber nicht unkenntlich. Die Femina-Bar etwa existiert zwar nicht mehr, aber das in dem restaurierten Gebäude eröffnete Ellington-Hotel erinnert an die turbulenten alten Zeiten. Im ehemaligen britischen Officers' Club residiert heute der International Club Berlin, dessen Schirmherr traditionell der Prinz of Wales ist und zu dessen Ehrenmitgliedern die ehemaligen Bundespräsidenten von Weizsäcker, Scheel und Herzog zählen. Das Schlossparktheater wird wieder erfolgreich bespielt, aus dem Titania-Palast wurde ein modernes Kino, und im ehemaligen britischen Hauptquartier am Fehrbelliner Platz befindet sich das Rathaus Wilmersdorf, das St.-Gertrauden-Krankenhaus ist heute eines der akademischen Lehrkrankenhäuser der Charité. Der Pharmakonzern Schering wurde von Bayer geschluckt, aber die Information über das erste in Berlin hergestellte Penicillin habe ich dennoch dankenswerterweise von dort erhalten.

Ein wesentlicher Teil meiner Geschichte behandelt den Kunstmarkt und vor allem das Thema Beutekunst. Dass Deutschland nach dem Zweiten Weltkrieg ein Selbstbedienungsladen für Sammler wertvoller Gemälde war, ist kein Geheimnis. Immer noch werden von großen internationalen wie nationalen Auktionshäusern Bilder versteigert, die eindeutig als Beutekunst oder gar Raubkunst einzustufen sind. Der Brand im Bunker Friedrichshain im Mai 1945 gilt noch heute als eines der großen Mysterien der Nachkriegszeit; einige der damals verschollenen Kunstwerke sind im Lauf der Jahre wieder aufgetaucht, viele blieben verschwunden. Das im Roman erwähnte Porträt von Watteau existierte jedoch nicht. Auch ist der Maler Leo Reichenstein meine Erfindung. Seine Person und das beschriebene Bild orientieren sich an der Lebensgeschichte von Max Liebermann. Die Galerie Richardson in London existiert nicht, der Kunstsalon Cassirer dagegen war eine der berühmtesten Kunsthandlungen überhaupt.

Es war für mich, die Autorin historischer Romane, ein völlig neues schriftstellerisches Terrain, auf das ich mich hier begeben durfte. Und ich danke daher allen Goldfrauen und Goldmännern, die mir die Möglichkeit dazu schenkten. Allen voran meinem Verleger Georg Reuchlein und meiner Lektorin Barbara Heinzius. Ohne Sie hätte ich dieses Buch nicht schreiben können!

Einen großen Anteil am Gelingen meiner Geschichte tragen auch – wie immer – meine wunderbare Agentin Petra Hermanns und meine überaus geduldige Außenlektorin Marion Voigt. Ich danke meinem Mann Bernd Gabriel für seine Unterstützung, und ich danke meiner Tochter Jessica, die der Dreh- und Angelpunkt für meine Geschichte ist.

Und ich danke allen meinen Leserinnen und Lesern, für die ich Bücher wie dieses schreibe.

Micaela Jary
Berlin, im Dezember 2012